Hannah Green
(Joanne Greenberg)

Eine Zeit wie im Paradies

Roman

Deutsch von
Kyra Stromberg

rororo

Rowohlt

Die Originalausgabe erschien im Verlag Holt,
Rinehart and Winston, New York,
unter dem Titel «A Season of Delight»
Umschlagentwurf Werner Rebhuhn

Veröffentlicht im Rowohlt Taschenbuch Verlag GmbH,
Reinbek bei Hamburg, August 1987

Satz Bembo (Linotron 202)
Gesamtherstellung Clausen & Bosse, Leck
Printed in Germany
780-ISBN 3 499 15901 5

To David and Alan
with Love and Pride and Wonder

I

Früher habe ich das Einkaufen immer verabscheut – dieses Hin- und Hergerenne und all die Einzelheiten, die man im Kopf haben muß. Jetzt macht es mir nahezu Vergnügen. Ich kaufe morgens ein, wenn die Läden noch nicht überfüllt sind und das frühe Licht auf der Ladenfassade aus sandfarbenen Ziegeln und Glas funkelt. Seit Joshua und Miriam erwachsen und aus dem Hause sind, gibt es weniger zu tun, und so kann ich die jungen Mütter – einige von ihnen immer in Eile und abgeschafft – voller Mitgefühl beobachten, einem Mitgefühl, das bald, sehr bald in Sehnsucht umschlagen wird.

Ich mag die Ruhe und Ordnung im Haus, nachdem ich mich einmal daran gewöhnt habe. Saul und ich sitzen dicht beieinander am Ende des Tisches. Wir dachten, wir würden weniger Gesprächsstoff haben, wenn die Kinder einmal fort wären, aber das war, wie sich zeigte, nicht der Fall. Die täglichen Begebenheiten interessieren uns immer noch, und wir können den wichtigeren Ereignissen mehr Aufmerksamkeit schenken.

Rosch Haschanah, das jüdische Neujahr, ist gerade vorüber; es sind jetzt die Tage der Ehrfurcht, die Tage zwischen Neujahr und Yom Kippur, dem Tag der Versöhnung. In früherer Zeit sahen die Leute diesem Tag voller Schrecken entgegen. Sie schrien laut in den Synagogen, sie liefen weinend zu den Nachbarn und drängten ihnen die Bezahlung von Schulden auf, ehe es zu spät und das Urteil des Herrn über sie gesprochen wäre und sie gezeichnet und mit dem Makel befleckt sein würden. Heute weinen wir nicht mehr. Schulden zu lieben ist schick, wir wissen, was sich gehört, sind rational und frei von Ängsten. Aber immer noch kommt es vor, daß man in der heiligen Woche irrationale Alpträume hat.

Ich bin 47 Jahre alt, und meine Freiheit und der Reichtum meines Lebens hier werden überschattet vom Rauch, der flüsternd aus den Schornsteinen von Lagern steigt, die ich nie gesehen habe. Als ich aus dem Wagen stieg, fiel mir ein Stück aus einem Gedenk-Gedicht in unseren Gebetbüchern ein, und dieser Tag um mich herum, der so widersinnig blau und golden ist, läßt mich anhalten. Die Dörfer meiner Großeltern sind verschwunden. Dieser Ort hier, Gilboa, liegt in Pennsylvania, und der Herbst hier hat immer noch die milde Wärme des Spätsommers. Ich gehe hinein, um meine Einkäufe zu erledigen.

Die Läden liegen in einer überdachten Passage, aber das Licht fällt von oben ein und wirkt freundlich. An den Seiten der langen Mittelgalerie kann man sich hinsetzen, und unter dem Glasdach wachsen Bäume und Büsche. Die Leute vom Bereitschaftsdienst wissen, daß ich donnerstags keinen Dienst habe, ich gehe also ganz gemächlich, aber ohne zu trödeln von Laden zu Laden. Ich bin eine gute Hausfrau. Mit einer Einkaufsliste.

Aber als ich aus dem Supermarkt herauskomme, kehrt die Traurigkeit des Gedichts wieder, die zurückgestaut war wie der Regen über den Hügeln im Westen von uns. Unser Neujahr ist eine bittere Zeit. Also besinne ich mich eines anderen: statt direkt zum Wagen zurückzugehen und nach Hause zu fahren, setze ich mich auf eine Bank in der Passage. Ich möchte noch ein wenig über den Feiertag nachdenken, ihm Zeit lassen.

Ein junger Mann kommt auf die Bank zu. Ich lächle ihm ermunternd zu und rücke etwas weiter. Zu meiner Überraschung kommt er auf mich zu, und ich sehe, daß der Korb, den er trägt, nicht für Einkäufe gedacht, sondern mit Blumen und Flugblättern gefüllt ist. Er nimmt ein Blatt heraus und reicht es mir. Ein Junge und ein Mädchen sind darauf abgebildet.

«Verzeihen Sie, Ma'am», sagt er höflich, «aber wußten Sie, daß Millionen unserer Kinder rauschgiftsüchtig sind?»

Schon will ich nach meiner Geldbörse greifen, um ihm die Spende zu geben, die er vermutlich erwartet, aber dann erinnere ich mich, und mir wird schwer ums Herz.

«Sie gehören weder zur Heilsarmee noch zum Jugendzentrum noch zu einem Drogenprogramm», sage ich. «Sie sind von der Vereinigungskirche.»

«Wir tun eine Menge Gutes», sagt er. «Wir arbeiten in allen größeren Städten mit Drogenabhängigen und Ausreißern.»

«Sie stehlen Juden», sage ich.

Er hat gelernt, auf solche Äußerungen zu reagieren, aber er mißversteht mich.

«Wir sind nicht antisemitisch», sagt er. «Ich komme selbst aus einer jüdischen Familie. Meine Eltern sind Juden.»

Wir sind beide überrascht, und er ist zutiefst betroffen, als ich zu weinen anfange. Diese Tränen sind so überraschend, daß mir die Augen überfließen, ehe ich mir dessen bewußt bin, so als hätten sie im Hinterhalt darauf gewartet, daß dieser Junge käme. Meine Brille beschlägt, aber meine Stimme bleibt fest, und solange sie nicht versagt, kann ich ihn festhalten.

«Hitler hat ein Drittel von uns umgebracht. Eine Sprache, eine Kultur, eine Lebensweise. Nur daß wir so zerstreut waren, hat uns vor der vollständigen Ausrottung bewahrt. Und durch diesen schrecklichen Riß in unserem Volk verschwinden immer mehr von uns. Sehen Sie das nicht?»

«Wir versuchen nicht...»

«Sie vielleicht nicht, Sie armer Trottel», schreie ich ihn an, «aber die da schon. Irgendwo in Illinois läuft mein Sohn gelbgekleidet herum und singt fremder Leute Lieder in deren alter Sprache. Sein Kopf ist – aus rituellen Gründen – glattrasiert. Sie und er – ihr eßt oder fastet – aus rituellen Gründen. Ihr seid groteske Komödianten, Parodisten!»

«Der jüdische Glaube ist bankrott!»

«Wann haben Sie sich ernsthaft damit befaßt?»

Es hat keinen Sinn, ich sehe es ein. Er kann nicht sehen, was ich vor mir sehe, und meinen Schmerz nicht verstehen. Frei und gleich, ich weiß. ‹Ich bin ich, und du bist du.› Meine Stimme ist jetzt in Gefahr, ich heule lauthals. Er errötet heftig und läßt mich sitzen. Wie jedem anständigen Amerikaner geht ihm ein öffentlicher Gefühlsausbruch auf die Nerven – es sei denn, er findet in einer Gruppe statt. Eine jüdische Mutter, die weint, ist für ihn die Hölle, eine Banalität, die er nicht ertragen kann. Und ich – auch ich bin ja Amerikanerin. Es geht nicht an, daß ich aus einem unerfindlichen Grunde, um elf Uhr vormittags, schluchzend und blind in einem Einkaufszentrum sitze. Also schnaube ich mir die Nase, trockne mir die Augen, wische meine Brille ab und fahre nach Hause. Kein Wort mehr über den Aussteiger in Illinois! Aber meine Gedanken schweifen ab, während ich fahre. Er hat seinen Namen aufgegeben, einen ganz gewöhnlichen jüdischen Namen, an dem ihn andere Juden oder auch Christen als Angehörigen eines Volkes, eines Herkommens, einer Tradition, eines Fluchs, eines Kummers, eines Ruhms, eines

Gesetzes erkennen können. Seine neuen Namen sind Sanskrit. Er macht es sich nicht klar – aber er kommt zwei Generationen zu spät. Wie beliebt wäre er 1934 in München gewesen! Er gehört zu den einst so beneidenswerten Vorfahren – ist ein «Arier». Eine Ironie, die ich weder mit ihm noch mit Eichmann noch mit Hitler teilen kann, Gespenster, deren Gespenster auf mir lasten. Es fällt mir ein, daß ich seit drei Tagen nicht an Joshua-Sanjit gedacht habe. Drei Tage ohne Seelenqual. Aber nun ist sie wieder da.

Miriam ist auch in eine Welt gegangen, aus der Juden verschwinden. Sie hat sich von ihrem Mann befreit und arbeitet in einem Frauenzentrum in Kalifornien. Ich bewundere ihr Engagement für geprügelte Ehefrauen und Opfer von Vergewaltigungen und für die ausgebeutete Dritte Welt. Was mich traurig macht, ist, daß sie sich nicht auch für die Weiterexistenz ihres eigenen Volkes engagiert. Die Schwarzen und die Cicanos, die sie mir vorhält, vermehren sich in all ihrer Vielfalt und im Überfluß. Die Armen der Welt gehören zu keiner gefährdeten Rasse. Ihr früherer Mann ist kein Jude, und sie hat mich ausgelacht, als ich sie zu überlegen bat, ob sie Kimberley nicht jüdisch erziehen wolle, was er ja dem Gesetz nach ist. Es sei nicht meinetwegen, habe ich gesagt, sondern für unser Volk, damit Hitler wieder verlieren, für immer verlieren müsse.

«Alles ändert sich», sagte sie, «und einiges muß eben aussterben, scheint mir.»

Habe ich je etwas derartiges über Biafra zu ihr gesagt, über die amerikanischen Indianer, daß sie so etwas über *meine* Minderheit sagen konnte? *Mein* Volk? Kann jemand einsamer sein, als der Verfechter einer Sache, die aus der Mode ist? Während ich weiterfahre, tut sich überraschend der Tag vor mir auf. Es riecht nach Herbst und seinem herben Apfelduft, aber die Sonne ist immer noch sommerlich. Ich habe das Fenster offen, und obgleich ich noch vor zwanzig Minuten zornig war und geschluchzt habe, waren diese Tränen doch eine Erleichterung, und ich fühle mich jetzt besser und meiner Lebensmitte näher. Saul und ich sind nicht gestorben, als Miriam einen Mann kennenlernte, zu ihm zog und ohne uns heiratete. Ich habe mich bei der Familie entschuldigt, bei meiner Mutter, die mir das zum Vorwurf macht, bei allen Tanten und Onkeln – und ich habe weitergelebt. Joshua hat das College aufgegeben und ist in die Strömung geraten, die ihn so weit fortgetragen hat, und auch damals sind wir nicht gestorben. Wir leben wie heutiger Adel im Schloß der Vorfahren. Es gibt gewisse Räume, die, um Heizung und Unterhaltung zu sparen, abgeschlossen bleiben. Wir haben diese Räume im Gedächtnis, jeden Zentimeter und alles, was einmal zur Einrichtung gehört hat, aber wir schließen sie nur selten auf, und wir versuchen um so behaglicher im andern Teil des Hauses zu leben. Wir versuchen es.

Ich fahre rückwärts in die Auffahrt ein, so daß der Wagen in Fahrtrichtung steht. Ich gehe ins Haus, und ehe ich meine eingekauften Lebensmittel ablade, tue ich einen Blick in die Meldeanlage. Kein rotes Licht. Ich rufe Rita Neri an, unsere Fahrdienstleiterin. Ich bin wieder zu Hause.

«Okay», sagt sie und wir legen auf. Ich gehöre zum Feuerwehr- und Unfallrettungsdienst für den Distrikt. Im Treppenschacht ist eine Meldeanlage angebracht und auf meinem Autodach ein Rotlicht. Immer, zu allen Tages- und Nachtzeiten, wenn es in Gilboa oder in den Farmen oder Vororten rundum einen Zusammenstoß, ein Feuer, einen Herzanfall, einen schweren Sturz oder einen plötzlichen Krankheitsfall gibt, höre ich das in der Meldeanlage und tue das meine. Ich bin jetzt fünf Jahre im Bereitschaftsdienst, und der ganze Distrikt, einschließlich des «Großen Verteilers» der Interstate-Autobahn, ist für mich voller merkwürdiger Begebenheiten.

Ich packe die Lebensmittel aus und verstaue sie. Heute sind keine Kurse, es gibt nichts Besonderes zu tun für mich, und obgleich ich weiß, daß ich lernen oder Fenster putzen oder Briefe schreiben sollte, tue ich nichts von alledem. Ich setze mich an den Küchentisch und lasse den Tag über mich hinwegspülen.

Im vergangenen Jahr hat unser junger Rabbi – er studiert noch – über die Hohen Feiertage gesprochen und Beispiele für Galut – das Exil – gegeben. Beim Herbstlichen Laubhüttenfest, das bald bevorsteht, wird es zu kalt sein, um – wie es die Feier eigentlich erfordert – in heiligen, mit Weintrauben behangenen Hütten unter Sternen zu sitzen. In Jerusalem ist es zu dieser Zeit mild, aber in unseren Breiten sitzt man nicht feierlich und friedlich da und träumt sternenwärts. Eine halbe Stunde hier in Gilboa in einer Laubhütte, und schon hätte man sich erkältet. Daß man das Fest nicht der Vorschrift und der Jahreszeit entsprechend feiern kann – das ist Exil, erklärte er, mögen wir auch noch so wohlhabend sein und in Frieden leben, mögen unsere Nachbarn uns noch so wohlgesonnen sein – unser Exil ist um so bitterer, weil es so unaufdringlich ist und unser Leben kaum berührt.

Es war eine gute Predigt, und sie muß zumindest in einigem gestimmt haben, sonst hätte ich sie nicht im Gedächtnis behalten. Aber Gott ist überall und Er hält Entschädigungen für seine Verbannten bereit. Dieser weinfrische, herbstliche Hauch weht nicht durch Jerusalem. Ein Halleluja für die Hügel! Auch Haifa hat Hügel, aber niemals funkeln sie in tausend Tönen von Rotgold, Flammendrot und Orange, von Gelb, Purpur und Tiefbraun. Mein Exil liegt in duftenden Holzstößen vor meiner Haustür, und es zerbricht unter meinen Füßen im Knacken der Zweige, an den von Holzkohlenrauch erfüllten Morgen in meines Vaters auserwähltem Land.

Jetzt wäre die richtige Zeit, um zu weinen, denke ich. Das Haus ist sauber und aufgeräumt. Saul ist erst in ein paar Stunden zu erwarten. Ich könnte die alten Fotos von Joshua und Miriam aus den Kisten auf dem Dachboden hervorkramen, sie um mich herum aufstellen und mich an all die Hoffnungen und die Arbeit, das Planen und die guten Absichten erinnern, die immer neuen Anfänge, die wir gemacht haben, die Bücher, die wir gelesen und die Gewissensbisse, unter denen wir gelitten haben. Es ist zu spät. Ich habe mich bereits vor dem törichten Sohn einer anderen Frau ausgeweint, es ist vorbei. Das Telefon läutet, und ich muß lachen. Hätte ich geweint, hätte mich der Anrufer – wer immer das ist – dabei erwischt.

Es ist Riva, meine Schwiegermutter. Die Ärmste. Sie war nie sehr religiös, aber weil sie Sauls Mutter ist, meint sie, sie sei es ihrer Stellung schuldig, die Überzeugungen ihrer Generation hochzuhalten. «Grace, Yom Kippur ist am nächsten Donnerstag, und ich hab das Programm dafür nicht richtig im Kopf. Was ist denn geplant?»

«Ich denke, es wird alles etwa so laufen wie im vorigen Jahr – sowohl am Vorabend wie am Yom Kippur-Tag. Einige werden nach dem Gottesdienst nach Hause gehen und das Fasten in der Familie unterbrechen wollen. Für die andern, die bleiben wollen, wird es etwas Leichtes zu essen geben, Milchprodukte. Wenn du gern bleiben möchtest, bleiben wir auch. In jedem Fall bereite ich einen Kartoffelauflauf und einen Salat vor.»

«Als Elia noch lebte, war alles viel schöner. Wir sind immer alle dageblieben. Aber jetzt... Und wir brauchten den Gottesdienst nicht im Rathaus abzuhalten. Es ist so...» – «Ich weiß», sagte ich, «aber es gibt jetzt einfach keinen andern Platz. Wir sind zu zahlreich geworden für das Souterrain von Bert und Joan.»

«Da war es schön.»

Ich weiß, was sie meint. Vor fünf Jahren machten die Juden von Gilboa, Russian Grove und Tarrant zusammen nicht mehr als zwanzig Familien aus, und von diesen praktizierten nur etwa die Hälfte. Jahrelang hatten wir uns behaglich und vertraut im Hobbyraum der Finegolds zusammengefunden. Die «Schwesternschaft» bestand aus vier Frauen, die «Hebräische Schule» aus acht Kindern und einem Lehrer. Aber zwischen Tarrant und Gilboa entwickelte sich eine neue Wohnsiedlung, und den Juden aus den Vororten westlich von Midlothian gefiel es besser, über die Interstate zu uns nach Westen zu kommen, als in die Stadt zu fahren. Vor zwei Jahren sahen wir uns genötigt, uns nach einem anderen Raum umzusehen. Seither treffen wir uns in einem Teil des Souterrains im Rathaus. Es gibt da die Möglichkeit zu kochen und eine Menge Sitzgelegenheiten und keinerlei religiöse Ausstattung, die ablenken könnte; aber wir kommen uns zwergenhaft in dem riesigen Raum vor. Unsere Geräusche – selbst wenn wir alle miteinander laut beten – füllen den Raum nicht einmal zur Hälfte. Wie nie zuvor sind wir uns bewußt, eine Minderheit zu sein, eine dezimierte Minderheit. Könnte das der Grund sein dafür, daß mir das Erinnerungsgedicht vor der Zeit ins Bewußtsein kam, dieses Gefühl, daß wir uns verströmen durch die schrecklichen Wunden, die uns Hitlers Tyrannei und Stalins Morde und unsere eigene Trägheit, unsere gesellschaftliche Ortslosigkeit und die Verlockungen unseres Glaubens schlugen?

«Ich weiß, Riva, aber was sollen wir tun? Ich bin dankbar dafür, daß uns die Stadtväter erlauben, uns dort zu treffen. Sie hätten auch stur sein und auf der Trennung von Kirche und Staat bestehen können. Ich wünschte, es gäbe ein größeres Haus oder einen kleineren Saal, der uns aufnehmen würde.» Sie seufzt ins Telefon hinein. Schon stehen alle Zeichen auf Alarm. «Was ist los – fehlt es irgendwo?»

«Nein – nein. Ich nehme an, es ist das Ende des Sommers. Immer wenn ich morgens einen dicken Pullover anziehen muß, werde ich daran erinnert, daß ich eine alte Frau bin. Elia sagte immer: ‹Mit einem Fuß im Grabe und mit dem andern auf einer Bananenschale.›», Wir sprechen noch eine Weile – irgend etwas ist da, was sie nicht ausspricht, nicht aussprechen will –, und als ich den Hörer auflege, fühle ich mich angespannt und müde. Ich mache mir eine Tasse Tee und esse ein Stück von dem Kuchen, den Saul gestern abend mitgebracht hat. Essen – das alte jüdische Beruhigungsmittel. Ich sollte froh sein, es hätte ja auch Alkohol sein können. Ich lasse die Küchentür hinter mir offen und setze mich auf die rückwärtige Veranda.

Saul ist nach Hause gekommen. Ich höre, wie er die Tür vom Briefkasten zuschlägt, weil er weiß, daß ich die Post manchmal vergesse. Diesmal nicht. Ich muß lächeln. Eine kleine Weile ist es still, während er den Weg heraufkommt, und dann höre ich seine Schritte auf der Eingangsveranda und dann das Öffnen der Tür. Er kommt zeitig heute. Im vergangenen Jahr hat er sich an den Tagen, wenn die Läden bis neun Uhr offen haben, ein paar Stunden freigenommen. Ich möchte, daß er hier herauskommt, wo ich sitze. Ich möchte ihm von dem jungen Mann mit den Blumen und den jüdischen Eltern erzählen. Wir haben fünfundzwanzig gemeinsame Jahre hinter uns, einen Krieg, Geburt und Tod, Hoffnungen, die aufblühten und dahinwelkten. Auch das möchte ich ihm sagen, aber ich habe Angst, daß er es falsch aufnimmt. Männer haben merkwürdige Vorstellungen von der Empfindlichkeit von Frauen. Ich möchte, daß er in meinem Weinen mehr sieht. Jetzt höre ich, wie er durch das Haus geht. Ich muß wieder lächeln. Er wird rasch die Post auf dem Tisch im Flur durchsehen, dann in die Küche gehen, den Becher mit dem Riß und seinem Namen darauf herausnehmen, den großen, den ihm die Kinder vor langer Zeit einmal zum Geburtstag geschenkt haben, wird sich Kaffee eingießen und dann bald herauskommen, sich in seinen kaputten alten Sessel setzen und auf das Feld hinausschauen und hinunter auf den langgestreckten Hügel, bis zu dem sich, von Bäumen verborgen, Gilboas Hauptstraßen mit ihren wenigen Türmen und hohen Dächern hinziehen. Hinter Gilboa macht die Umgehungsstraße einen Bogen. Östlich der Felder kommt sie von der anderen Seite bis dicht an unser Haus heran. Wir hören den Verkehrslärm wie ein tiefes, anhaltendes Summen. Es wird kühler.

Ich rufe nach ihm und beschließe, erst noch einmal nachzudenken, was meine Tränen zu bedeuten hatten, ehe ich ihn damit belaste.

Wir sind uns schon so lange so nah, daß ich nur in plötzlichen Augenblicken merke, daß er älter wird, und ein solcher Augenblick ist jetzt. Wie grau er geworden ist! Um seine Augen sind Fältchen. Bei mir ist es sicherlich genauso, nur merke ich es nicht. In weiteren zwanzig Jahren werden wir – wenn wir Glück haben – alt sein. Ich frage ihn, wie der Tag war.

2

Saul ist in Gilboa aufgewachsen. Ehe Midlothian durch die Schwerindustrie des Zweiten Weltkriegs groß wurde, war es ein kleines Landstädtchen in Pennsylvania. Elia Dowben war 1912 hierhergekommen und hatte einen Laden für Kurzwaren und Textilien betrieben. Nach einigen Jahren waren die Kurzwaren von Kettenläden übernommen worden, aber der alte Mann, ein russisch-jüdischer Bauer aus Schedletz, hatte, wie sich herausstellte, den Blick eines Modemachers und ein intuitives Gefühl für das, was seine Kunden wünschten. Der Kleiderladen florierte. Drei Jahre später nahm er Verbindung auf zu einem Heiratsvermittler in New York, der ihm eine Frau – Riva – aus dem Nachbardorf besorgte, «damit sie sich verständigen könnten». Sie und ihre Kinder waren bis zur Mitte der vierziger Jahre die einzigen Juden in Gilboa. Ich bin in Chicago aufgewachsen. Ich lernte Saul im College kennen und kam so nach Gilboa, was meine Familie immer noch für ein schlimmeres Exil hält als die Babylonische Gefangenschaft. Ich mag die Stadt und ihren Gemeinsinn, der, obwohl er durch die neuen Einwohner verändert und verwässert wurde, immer noch auf leise Weise gegenwärtig ist und sich hier und da – bei der Feuerwehr, in der Kirche oder in persönlichen Beziehungen zwischen Nachbarn – in der alten Art äußert. In dieser Stadtgemeinschaft hat Saul seine Wurzeln, das ist seine Mitte. Wie ich mir gedacht habe, hat seine Stimme dem Nachmittag etwas Frieden zurückgegeben.

Wir sitzen ruhig beieinander und sehen den Tag in sanftem Licht zur Neige gehen. Die Tochter der Caetanos, ein Teenager, hat ihre

Freunde bei sich, und die Musik dringt gemildert und besänftigt zu uns herüber. Saul erzählt mir, was am Tag – einem gewöhnlichen Tag – vorgefallen ist. Ich habe ein Buch bei mir, lege es aber weg. Es ist wichtiger jetzt, genau zu beobachten, wie Schatten sich über das goldene Feld legen, wie sie länger werden und wie dann die Sonne hinter den Hügeln auf dem Weg nach Midlothian verschwindet. Sobald die Sonne verschwunden ist, sind auch die Schatten ausgelöscht. Alles ist jetzt in ein gleichmäßiges Licht getaucht, ein Glühen, in dem alles, was sichtbar ist, wirklicher wird, vollkommen, es selbst. Und da das Jahr sich neigt, kommt, sobald das Licht verschwindet, eine leichte Kühle auf, die einen ein wenig schaudern läßt. Wir liegen etwas höher als die Stadt, zu uns kommt die Sonne später, und so warten wir beide, bis die ersten Lichter dort unten angehen. Mein Distrikt. Meine Verwandten in Chicago sind entsetzt über die Tatsache, daß ich bei der «Feuerwehr» bin. Es erscheint ihnen verrückt, obgleich landauf, landab Frauen in mittleren Jahren Feuerwehr- und Rettungsdienst machen. Mir gefällt die Arbeit aus vielen Gründen – einer davon ist, daß ich mir durch das, was ich tue, einen Überblick über ganz Gilboa verschaffen kann, bis zu dem großen Verteiler der Interstate-Autobahn mit allen ihren Abfahrten, und weiß, soweit das überhaupt möglich ist, daß alles in diesem Augenblick ruhig ist.

Am Dienstag melde ich mich für die vierundzwanzig Stunden während des Feiertags ab. Ich rufe Rita an wegen des Unfalldienstes und C. A. Bordereau wegen der Feuerwehrbereitschaft und sage ihnen, daß ich von heute ab Sonnenuntergang bis morgen zum Sonnenuntergang außer Dienst sein werde. «Sonnenuntergang? Was ist das genau?» fragt C. A. sehr talmudisch.

«Ein jüdischer Weiser sagt, es ist die Zeit, wenn man bei natürlichem Licht einen hellen Faden nicht von einem dunklen unterscheiden kann», antworte ich.

C. A.s Stimme wird höflich-ernst. «Ach ja – jüdische Feiertage» sagt er, «religiöse Gründe.» Er macht eine Pause, schweigt und erinnert sich dann. «Was für ein Feiertag ist das denn? Ich dachte, das war letzte Woche.»

«Letzte Woche war Neujahr, und diese Woche ist es der Tag der Sühne.»

Religiöse Dinge nimmt C. A. sehr ernst. Vier Generationen lang haben die Bordereaus die volle Belegschaft eines Klosters – alle Nonnen und Priester – aus diesem Pfarrbezirk gestellt. Da das Ausüben der Religion für ihn ebenso wichtig ist wie auserwählt oder verdammt zu sein, senkt er immer die Stimme, wenn er über solche Dinge spricht. Als Katholik von der alten Art will er keinerlei Erklärungen über das, was wir an den verschiedenen Feiertagen «tun». Er hält es für ein «göttliches Mysterium». Saul hat ihn aus Schultagen qualvoll schüchtern in Erinnerung, schon nach der vierten Klasse viel zu groß für Schulpulte. Ich kenne ihn als kompetent und engagiert. «Also», sagt er, «ein glückliches Yom Kippur.»

«Danke», erwidere ich.

Während ich am nächsten Tag das Haus saubermache, überlege ich, daß ich mich für den Feiertag vorbereiten und nicht mehr über Kurse oder Saubermachen oder Rettungsdienst nachdenken sollte, sondern alle Vorzüge eines leeren Hauses, seine heitere Gelassenheit genießen und das Tempo vermindern sollte, so daß ich den Feiertag in seinem eigenen Zeitmaß, als «Fußgänger», einholen kann. Saul wird um halb sechs zu Hause sein. Wir werden essen und dann zum Abendgottesdienst gehen. Wir könnten sogar über das Feld gehen, solange es noch hell ist, den Abkürzungsweg unserer Kinder zur Schule, den alle, die noch an diesen Straßen wohnen, benutzen.

Das zweimalige Aufheulen der Sirene und dann einer von den Leuten des Sheriffs: «Achtung Gilboa Feuerwehr- und Unfalldienst. Erste Hilfe bei der Methodistenkirche Ecke Federal- und Larchstreet.» Der Ruf wird wiederholt. Noch vor dem Ende der zweiten Durchsage bin ich in meinem roten Rettungsschutzmantel und aus dem Haus. Bis zur Kirche sind es sechs Blocks, aber auch ebenso viele Kurven, selbst mit Rotlicht und Sirene zu dieser Tageszeit gefährlich. Als ich bei der Kirche bin, finde ich Geri Pines, die Leiterin des Bereitschaftsdienstes, und einige der andern schon vor. Geri gibt den übrigen über Funk Bescheid, sie sollen zu Hause bleiben, wir brauchen keine Leute mehr.

Wir gehen in die Kirche, und eine Frau zeigt uns den Weg ins Souterrain. Dann fällt mir ein, daß es Mittwoch ist, der Tag der Altar-Gilde, und da sitzen sie auch alle um den Tisch herum an ihrer neuesten Arbeit: einem Quilt für die Verlosung zugunsten der Ausbesserung eines Risses in der Südwand. Wir bleiben einen Augenblick lang stehen. Wer ist es? Wer unter all diesen alten Frauen? Ich versuche es abzustreiten – aber sie lassen es nicht zu. Sie stehen an der Seite, in einiger Entfernung von ihr, so wie sie nie dastehen würden, wenn es einer ihrer lebenden Freundinnen nicht gutginge. Es ist Violet, meine Freundin Violet Cleve, meine erste Freundin hier in Gilboa. Sie sitzt ganz ruhig auf ihrem Stuhl. Ihre Hände liegen auf dem Quilt, an dem die Frauen arbeiten. Sie sieht nicht anders aus als sonst. Ich gehe zu ihr hinüber und fühle ihren Puls. Nichts. Sie ist kalt. Ihre Beine sind schon steif. Ich weiß, wir können sie nicht ins Leben zurückrufen, ich weiß, was es heißen würde, wenn wir es versuchten. Ich schüttle den Kopf. Geri kommt herüber und fühlt den Puls gleichfalls, tastet dann ihre Beine ab. «Wie alt war sie?» fragt Geri. Ich öffne schon den Mund, um «siebzig» zu sagen, aber Ad – die Arvis sagt: «Fünfundneunzig. Sie war fünfundneunzig.» Natürlich. Die Jahre; die Jahre sind vergangen.

«Sie hat hier mindestens eine halbe Stunde ganz ruhig tot dagesessen», sagt Geri. Ihre Äußerung teilt der Gruppe mit, daß wir keine Wiederbelebungsversuche machen werden. Wir müssen zustimmen, und alle tun es. Die Damen hatten sie nicht bewegen wollen. Sie stehen im Hintergrund und flüstern darüber, daß es so plötzlich kam. Geri geht hinaus, um den Leichenbeschauer zu holen. Irgend jemand muß hier bleiben, bis er kommt, und ich bitte darum, es mir zu überlassen. Wir legen Violet auf eine Bank und decken sie zu. Da es ein plötzlicher Tod war, tritt jetzt das Staatsgesetz in Kraft. Es gibt nichts mehr zu tun.

Ich sitze da und warte und denke darüber nach, wie zufrieden einen diese Rettungsarbeit macht, außer wenn nichts zu tun ist – außer wenn es um den Schmerz und den Tod eines Freundes geht.

Saul ist in der Küche, als ich zurückkomme. «Ich hab von Violet gehört und wußte, daß du bei ihr sein würdest. Ich dachte, daß, wenn es spät bei dir wird, ich schon mal mit dem Abendessen anfange. Du wirst ja jetzt nicht kochen wollen.»

«Wo, außer in einer kleinen Stadt, gibt es eine solche Verbindung ohne Telefon?»

«Schallgeschwindigkeit.» Wir lächeln einander zu.

Der Weg über das Feld und den Hügel ist der Schleichweg zum Rathaus, zum Gottesdienst. Wir sprechen über Violet, wie sie und ich uns kennengelernt haben und wie ich als Braut nach Gilboa gekommen bin. Wie ich mich angestrengt habe, dazuzugehören, Sauls Freunde, seine Eltern zu den meinen zu machen, all die Namen und Traditionen im Sinn zu behalten. Wir lachen über meine falschen Anläufe, wie ich dem Gartenverein beitrat, ich, die ich eine Rose nicht von einer Pfingstrose unterscheiden konnte. Er staunt wieder darüber, wie Violet und ich uns schätzen gelernt hatten, beide eher scheu und erstaunt darüber. Sie war alt – auch damals schon. Sie gehörte zu den ersten Familien, wir waren neu – erst eine Generation in Gilboa. Wir hatten nichts Erkennbares gemeinsam, und selbst Saul war überrascht von unserer Freundschaft. Ich lernte Gilboa mit den Augen von Violet kennen. Ich lernte es, alles locker auf mich zukommen zu lassen – die Leute, die Stadt, die Farmen rundherum, die Hügel, die Schneisen, die Lichtungen, die Wälder, die Blumen, die Felsen, die Ströme und Teiche. Ihr waren sie vertraut, ein Teil eines größeren Plans der Güte Gottes. Ich wurde schwanger und ging ganz auf in meiner Mutterschaft, aber beim Wechsel der Jahreszeiten gingen wir beide immer zusammen hinaus – als öffentliche Zeugen dieser Verwandlung und der Stetigkeit der Dinge.

«Ich frage mich, was Joshua wohl heute abend macht.»

«Er singt.»

«Ich frage mich, ob er weiß, daß es Kol Nidre ist.»

«Grace...»

«Tiere lecken ihre Wunden, und in meiner Ambulanz befühlen die Opfer immer den verletzten Arm, bewegen heimlich das ausgerenkte Gelenk, um zu wissen, ob der Schmerz noch da, immer noch so schlimm ist.»

«Es war nicht unsere Schuld und ist es auch jetzt nicht.»

«Wessen sonst?»

«Grace, bitte nicht», sagte Saul. «Du bewegst auch meinen gebrochenen Arm.» Ich habe uns die Tage der Ehrfurcht wieder ins Gedächtnis gerufen. Lässig über einen nach wildem Weizen duftenden Hügel zu streifen gehört nicht zur Tradition meines Volkes. Gehört Schuld dazu? Es heißt so. Es ist der älteste jüdische Witz, den wir kennen.

Meine orthodoxen Großeltern trauerten um ihre beiden Kinder, die in den Säkularismus Amerikas geflohen waren und «Fremde» heirateten. Sie erklärten sie für tot. Es war verrückt, und ich würde das nicht tun, aber meine Generation ist so rational, daß sie überhaupt keinen Kummer zuläßt. «Jeder hat die Wahl», sagen wir zueinander. Wir sind alle frei wie die Hölle, und statt zu weinen, zukken wir mit den Achseln.

Als wir im Saal ankommen, schaue ich nach Riva aus. Sie findet es töricht, wenn wir sie abholen kommen, und ich habe mich von ihr überzeugen lassen, aber als ich sie jetzt nicht hier entdecke, mache ich mir doch Sorgen. Rund um mich her begrüßen sich Nachbarn, aber viele von ihnen kenne ich nicht, Leute aus Midlothian und den näheren Vororten, die hierherkommen, weil die Gemeinde klein ist. Ich sehe mich um. Es geht uns gut im «Exil». Die Leute sehen glücklich und friedlich aus. Es gibt keine angsterfüllten Gesichter unter uns. Und hier ist Riva, groß aufgemacht. Die Jahre als Frau von Elia haben ihren modischen Geschmack nicht ändern können, der lebenslang ein Aufschrei war gegen die Armut und Dürftigkeit ihrer Jugend. Sie findet es schön, wenn Vögel und Blumen sich über ihre Kleider ausbreiten, sie liebt gelbe Turbane und farbige Schuhe. Jahrelang hat Saul versucht, ihren unabänderlichen Stil zu ändern, indem er ihr Kleider kaufte, die sie nie trug. Als Elia starb, gaben wir es auf und sie auch. Wenn Dowbens Kleider nicht farbenprächtig genug sind, geht sie zum Einkaufszentrum. Eisern.

Aber als ich sie unbefangen betrachte, spüre ich eine Veränderung. Die lauten Farben sind noch lauter geworden. Ich weiß, daß sie in letzter Zeit schlechter sieht; ich frage mich, ob ihre Augen womöglich noch mehr nachgelassen haben. Vielleicht braucht sie diese Farben, weil sie alles sind, was sie erkennt.

Es ist ein schöner Gottesdienst. Kol Nidre. Unser Mann, kein Rabbi, sondern ein sehr junger Student, ist ernst und meint es gut, aber er hat noch wenig Gefühl für die Verschiedenartigkeit der Resonanz. Er leitet die Gebete, aber er erklärt uns nicht, wie sie miteinander zusammenhängen, warum einige von ihnen wiederholt werden müssen. Riva steht zwischen Saul und mir, und ich stehe neben Mr. Levine und sehe mit in sein Gebetbuch. Als das Al Chet an der Reihe ist, das Hersagen der Sünden, fange ich an zu weinen. Ich tue es immer, ganz ruhig, während Saul – auch ein wenig neidisch, glaube ich – nach vorn schaut. In der älteren Tradition – in den kleinen «Schul» in den Seitenstraßen von Chicago, von denen einige vollständig und lebendig aus dem einen oder anderen typischen Dorf in einer der jüdischen Enklaven Rußlands herübergekommen waren – weinten alle, Männer und Frauen, ohne jede Verlegenheit. Aber die jüngeren Generationen, die meiner Mutter und meine eigene, blickten verächtlich auf solch aufgeregtes Gehabe. Wir machten uns Gedanken darüber, wie das wirken und was die Goys davon halten würden, und so kam es in der zweiten und dritten Generation zu einem «anständigen» Betragen, und das war eine solche ungeheure Offenbarung, daß sie das ganze Land ergriff, und jetzt weinen nur noch die sehr Alten, und Grace Dowben weint leise, und Saul Dowben beobachtet sie dabei – etwas verlegen und leicht amüsiert, etwas neidisch und leicht gerührt. Warum weine ich? Weil ich immer geweint habe. Warum habe ich immer geweint? Ich weiß es nicht.

Saul kommt mit mir zum Morgengottesdienst, aber nach der Mittagspause bleibt er zu Hause. Ich faste, er nicht. Er lobt meine Charakterstärke. Aber ich faste nicht aus religiösem Eifer, sondern mehr aus Gewohnheit. Ich hatte gedacht, ich würde damit aufhören, wenn ich den Kindern kein Beispiel mehr sein müßte. Zum Mahl der «Schwesternschaft», nach dem Abendgottesdienst, gehört auch mein Kartoffelauflauf und der Salat; was bedeutet, daß ich dies irgendwann am Nachmittag in den Saal ins Rathaus bringen muß. Irgendein kluger Rabbi muß vor gut tausend Jahren auf diese Verbindung von Essen und Glauben gedrungen haben.

Riva ist auch fort, hat sich – in einer Wolke von Entschuldigungen – davongemacht. Ich muß lachen. Der Stil meiner Kinder war Konfrontation. Wenn Miriam nicht zum Gottesdienst oder zur Schule gehen oder meine Eltern nicht besuchen wollte, hielt sie mir eine einstündige Rede über Heuchelei, über den bürgerlichen Mittelstand und über Institutionalisierung. Rivas Stil – der Stil ihrer Generation – ist umgänglicher: «Ich sollte hingehen, wirklich, aber...» und mir wird klargemacht, wie unmöglich es ist, das zu tun, was sie nicht tun will. Das Ergebnis ist das gleiche, aber ich mag Rivas «Gründe» lieber. Sie sind weniger ermüdend und weniger selbstgerecht.

Jedenfalls heißt es, daß ich allein beim Gedenkgottesdienst bin; wir sprechen den Kaddisch, der die hebräischen Worte des Gebets durch die Namen der Todeslager und die Orte der Verfolgung unterbricht – so viele Orte auf unserer Wanderschaft, die Juden im Gedächtnis behalten müssen, weil ihre Peiniger es nicht tun.

Leicht wie Rauch wird das kleine Erinnerungsgedicht davongetragen und das Gedicht für die Kinder, die wir verloren. Selbst wenn ich Tausende auf den Autobahnen und bei Herzanfällen, vom Alkohol und vor den Brückenpfeilern retten könnte, könnte ich damit in meiner ganzen Lebenszeit doch keine einzige der verlorenen Städte meines verlorenen Volkes wieder aufrichten.

Ich sehe mich um. Es sind junge Leute dabei, obgleich man liest, daß bei den Juden Amerikas das mittlere Alter jetzt vierzig ist. Werden wir alle alt werden, so alt wie die uralten Karikaturen von uns, und werden wir sanft in die Geschichte hinüberflackern, leiser sogar, als unsere Peiniger es wünschen? Ich sehe mich um. Es gibt Kinder hier – aber nicht genug, niemals genug. Es gibt junge Leute hier – aber nicht meine, nicht meine.

Die Pause rückt näher. Ich gehe nach Hause, um mich auszuruhen, tu es aber nicht. Zum Abendgottesdienst werden viele kommen – angezogen von der klugen Sitte eines späten gemeinsamen Essens als Abschluß. Juden sind im allgemeinen sehr gute Köche. Ich backe meinen Kartoffelauflauf und mache den Salat. Der Nachmittag ist warm, sanft und sonnengolden, aber die Gedächtnisworte überschatten ihn und die Namen der Lager und die kleinen gekräuselten Rauchwolken, die man nicht sehen und nicht hören kann. Keines der Gräber ist hier, nicht einmal das von Elia, den man auf die praktische moderne Art weggeschafft hat. In dem alten Land würden wir während dieser Tage alle draußen sein und die Gräber unserer Toten besuchen, um sie zu Zeugen für unser vergangenes Jahr zu machen. Schau mal, Großmutter, wie groß mein Jüngster ist; schau, Großvater, ich bin nun selbst alt geworden. Meine Generation und die beiden vorhergehenden haben millionenmal mehr Geister heraufzubeschwören, all die kleinen Kinder aus dem Gedicht, all die übrigen. Was würde ich diesen Geistern sagen, frage ich mich, was würden sie mir erzählen?

Sie würden sich gegen die Mauer des Caetano-Hauses aufstellen, unserem Nachbarhaus, das aus Ziegeln ist. Sie würden die so vertraute schwarz-weiß gestreifte Kleidung tragen, aber es wären gar nicht die Menschen selbst, sondern grobkörnige Fotografien von ihnen aus jener Zeit. Nichts würde sich an ihnen bewegen, wenn der Wind wehte, nicht die kleinste Haarsträhne am Gesicht des Kindes, kein Kleidungsstück. Sie wären nur eine kleine Gruppe, die von mir beschworenen Geister, kein Versuch, einen ganzen Kontinent voller Menschen zu verstehen. Vier oder fünf – nicht mehr: ein Kind, eine junge Frau, vielleicht zwei Männer; einer davon ein Großvater, alt und bärtig. Ich würde sagen: «Shalom aleichem.» Unsinn. Ein selbstgemachter amerikanischer Geist spricht Englisch. Ich kann keine würzige Mundart erwarten, alle Mundarten sind mit ihren Dörfern gestorben, mit Meseritsch und Zoromin. Zoromin ist in Rauch aufgegangen. Ich würde sagen: «Macht mir keine Vorwürfe – wegen meiner Kinder. Einige von euren sind auch abtrünnig geworden. Und bitte, erwartet keine Strenggläubigkeit von mir, in eurem Schmerz darüber, daß ihr einen so hohen Preis dafür bezahlen mußtet, Juden zu sein – strenggläubig oder nicht.» Die Frau, die ich beschworen habe, macht mir ein Zeichen, sie räuspert sich, ihre Kehle ist voll Rauch und Erde. «Ich», sagt sie – und ihre Stimme ist nur ein Flüstern –, «hätte Kinder zur Welt bringen sollen. Ich habe nie ein Kind großgezogen ...» Dann spricht überraschend der Junge, mit einer hohen Kinderstimme: «Taddeus und ich hatten einen Schlitten, aber die Deutschen kamen vor dem Schnee und niemals ...»

«... auf der Höhe meiner Wissenschaft», ruft der ältere Mann, «als mein Geist sich so weit öffnete, daß ich es förmlich spürte – experimentelle Arbeit, die ganz neu war, ein ganz neues Verständnis von ...»

«... er hat mir das Land verkauft», unterbricht ihn der junge Mann, «und mir noch die Scheune dazugegeben – einen kaputten, alten Schuppen. Ich würde daraus etwas gemacht haben ...», und wie in einer Fuge überschneidet sich ihr Geflüster und verstummt, und dann verblassen sie wieder zu nichts.

Was für eine seltsame Beschwörung! Die Geister dieses Feiertags haben mich nicht verflucht, wie ich gedacht hatte. Ich gehöre nicht zu den Juden, die ein orthodoxer Jude anerkennt ... aber meine Frauen würden eine schöne Meinung haben von einer, die den Nachmittag von Yom Kippur damit verbringt, mit Geistern zu reden, und ihren Kartoffelauflauf verbrennen läßt.

Ich packe meine Schüsseln und die Auflaufform zusammen und verstaue sie im Auto. Dabei denke ich darüber nach, wann wir eigentlich zuletzt als Familie, nicht nur als Bruchstücke einer solchen, an Yom Kippur-Nachmittagen zum Gottesdienst zu den Finegolds hinübergingen, Elia und Riva, Miriam und Joshua und Saul und ich. Wie waren wir miteinander? Waren wir glücklich, daß wir zusammen waren, oder war es so, wie Joshua es das letzte Mal, als ich ihn sah, charakterisiert hat: «Als Jude hatte ich kein Leben; mein Leben war leer.»

Ich denke zurück, ich versuche mich genau zu erinnern, was gesagt wurde, wer lachte, wer schimpfte, ob es irgendeine Freude an diesem Tag gab, irgendein Gefühl von der Gegenwart Gottes; irgendeine Vereinigung mit einem Volk und einem Gesetz, die... Dann denke ich wieder an den Jungen im Einkaufszentrum, und ehe es mir bewußt ist, fange ich wieder an zu weinen. Wundervoll, perfekt! Jetzt kann ich, so wie ich aussehe, verquollen und fleckig im Gesicht, im falschen Land und ein Jahrhundert zu spät, wieder zum Gottesdienst gehen. Grace ist wirklich der zutreffende Name für mich. Grace, die Königin der richtigen Zeiteinteilung. Kein Wunder, daß Miriam während des letzten Jahres, das sie hier verbracht hat, immer mit diesem angestrengt-geduldigen Blick, der mich verrückt machte, die Augen zum Himmel verdrehte. Aber ich höre auf diese Weise wenigstens zu weinen auf, denn es fällt mir ein, daß dieser Blick Miriams nur eine Parodie meines eigenen war. Genug. Es ist Zeit zurückzufahren. Ich fahre die fünf Blocks bis zum Rathaus, steige aus und fange an, die Sachen auszuladen. Noch ist niemand da. Ich werde zweimal zum Wagen gehen und mich dann draußen auf die Treppe setzen und über den bevorstehenden Gottesdienst nachdenken. Aber als ich mit dem Ausladen fertig bin und das Essen da abgestellt habe, wo es hingehört und mich mit meinem Gebetbuch hinsetze, spüre ich den Schimmer der Toten wieder um mich her. «Höre!» ruft mir die Frau zu. «Ich habe nie Kinder geboren!»

Da ist es also wieder. Kinder. Warum sonst sollten solche Bilder in mir aufsteigen, als um mir zu sagen, daß meine Wunde mehr ist als nur mein privater Schmerz; es ist ein Schlag – ein neuerlicher Schlag, der einem blutenden Volk zugefügt wird. «Dieses Gedächtnis gilt euch mehr als mir, mehr als meinem eigenen Vater, mehr als meinen eigenen Großeltern! Was wollt ihr von mir – 365 Yom Kippur-Tage im Jahr? Ihr seid hier, schreckerfüllt steht ihr da und urteilt über mich – über das, was ich getan habe. Ich habe meine Kinder ebensosehr geliebt wie ihr eure – was kann ich jetzt für euch tun? Was kann eure Leiden wiedergutmachen? Laßt meine Wunden in Ruhe, rührt sie nicht an. Mein Schmerz ist genug für mich, übergenug. Was kann ich euch sagen, das nicht von Tränen erstickt wird?»

Das Kind wendet sich zu einem der Männer um. «Ich hab versucht, ihr von meinem Schlitten zu erzählen, von meinem Schlitten, aber das einzige, was sie hören will, ist, wie wir gestorben sind.»

«Das ist verständlich bei solchen Toden, diesen millionenfachen Toden», sagt der junge Mann.

«Es ist unfair», ruft der alte Mann ihm zu, «*sie* haben dieses Grauen über uns gebracht, und wir sind für immer die Opfer. Ich aber war mehr, ein ganzes reiches, volles Leben lang, ein Leben voller Zusammenhänge, voller Entdeckungen! Meine eigenen Leute machen aus mir nicht mehr als die Nummer auf meinem Arm.»

Sie haben sich alle einander zugewandt und streiten miteinander, ihre Finger, ihre Hände blitzen, wie sie auf- und abfahren in dem Sonnengitter der Ecke, in der sie, nur halb sichtbar, im blaugoldenen Licht stehen. Ich komme mir lächerlich vor – meine eigenen Geister im Streit miteinander! Sie beachten mich überhaupt nicht. Und dann wendet sich die Frau dem Licht zu, und sie ist unscheinbar. «Männer!» macht sie verächtlich. «Hör doch nur zu. Alles Theorie. Jetzt spinnen sie an Theorien. Die Sonne wird untergehen und sie in die Luft wirbeln mitsamt ihren Theorien.»

«Was willst du von mir?» frage ich sie.

«Daß du uns nicht nur als Greuelgeschichte im Gedächtnis behältst. In unserem ungelebten Leben ist tausendfache Freude. Könntet ihr nicht ein wenig davon leben? Nur ein wenig jeden Tag? Jeder von euch, die ihr übriggeblieben seid?»

«Wie soll ich deine Freude leben?»

«Als deine eigene – wie denn sonst. Freue dich...»

Die Sonne geht unter. Ohne es zu merken, streiten die Männer weiter. Die Frau lächelt. «Glückliches Yom Kippur!» sagt sie.

3

Violets Begräbnis ist ein Stadtereignis. Nach all diesen Jahren habe ich das Bedürfnis nach solchen Ereignissen vergessen. Dieses Verlangen unterscheidet uns immer noch von den Vorortbewohnern, die bei uns einkaufen und in der Nähe wohnen. Die Damen unseres Gartenclubs bringen alles mit, was sie an blühenden oder grünenden Pflanzen haben, die Gärten werden leergeplündert. Den ganzen Morgen über machen sich die Männer mit Übertöpfen und Vasen zu schaffen. Die Methodistenkirche sieht aus wie eine grüne Laube.

Es ist gesteckt voll. Eingeklemmt in eine Kirchenbank, die für nur halb so viele gedacht ist, entdecke ich da und dort fast alle vom Gilboa-Rettungsdienst. Der Bürgermeister ist da und Sheriff Ups. Die Schüler sind heute früh nach Hause geschickt worden. Serena von der Post muß einfach ihren Schalter zugemacht haben und hergekommen sein. Aber es ist kein Tag des Kummers. Niemand ist bekümmert. Nachbarn plaudern, der Gartenverein glänzt. Pastor Dodge hat Zuhörer, die er nie zuvor gehabt hat und nie wieder haben wird. Sheriff Ups bemüht sich, Barrieren abzubauen, der Bürgermeister betreibt sanft, aber gekonnt seine Wahlkampagne. Neben mir stehen meine Geister. Ich weiß, warum sie hier sind und wofür sie Zeugen sind, aber sie sind ein Sinnbild, das außer mir niemand in der Kirche erkennt.

Pastor Dodge beginnt. Die Textlesung und die Gebete sind vertraut und erwartet. Aber die Predigt enttäuscht mich und macht mich traurig. Ich hätte mir ein paar persönliche Bemerkungen des Pastors gewünscht. Wenn es nach mir gegangen wäre, hätten sich alle Leute hier, einer nach dem andern erhoben und sich an sie erinnert. Wie sah der Pfarrer sie wirklich? War sie mehr für ihn als eine konventionelle altmodische Dame? Warum bist du da, C. A.? Was kommt dir ins Gedächtnis von damals, vor vierzig Jahren, als du zehn Jahre alt warst und sie fünfundfünfzig? Terrorisierte sie alle mit ihrem Garten, oder ließ sie dich Trauben stehlen von der Pergola, die sie damals hatte? Die Geister haben von mir gefordert, daß es nie mehr einen allgemeinen Tod, nie mehr Massengräber geben dürfe. Der Pfarrer ist ein netter Mann, aber er legt Violet in ein Massengrab. «Ein Mensch von gütiger und sanfter Sinnesart», sagt er gerade. Wann? Wo? Wem gegenüber? Ich fange an, ärgerlich zu werden. Solche Beschreibungen werden auf jede Frau angewandt, die begraben werden muß, auf jede alte Frau. Wo kann ich Zeugnis ablegen darüber, wer Violet war und was sie gesagt hat?

«Schließlich ist's vorbei. Ich geh hinaus mit Geri und Claude und Rita, und wir bleiben draußen vor der Kirche stehen. «Gehst du mit zum Friedhof?»

«Ich würde gern», sagt Rita.

Ich bin überrascht.

«Ich auch», sagt Geri, «aber wer bleibt da und übernimmt den Bezirk?» Es ist eine uns vertraute ständige Frage, eine Disziplin, an die wir gewöhnt sind. Claude nickt. «Die Sharps sind hier, und ich bleibe auch.»

Wir lächeln. Also geregelt.

Wir fahren in Ritas neuem Wagen die zwei Meilen hinaus zum Friedhof. Ich frage sie, wie sie Violet kennengelernt hat. Sogar in einer solchen Stadt gibt es noch Geheimnisse.

«Wir haben uns immer nur im Laden oder auf der Straße gegrüßt. Ich bin meines Großvaters wegen hier. Mein Großvater sagte immer: ‹Die Italiener haben einen großen Appetit und ein langes Gedächtnis.› In den zwanziger Jahren sind sie aus Tarrant hierhergezogen. Die Stadt vereiste nicht gerade ihnen gegenüber, aber man blieb kühl. ‹Abgesehen von der Dame›, sagte Nonna immer, ‹die Dame hat uns zu Bürgern gemacht.› Miss Cleve hat Nonna besucht. Sie hat die Kinder verschiedene Arbeiten machen lassen. Für mich klingt das nach Ausbeutung, aber für die Großeltern bedeutete es eine Anerkennung, einen Platz in der Gemeinde. Allmählich gewöhnten sich die Leute an den Anblick der Neris. Erst später kamen die anderen Leute vom Hüttenwerk, die Ruggieros, die Bellos, die übrigen alle. Die alten Leute sind gestorben, und Mom fühlte sich nicht wohl, so bin ich eingesprungen.» Ich lächle. Ich werde älter, ich erinnere mich gut an die «alten Leute».

Geri sagt: «Das alte Weibsbild war ein Sinnbild alles dessen, was ich bekämpfe, was ich hasse.»

«Wieso das?» Ich bin wie vom Donner gerührt.

«All das Gehabe, Getue – das, wozu mein Exgatte erzogen war und was er erwartete – die niedergeschlagenen Augen, das sittsame Lächeln, die empfindsame Damenrolle.»

Ich versuche etwas zu erwidern, obwohl ich weiß, daß es mir nicht gelingen wird. «Sie hat diese Rolle nicht gespielt. Sie war es wirklich. Ich glaube, wir spielen nur Rollen, wenn wir nicht etwas wirklich sein können. Und überhaupt – ist es denn so schlimm, wenn man diese Tugenden anstrebt?»

«Nicht, wenn es dir nichts ausmacht, in Honig zu ertrinken.»

«Wenn ich an Violet denke, gibt mir das ein Gefühl der Beruhigung, der Ausgeglichenheit. Ich wünschte, ich wäre etwas mehr wie sie – liebenswürdiger, als ich es bin.»

«Warum sollte die nicht liebenswürdig sein? Sie war die Königin des Gartenvereins und die Grand Dame von Gilboa.»

«Sie war eine alte Jungfer in einer kleinen Stadt, eine Frau, die einen Ruf zu erfüllen hatte. Ich glaube, sie machte aus der Not eine Tugend und akzeptierte, was sie war. Mir scheint, fünfundzwanzig Jahre später hat sie sich vielleicht selbst betrachtet und gesehen, daß die Tugenden, die sie aus der Not gemacht hatte, wie durch Zauber zu wirklichen Tugenden geworden waren. Und ich glaube, sie hat darüber gelacht.»

«Brrrrr! Tugenden!»

«So kommst du nicht davon, Geri! Ich hab dich bei der Arbeit beobachtet. Du bist auf deine Weise ebenso liebenswürdig, wie Violet auf ihre war. Der Unterschied liegt in der Form, nicht im Inhalt.» Rita lacht.

«Schweig, Rita», sagt Geri. Und Rita lacht wieder.

Vor dem Friedhof bleiben wir voll Verwunderung stehen. Der Gartenverein hat aus dem Grab eine Hochzeitslaube gemacht. Der Weg zum Grab ist gesäumt mit Blumensträußen und Arrangements aus Herbstlaub. «Ich wette, die Damen sind wütend, daß sie nicht im Sommer gestorben ist, als die Rosen blühten», flüstert Geri.

«Das hier ist noch günstiger für sie. Stellt ihre Kreativität auf die Probe, spornt ihre Einfallsfreudigkeit an.» Ich mag Blumen an einem Grab, obgleich die jüdische Tradition sie bei Begräbnissen nicht kennt. Vor Jahren sagte einmal ein Rabbi in Chicago: «Der Tod eines Menschen sollte nicht der Anlaß sein, daß etwas anderes Lebendiges stirbt.» Wenn ich den Sinnbildern meines Volkes ebenso treu sein wollte, wie Rita es den ihres Volkes gegenüber war, würde ich ein Stück von meinem Kleid abreißen oder einen rituellen Fetzen, der daran befestigt wäre. Trauernde Juden flattern im Wind, ihr Haar ist zerzaust, sie sind vom Verlust zerrissen. Auf dem Weg vom Begräbnis nach Hause machen wir Halt beim Feuerwehrhaus, um einen der Lastwagen neu auszustatten. C. A. geht vorüber, und als er die Tür offen stehen sieht, kommt er herein. Orley Flett ist auch dabei. Als Orley kommt, spüre ich, wie Geri neben mir erstarrt. Orley begrüßt C. A., nickt mir zu und starrt Geri einen Augenblick lang mit ausdruckslosem Gesicht an.

Um uns herum die Bilder der Gilboa-Feuerwehr an den Wänden. Seit 1875 stehen sie, Väter und Söhne, vor den neuen, von Pferden gezogenen Pumpenwagen, dem neuen Dampfmodell ohne Pferde, dem neuen Diesel. Gute, kraftvolle Maschinen. Gute, kraftvolle Männer. Feuerschlucker. Während des Ersten und Zweiten Weltkriegs durften Frauen die Lastwagen fahren und das Feuerwehrhaus in Ordnung halten, aber sie waren keine Mitglieder. Als aus der Feuerbekämpfung der Feuerwehr- und Rettungsdienst wurde, spaltete die Frage weiblicher Mitglieder viele der freiwilligen Feuerwehren. In Gilboa hatte sich 1970 eine Frau, Margaret Orange, um den Dienst als Feuerwehrmann beworben. Ihre Bewerbung wurde als politischer Witz auf dem Schwarzen Brett angebracht. Anfang 1972 bewarben sich Serena Hansen und Anna Hamer. Ihre Ehemänner arbeiteten in der Bezirksverwaltung. Mit den neuen, leichteren Schlauchkuppelungen und den Leichtgewichtschläuchen, so argumentierten sie, könnten sie ebensogut umgehen wie die Männer. Zudem waren sie während der Arbeitszeit verfügbar, wenn die Abteilung am schwächsten besetzt war. Ihre Bewerbungen wurden «zur Wiedervorlage» abgelegt. Im Frühling 1972 bewarb ich mich. Die Feuerwehrleute wußten, daß die Diskussion nicht bis in alle Ewigkeit zurückgestellt werden könnte. Also mußten wir eine Ausbildung von einem Jahr – statt eines halben – machen. Ich glaube, sie waren überrascht von unserem Mut und unserer Geschicklichkeit. Wir wurden 1973 bedingt aufgenommen mit einer Stimme Mehrheit. Bezeichnenderweise gab es seither keine Gruppenfotos mehr. An der Wand des Feuerwehrhauses prangt kein Frauengesicht. Einige der Feuerwehrmänner machen immer noch ausschließlich Feuerbekämpfung; einige der Leute vom Rettungsdienst machen nicht mit bei den Feuerlöscharbeiten. Und in einigen lebt die Angst vor uns weiter. C. A. Bordereau ist immer noch nicht ganz wohl mit uns. Orley kennt auch weiterhin nur zwei Kategorien Frauen: Mütter und Huren. Zu welcher gehören wir?

Er scheint zu wissen, zu welcher Geri gehört. Bei Unfällen bewährt sie sich wie ein Mann. Hinterher raucht sie Zigaretten und – wie Orley vermutet – Hasch. Sie flucht. Sie trinkt. Sie ist geschieden und schämt sich dessen nicht. Sie gehen sich aus dem Weg, aber die Luft zwischen ihnen gerät ins Zittern. So stehn sie zwischen den Feuerspritzen, umgeben von den Fotos von Orleys Helden und Geris Gegnern, und starren die Karikaturen an, die sie füreinander sind. Ich gehe ins Büro, um mit C. A. über eine verlorengegangene Decke zu reden.

«Das war ein schönes Begräbnis», sagt er. «Eine solche große Dame wird es in dieser Stadt kaum wieder geben.»

«Wohl kaum.»

C. A. nickt. Sein Gewicht erdrückt das Büro ein wenig. Der kleine Raum ist überfüllt, wenn wir beide darin sind. «Mir gefiel, was Mr. Dodge über sie gesagt hat.»

«Ich hätte es mir etwas *persönlicher* gewünscht. Wie war sie damals, als du klein warst?»

C. A. zuckt die Achseln. «Du weißt es ja, sie zog sich immer irgendwie gut an. Wenn man auf der Straße an ihr vorbeikam, grüßte sie, aber da war noch etwas mehr, irgend etwas Nettes dabei...»

Ich habe ihn aus dem Büro gedrängt. Geri kommt uns entgegen. Ich spüre ihre Abwehr, wie sie da steht. «Wenn ich das Wort ‹Dame› heute noch einmal höre...» Einen Augenblick wünsche ich, auch die Frauenbewegung hätte ihre Bürostunden von neun bis fünf und an Wochenenden und Feiertagen frei von der Konfrontation, diesem Gerinnen der Gedanken zu Schlagworten.

Aber C. A. scheint es nichts auszumachen. «Miss Cleve hatte so eine Art, die schöne Seite der Dinge zu zeigen...»

«Ja, das konnte sie», sage ich.

C. A. lächelt. «Aber weißt du, für mich war sie immer alt. Als ich ein kleiner Junge war, dachte ich immer, sie sei so alt und zerbrechlich, daß ihre Knochen eines Tages auseinanderfallen würden. Es machte mir Angst. Ein paarmal träumte ich von ihr, wie sie plötzlich hinfiel und keinerlei Gestalt mehr hatte, weil ihre Knochen in sich zusammengefallen waren. Alpträume, weißt du.»

«Tatsächlich?»

«Es wurde so schlimm, daß ich es meinem Dad erzählte. Das nächste Mal, als er in Midlothian zu tun hatte, nahm er mich mit, und auf dem Rückweg ging er ganz einfach mit mir ins Krankenhaus hinein und sagte denen da, ich brauchte einen Knochenspezialisten. Nun gut, die dachten vermutlich, ich sei krank. Wir also rauf und zu diesem Doktor da, und mein Dad erzählt ihm alles. Also, zuerst macht der Doktor große Augen, aber dann nimmt er mich mit in den Raum, wo sie Röntgenaufnahmen machen, und vielleicht so eine halbe Stunde lang haben wir uns Röntgenbilder von Beinen und Rücken alter Leute angesehen. Ich weiß nicht mehr, was es eigentlich bewiesen hat, aber ich hab keine solchen Träume mehr gehabt. Ich sah Miss Cleve immer wieder, und sie starb nicht, und ihre Knochen zerfielen auch nicht. Und ich glaube, das hat mir beigebracht, wie stark zarte Menschen sein können. Als ich Jeannie kennenlernte, hab ich vermutlich das in ihr erkannt, was ich vielleicht nie getan hätte, wäre Miss Cleve nicht gewesen.»

Wir sagen nichts. Wir sind gerührt, um so mehr, als Jeannie Bordereau ein richtiges Weibsbild ist, ein hübsches, törichtes Frauenzimmer, und C. A. sieht Violet in ihr!

«Sie hat auch 'ne Menge für den Gartenverein getan», sagt Orley. «Sie hat Blumen für den Unterricht gezogen – Pflanzen, die bei Shakespeare vorkommen und so was.»

C. A. lacht. «Ich bin in dem Glauben großgeworden, daß jede katholische Kirche einen Feigenbaum im Altarraum hat.»

«Ich habe nie gewußt, was alles von Miss Cleve war. Ich dachte immer, das sei die eigentliche Aufgabe des Gartenvereins gewesen.»

«Das war alles sie, die Schulen und die Kirchen. Sie hat nie darüber geredet. Ich weiß es, weil meine Ma davon gesprochen hat.»

Mich rührt C. A.s Geschichte. Violet sah so zerbrechlich aus, kein Wunder, daß ein Junge, der wie C. A. in einem überfüllten, lauten Haus aufwuchs, fand, daß sie nicht genug Fleisch hatte und ihre Knochen wie Vogelknochen waren, zu leicht, um einen Menschen durch die Welt zu tragen. Ich erzähle ihm meine Geschichte. Geri kommt näher und hört zu.

«Einmal – es war an einem Aprilmorgen, vielleicht vor fünfzehn Jahren – mußte ich eine Kiste mit Stoffresten zu Violet hinübertragen für die Quilt-Damen in der Altar-Gilde. Es war einer von diesen leuchtenden Frühlingsmorgen – ein leichter frischer Wind und der Geruch nach Erde. Ich ging die Cleve Road hintenherum hinauf, und ich hörte sie in ihrem Garten leise mit sich selber sprechen, während sie sich ansah, was gerade herausgekommen war, und plötzlich hörte ich sie sagen: ‹Ja, mein Gott, ist denn das nicht wundervoll?› Und dann hörte ich ein Geräusch, das ich nicht erkennen konnte, und ich ging näher heran. Und da sah ich sie, die verhutzelte, faltige, zerbrechliche, alte Frau, vor einem Fliederbusch stehen. Die Knospen waren gerade in dem warmen Wind aufgesprungen, und sie *applaudierte* ihnen, so wie ein entzücktes Kind.»

«Das ist mir *zu* kindlich», sagt Geri.

Warum kann ich ihr den Unterschied nicht klarmachen? Sie ist so voller Intuition, sie nimmt so vieles wahr! «Es ist genau das Gegenteil von kindlich. Es ist nicht Unschuld – es ist eine verfeinerte Einfachheit.» Ich unterbreche mich. C. A. fängt an, unbehaglich dreinzusehen. Vielleicht denkt er, daß es nicht richtig ist, über die Motive von Menschen zu reden.

Geri raucht. Sie tut es, weil Orley hier ist.

«Gut», sage ich. «Du willst auch ihre dunklen Seiten wissen – nicht wahr? Ich kenne nicht viele. Ich bin sicher, es gab sie. Was Musik angeht, war sie ein Analphabet. Ihr Kunstgeschmack war viktorianisch-üppig. Sie war verantwortlich für das grauenhafte Jesusbild in der Vorhalle der Methodistenkirche. Wieso die Gemeinde sie und den Künstler nicht wegen Verleumdung belangt hat, wird mir immer unerfindlich bleiben. Ihr Geschmack – außer bei Blumen und Quilts – war abscheulich. Ich hätte sie nie ein Kleidungsstück für mich aussuchen lassen oder einen Satz Schüsseln oder irgend etwas für den Kamin, aber geistig war sie, was einer meiner Vorfahren ‹einen Quell süßen Wassers› genannt hätte.»

Ich errege Anstoß bei C. A. «Es ist einfach nicht richtig, daß ihr so daherredet! Was macht es schon aus, was sie über *Schüsseln* dachte? Miss Cleve war eine wunderbare Frau!»

«Wir verabschieden uns doch nur von ihr, C. A. – das ist alles. Es ist nur unsere Art, Abschied von ihr zu nehmen.»

«Na, dann ist's eine höchst miese Art – wenn ihr mich fragt. Es ist nicht richtig, schlecht von den Toten zu sprechen», und C. A. steht auf. «Ich muß hier noch einiges tun.» Er ruft nach Orley, aber Orley hat getan, was er tun wollte und ist fort. C. A. wirft Geri einen irritierten Blick zu. Orley Flett hatte sonst immer seine ganze freie Zeit im Feuerwehrhaus zugebracht und dabei darauf gewartet, daß einmal ein alter Kumpel vorbeikam. Die Tage des Alte-Kameraden-Vereins sind vorbei. Der Kühlschrank ist nun statt mit Bierflaschen mit alkoholfreien Getränken gefüllt, und der Billardtisch ist verschwunden. Niemand sitzt mehr bei schönem Wetter zeitungslesend und rauchend auf einem kippligen Küchenstuhl in der offenen Einfahrt. In seinem Herzen billigt C. A. die Veränderungen, und ich weiß das, aber jetzt seufzt er und verschwindet zwischen den Wagen.

Unser Team – wie verschieden sind wir doch alle! Fern von Unfällen, Feuer, Alarmanlagen können wir uns kaum vorstellen, welche Kräfte uns eigentlich verbinden, uns zu der merkwürdigen Familie zusammenschweißen, die wir geworden sind.

Geri starrt C. A. nach. «Seit ich ihn kenne, habe ich diesen Mann noch nie so viel auf einmal reden hören.»

«Es hat ihn geschockt, daß ich über Violets schlechten Geschmack, was Wohnungseinrichtung betrifft, gesprochen habe.»

Wir sehen uns an und fangen an zu lachen.

Dann sagt Geri: «Über all dem, was heute gewesen ist, habe ich vergessen, dir zu erzählen, daß noch zwei Leute beim Rettungsdienst mitmachen wollen. Eine meiner Schwestern drüben im Pflegeheim hat gesagt, sie sei interessiert daran, und gestern kam ein junger Mann vorbei, der ebenfalls beitreten wollte.»

«Wer ist das?»

«Er ist neu hier in der Gegend. Hat langes Haar und einen Bart. Ich habe beiden gesagt, sie sollten am Mittwoch zum Meeting kommen.»

«Gut. Übrigens, bei Dowben gibt es Sonderangebote am Wochenende, und ich helfe da ein wenig. Ich bin also gerade gegenüber von der Ambulanz.»

«Arbeitest du gern mit Saul im Laden?»

«Bei Unfällen sind Leute nervös und haben Ängste, und einige reagieren abwehrend und feindlich. Leute, die Kleider kaufen, sind gleichfalls nervös und voller Ängste, und einige von ihnen reagieren abwehrend und feindselig. Der einzige Unterschied ist, daß bei der Ambulanz wir das Sagen haben und im Kleiderladen das Opfer.» Ich stehe auf.

«Danke, Grace.»

«Wofür?»

«Dafür, daß du C. A. zum Reden gebracht hast. Mir allein hätte er das alles nie erzählt.»

«Sollte man nicht erwarten, daß der Tod das für die Lebenden tut?»

«Ich wußte gar nicht, daß man überhaupt erwarten kann, daß der Tod etwas *tut.*»

«Er ist da. Man kann von ihm Gebrauch machen.»

«Hausfrau!»

Ich habe die Absicht nach Hause zu gehen und etwas sauberzumachen, aber ich bin so nahe beim Laden, daß ich mich entschließe, hinüberzugehen und eine Weile bei Saul zu bleiben. Mein modischer Geschmack ist kümmerlich, und die ganze Stadt weiß das, aber als Hauptgehilfin bin ich besser als die meisten. Wenn längere Zeit wenig los ist, werde ich die neuen Bestände aufhängen, die Sachen für den Ausverkauf neu auszeichnen und Saul unter der Arbeit von dem Moonie im Pinecrest Mall erzählen.

4

Miriam ruft aus Kalifornien an. Sie fragt, wie es uns geht, und ich erzähle es ihr. Es klingt alles trivial. Ich beschließe, das Thema Riva anzuschneiden. Riva gehe es gut, aber ihre Sehkraft lasse nach, und sie wehre sich dagegen, schäme sich dessen irgendwie. Aus Angst, eine Belastung zu sein, streite sie es immer wieder ab. Ich erzähle Miriam von den Tricks, die ich angewandt habe, um Riva zum Arzt zu bringen. Bis jetzt seien alle fehlgeschlagen. Miriam seufzt, und ich kann förmlich das leise Klicken ihrer Ungeduld hören, eine Bewegung, wenn sie den Zeigefingernagel unter dem Daumennagel hervorschnappen läßt – jahrelang geübt.

«Mutter, mir scheint, du unterstützt nur Grandmas Abhängigkeit, und Grandmas Herkommen fördert dies auch noch. Sie wird nie mit ihren Problemen fertig werden, wenn sie ständig auf dich und Dad zurückgreifen kann.» Sie teilt mir im weiteren mit, daß Rivas Bewußtsein geweckt werden müsse, um die in ihrer Situation nötigen Strategien zu begreifen. Ich erwidere, daß für Riva ihre Situation etwas Persönliches sei und mit Strategien nichts zu tun habe. Miriam belehrt mich, daß es gerade diese Denkweise sei, die Frauen über Generationen in ihrer jeweiligen Kultur gefangengehalten habe. Sie arbeite auf den Tag hin, da alle frei und unabhängig sein werden. «Und was, wenn eine von ihnen alt oder krank wird?» frage ich. «Die Gesellschaft wird einen Weg finden...»

«Na gut, aber hier in Gilboa bin ich ‹die Gesellschaft›, und das ist mein Weg.»

«Sicherlich, aber du siehst ja, welchen Erfolg du damit hast. Hab ich dir erzählt, daß wir die staatliche Subvention nicht bekommen haben, um die wir uns beworben hatten?»

«Ach, das ist aber schade.»

«All diese verdammten Formulare, die man da ausfüllen muß, ein ganz klar aufgezeigtes Bedürfnis – und dann nichts.»

«Vermutlich gibt es viele solche Bedürfnisse, die miteinander konkurrieren...»

«Aber für Männer geschieht was!» schreit sie.

Ihre Selbstbezogenheit irritiert mich. Ich seufze ins Telefon. Im Abstand von dreitausend Meilen hört sie den Seufzer. Es tut mir leid, daß ich ihn nicht unterdrückt habe. «Ach ja, es gibt noch weitere Neuigkeiten – Stadtnachrichten. Violet Cleve ist letzte Woche gestorben.»

«Großer Gott, ich dachte, sie wäre schon seit Jahren tot. War das nicht diese schüttere alte Schachtel, die immer überall Blumen verteilte? Sie war auch bei uns in der Schule und redete über Blumen in Shakespeare-Stücken, und sie hat uns eine große Kletterpflanze im Topf geschenkt, die blühen sollte, was sie aber nicht tat. Sie sagte ‹liebe Kinder› zu uns! Tommy Bordereau saß auf der letzten Bank und hatte seine Hand unter Ellen Dibellos Kleid, und sie sagte ‹liebe Kinder› zu uns! Die Klasse hat sich ausgeschüttet vor Lachen.»

«Erinnerst du dich an den Quilt auf deinem Bett? Sie und die

Damen von der Altar-Gilde haben ihn aus abgetragenen Kleidern von dir gemacht, damit du, wie sie sagte, wenn du erwachsen wärst, immer noch ‹irgendwie› die Kleider hättest, die du als Kind getragen hast. Der Hartriegelbusch, den wir haben, ist aus einem Ableger von ihrem.»

«Sie war sicher eine Stadtgröße. Hat sie uns nicht immer auf diese fürchterlichen Natur-Spaziergänge mitgenommen, als wir klein waren – war sie das nicht?»

«Die ganze Stadt war da, wirklich fast alle. Sie war der erste Mensch, den ich hier kannte – außer deinem Vater. Die erste Bekanntschaft, die ich auf eigene Faust machte.»

«Ich weiß nicht recht, was du mit ihr gemeinsam haben könntest. Sie war so altmodisch.»

«Noch viel schlimmer. Sie war aus der Mode.»

«Mutter, ich wollte nicht unfreundlich sein. Es ist diese Stadt – alles wie eingefroren, wie ein Haufen lebender Statuen, unveränderlich.»

«Aber sie hat sich verändert, ich hab's dir doch gerade erzählt.» Sie antwortet nicht.

Wir sprechen über ihre Arbeit im Frauenzentrum – eine lebensnotwendige Arbeit. Ein Ort, wo die mißhandelten, alkoholkranken und geschiedenen, drogenzerstörten und vergewaltigten Frauen hingehen können und Trost, Sicherheit und Hilfe finden. Warum lege ich dann schließlich den Hörer so voller Angst auf, gehe in das Zimmer hinauf, das einmal Miriams war, wo der alte Quilt immer noch am Fußende des Bettes liegt, und fange endlich an, über den Verlust von Violet Cleve zu weinen?

Die Mitarbeiter des Bereitschaftsdienstes treffen sich jeden ersten Mittwoch im Monat im Feuerwehrhaus. Manchmal ist es reine Routinesache, manchmal kommt es zu Konfrontationen und Auseinandersetzungen. Wir gehen unsere Aktivitäten des Monats durch; wir sprechen darüber, wo der Verkehr zusammengebrochen ist, über Unterstützungsprobleme, über Patientenentschädigung und -behandlung. Wir «lernen», wie Rita sagt, «lauthals».

Hinten sehe ich die beiden neuen Leute sitzen, weit voneinander entfernt, mit großen Augen. «Der Patient lag flach auf dem Rükken, auch wenn er – technisch gesehen – nicht unbeweglich war.

Seine Nerventests waren in Ordnung, und er klagte nicht über Schmerzen», sagt Jack Sharp. «Nichts, was die Mechanik der Verletzung betraf...»

«Dussel!» schreit Rita. Ich mische mich ein.

«Ich war dabei, und es sah, wie Jack sagt, nach einer einfachen Ohnmacht aus. Er war gerade dabei, auf einer Baustelle einen Balken in Position zu bringen, als er plötzlich umfiel, wie die Augenzeugen berichten. Ich dachte an ein Herzversagen, weil er Schmerzen in der Brust hatte. Wir haben ihn deshalb in der Ambulanz aufgenommen und dabehalten, obgleich er sich nicht aufsetzen wollte, was atypisch ist.»

«Wir müssen uns darüber klar sein», sagt Geri, «daß das, was wir ohne Röntgenschirm feststellen, womöglich nicht die eigentliche Verletzung ist.»

Wir gehen weiter. «Antonelli», liest Jack, «die Schlägerei in der Kneipe...»

«Darüber wollte ich sprechen», sagt Claude. Er schildert das Problem. Geri fragt, wer die Tour hatte und was wir davon halten. Ich war dabei und bin an der Diskussion interessiert, aber in ihrem weiteren Verlauf merke ich, daß die andern auf etwas hinauswollen, was für eine Gruppe wie unsere unsinnig ist. Abgesehen von einigen unrealistischen Hinweisen, sehe auch ich nicht, wie wir da anders vorgehen könnten. Ich schweige also und warte, weil ich nichts «Konstruktives» anzubieten habe.

«Grace, was denkst du?»

«Ich habe nicht viel dazu *gedacht*, ich hab eine ganze Menge *gefühlt*, und das ist mir in die Quere gekommen. Ich kam mir wie betrogen vor. Diese Burschen waren bullige Fremde. Sie hatten eine Schlägerei, und im Ambulanzwagen fiel der eine über den andern her. Die Burschen von hier, die sich besaufen und keilen, haben eine ganze Liste ungeschriebener Gesetze, wo sie den Macho herauskehren können und wo nicht. Ich bediente gerade eine Sauerstoffleitung und hielt den Behälter für eine intravenöse Infusion hoch, um ihn aufzuhängen. Ich hatte keine Hand frei, um mich zu verteidigen. Ich war gerade mit der Leitung klargekommen und nahm den Infusionsbehälter von einer Hand in die andere, als sich der eine Patient auf den anderen stürzte und mich umstieß. Ich fiel – vermutlich weil mir so oft gesagt worden ist, daß man nicht auf das

Opfer fallen darf – zur Seite und in die Schränke hinein.» Ich höre, wie hinten im Raum jemand den Atem einzieht. «Ich habe privat mit einigen darüber gesprochen, und ich mußte mich hinterher in den Erste-Hilfe-Raum setzen, um mich zu beruhigen, aber der Bereitschaftsdienst kann doch wegen eines solchen Vorfalls nicht mit Karate anfangen oder jeden Betrunkenen gleich verhaften lassen.» Ich wende mich leicht um und blicke nach hinten, wo die beiden Neuen sitzen. Ihr Gesichtsausdruck ist beherrscht, neutral. Weder eine Bewegung noch ihre Haltung verraten etwas. Ich drehe mich wieder um, und wir fahren fort. Die meisten der übrigen Touren sind reine Routine. Der alte Rabush, ein zuckerkranker Farmer, war beim Hechtfischen und hat seiner Frau wieder eins ausgewischt, indem er sein Insulin nicht genommen hat; die übliche Anzahl betrunkener und schläfriger Fahrer sind auf der langen, geraden Strecke der Fernverkehrsstraße, da wo sie sich verbreitert und die Stadt umfährt, von der Fahrbahn nach unten abgekommen; Kinder sind von Schaukeln, Rutschbahnen, Dächern, Kühlschränken heruntergefallen. Die Älteren essen zuviel, und die Jungen trinken zuviel. Zwei Selbstmordversuche in der neuen Siedlung. Wir haben beide gerettet; ich frage mich, wie das in beiden Fällen weitergehen wird. Etwas tief Frustrierendes in unserer Arbeit ist, daß wir die Leute für zwei kritische Stunden ihres Lebens sehen und – wenn es sich nicht um Nachbarn oder Freunde handelt – dann nie wieder. Hat der Mann der Ausreißerin mit dem gebrochenen Rücken sie wiedergefunden, und haben sie sich versöhnt? Wir werden es nie erfahren. Hat man jemals den Autofahrer gefunden, der den Radler überfahren hat? Da endet die Geschichte für uns. Wir wissen nur, daß der Radler lebt, nicht mehr. Claude spricht über die Finanzen des Dienstes. Meine Gedanken entgleiten, und ich fange an, auf meinem Schreibblock herumzukritzeln: hebräische Buchstaben und Wörter. Im Hebräischen gibt es kein Präsens Indikativ von «sein». Wenn wir sprechen, sprechen wir von dem, was in diesem Augenblick bereits Vergangenheit ist. An diese grammatische Einzelheit mußte ich denken, als ich etwas über den Herzschlag erfuhr. Der Ton des Herzschlags ist das Geräusch der Herzklappen, die zufallen. Wenn wir das Herz schlagen hören, hat es das Blut bereits gepumpt. Zeit war. Zeit war, als ich jung war. Zeit war, als meine Tochter taktlos war und mein Sohn ein gelbgekleideter Renegat. Ich kehre zur Diskussion zurück.

Geri stellt die Gäste vor. Sie bittet sie, uns ihre Namen zu nennen und etwas über sich selbst zu sagen. Die Schwester nennt ihren Namen. Sie sei interessiert, sagt sie, weil sie verschiedenartige Erfahrungen machen möchte. Sie habe eine Erste-Hilfe-Bescheinigung für Fortgeschrittene, aber wenig praktische Übung in Notfällen. Ob wir ihr wohl ein paar Fragen beantworten könnten. Ob es eine Regelung der Verantwortlichkeiten gäbe? Wir nennen ihr die Namen einiger Funktionäre und ihre Pflichten, aber Claude versucht auf die wirkliche Erfahrung zu sprechen zu kommen. Die Funktionäre koordinieren die Arbeit und haben die letzte Entscheidung, aber an einer Unfallstelle gibt es so etwas wie einen natürlichen Konsens. Ob es eine Tages- und eine Nachtbesatzung gäbe? Jack antwortet, daß einige am Tag und einige nachts in ihrem normalen Beruf arbeiten. Am Tag stehen sehr viel weniger Leute zur Verfügung, aber wenn Linda wissen wolle, ob es da eine scharfe Trennung gäbe, so sei die Antwort: nein. Wenn die Mitglieder zu Hause sind, dann fahren sie. Wenn der Unfall nur wenige Leute erfordert, gehen die übrigen nach Hause.

Lindas Gesicht zeigt unter der Höflichkeit des Gastes einen halb verblüfften, halb ängstlichen Ausdruck. Ich kann erkennen, was es ist und erinnere mich, wie zusammenhanglos mir zuerst alles schien, wie zufällig – keine Befehle, nichts Sicheres und Geregeltes. Ich hebe die Hand hoch.

«Ich weiß, es nimmt sich alles aus wie ein Marionettenspiel – alles rauf und runter ohne jede Ordnung, aber diese Offenheit gehört in Wahrheit zu der Form, die uns der Unfall aufzwingt. Kommen Sie doch und sehen Sie uns ein paarmal zu, wenn wir unterwegs sind.»

Es hilft nichts. Linda sieht womöglich noch verängstigter aus als vorher. Hinter ihr entdecke ich den jungen Mann, und mir wird bewußt, daß wir ihn vergessen haben. «Haben *Sie* Fragen?»

«Ja», sagt er langsam. «Wie oft im Monat sind Sie auf Tour?»

«Etwa zehnmal – weniger als in Midlothian, mehr als in Tarrant.»

«Genügt das nicht, um eine feste Mannschaft für ihre Dienste zu bezahlen?»

«Nein.» Mit all dem Haar in seinem Gesicht läßt sich dessen Ausdruck schwer erkennen.

«Erzählen Sie uns doch etwas über sich», sagt Geri.

«Also», fängt er an, «mein Name ist Sloan – Benjamin Sloan. Ich komme aus Kalifornien. Ich habe in einem Nationalpark gearbeitet, Such- und Rettungsdienst. Ich habe einen kalifornischen Erste-Hilfe-Ausweis. Ich würde gern kommen und zusehen, aber ich habe kein Telefon.»

«Wo wohnen Sie?» fragt Geri.

«Ich habe gerade einen Job in Longhill gefunden, und ich wohne da in einem der Häuser.»

Geri zuckt nicht mit der Wimper. Longhill löst bei uns allen schlimme Assoziationen aus, aber zu unserer Ehre sei es gesagt, unsere einzige Reaktion ist Schweigen. Wegen dieses Schweigens und etwas anderem, das ich nicht benennen kann, sage ich: «Vielleicht können wir ihm eine überschüssige Alarmanlage geben, so daß er die Anrufe mitkriegt und eine Weile dabei sein kann.»

Das ist nichts Ungewöhnliches bei künftigen Mitgliedern, aber kein künftiges Mitglied war uns bisher so völlig fremd. Niemand hat in Longhill gewohnt. Wieder Schweigen. Ein langes Schweigen. «Wenn es da Probleme gibt, ich könnte etwas für die Anlage hinterlegen. In der Schule sind zwar verhaltensgestörte Kinder, aber ich hab eine gute Beziehung zu ihnen, ich bin sicher, daß sie sie nicht kaputtmachen werden. Von Ihrem Standpunkt aus verstehe ich, warum Sie sich da Gedanken machen.»

Aufatmen. Wir entspannen uns. Es geht nicht um die Kinder, und vielleicht weiß er das, aber er hat etwas von unseren Besorgnissen ausgesprochen und auch halbwegs eine Antwort gegeben, was sein Bleiben am Ort angeht. Claude zuckt die Achseln. «Hat noch jemand etwas vorzubringen?»

Als wir aufbrechen, gehe ich auf den jungen Mann zu. «Ich bin Grace Dowben. Ich wohne in der Nähe der Garibaldi Road. Wenn es einen Unfall im Norden von Marshaltown Pike oder Mundy gibt, können Sie von dort, wo Sie sind, bis zur Ecke Cleve und Federal Road fahren, da nehme ich Sie dann mit.»

«Ich habe keinen Wagen», sagt er, «aber ich kann an der Van Riper Street warten, wenn Sie diese Strecke fahren.»

«Okay», sage ich und lächle ihm zu. Er lächelt nicht zurück, aber das stört mich nicht. Irgend etwas an seiner Ernsthaftigkeit gefällt mir.

«Wie ist deine Sitzung gelaufen?» Saul sitzt im Bett und liest und hat auf mich gewartet.

«Der erwartete Krach über eine unserer Touren. Eventuell zwei neue Mitglieder. Einer der beiden ist jüdisch, glaube ich.»

«Hat er das gesagt?»

«Nein, und sein Name klingt auch nicht so. Aber ich hab da so mein Gefühl.» Saul lächelt.

Früher würden wir es gewußt haben; die Unterschiede sind heute viel unmerklicher, aber es gibt sie immer noch: Augen, Gesicht, Stimme, eine Modulation, eine Handbewegung; nicht sicher, aber doch da. Meistens. «Er arbeitet in Longhill – ein junger Mann in den Zwanzigern, würde ich sagen. Ich habe blöderweise vergessen, ihn zu fragen, ob ich ihn nach Hause bringen kann, obgleich ich wußte, daß er kein Auto hat.»

«Longhill – hoffentlich nicht einer von diesen Drogensüchtigen.»

«Das glaube ich nicht. Die andere ist eine Schwester, die mit Geri zusammenarbeitet. Ich glaube, unsere Art hat sie erschreckt – nicht geregelt genug.»

«Da wir gerade von geregelt reden – warum kommst du nicht ins Bett? Ich werde dir etwas zeigen, was du schon tausendmal gesehen hast.»

«Aufschneider – wenn es ist, was ich mir denke.»

«Zu schlimm, daß du meine kleine Geschichte schon kennst, alle meine Schachzüge.»

«Deine Geschichte ist klassisch und deine Schachzüge auch. Alles wird durch Wiederholung nur besser.» Wir lachen. Alte Scherze, Scherze Langverheirateter.

Ehe wir einschlafen, sagt er: «Ich hoffe nur, daß keiner *eurer* Betrunkenen an einen *unserer* Brückenpfeiler knallt.»

5

Da ist ein Mann im Haus, irgend jemand, der stört – dann bin ich wach; es ist die Alarmanlage. Ich habe den Alarm überhört, der Fahrdienstleiter sagt etwas über den Ort: Ausfahrt 18, die Strecke nach Russian Grove. Ich habe meine Nachtausrüstung unter dem Bett, ich kann sie herausziehen und, noch ehe ich aus dem Bett steige, halb angezogen sein – Gerätetasche und Schlüssel sind auf dem Nachttisch, aber mit dem Anziehen geht es diesmal nicht so glatt ab. Ich stoße mir den Kopf an Ecken, die vorher nicht da waren, und stolpere im Dunkeln.

Die Nacht draußen macht mich wach. Wie kühl es gegen Morgen in diesen Spätherbstnächten geworden ist. Während ich zum Wagen renne, werde ich mir schlagartig der Zeit bewußt, sie vergeht im Nu. Die Jahreszeiten – gerade da und schon wieder vorbei, ein Monat, ein Jahr, zehn, zwanzig Jahre. Sie rennt wie ich, immer auf etwas Neues aus. Die Scheinwerfer löschen die Sterne und machen die Welt dunkel. Arbeit, keine Träumerei. Ich fahre über die schweigende und bewegungslose Bundesstraße, die für die Nacht gesperrt ist, am Feuerwehrhaus vorbei, das sein Maul weit aufsperrt; der linke Vorderzahn fehlt, der Unfallwagen ist bereits in Aktion. Mein Autofunk macht sich plötzlich mit einer Nachricht bemerkbar; Knacken und statisches Knistern und die Stimme der Freunde. Dann Claude am Unfallort: «Ein Opfer, keine schweren Verletzungen. Alle übrigen umkehren.»

Ich schalte das Rotlicht ab, drossle die Geschwindigkeit und halte an. Ich komme bis an die Auffahrt. Der Fahrdienstleiter sagt gerade: «Alle Einheiten aus Gilboa umkehren», aber zumindest eine «Einheit» aus Gilboa ist jetzt hellwach, nachdem sie für den Kampf ausgerüstet und in eine grellrot erleuchtete Nacht geworfen wurde. Das Ziel ist verschwunden, und mir bleibt nichts übrig, als abzurüsten. Ich fahre die Schleife nach Westen auf der Autobahn. Ich will über die ruhige alte Vere Street und dann über die Van Riper fahren, vorbei an den schlafenden Farmen und Longhill. Vielleicht wartet Sloan irgendwo draußen. Wenn er seine Alarmanlage nicht mitgenommen hat, wird er nicht wissen, daß der Bereitschaftsdienst umkehren soll. Es muß früh am Morgen sein; nur wenige Autos sind unterwegs. Ich blicke nach rechts auf die alte Fernverkehrsstraße und auf Mundy Road hinunter – eine Sackgasse, Gilboas Liebespfad. Er ist leer. Bei der nächsten Ausfahrt biege ich ab und fahre unter der Überführung hindurch. Die Straße geht in einen ungepflasterten Weg, die Welt plötzlich in ländlichen Frieden und Ruhe über. Vere Street ist ein dunkler Waldweg, der nur noch wenig befahren wird. Die Ochners leben auf einer zerfallenen Farm, die vom Weg etwas abliegt, aber es ist kein Licht zu sehen. Ich spüre meine Müdigkeit, spüre wie Muskeln sich lockern, von denen ich gar nicht wußte, daß sie sich bei der Anstrengung, mich in Gang zu setzen, angespannt hatten. Der Funk meldet sich wieder. Die Feuerwehrwagen, die Bereitschaftswagen fahren einer nach dem andern zurück, alles entspannt sich wie meine Arm- und Gesichtsmuskeln, ich biege von der Vere Street ab und in die Van Riper ein. Am Ende der Straße kann ich da, wo der Weg zur Schule abbiegt, das Licht sehen. Die Straße ist leer. Wenn er überhaupt herausgekommen ist, muß er längst wieder gegangen sein. Im Vorüberfahren schaue ich, ob in irgendeinem der Häuser Licht brennt, aber meine eigenen Scheinwerfer und das Licht, da ganz weit unten in der Straße bei der Schule, vertiefen das Dunkel, das dahinter liegt, so sehr, daß ich gar nichts sehen kann. Ich habe bisher niemals über diesen Widerspruch nachgedacht.

Longhill ist ein Ort voller Widersprüche. In den dreißiger und vierziger Jahren gab es hier ein ganz primitives Sommerlager. In den fünfziger Jahren übernahm es eine Kirche und baute ein großes Hauptgebäude und Hütten, und es wurde für Einkehrtage benutzt. Die Leute, die das Ganze betrieben, hatten wenig in der Stadt zu tun, und die Besucher verließen die Abgeschiedenheit natürlich nicht. In den frühen sechziger Jahren war Longhill verödet und wurde nur von Eichhörnchen und den Angehörigen der Schulclubs aufgesucht. Farmer ließen ihr Vieh auf den dazugehörigen Wiesen weiden. In der Stadt sah man es mehr oder weniger als öffentliches Gelände an. Die Leute fischten im Flüßchen, und es war sogar davon die Rede, es zu stauen, um darin zu schwimmen.

Und dann kamen die Kommunen. Zuerst kam eine Gruppe, die sich «Morgen» nannte: eine Gruppe idealistischer junger Leute, die vorhatten, das Gelände zu bearbeiten. Sie schlugen ein Zelt bei den Hütten auf und benutzten das Hauptgebäude gemeinsam als Scheune. Während eines Monats wurde der Boden beackert und dies mit einer Hingabe, die mich verblüffte. Elia, der Bauern in Europa und in Amerika kannte, schüttelte den Kopf: «Alles bloß Energie, kein richtiges Maßhalten.» Die «Farmer» waren, wie sich herausstellte, enttäuschte College-Lehrer, die noch nie vorher Land bearbeitet hatten. Sie hätten sich «Gestern» nennen sollen. Sie haßten alle Technologie. Sie pflügten und säten von Hand, mit weitem Wurf, in der altertümlichen, poetischen, verschwenderischen Weise, und die Vögel fraßen das Saatgut. Weder spritzten noch düngten sie mit Chemikalien. Während des Winters zehrten interne Auseinandersetzungen sie auf, und im Februar waren nur noch drei Paare dort. Ich habe das alles von einer Frau erfahren, die im April bei mir vorbeikam, um Holzperlenketten zu verkaufen und sich so das Geld zu verdienen, um die Stadt mit ihrem Kind wieder verlassen zu können. Ich versuchte, sie zum Bleiben zu überreden. «Aber da ist doch niemand», sagte sie schließlich, «sie sind alle fort.»

«Aber Sie könnten doch in die Stadt ziehen...»

«Aber da ist doch niemand...»

Was sie da mit mehr Hast als Kenntnis, mit mehr Liebe als Verstand aufgebaut hatten, brach im Sommer zusammen. Die nächste Kommune fing von vorn an. Sie waren irgendeine Art von Mystikern und lebten auch für eine Weile in den alten Hütten, aber sie bauten nicht, sie gruben. Sie gruben Höhlen und Gruben für Nahrungsmittel und religiöse Zwecke. Martin Diers vom Bezirksgesundheitsamt reichte Beschwerden an den Staat ein. Aber das Gebiet war damals als landwirtschaftliches Gelände ausgewiesen, und man war den Farmern immer sehr weit entgegengekommen. Den Mystikern – inzwischen gab es einen neuen Namen «Sammlung» – folgten andere, Ausreißer und typische Kommune-Exemplare, die wieder anderes bauten und in das alte Lager, die von der Kirche errichteten Gebäude und in Hütten einzogen, die sie über den Mystiker-Höhlen errichteten. Das Feld vor dem Gelände wurde zu einem Parkplatz für vergammelte Autos, die da am Ende der Reise gestrandet waren. Einige von ihnen schnorrten sich für ihren Unterhalt das Geld in der Stadt zusammen. Es wurde randaliert. Gerüchte lagerten wie Nebel über Longhill. Zu den wenigen unter uns, die sich da hinaustrauten, waren sie nicht freundlich, und noch weniger zu den öffentlichen Befragern, den Leuten von der Schule und vom Gesundheitsamt. Und in der Stadt zerriß man sich die Mäuler. Ob man denn nicht wisse, daß da draußen Orgien stattfänden, daß es Drogen gebe, Inzest, alle Arten von Unmoral? Kurz nachdem ich den Bereitschaftsdienst aufgenommen hatte, gab es die Longhill-Nacht. Eigentlich war es bereits Morgen, etwa die gleiche Stunde wie jetzt. Ich erinnere mich, daß ich durch sanftes nächtliches Schweigen fuhr, aber wir konnten auf dem ganzen Weg dahin das Feuer sehen. Es hatte sich von einer der Hütten bis zu den nächsten Bäumen ausgebreitet und ihnen eine Krone aufgesetzt. Es hatte brennende Zweige auf die alten Wagen und in das zugewucherte ausgetrocknete Feld fallen lassen. Als das Feuer gemeldet wurde, hatte es schon nahezu das ganze Gelände verwüstet. Drei Bezirke bekämpften es zehn Stunden lang. Es gab vier Todesopfer in der Hütte, in der das Feuer ausgebrochen war; etwa zwanzig Obdachlose kamen schließlich ins Rathaus. Unsere Gefühle konzentrierten sich auf ihren Zustand. Die vier Toten waren so mit Drogen vollgepumpt gewesen, daß sie bei lebendigem Leibe, so wie sie dalagen, verbrannt waren. Drogenexperten aus Midlothian hatten es uns gesagt. Aber die Überlebenden waren zerlumpt, verdreckt, stanken nicht nach Rauch, sondern nach Verkommenheit und Krankheit. Alle hatten Läuse, einige von ihnen Würmer. Eine Woche lang blieben sie im Rathaus, während verschiedene Beamte des Staatsgesundheitsdienstes aus- und eingingen. Die Leute in der Stadt waren wütend und verängstigt. Es war die Rede von einem Erlaß zum Schutz des Geländes. Wir hatten zwei oder drei der standfesteren Hütten auf der Südseite gerettet. Es war immerhin möglich, daß eine neue Kommune...

Aber nichts geschah. Die mittsiebziger Jahre gingen anderswo in Flammen auf. Vor drei Jahren hatte John Ferguson von der Bezirkskanzlei Maxy Ups erzählt, das Land sei verkauft worden. An eine Gesellschaft. Wir fragten uns, ob das hieß, daß sich da eine Wohnsiedlung entwickeln würde. Ich hoffte, daß nicht. Ich fand es schön, im Westen von Gilboa von Landschaft umgeben zu sein. Das Gebiet begann sich mit Vororten und Einkaufszentren aufzufüllen, aber nach Süden und Westen gab es immer noch Wiesen und Wälder.

Die Gesellschaft war ‹Longhill School›, eine experimentelle Schule für verhaltensgestörte Kinder, die, wie der Klatsch es wollte, nach idealistischen und radikalen Methoden geführt wurde. Aber inzwischen beschwor das Wort «idealistisch» für uns den Geruch von verbrannten Körpern und ungewaschenen Füßen, das Wort «radikal» den Anblick von Kakerlaken, die über das ranzige Fett in Kochtöpfen schlitterten, und in mir die Erinnerung an eine Reihe von Läusen, die den Nacken eines kleinen Kindes hinunterliefen.

Die Schule errichtete ein Haus und zog ein. Wie es schon fast

Tradition war, versuchten weder die Lehrer noch die Schüler Teil der Stadt zu werden. Alle machten ihre Einkäufe in Pinecrest. Sie hatten kein Konto bei unserer Bank, sagten in keiner unserer Kirchen «Amen», fügten sich weder bei unseren Erdbeerfestivals noch beim Maiskolbengrillen oder den Ramschverkäufen unseres Gartenclubs in unsere Reihen ein. Darum hatten wir uns gewundert, daß Benjamin Sloan sagte, er wolle dem Bereitschaftsdienst beitreten. Da er nicht auf der Straße wartet, ist er vielleicht gar nicht herausgekommen. Geri hatte ihm meinetwegen eine Alarmanlage gegeben – vielleicht hatte er sich eines besseren besonnen, die Mitteilungen abgeschaltet und den Schlaf wieder in sich einströmen lassen, nun, da die Nacht wieder dunkler und stiller war, nach dem Kontrast von Licht und Lärm.

Ich spüre, wie auch ich innerlich zusammenfalle. Die Drogen der Vorfahren werden von der Flut meines Blutes weggeschwemmt. Die klugen Hormone, die mich hellwach gehalten und gewärmt, mich aufmerksam und verläßlich gemacht haben, sind aufgebraucht. Ich friere und habe ein dringendes Verlangen nach einer Toilette. Die Straße fällt im Rücken der Stadt nach Süden ab. Ich biege in die Garibaldi Street und dann in unsere ein. Sie hat keinen Namen. Unser Haus liegt an ihrem Ende. Die Kinder nannten sie, als sie klein waren, Bullwinkle Boulevard, und wenn die Straße je gepflastert und offiziell benannt wird, werde ich auf diesen Namen dringen.

Das Haus ist ordentlich und ruhig. Ich lockere die Schnürsenkel an meinen Stiefeln und steige aus ihnen heraus, und dann fallen die Kleider zu Boden. Plötzlich bin ich sehr, sehr müde. Ich packe alles zurück in die Gerätetasche, stelle die Alarmanlage ab und gehe hinauf schlafen.

Am Sonnabend, wenn fromme Juden beten und so den Sabbat von der Woche trennen, helfe ich Saul im Laden. Wir haben einen ganz betriebsamen Vormittag – meistens Frauen aus der Stadt, und der Nachmittag ist womöglich noch betriebsamer – meistens Frauen aus den Wohnsiedlungen. Anfangs gab es einen großen Unterschied in den Kleidern, die sie trugen. Es war Elias Geschick gewesen, als sich die neuen Siedlungen in den fünfziger Jahren entwickelten, den Unterschied zwischen Stadt und Vorort zu erkennen und für beide richtig einzukaufen. Das machte es uns möglich, die Konkurrenz von Textilgeschäften in den später dazukommenden Einkaufszentren und auch die Ängste der ganzen Stadt, was wohl aus den Geschäftsleuten von Gilboa würde, zu überstehen; aber der Geschmack begann zu verschmelzen. Heute kann eine Frau aus Gilboa nach New York reisen, ohne daß ihre Garderobe sie sofort als Einwohnerin einer Stadt mit einer Bevölkerung unter zehntausend verrät. Als ich Elia kurz vor seinem Tode diese Beobachtung aus voller Überzeugung mitteilte, war das, glaube ich, einer der Höhepunkte seines Lebens. Saul hat nicht dieses unglaubliche Flair von Elia, aber er kennt seine Kunden gut und hat einen sicheren Blick. Er mag Frauen, und das merkt man. Er ist kein Nachahmer.

Ich helfe gern. Die Stadt lacht über meinen mangelhaften Sinn für Mode, aber ich kenne meine Nachbarn, und der Laden ist ein freundlicher Ort. Ich bediene die Kasse und wickle die Einkäufe ein, Saul ist derjenige, der entscheidet. Sie stehen vor ihm und warten darauf, daß er nickt oder den Kopf schüttelt. «Drehen Sie sich, bitte, noch einmal um. Ja – dies, nicht das andere.» Manchmal bedaure ich, daß ich nicht fähig bin, ihm mehr zu helfen, aber Saul bekümmert das weniger als mich. «Zumindest habe ich dir abgewöhnt, diese Sackkleider zu tragen.»

«Ich bin ja dem Bereitschaftsdienst nur beigetreten, um mich so anziehen zu können.»

«Sei sicher – das hatte ich mir schon gedacht.»

Die Sonnabendnachmittage sind für gewöhnlich ruhig, und ich erwarte keinen Anruf, aber gegen drei Uhr schrillt die Alarmglocke. Ein Unfall mit Verletzten auf der Van Riper Street, eine halbe Meile östlich von Longhill. Die beiden Straßenampeln der Stadt sind an unsere Alarmanlage angeschlossen, so daß, wenn es bei der Feuerwehr läutet, sie auf Rot umschalten. Ich bin schon aus der Tür hinaus und über die Bundesstraße zur Feuerwehr unterwegs; Orley kommt die Straße herauf, um den leichten Feuerwehrwagen zu holen. Claude und Rita kommen aus verschiedenen Richtungen, um in die Ambulanz zu springen. Es ist immer wieder ein rührender und zugleich komischer Anblick für mich, so wie eine dieser mit Zeitraffer gedrehten Sequenzen in alten Filmen: kleine Leute rennen nach Westen, große Leute rennen nach Osten, alle prallen voll verzweifelter Wichtigkeit, mit einem entrückten und ernsten Gesichtsausdruck fast zusammen, und von woanders her kommen andere Leute, und alle entgehen um Haaresbreite einer Massenkarambolage. Sie klettern hinein, und ich fahre los und schalte auf der Bundesstraße die Sirene ein, bis sie am Ende der Stadt aufhört. Ich biege rechts zur Van Riper ab. Die Straße wird zu einem ungepflasterten Weg, und wir schaukeln und hüpfen in den Fahrspuren.

«Ich kann langsamer fahren...» schreie ich Claude im Rücksitz zu.

«Nein», seine Stimme klingt, als stünde er auf einem Trampolin. «Ich bin okay.»

Zwei Meilen weiter sehen wir den Unfall. Ein Auto ist in den Graben gefahren. Ich fahre hinter ihm auf. Ein Bereitschaftsdienstler ist da und auch der «Beobachter» Benjamin Sloan. Er hatte die drei Verletzten kurz untersucht und festgestellt, daß es nichts Lebensgefährliches ist, gibt ein gutes, klares Urteil über die Sache ab. Ich bin überrascht und angenehm berührt. Claude und Rita sind nachgekommen, haben gehört, was er sagt, und können jetzt das Nötige tun. Sie geben den Verletzten Belebungsmittel. Das Mädchen weint, wird von Schluchzen förmlich geschüttelt. «Eben noch fuhren wir einfach so geradeaus und im nächsten Augenblick... ich fiel herunter, und Dino war in der Luft...»

«Es war eins von unseren Kindern», murmelt Benjamin neben mir. «Er hatte einen schlechten Morgen gehabt und war hier hinausgegangen. Er war auf der Fahrbahn und die Leute bogen plötzlich aus, um ihm auszuweichen. Sie sind zu schnell gefahren. Das ist alles...»

Wir laden ein. Noch andere sind zur Hilfe gekommen. «Sonnabend ist gewöhnlich gut besetzt», sage ich zu Benjamin. Bei drei Personen in der Ambulanz bleibt kein Platz für einen «Beobachter». Er weiß es und dreht sich um. «Hören Sie», rufe ich zu ihm hinüber, «Sie haben das sehr gut gemacht. Sie haben uns eine Menge Zeit gespart. Danke.» Er dreht sich nochmals um, und diesmal lächelt er. Es ist fast ein Lächeln wider Willen. Er zieht den Kopf ein und hebt die Hand. «Auf später», sage ich.

Die Ambulanz fährt ab. Ich sehe, wie er dasteht und uns nachblickt.

Als ich zum Laden zurückkomme, ist es schon Zeit für mich zu gehen. Ich verlasse das Geschäft am Sonnabend um sechs Uhr, um die Kerzen für Havdalah, das den Sabbat von der übrigen Woche trennende Schlußgebet, anzustecken und das Abendbrot für Saul und Riva vorzubereiten. Während der ersten Jahre hier war es so etwas wie ein Festmahl für uns sechs. Obgleich Saul und Elia am Sonnabend arbeiteten, wollten wir die Zeit irgendwie hervorheben. Nun sind wir zu dritt, und die beiden Frauen sind ständig auf Diät. Ich decke den Tisch. Die Sonne ist schon untergegangen, aber einer meiner so vielen Kompromisse ist, zu sagen, daß Sonnenuntergang dann stattfindet, wenn *ich* fertig bin und nicht vorher. Bei uns ist Sonnenuntergang, wenn Saul und Riva kommen, also gewöhnlich um sieben. Sonnabends feiern wir (abends) den traditionellen, köstlichen, kurzen Abschied vom Sabbat, und dann essen wir. Als ich den Wein und das Kästchen mit Gewürzen herausnehme, klopft jemand an die Tür, und dann entdeckt der Draußenstehende auch die Klingel und läutet. Als ich aufmache, steht da der junge Mann – Benjamin. Er macht einen verlegenen Eindruck. «Ich, äh – irgend jemand hat eine Gerätetasche da draußen vergessen – nichts Wichtiges – Verbände und so was, aber ich wußte nicht, ob Sie es brauchen würden, und ich dachte, irgend jemand würde es vielleicht vermissen ...»

Ich bitte ihn herein. Es ist mir etwas peinlich für den Bereitschaftsdienst – so viele Leute und niemand, der am Unfallort nochmals alles kontrolliert. Er ist uns noch fremd, und ich will nicht, daß wir einen schlechten Eindruck auf ihn machen.

Ich nehme ihm die Gerätetasche ab und lege sie auf die unterste Treppenstufe. «Mein Mann und meine Schwiegermutter werden bald kommen, aber ich war gerade dabei, mir eine Tasse Kaffee zu machen. Soll ich Ihnen auch eine machen?»

«Das wäre nett.» Wir gehen durch das Eßzimmer. Aus Schüchternheit werden ihm seine Füße zu groß, und er geht schwerfällig. Er ist weit vom Tisch entfernt, aber ich spüre seine Angst, er könne etwas umwerfen. «Oh», sagt er, «geflochtene Kerzen.» – «Man nennt sie Havdalah-Kerzen. Sehen Sie? Drei Dochte. Es ist eine Feier, mit der die Juden den Sabbat beenden müssen.» Ich habe es ausgesprochen – wird ein Echo kommen?

«Ach, ja, ich weiß; ich habe davon gehört. Ich habe es nie selbst gesehen. Meine Familie ist... ich bin jüdisch.» Ich darf lächeln, weil ich vor ihm stehe und er mein Gesicht nicht sehen kann.

«Ich wußte es nicht – Sloan ist kein besonders jüdischer Name.» Dann lacht er, ein Lachen, das nichts zu tun hat mit dem verläßlichen, intelligenten Helfer beim Unfall und auch nichts mit dem verlegenen Besucher an der Tür. Es ist ein tiefes, angenehmes Lachen. Er lacht wie ein dicker Mann – mit seinem ganzen Körper.

«Seit Jahren hat mich niemand daran erinnert», sagt er. «Als mein Großvater nach Ellis Island kam, fragte man ihn nach seinem Namen, und er sagte ‹Shlomo›. Der Einwanderungsbeamte...»

«O ja», sage ich und muß auch lachen. «Ich habe von einem Mann gehört, der Hitchcock heißt und dessen Name vorher Yitzchak war. Es ist gut, daß Ihr Großvater Ihnen auch seinen richtigen Namen gesagt hat. Schauen Sie, sie müssen gleich kommen. Bleiben Sie zum Havdalah und essen Sie mit uns zu Abend.»

«Ich würde gern, aber ich kann nicht. Ich habe heute Dienst, und jemand vertritt mich, während ich hier bin. Ich sollte nicht einmal diesen Kaffee trinken. Havdalah. Sabbat. Der richtige Name meines Großvaters ist eins der wenigen Dinge, die ich von uns weiß. Was mein Judentum angeht, bin ich ein Lügner. Man erwartet von mir, daß ich gewisse Dinge weiß, daß ich daran glaube.»

«Daß Sie sie wissen, schon, aber nicht unbedingt, daß Sie sie glauben. Glauben ist ein Geschenk.»

«Es hilft dennoch, wenn man glaubt.»

«Es hilft auch, wenn man reich und ansehnlich ist, aber...»

Ich lächle und zucke die Achseln. Mir scheint, er ist erstaunt. Er trinkt seinen Kaffee aus, geht hinüber zum Abwaschtisch und stellt die Tasse hinein. Ich winke seiner Mutter durch den Raum, den er nicht sehen kann, einen Gruß zu. «Ich muß jetzt gehen», sagt er. «Die Kinder warten.»

«Ich würde gern einmal über die Schule hören.»

«Und ich möchte mich bei irgendjemand entschuldigen – für das Kind, meine ich. Es hatte da draußen nichts zu suchen.»

«Das kann überall passieren.»

«Ja, schon, aber – die Schule möchte auf Liebe, Vertrauen und Freiheit beruhen, und manchmal... er hätte getötet werden können, und diese jungen Leute, die den Wagen fuhren...»

«Auf der ganzen Welt haben Mütter und Väter das durchzustehen», sage ich. Er nickt. «Danke, daß Sie die Tasche zurückgebracht haben. Mir gefiel das, was ich da draußen gesehen habe, die Art, wie Sie arbeiten.»

«Mir gefällt auch, wie Sie das alle machen.»

«Dann sehen wir Sie also das nächste Mal unter der Brücke oder an der Straße.»

«Ja», sagt er, und wir gehen wieder durch das für Havdalah vorbereitete Eßzimmer hinaus. Ich merke, wie er diesmal alles in sich aufnimmt, den kleinen Beitisch mit den feiertäglichen Dingen, dem Wein, dem Gewürzkästchen, den geflochtenen Kerzen. Als ich die Tür öffne, strömt Kälte und Dunkelheit auf uns ein.

«Es ist so kalt – ich hab vergessen, daß Sie keinen Wagen haben. Ich kann Sie rasch nach Hause zurückfahren...»

«Nein, ich laufe, ich mag das. Danke für den Kaffee», und fort ist er und läuft in leichtem Trab die Straße hinauf. Ich höre seine Schritte noch ein paar Sekunden, nachdem die Dunkelheit ihn aufgenommen hat.

Als Saul und Riva nach Hause kommen, merke ich, daß sie aufgebracht sind. Und ich errate, daß außer der aufgestauten Anstrengung des betriebsamen Tages und meinem Fehlen die neue Hilfskraft der Grund ist. Ein Problem, das wir bis vor kurzem nicht kannten. Es gab immer so wenige Arbeitsplätze in Gilboa, daß diejenigen, die es gab, als besondere Vergünstigung angesehen wurden, um die es einen Wettstreit gab. Ein Junge von der Highschool, der Geld für das College brauchte, hatte bei Dowben eine ideale Chance. Jahre hindurch hatten wir die besten Schüler der ganzen Stadt. Jetzt gibt es – aus welchen Gründen auch immer – eine ganze Reihe gleichgültiger und gelangweilter Jugendlicher, die ihre Arbeit mit dem Ausdruck gemarterter Geduld tun. Es ärgert Riva und widert Saul an, und ich fühle mich nun schuldig, weil ich fort war.

Ich nehme ihnen die Mäntel ab und lasse sie eine Weile reden. Riva ist wütend. «Wenn wir ihn gehen lassen – was bekommen wir dann? Einen andern von der gleichen Sorte – wie den, den wir vorher hatten und wie den davor?»

«Was schlägst du vor, soll ich tun?» Sie erregen sich noch eine Weile darüber, bis ich mich einmischen muß.

«Entschuldigt, aber Havdalah ist bereit.» So bleiben wir also ein paar Augenblicke stehen, um uns zu beruhigen, und während ich so dastehe, frage ich mich, ob es je eine Zeit und einen Ort gegeben hat, wo es möglich war, das Geschenk des Sabbats ohne Einschränkung anzunehmen; für diesen Zeitraum die alltäglichen Sorgen, allen Kummer und alle Herzschmerzen zu vergessen, alle Last – wörtlich und wirklich – abzutun, die Freude neu zu lernen, auszuruhen, uns über Dinge zu unterhalten, die weder Vorwürfe noch verhärtete Gefühle enthalten? Wir haben den Sabbat erfunden und ihn der Welt geschenkt und jetzt ... Saul gibt nach, ich sehe, wie sein Gesicht sich entspannt, befreit, aber Rivas Gesicht wirkt immer noch angestrengt im Kerzenlicht, und ich erinnere mich, daß auch Joshua und Miriam ganz und gar nicht bereit waren, die große Welt für eine Stunde und erst recht nicht für einen Tag fahren zu lassen; die lust- und toderfüllte Welt des Fernsehens oder auch die gewöhnliche Welt der Telefonanrufe und der Betriebsamkeit. Ich erinnere mich so vieler Male, als wir Sabbat feiern wollten – und es uns nicht gelang. Die Kinder haßten ihn, Riva und Elia haßten ihn, und schließlich gestanden wir ein, daß wir es für sie täten und gaben es auf. Wir hielten nur am Freitagabend-Mahl fest und diesem Havdalah, zwei Pforten, die sich – so glaubten wir – zu einem verzauberten Garten öffneten und wieder schlossen, aber nun ist nichts dahinter. Hat es je eine Zeit gegeben in Jerusalem oder Bet Shearim, in Sura oder Pumbedita, in Prag oder Zoromin, da man durch Gesetz und in der Wirklichkeit alles Sorgenvolle und Traurige für einen einzigen Tag in der Woche verbannte?

Wir essen. Während des Essens erzähle ich ihnen von Benjamin Sloan, dessen Vatersvater Shlomo geheißen hatte, der in Longhill arbeitet und in unserem Haus seine erste Havdalah-Kerze gesehen hat.

6

Jetzt wartet Benjamin oft auf der Longhill Street, die auf Van Riper zuführt, wenn ich vorbeikomme. Manchmal nimmt ihn auch Larry mit. Oft hat er nur eilig einen leichten Mantel übergeworfen. Er hält sich bei Unfällen ein wenig abseits, hilft Leute hochheben, hält Gerätschaften bereit oder beobachtet einfach, etwas abseits. Er sieht –

weder Zuschauer noch Mitarbeiter – so verlassen aus, daß er mir leid tut bei diesen Gelegenheiten, wo es nichts für ihn zu tun gibt. Die anderen im Bereitschaftsdienst erkennen ihn inzwischen und grüßen ihn. Er ist immer noch schüchtern und lächelt selten. «Wenn man nichts mit dem Patienten zu tun hat», sagte er einmal in der Hundekälte einer Fahrt vor Morgengrauen, «wenn man nicht fährt oder auslädt oder einlädt oder eine intravenöse Spritze hält oder dergleichen, hat man Zeit über das Opfer zu philosophieren – über seine Familie, seine Sorgen, die eigene Müdigkeit, die Arbeit, die man unterbrochen hat.»

«Haben Sie lange in der Ersten Hilfe gearbeitet?»

«Niemals so. Ich habe in einem Park gearbeitet, ich glaube, ich habe Ihnen davon erzählt, einem Nationalpark, einem sehr kleinen. Ausflügler verirrten sich oder fielen hin – Knochenbrüche, manchmal Jugendliche, die eine Überdosis genommen hatten – keine Autounfälle.»

«Nachdem Sie uns nun gesehen haben...»

«Ich mag Ihre Art, zu arbeiten, ich würde gern beitreten.»

«Haben Sie mit der Schwester gesprochen, mit Linda?»

«Ja, wir haben uns einmal nach einem der ersten Unfälle getroffen. Ich glaube, sie war fassungslos über die lockere Art, wie das alles gehandhabt wird. Sie suchte jemand, der Befehle gibt, einen verantwortlichen Leiter.»

«Wir haben Leiter...»

«Aber nicht die gleichen bei allen Unfällen. Gerade diese Freiheit gefällt mir; es gibt eben nicht nur eine Regel, nach der alles ablaufen muß.»

«Wir haben es versucht, aber jeder Unfall ist immer wieder anders – auf eine Weise, die sich nicht vorhersagen oder gar planen läßt.»

«Ich weiß.» Und er lächelt sein seltenes Lächeln.

In der Novembersitzung wird über seine Bewerbung abgestimmt, und auf dem Heimweg erzählte ich Saul, daß er beigetreten ist. «Du bist voller Pläne – stimmt's? Du möchtest ihn in der jüdischen Gemeinde haben. Danach wird's ein Mädchen geben – oder? Und du hast auch schon ein Haus gesehen – und wie viele Kinder hast du für sie eingeplant?»

«Sehr komisch.»

«Oh, gar nicht so kraß übertrieben. Wer, meinst du, soll denn einen Handschuh zu Boden fallen lassen, einen Platz auf der Cotillonkarte freihalten? Weißt du denn nicht, daß er vermutlich mit irgend so einem jungen Vogel in der Schule schläft? Die alten Tage der Zurückhaltung sind vorüber.»

«Ich gebe zu, ich würde ihn gern in der Gemeinde sehen, aber da gibt es keine Mädchen.»

«Warte nur, bis die anderen weisen Matronen ihn zu Gesicht bekommen: Ein Bart? Ist er ein Hippie? Nimmt er Drogen? Und welche?»

«Willst du damit sagen, daß ich eine weise Matrone bin?»

«Jede jüdische Frau über dreißig ist eine weise Matrone. Es ist irgendwie erblich, glaube ich. Ich dachte immer, es läge am Wasser oder unserer Art, uns zu ernähren. Aber ich habe dich fünfundzwanzig Jahre lang sorgfältig ernährt, dir gutes Wasser und klare Luft geboten, eine einfache, bekömmliche Umgebung mit einfachen, bekömmlichen Freunden – und was habe ich davon? Eine weise Matrone in Pulverform.»

«Du siehst mich bei den Großen sitzen – nicht wahr?»

«In jeder Hinsicht so groß wie Lou Epstein.»

Ich schneide ihm ein Gesicht. Lou Epstein ist die Dauerpest der Gemeinde. Als Miriam in Kalifornien heiratete und Lou das herausbekam, rief sie mich an und gab mir eine Stunde lang gute Ratschläge. Der Himmel möge es verhüten, daß sie etwas über Joshua herausbekommt. Sie glaubt, er sei immer noch im College. Ich weiß, daß sie Saul im Laden zusetzt mit Fragen über die beiden. Dann wirft er mir einen Blick zu und grinst. Ich sehe ihn an und blinzle ihm zu. Alte Scherze, Familienunterhaltungen. Unser Vergnügen aneinander hat sich im Laufe der Jahre so weit nach innen verlagert, daß an der Oberfläche wenig davon zu sehen ist. Wir mögen gleichgültig wirken, aber das sind wir nicht. Die tiefste Quelle unserer Freude ist die neunundzwanzigjährige Kenntnis voneinander und auch, daß unser Schmerz die gleichen Gründe hat. Es war, wie ich mich erinnere, Miriam, die uns öde fand. «Ich würde keine so langweilige Beziehung haben wollen wie deine und Dads.» Ich war verblüfft. Ich hatte ihr erklären wollen, daß es «wie bei gutem Brot, nicht die Menge mache, es läge im Brot selbst, in seiner

Festigkeit, im Geschmack». Sie hat nur, wie so oft, den Blick zum Himmel gerichtet, etwas, das ich ihr leider Gottes vorgemacht habe.

Saul nimmt mich bei der Hand. Er führt mich zur Alarmanlage und schaltet sie ab. Miriams Generation würde das «eine nonverbale Mitteilung» nennen.

Wie liebe ich dich – laß mich alle Möglichkeiten aufzählen: lachend und voller Schabernack, aus Ärger, manchmal nicht gut, aus Langeweile und manchmal aus Langeweile wunderbar. Damals in den ersten Nächten, nachdem Joshua uns verlassen hatte, haben wir unseren Kummer zwischen unseren Körpern zermahlen. Selten, aber manchmal doch, aus schrecklicher Einsamkeit, einer Einsamkeit die zu einem gehört wie ein anderes Sinnesorgan – wie Sehen oder Hören.

Wir haben uns leidenschaftlich und heftig geliebt und sehr zärtlich während langer, nachdenklicher Zeiten. Wir sind ein gutes Paar, aber nicht so wie die Helden und Heldinnen im modernen Roman. Wir haben selten einen Orgasmus zusammen. Wir sind keine Experten, aber wir wissen, was wir gern haben, und der kleine statische Knall, wenn man die Alarmanlage abschaltet, ist für uns zu einer erotischen Botschaft geworden. Manchmal gehen wir zusammen hin, manchmal geht Saul hinter mir die Treppe herauf und schaltet sie ab, und das kleine Klicken setzt meine Gedanken in Gang. Nachher, vor dem Einschlafen, gehe ich hinunter und schalte sie wieder ein und bin vorübergehend betrübt darüber, daß ich eine Arbeit mache, die mich so sehr an die Welt bindet.

Diesmal gehe ich, als ich aufstehe, ans Fenster. Die Nacht ist eisig. Rauhreif hüllt alles in einen leichten, täuschend rauhen Staub. Auch das macht einen Unterschied. In der Zeit vor dem Bereitschaftsdienst wäre ich am Fenster stehen geblieben, hätte mich an der zarten Schönheit des monochromen Grau in Grau ergötzt und gespürt, wie sich die Beschaffenheit der mir vertrauten Welt vor meinen Augen verändert. Ich kann immer noch erkennen, daß es schön ist, aber jetzt fürchte ich, was ich sehe. Wie ist es möglich, daß eine so rauh erscheinende Oberfläche unter den Füßen, unter den Rädern eines Wagens auf so geheimnisvolle, mörderische Weise glatt wird? Kalt und glatt, wie eine Klinge, das weiß ich jetzt – und mein Feind. Wenn heute nacht jemand zuviel trinkt oder hinstürzt oder auf seine Geliebte schießt oder wenn auch nur, gegen Morgen, die winzig kleine elektrische Ladung, die in jedem einzelnen Herzen fünfundsechzig Mal in der Minute abgefeuert wird, irgendwo innerhalb dieser acht Quadratmeilen plötzlich aufhört, das zu tun oder ihren Rhythmus ändert, werde ich gegen all diese gottverdammte Schönheit ankämpfen müssen.

Mit dem Risiko – ich will nicht darüber nachdenken. Soll Saul sich sorgen. Das ist sein Anteil. Ich lächle ein wölfisches Lächeln, und mir fallen Winston und Julia in «1984» ein. Auf dem Höhepunkt seiner Schmerzen und seiner Angst schreit Winston: «Gebt ihn Julia – gebt den Schmerz Julia!» Er hat sie betrogen. Und ich betrüge Saul, der den entgangenen Schlaf nach der Liebe schläft. Ich gehe hinunter und schalte die Welt ein.

Es geht um Wasser, das über Steine fließt, eine klare, kühle Schutzschicht wie Fensterglas über einem Steinbord, Wasser, das, Blasen bildend, erstarrt wie geschmolzenes Glas unter... Was? Ich stehe da, eingehüllt in meinen Teich-Strom-Fluß-Traum, und plötzlich ist er zerbrochen in Lärm und Kälte. Ein Notruf, o Gott, doch nicht da hinaus in diese feindliche Nacht! Die Stimme kommt noch einmal, die Fahrdienstleiter sagen alles zweimal durch, sie wissen, wie viele von uns sanft und schnell auf den Muskelarmen des Wassers dahingetragen werden.

Ich bin angezogen und draußen. Die Nacht, von Kälte blockiert, gibt nichts her. Mir ist nicht kalt. Noch nicht. Die Drogen der Vorfahren. Vorfahren, die noch älter sind als die Juden. Der Wagen springt mühselig an, protestiert. Das Öl ist langsam, der Stahl ist langsam, beide sind kalt; los, kommt, verdammt noch mal. Endlich. Der Unfall ist bei Ausfahrt 17, und ich fahre, so schnell ich es wagen kann, halb steckenbleibend, halb rutschend Van Riper hinunter, als ich Benjamin an seinem Platz vor der Abbiegung zur Schule stehen sehe. Ich nehme Gas weg und frage mich, ob ich mich um meine Achse seitwärts drehen und im Graben landen werde und ob ich, wenn ich halte, wieder starten kann. Er steigt schnell ein, und wir fahren langsam an, die Räder entscheiden sich nach einem langen Moment des Zögerns, zu greifen und nicht durchzudrehen. Ich fahre vorsichtiger, seit ich ihn im Wagen habe, und frage mich, warum wohl. «Es wird bald wärmer, ich hab die Heizung an.»

«In der Regel geht die Heizung an, wenn man beim Unfall ankommt», sagt er. Wir sind halb die Vere Street hinunter. «Schauen Sie mal links raus, ob Sie ein Licht sehen. Larry könnte noch hier sein.»

«Nein, es ist dunkel.»

«Okay. Los geht's.» Wir nehmen Geschwindigkeit auf und kommen zur Fernverkehrsstraße. Zweimal ist auf dem Weg dahin nachgefragt worden; jetzt wieder eine Stimme, die von Claude, zuversichtlicher als die der anderen Gilboa-Fahrer. «Der Unfall ist hinter Ausfahrt 17, Pinecrest. Ich gebe Lichtsignale. Die Opfer sind noch auf der Straße.» *Die* Opfer, Plural. Ich höre neben mir Bens Atemzüge, er versucht nicht zu hastig zu atmen. Wir biegen von der Fernstraße ab und sind fast oben auf dem Hügel. Wir können unten gerade noch die Lichtsignale hinter dem Zubringerweg erkennen, als der Wagen auf eine kleine Bodenwelle stößt. Plötzlich gibt es weder Steuer noch Bremse. Ich habe keine Kontrolle über den Wagen, der schießt seitwärts die Steigung hinunter. Die Räder greifen nicht mehr, stumm und geräuschlos wie Geister drehen wir uns und warten auf den Aufprall, den Stoß, das Überschlagen. Wir sind Teil einer zentrifugalen Kraft und warten. Schließlich kommen wir zum Stehen – wir sind am Fuß des Hügels und sehen nach oben.

«Alles in Ordnung?»

«Ja – und mit Ihnen?»

«Ich bin okay»

«Das war eine Art Tango», sagt Ben. «Ich mag die Bewegung, aber es ist schwierig, den Rhythmus richtig herauszubekommen – ohne Musik.»

«Wir müssen hier weg. In wenigen Minuten werden drei Wagen und eine Ambulanz da oben über uns sein, und sie werden wahrscheinlich ebensowenig anhalten können wie wir.» Ich drehe den Zündschlüssel um. Der Motor springt knirschend an, säuft wieder ab, startet beim zweiten mal. Wir sehen Lichter oben auf dem Hügel: die Ambulanz. Der Wagen knirscht und rüttelt, bewegt sich aber nicht von der Stelle. «Mach das Radio an!» schreie ich.

Während er hineinspricht, kommt die Ambulanz schon herunter. Von unserem Halteplatz aus können wir die vereiste Stelle sehen, und wir beobachten, wie die Ambulanz auf sie zufährt, außer Kontrolle gerät, aber statt nach der Seite ins Schleudern zu kommen, rutscht sie geradeaus und saust in einem Wahnsinnstempo an uns vorbei. Hinter ihr kommen zwei Wagen und dahinter der Feuerwehrlaster. Ben meldet sich nochmals über Funk, und C. A. antwortet und stellt seine Sirene ab. Die Wagen sind schon auf dem Weg nach unten. Der erste, Ritas, fährt beim Versuch, der Eisstelle auszuweichen, halb auf das Bankett auf, bleibt aber auf der Mitte des Hügels im Sand stecken, schlittert und schwenkt seitwärts ab. Der zweite Wagen ist halb unten, als der Fahrer – ich weiß nicht wer – die Lage erkennt. Wenn er Ritas Wagen ausweicht, knallt er fast unweigerlich auf meinen. Ehe wir einen Entschluß fassen können, kommt er auf die vereiste Stelle. Bei seiner Geschwindigkeit fängt der Wagen sich augenblicklich an zu drehen. Sich immer noch drehend, biegt er hinter Ritas ein. Wenn ich mich nur bewegen könnte – der Wagen fährt direkt auf uns zu, trifft auf eine weitere Glatteisstelle und dreht sich noch schneller. Dann bleibt er stehen. Kühler gegen Kühler mit uns. Aber ich habe keinen Aufprall gespürt. Es ist Jack Sharp. Über Funk höre ich C. A. im Feuerwehrlaster lakonisch sagen:

«Wenn ihr Leute alle durch seid da unten, werde ich nach euch sehen.» Der große Laster fährt mit angezogener Vierradbremse und bewegt sich schwerfällig auf das linke Bankett zu. Er kommt langsam herunter, ist völlig unter Kontrolle. C. A. weiß, daß er im Funk ist und über Monitor von Sheriff und Landespolizei beobachtet wird. «Laßt das Licht an. Wenn wir wissen, was auf der Straße los ist, komm ich zurück und zieh euch alle raus.»

Wie alle Überlebenden, steigen wir langsam und vorsichtig aus. Ich möchte am liebsten die Hände in die Luft strecken. C. A. ruft über Funk die Polizei, um mitzuteilen, daß die Strecke unpassierbar ist. Wir steigen alle in den Laster. Rita, Jack, Ben und ich in das Bereitschaftsabteil. C. A. dreht sich zu uns um, er braucht jetzt wegen des Sheriffs nicht mehr vorsichtig zu sein. «Leute, ihr solltet nicht mit solch einem Unfall scherzen. Los, kommt ins Führerhaus – morgen habt ihr alle eine Erkältung!» Wie gern ich mit Männern arbeite! Wie sehr ich ihre Ritterlichkeit mag, wenn's hart auf hart kommt! Ben mit seinem Scherz. C. A. jetzt wieder und schon ein Dutzend Mal vorher. Wo haben sie diese muntere Art, ihren Ängsten zu widerstehen, nur gelernt?

Die beiden Opfer sind jung und sehr betrunken. Sie sind aus dem Wagen geschleudert worden, liegen meterweit von ihm und voneinander entfernt und schreien durch den leeren Raum. Die Besatzung der Ambulanz kümmert sich schon um sie, so bereite ich das Einladen vor. Ben geht hin, kommt aber sofort zurück. «Sie sind bereit fürs Schienen. Sie hat eine Oberarmfraktur und vielleicht eine Knieverrenkung. Er möglicherweise einen Beckenbruch, aber die Blutung ist, wenn überhaupt, dann nicht sehr stark.»

«Okay. Er kommt mit einem Brett auf die Liege, sie auf die Trage.»

«Hören Sie», sagt Ben, «die anderen halten diese jungen Leute da für betrunken, aber das sind sie nicht. Das heißt, ich glaube, es ist etwas anderes.»

«Was aber sonst?»

«Es gibt eine Mischung aus Aufputsch- und Beruhigungsmitteln, die diese Jungen sich selbst zusammenmixen – ich hab 'ne Menge davon mitgekriegt, da draußen im Park.»

Während er spricht, arbeite ich weiter. «Sind Sie sicher?»

«Ich denke schon, ja.»

«Okay, gehen wir.» Wir rollen die Liege für den Jungen aus der Ambulanz und holen die Schienen heraus. Ich gehe zu Geri. «Ben sagt, hier geht's nicht um Alkohol, sondern um Drogen – eine Mischung.»

«Es macht den Eindruck, als wäre es Alkohol wegen des undeutlichen Sprechens», sagt Ben, «und der fehlenden Blickreaktion, aber ich glaube es nicht, wenigstens nicht nur.»

«Womit müssen wir rechnen?» fragt Geri.

«Mit wilden Umschlägen aller lebenswichtigen Funktionen, sozusagen von Minute zu Minute. Manchmal auch mit plötzlichem Stillstand.»

«Steigt ein», sagt Geri und beobachtet die beiden. «Sie auch, Ben – finden Sie raus, was davon zu halten ist.»

Die beiden werden eingeladen. Das Mädchen und der Junge reden in einem fort, gelegentlich trösten sie einander lauthals wie zwei Angeheiterte bei einer Schlägerei in der Kneipe. Ben gibt sich ebenso munter wie sie, aber als ich an ihm vorbeigehe, flüstert er mir zu: «Sie hat mehr genommen als er. Beide werden bald Sauerstoff brauchen.»

Ich mache alles fertig und gehe hinaus, um es Geri zu sagen. «Ich schwimme da völlig. Ben scheint zu wissen, was da passiert. Ich hätte ihn gern bei mir. Er braucht die Probefahrten ja ohnehin. Ich weiß, er ist neu, aber...»

«Ihr geht beide nach hinten in die Ambulanz und Claude und ich nach vorn für den Fall, daß sie uns anhalten.» Geri ruft das Krankenhaus über Funk an.

Wir sind fast bereit abzufahren. Die heitere Gute-Kameraden-Stimmung ist aus der Ambulanz gewichen. «Ich liebe dich», weint das Mädchen Ben an, «ich liebe Ned gar nicht, diesen Scheißkerl, ich schlaf bloß mit ihm. Ich liebe ihn nicht. Ich liebe dich.»

«Ich liebe dich auch», sagt Ben und streichelt ihr das Haar. Der Junge singt einen Rocksong über Selbstmord und weint anhaltend.

«Sind Sie sicher, daß es kein Wodka oder Korn ist?» flüstere ich.

Er schüttelt den Kopf. «Riechen Sie mal.»

Da ist ein Geruch nach Alkohol, aber auch noch etwas anderes, das ich nicht benennen kann. Ihre Atemzüge sind von dreißig auf acht in der Minute zurückgegangen. Seine haben sich von zwölf auf fünfundzwanzig gesteigert. Ich ziehe eine intravenöse Spritze auf, erkläre, wie es funktioniert. Aber von mir will sie nichts wissen. Ich erinnere sie an ihre Mutter. Ben erklärt es noch einmal. Wir fahren ab.

Es fängt an zu stinken. Die Hitze in der Ambulanz hat die gefrorene Feuchtigkeit in unseren Mänteln aufgetaut zu einem nahezu greifbaren Dunst. Feuchte Wolle, Schweiß, frisches Blut, der Schockgeruch und ihr Atem... «Ozon!» ruf ich aus. «Das ist es!» Ben lacht leise.

«Ozon», fängt der Junge an zu singen. «Ich will dahin gehen zum Planeten Ozon, nah bei der Sonne!» Wir sprechen eine Weile darüber, und ich schließe meine Beurteilung der Lage ab. Wenn er blutet, so jedenfalls nicht stark; trotz des Auf und Ab der Atmung und des Blutdrucks – das Ben vorausgesagt hat – scheint er ziemlich stabil zu sein. Bei ihr ist der Wechsel rascher. Manchmal sind ihre Herzschläge zu schnell, um sie zu zählen; es kann jeden Augenblick zu einem Herzflattern kommen. Nur ihre Jugend kann ihr helfen. Sie fragt Ben nach seinem Namen und fährt dann mit diesem Gerede über Liebe fort, wie das bei Heranwachsenden so mit dreizehn, vierzehn üblich ist, offener als in meiner Generation, aber mit der gleichen überhitzten Scheu. Er spielt mit, und ich muß lächeln.

Sie sagt: «Ich liebe dich, Darling», und er antwortet: «Ich liebe dich auch, Terry.»

Das Krankenhaus in Midlothian ist 25 Kilometer weit entfernt, und da die Straßen schlecht sind, dauert die Fahrt heute noch länger als sonst. Noch haben sie keine Schmerzen, wie es eigentlich sein müßte. Unsere schwierigste Aufgabe besteht wahrscheinlich darin, sie, die in Schlaf oder Bewußtlosigkeit abdriften möchten, wachzuhalten. Wir schubsen und pieksen sie leicht, wir machen Witze und lassen sie reden. Nachdem der manische Effekt der Drogen verraucht ist, geraten alle Vitalfunktionen tief in die Schockzone. Wir geben mehr Sauerstoff und verstärken den intravenösen Tropf. Das ist alles, was wir tun können.

Es war durchweg eine schlechte Nacht. Die Untersuchungsräume der Unfallstation sind voll, in den Korridoren wimmelt es von Patienten. Wir machen es dringlich, sagen, daß die Vitalreaktionen unserer Patienten unregelmäßig sind und bekommen einen Platz. Wir ziehen sie aus und kontrollieren noch ein letztes Mal alle Funktionen. Geri lauert einem Arzt auf und zieht ihn zwischen anderen Untersuchungen zu uns hinein. Es ist Macomb. Ich mag Macomb nicht. «Was haben sie genommen?»

«Ich weiß nicht», sagt Ben, «aber es sieht wie L. A.-Puffreis aus.»

«Was zum Teufel ist das?»

«Ein Entspannungs-Beruhigungsmittel wie Valium, ein Phenobarbital und ein starkes Stimulans und dazu ein Amphetamin und dazu Tylenol. Wenn man von jeder Sorte drei nimmt und zehn Tylenol, ist es gerade eine Handvoll – wie bei Puffreis.»

«Wissen Sie, wann sie das alles genommen haben?»

«Wir haben versucht, das auf der Fahrt herauszubekommen. Sie haben jedes Zeitgefühl verloren, aber die akute Phase hält etwa eine dreiviertel Stunde an, und das war vor dem Unfall...»

Macomb unterbricht ihn mit einem Blick. Mit jedem anderen wäre es leichter gewesen. Die jüngeren Ärzte sind daran gewöhnt, mit uns zu arbeiten und betrachten uns als zwar weniger gut ausgebildet, aber – in unserem engen Bereich – nicht weniger erfahren. Sie haben das onkelhafte Verhalten von Lehrern, die stolz sind auf ihre gescheiten Schüler. Macomb grollt uns heftig. Nach Jahren des Medizinstudiums, des Klinikpraktikums, muß er sich nun dieses Laiengeschwätz über Absorptionsgeschwindigkeit anhören. Er hat Ben ohne Grund unterbrochen. Das ärgert mich. «Wenn Sie mit uns fertig sind, Herr Doktor – der Bezirk braucht uns noch.» Wir bekommen unsere Fahrpapiere unterzeichnet und gehen zur Ambulanz zurück. Ich bin wütend.

Aber die Erregung dieser Fahrt verraucht allmählich, auch ich bin naß und müde. «Mögt ihr einen Kaffee? Wir können im Schwesternzimmer einen bekommen.» Wir bewegen uns schwerfällig. Ich sehe, wie müde alle sind. Die Spannung unseres eigenen Fast-Unfalls löst sich in einer ungeheuren Erschöpfung. Geri und Claude fragen Ben nach L. A.-Puffreis.

«Ich wollte mich da nicht als Experte aufspielen», sagt er ruhig. «In dem Park, in dem wir gearbeitet haben, gab es eine Menge Jugendlicher, und die nahmen eine Menge Drogen. Die Parkpolizisten waren zu dünn gesät, sie konnten nur eben das, was sie sahen, konfiszieren und bei einer Überdosis helfen. Ich war so eine Art Friedenstifter für den Bezirk.»

Wir fühlen uns wie Leute in einem Kloster, dessen Türen plötzlich aufgemacht werden. Bei den Überdosen, mit denen wir es zu tun haben, geht es um gewöhnliche Drogen, Beruhigungsmittel und Schlaftabletten, aber die neuen Sachen, die aus dem Chemiekasten, die begabte Amateure selbst herstellen und verkaufen, beschäftigen uns nur in der Literatur, nicht in unserer Erfahrung. Im Gegensatz zu Dr. Macomb hören wir Bens Beschreibung von Anzeichen und Symptomen, von Absorptionsgeschwindigkeiten, erfolgreichen und vergeblichen Behandlungen aufmerksam zu. Er spricht knapp und klar, ohne Selbstbetonung. Geri fragt ihn, ob er der Gruppe nicht bei der nächsten Übung etwas darüber vortragen wolle. Im Hinausgehen hält uns eine Schwester an. «Gilboa-Rettungsdienst – ein Anruf für Sie. Vorn am Empfang.»

Geri geht hinüber und kommt schmunzelnd zurück. «C. A. hat alle Wagen zum Feuerwehrhaus zurückgebracht. Ich soll euch allen ausrichten, daß es nicht erlaubt ist, ein Gebrauchtwagenlager auf einer Bezirksstraße einzurichten. Es ist gegen die Geländevorschriften.» Wir lachen.

Auf dem Heimweg zeige ich Ben, wie man die Formulare ausfüllt, die für das Land und unsere eigenen. Wir haben alles Licht bis auf die kleine Arbeitslampe abgedreht, und als wir fertig sind, machen wir auch das aus und fahren im Dunkeln weiter. Ich sage ihm, daß ich das mit Macomb bedaure. Er lacht sein freundliches Lachen in der Dunkelheit.

«Ich glaube, es war der Bart.»

«Nein, in Wahrheit waren es das Ballettröckchen und die zehenfreien Schuhe», sage ich.

«Geben Sie es zu, es waren doch nicht die Schuhe, es war der Nagellack – Sie brauchen meine Gefühle nicht zu schonen –, die kleinen lächelnden Gesichter, die auf die großen Zehen gemalt waren.»

«Sie haben etwas getan, was ich nie könnte.»

«Und das war?»

«Sie haben gelogen, weil sie es brauchte.»

«Gelogen – wieso?»

«Alles das – wie sehr Sie sie liebten. Sie wollte es hören, und Sie haben es ihr gesagt.»

«Sie hat nicht wirklich mich gemeint, sie hat mit irgend jemand in ihrer Phantasie gesprochen.»

«Aber ich könnte nicht zu jemand sagen ‹Ich liebe dich!›, den ich nicht liebe. Das klingt selbstgerecht, ich weiß. Ich sollte frei genug sein zu sagen, was ein Patient dringend hören möchte. Sie haben es übrigens sehr gut mit ihr gemacht.»

«Sie haben wahrscheinlich nicht meine Erfahrung mit Überdosen von Drogen – ich meine nicht nur während Ihrer Tätigkeit, sondern wie ich, die ganze Schulzeit hindurch. Ich mußte eine Menge meiner Freunde, die zuviel genommen hatten, durch Reden bei Bewußtsein halten. Ich hab selbst manchmal zuviel genommen.» Er merkt, wie ich, ohne daß ich will, große Augen mache. «Vielleicht gab es in Gilboa nicht soviel Drogen wie anderswo, aber jedenfalls hätten Ihre Kinder Sie nicht in ihre Drogenerfahrung eingeweiht.»

«Wir hatten Drogen in Gilboa und auch Programme dagegen an der Schule und Faltblätter von der P.T.A. Ich weiß nicht, ob unser Sohn Drogen genommen hat oder nicht. In der Stadt zog man es vor zu glauben, es gäbe keine Drogen hier. Nur wenn irgend etwas passierte – einmal ein Todesfall, ein andermal eine Psychose – wußten wir, ich meine, wußte die Stadt es. Meine eigenen Kinder sagten nichts. Wenn ich sie nach den andern – die doch ihre Klassenkameraden waren – fragte, zuckten sie mit den Schultern.»

Ich hatte nicht vorgehabt, so weit zu gehen. In der Dunkelheit gibt es keine Gesichter oder Körper, nur Stimmen. Ich wollte nicht, daß meine Stimme Schmerz ausdrückte, sondern nur einfache, objektive Tatsachen. Wir sitzen beide auf der Bank der Ambulanz mit einem Stapel Wolldecken zwischen uns. Ich höre, wie er sich neben mir bewegt und hoffe, daß er den Schmerz nicht mitbekommen hat und nun verlegen ist.

«Werden Sie Zeit haben, ein bißchen in den Morgen hinein zu schlafen?» frage ich.

«Ich bezweifle es. Die Kinder wecken mich auf. Sie werden herüberkommen und an meine Tür hämmern. Einer der Gründe, warum ich dem Bereitschaftsdienst beigetreten bin, ist, daß ich ihnen zeigen wollte, daß es noch etwas anderes auf der Welt gibt. Die Kinder sind zornig und verbittert, aber sie sind nicht psychotisch. Die Arbeit, die ich da mache ist so – so – amorph. Abgesehen davon, daß sie sich nicht als Mittelpunkt des Universums fühlen sollen und es auch nicht sein müssen, wollte ich auch gern körperlich und direkt etwas tun.»

«Sagen Sie *diesen* Jugendlichen auch, daß Sie sie lieben?» Ich zieh ihn ein bißchen auf und genieße das. «Immer. Der Direktor steht ganz schwer darauf, daß die Kinder wissen, sie werden geliebt. Er hält Liebe für ein Menschenrecht.»

«Wie Frieden und Freiheit?»

«Absolut.»

«Automatisch und für jedes Kind gleich – ohne Unterschied?»

«Jawohl.»

«Und Sie sind der Ansicht, das sei wünschenswert oder überhaupt möglich?» Warum diskutiere ich und verteidige einen Standpunkt, der eines geübteren Disputanten bedürfte oder einer besseren Mutter.

«Ich weiß nicht – aber ich versuch es.»

«Vielleicht ist das ein Generationsunterschied. Für mich ist so etwas kein Recht, sondern ein glücklicher Zufall. Und wie ist das – müssen alle Kinder *Sie* lieben?»

«Na ja, nein, aber...»

«So geht es alles nur in eine Richtung? Sie müssen das alles geben, ohne daß die andern irgendeine Verantwortung hätten...»

Ich nehme mich zurück. Es ist seine Sache, nicht meine. Ich verteidige nur das Tor zu meinem eigenen Schmerz.

«Großer Gott! Tut mir leid. Es ist vier Uhr morgens. Ich bin müde und naß, habe Angst, wieder in mein Auto zu steigen und frage mich, ob Sie vielleicht Angst haben, mit mir zu fahren – nach dem, was passiert und was beinahe passiert ist. Entschuldigen Sie, das sind einfach schlechte Manieren.»

Er lacht sein gutes Lachen. «Meine Dame, nun klingen Sie wirklich wie Ihre Großmutter. Heute redet niemand mehr über Manieren.»

«Naja, vielleicht sollte man es besser tun!» entfährt es mir, und wir lachen beide.

«Ich habe noch niemand über diese Sache mit der Liebe so reden gehört.»

«Die Heuchelei von früher war der Glaube. Jetzt ist's die Liebe.» Ich stöhne. «Wo bin ich bloß so naß geworden?»

«Soll ich Ihnen meinen alten Parktrick sagen? Benutzen Sie das Zeug, mit dem man Gießkannen wasserdicht macht für Ihre Arbeitsausrüstung. Es hilft wirklich.»

«Eigentlich sollte *ich* Ihnen diese Hausfrauenweisheiten mitteilen.»

«Sicherlich!»

Die Ambulanz fährt vor dem Feuerwehrhaus vor, und wir steigen aus. Mein Wagen parkt auf dem Parkplatz der Feuerwehr. Er ist völlig in Ordnung, die Räder sind gerade ausgerichtet, ganz C. A.s verläßliche, selbständige Art. Ben steigt ein, als ob wir nie seitwärts einen Hügel hinuntergeschlittert wären, uns gedreht und gewartet hätten, daß etwas Schreckliches passiert. Männer. Auf der Windschutzscheibe steckt ein Zettel: «Dein linker Vorderreifen hatte einen Platten. Jetzt ist der Reservereifen drauf. Laß Murph auch den Reifenabstand prüfen, ist etwas nach außen verschoben... C. A.»

«Wollen wir losfahren?» frage ich.

«Warum nicht? Zu spät für irgend etwas anderes. Bars sind alle zu. Schwimmbad noch nicht offen.» Er macht Orley nach. Wir fahren langsam an und nach Hause. «Lassen Sie mich am Weg zur

Schule raus», sagt er. «Da ist dieser Hügel bis zu meinem Haus, und der Boden ist holperig.»

«Sie mögen die Art nicht, wie ich Hügel hinunterfahre!» Er sieht mich einen Augenblick lang an, als könnte ich es ernst meinen, und dann spüre ich, wie er in der Dunkelheit in seinen Bart hinein lächelt.

«Ich möchte ein paar Schritte laufen – um ein wenig Dampf abzulassen.»

«Ich laufe auch, wenn ich heimkomme – in die Badewanne.»

Ich schlüpfe leise hinein. Es wird bald hell werden, und ich lege mich neben Saul, obwohl ich weiß, daß es nur für etwa eine Stunde ist. Er dreht sich um und streckt die Hand nach mir aus. «Schlimme Fahrt?»

«Bißchen. Drogenüberdosis. Außerdem hatte ich einen Platten. Aber C. A. hat den Reifen gewechselt.»

«Hast du Schwierigkeiten gehabt?»

«Nein, nur den Platteneben.» Er streichelt mich und rollt sich wieder herum, schon wieder schlafend. Ehe ich selbst einschlafe, bleiben mir noch ein paar Minuten, über das Wesen der Täuschung nachzusinnen.

Einmal im Monat führe ich Riva in Midlothian aus, damit sie sich ein wenig umtun kann. Ich verkleide mich als Dame, gehe mit ihr ins Museum und dann zu einem hübschen Lunch und ein paar Einkäufen am Nachmittag. Riva ißt gern traditionelles jüdisches Essen, aber sie kocht höchst ungern. Wir gehen ins «Deli» an der Converse Avenue und stellen uns ein schönes Menü zusammen – «Feinschmeckergerichte. Meine Mutter würde sich totgelacht haben.» – Und es *ist* schon sehr komisch. Der Notbehelf der geplagten Armen Europas: Suppe aus Hühnerklein oder aus roten Rüben, gefüllter Kohl – «und sie nehmen sündhafte Preise».

«Aber du willst doch nicht etwa Kohlblätter zusammenbinden – oder?»

«Gott Behüte!»

«Sag einen Tag!»

«Donnerstag sieht gut aus. Wie ist's mit dir?»

«Ich hab nie was zu tun, also bin ich immer frei.»

Ich unterdrücke den Wunsch, für ihre Augenbehandlung zu plädieren. «Okay. Am Donnerstag also.»

«Was hältst du davon», frage ich Saul. «Wir gehen ins Museum und dann in die große Bibliothek in Midlothian. Ich weiß, es gibt da eine Kassettensammlung und auch Bücher mit extragroßem Druck. Wenn ich die Bibliothekarin dazu bringen kann, sie zu begleiten, ihr alles zu zeigen, ohne es ihr aufzudrängen, könnten wir sie vielleicht dafür interessieren.»

«Dich zu beobachten, wie du auf Auswege sinnst, ist schon den Eintrittspreis wert. Nur zu und viel Glück! Wenn wir sie nur zum Arzt kriegten...»

«Ehe ihre Sehfähigkeit nicht weiter nachläßt und sie gezwungen ist, etwas zu tun, kann ich es nur auf diese Weise versuchen.»

«Wenn sie nur nicht so ängstlich wäre...»

«Wenn...»

7

Es ist ein heiterer, milder Tag, eine Woche vor Thanksgiving. Ich bin früh aufgestanden und habe das Haus in Ordnung gebracht, Frühstück gemacht und mich von Saul, der zur Arbeit fährt, verabschiedet. Riva und ich werden heute unseren Stadtbummel machen, und vielleicht bringe ich sie dazu, nicht mehr abzustreiten, daß ihre Sehkraft nachläßt, daß sie so ihr Leben auf die Größe ihrer Wohnung einengt. Wir haben vor, um halb zehn loszufahren. Ich habe meinen gut aussehenden neuen Hosenanzug an und bin im Begriff, das Haus zu verlassen – da geht der Alarm los. Es ist selten, daß wir so früh am Tag gerufen werden. Ich gehe im Kopf rasch den Dienstplan durch. Geri arbeitet, Claude gleichfalls, Rita könnte sich freimachen, aber sie ist krank, und die Sharps sind nicht in der Stadt. Ich muß fahren. «Unfall mit Verletzten», sagt der Fahrdienstleiter des Sheriffs, «eine Meile hinter Cleve Road.» Ich ziehe meine Ausrüstung über meinen neuen Anzug und fahre los. Ich weiß, Saul wird die Ambulanz sehen und hören und Riva anrufen. Wenn ich Glück habe, ist es etwas Leichtes, und wir können uns etwas später aufmachen. Auf der Bundesstraße höre ich die Ambulanz hinter mir. Ich fahre zur Seite, springe heraus und halte sie an. Es ist Ben.

«Gott, bin ich froh, Sie zu sehen.»

«Desgleichen.»

«Ich war unten im Drugstore. Ich hatte meine Alarmanlage bei mir. Es ging los wie am 4. Juli.»

Inzwischen sind wir nach Osten abgeschwenkt und fahren durch offenes Land. Da ist Violet Cleves Haus. Ich werfe einen raschen Blick darauf, als wir vorbeifahren. Der Gartenclub hat den Boden bearbeitet und die Obstbäume beschnitten. Ich nicke einen Gruß hinüber. Wir kommen zur Hügelkuppe und sehen hinunter. Ganz unten ist ein Durcheinander von Wagen und das rote Licht der Polizei... «Was immer da los ist – es sieht merkwürdig aus!»

Als wir näher kommen, kann ich über den Polizeiwagen hinwegsehen. Ein Traktor mit einer Egge als Anhänger muß aus der kleinen Seitenstraße links herausgekommen sein. Ein Sportwagen ist ihm mit ungeheurer Geschwindigkeit hinten draufgefahren und unter die Egge geraten. «Sie werden nicht vorbeikommen», sage ich. «Besser, Sie fahren hinter diesen Wagen.» Bischoff von der Landespolizei kommt herüber. «Hallo, Grace.» Er ist etwas blaß, scheint mir. «Ihr habt zwei, wir haben einen. Ihre beiden sind nicht allzu schlimm verletzt. Unserer ist in die scharfen Enden der Egge geraten. Darum haben wir eine Decke darüber getan. Wir haben schon den Leichenbeschauer gerufen, er kommt. Ihre beiden sind hier.»

Der Farmer ist mehr erschreckt als verletzt. Ich kenne seinen Namen nicht, aber ich habe ihn hin und wieder in der Stadt gesehen. Bei dem Lärm des Traktors hat er nichts gehört, ist in die Cleve Road abgebogen, und einen Augenblick später hat es ihn aus dem Sitz gehoben, er hat das Steuer gepackt und festgehalten und den Traktor zum Stehen gebracht. Beide Arme sind gebrochen. Das andere Opfer, der Fahrer des Sportwagens, hat ein gebrochenes Handgelenk und sich den Fuß unter einem der Pedale verrenkt. Außerdem ist er schwer betrunken.

Da wir am Hecksteuer des Traktors arbeiten, ist der aufgespießte Mann unmittelbar über uns. Wir können ihn nicht sehen, die Polizisten haben ihn zugedeckt, und es ist dunkel unter der Decke in dem Durcheinander der Maschinerie. Ich sehe, wie Ben wiederholt zu der Decke hinaufsieht, während wir uns mit dem Farmer beschäftigen. Der Fahrer des Sportwagens murmelt benommen vor sich hin. Er weiß, daß sein Gefährte tot ist, aber er will es nicht wissen. Während wir noch an der Arbeit sind, kommt Claude. Er hilft uns mit dem Fahrer und dem Einladen, aber er muß wieder in die Schule zurück. Der Schuldirektor hat seine Klasse übernommen.

«Hat es noch eine Minute Zeit?» Ben sieht mich an. «Ich habe nie einen Toten gesehen, ich meine...» Er ist so blaß wie Bischoff. «Wenn ich diese Arbeit weitermache, um das zu tun...» – «Sie wollen es hinter sich haben», sagt Claude. «Ich will es den Polizisten erklären. Wenn sie nichts dagegen haben, warten wir so lange.» Er geht zur Polizei hinüber, und wir beobachten, wie er erst in unsere Richtung und dann auf die Decke zeigt und etwas sagt. Sie sehen zu uns hinüber und nicken.

«Wer wird die Leiche da herausholen?» flüstert Ben.

«Die Leute des Leichenbeschauers. Bischoff und Jesperson werden vermutlich helfen müssen, darum sehen sie so schlecht aus.»

Wir stehen neben der Ambulanz und sehen zu den Patienten hinein. Claude kommt zurück. «Machen Sie schnell», sagt er, «los.» Wir klettern auf den Traktor hinauf, und ich hebe die Decke etwas hoch. Ben wirft einen langen Blick auf den Toten.

«Okay?»

«Okay», sagt er. Wir steigen sehr vorsichtig hinunter.

«Sind sie immer – sehen sie immer so gelb aus wie dieser?»

«Gelb oder grau. Das Blut staut sich in Fällen wie diesem schnell in allen unteren Körperteilen. So wie er da hängt...»

«Die Patienten – ist alles in Ordnung mit ihnen? Ich meine, können wir, können wir nur eine Minute lang etwas gehen?»

«Möchten Sie allein sein?»

«Nein, nein. Ich – nur eine Minute.»

So flankieren wir ihn, berühren ihn zu beiden Seiten, halten ihn aber nicht, und wir gehen. «Dieser Geruch da...»

«Es ist ein typischer Autounfall», sage ich. «Benzin, Frostschutzmittel, Blut, Alkohol und der Körpergeruch bei Schock, eine feine, aber penetrante Mischung.» Wir lachen ohne Grund, nur um uns zu beweisen, daß wir es können. «Sind Sie soweit? Können wir fahren?»

«Ja.» Er sieht uns an, erst den einen, dann den andern. «Danke.»

«Danken Sie den Polizisten», sage ich, «die verstehen das alles.» Zu meiner Überraschung tut er es.

«Wird er es schaffen?» fragt Claude. «Ich muß wirklich zurück.»

«Wir sind ganz in Ordnung. Ich will, daß Bischoff und Jesperson den bärtigen Freak kennenlernen, und ich möchte, daß der bärtige Freak die hiesige Ruppigkeit kennenlernt.»

«Lady, du denkst auch wirklich immerzu.»

«Das Collegegeld war nicht zum Fenster rausgeworfen, nicht wahr. Ich leb vielleicht in der Kleinstadt, aber ich hab ein Großstadtgehirn. Du gehst jetzt und unterrichtest die Kleinen – ich hab die Situation fest im Griff.» Wieder lachen wir – eine Art, einander mitzuteilen, daß wir gelbe Leichen, junge Leichen nicht mögen; da war nichts zu retten.

Ben fährt. Ich arbeite im Hintergrund. Der Fahrer des Sportwagens wird allmählich nüchtern, begreift, was er getan hat und weint – nicht wie ein Betrunkener, sondern in einer Folge von langen, qualvollen Schluchzern –, und auch der Farmer weint, weil es noch nicht lange her ist, daß er jung war und selbst getrunken hat. Noch sind Tod und Schmerz etwas ganz Persönliches. Öffentliche Strafe, Gesetz, Versicherung, Entzug des Führerscheins, Regelungen und Rechnungen sind noch meilenweit entfernt. Hier auf der Straße sind wir wie Flößer, wie Skifahrer, wie Leute, die einen Hang entlanggleiten, aber voller Schmerz, nicht voller Freude. Aber der Schmerz ist rein, ohne Kompromiß – in gewissem Sinne frei.

Und Ben hat seine erste Leiche gesehen. Er hat es so eingerichtet, daß nur zwei von uns dabei waren, so daß – wenn er sich hätte schämen müssen – das nicht vor dem ganzen Bereitschaftsdienst geschehen müßte. Wie fremd ist das meiner Denkweise. C. A. Bordereau, der Bens Kleidung und Bart mißbilligt, würde das gleiche getan haben. Ich hab auch meine Leichen gesehen, aber niemals als Test vor andern. Vielleicht wußte ich dabei insgeheim, daß, wenn ich geweint oder gekotzt hätte oder in Ohnmacht gefallen oder kreidebleich geworden wäre, man es mir verziehen hätte, weil ich eine Frau bin. Es gibt in dieser Arbeit Schlimmeres als ein Opfer, das bereits tot ist. Aber wir haben Ben einen guten Anfang ermöglicht. Wir sind mit ihm ein bißchen auf und ab gegangen, und auf dem Rückweg laß ich ihn sich alles herunterreden.

Ich komme nicht vor dem Nachmittag nach Hause und rufe Riva sofort an. «Es tut mir leid – wir können morgen fahren, aber wenn du dich ganz darauf eingestellt hast, so ist immer noch Zeit...»

«Laß nur. Ich hab die Sirene gehört und wußte, daß du bei dieser Rettungsarbeit warst. Ich bin sicher, daß ist sehr wichtig. Die Bedürfnisse deiner Familie müssen sich daneben sehr alltäglich ausnehmen.»

Halb hat sie recht, und eben diese Hälfte ist verletzend. «Ich sage unseren Trip nicht ab, ich verschiebe ihn nur um einen Tag.»

«Morgen ist Freitag. Du wirst nicht weggehen und dann spät nach Hause kommen wollen, du wirst für den Sabbat saubermachen und das Abendessen vorbereiten wollen. Daran hast du nicht gedacht.»

«Das Opfer hat nicht daran gedacht, Riva; auf irgendeine sonderbare Weise versuche ich dafür zu sorgen, daß niemand, den ich kenne und liebe, irgendwo hilflos bei einem Unfall liegen bleibt oder mit einer Herzattacke auf der Straße hinfällt, ohne daß jemand sich um ihn kümmert. Das verhindern wir in Gilboa, und andere Leute verhindern es anderswo, überall im ganzen Land. Ich möchte gern mit dir nach Midlothian fahren. Aber du hast recht mit morgen. Laß es uns am Montag machen. Vor allem die Kunstsammlung und die Bibliothek.»

«Saul hat mir gesagt, daß du willst, ich soll diese Kassettenbücher ausprobieren. Glaubst du, du kannst meine Probleme so lösen?»

«Gott behüte. Ich möchte dir nur alles, was du tust, erleichtern.»

«Ja, gut, ich weiß. Ich bin morgen wie immer da.»

Riva ist mir dankbar, und ich weiß das. Aber diese Dankbarkeit belastet sie, so daß sie sich unbehaglich dabei fühlt und mich ohne Grund angreift. Auch wenn ich das weiß, hebt es den leisen Ärger nicht auf, der an mir nagt. Aber dann fange ich an, über den Unfall nachzudenken und durchlebe ihn wieder auf eine merkwürdig friedvolle Weise. Ich denke daran, wie wir beide mit Ben hin und her gegangen sind und wie Ben später in der Ambulanz sein Grauen mir gegenüber ausgesprochen hat. Es ist die tiefe, beglückende Anteilnahme, wie man sie sich mit zärtlichen Töchtern und liebevollen Söhnen vorstellt.

8

Geri sitzt an meinem Küchentisch und trinkt Kaffee. Eigentlich sollten wir über Bedarf und Inventar der Ambulanz reden. Es ist eine widerliche Arbeit, die wir beide hassen. «Ich wollte dich etwas fragen. Ein Bekannter von Saul, ein Geschäftsmann, kommt Donnerstag zum Abendessen zu uns. Er ist allein und ein reizender Mann. Magst du ihn kennenlernen?»

Geri lacht. «Wenn du im Kampfanzug und in Stiefeln steckst – so sehe ich dich ja vor allem – vergesse ich immer, wie ungeheuer altmodisch du bist.»

«Wie lernen sich junge Leute denn heute kennen?»

«Wie hast du Saul kennengelernt?»

Ich erzähle es ihr.

Wir haben uns an der Universität getroffen. Als Juden in einer Welt von Nicht-Juden mußten wir noch anpassungsfähiger und formvollendeter sein als unsere Freunde. Ich mußte in Erfahrung bringen, was für ein Name Dowben war. Saul fragte seine Freunde nach mir aus, ich sie über ihn. Es war alles sehr knifflig, und nun mutet es so «antik» an wie ein Menuett. Ich frage mich, wie das jetzt vor sich geht.

«Ich gehe gelegentlich aus», sagt Geri, «aber ich bin auf nichts Ernstes aus. Ich hab zuviel Spaß, als daß ich ans Heiraten denken möchte. Und eines schönen Tages wird Orley Fleet, abgemagert, verbraucht und weise geworden, von wahnsinniger Leidenschaft zu mir gepackt werden, und dann will ich bereit sein!»

Ich frage sie, wo sie am Thanksgiving-Tag zu Abend ißt. Sie wird arbeiten. Da Miriam und Joshua nicht zu Hause sind, hatte ich mir vorgenommen, außer ihr noch ein paar andere einzuladen. Riva wird da sein, und Ben hat gesagt, daß er kommen wird. Während der letzten Jahre war Violet Cleve immer dabei, und ich vermisse sie.

«Du wolltest mich mit diesem ganz erträglichen jungen Mann zusammen einladen, was?»

«Ja, vielleicht.»

«Ich finde das lieb von dir.»

«‹Lieb› gehört eigentlich nicht zu deiner Ausdrucksweise.»

«Wie meinst du wohl, daß man als ‹Garland› aufwächst?»

«Ich dachte, Geri wäre eine Abkürzung von Geraldine. Garland ist ein hübscher Name.»

«Sicherlich, für ein süßes Mädel, das, wo es geht und steht, zarte Parfümwolken verbreitet, ein Mädel, das immer in sanftem Gleichgewicht ist, ein Mädel, das nie schwitzt.»

«Himmel, Geri, wir parodieren die altmodischen Tugenden, und dann hassen wir die Parodie. Ich bin auch nicht wild auf den Namen Grace. Keine Angst. Heute werden nur noch wenige Garlands und Graces in die Welt gesetzt. Der Name meiner Enkelin ist Kimberley, ein Name, der mir fast beleidigend fremd ist.»

«Siehst du sie oft?»

«Nur, wenn ich zu ihnen nach Kalifornien fahre – viermal im Jahr. Kimberley ist sechs, und ich glaube nicht, daß sie mich wirklich kennt. Es ist traurig, aber nicht tragisch. Miriam wäre unglücklich, wenn sie hier oder sogar in Midlothian leben müßte. Ich weiß das, und da ich mir, wie Sauls Vater das zu nennen pflegte, vorgenommen habe, ‹hundertprozentig modern und up to date› zu sein, macht es mir keinen Kummer, oder wenn ...»

«Ich wußte gar nicht, daß altmodische Leute so praktisch sind.»

«Ich hab es gelernt. Die Perspektive ändert sich, wenn man Kinder aufzieht.»

«Wirklich?»

«Eine Frau muß sich verändern, wenn für sie der Penis aus einem erotischen Gegenstand zu einem hygienischen Problem, zu einer Quelle der Angst wird und umgekehrt. Darum laufen ja auch so viele wirre, alte Weibsbilder herum.»

«Und trotzdem möchtest du gewisse Dinge bewahren. Zum Beispiel Feiertage nach alter Art, Puterbraten und so weiter – all das.»

«Natürlich, meine Liebe: Am Thanksgiving-Tag fand sich die Crème der Gesellschaft von Gilboa am festlichen Tisch der Grace Dowben zusammen, die zu Gilboas Elite gehört. Die liebenswürdige Gastgeberin erschien zum erstenmal seit Monaten in einem Kleid. Unter den Anwesenden war ihr gutaussehender Mann, dessen modischer Geschmack von ihr seit ihrer Heirat tagtäglich schwer beleidigt worden ist; Riva Dowben, die dreimal am Haus vorbeiging, weil sie zu stolz und zu scheu ist, ihre Augen untersuchen zu lassen, und Benjamin Sloan, Erzieher, dessen Haar und Bart

– sofern man das unterscheiden kann – für diese Gelegenheit sorgfältig frisiert waren und der barfuß erschien – eine Form der Selbstverwirklichung. Wie immer ganz die spontane Hausfrau, ließ Mrs. D. den Puter verbrennen, um zu beobachten, wie drei Betrunkene, die in den Graben gekippt waren, herausgezogen wurden. Ein Viertel der Gäste verließ das Haus zusammen mit ihr, und die Party ging am neuen Treffpunkt noch einige Stunden weiter.»

«Zu diesem Zeitpunkt war die Crème allerdings schon etwas sauer.»

Thanksgiving ist mein liebster amerikanischer Feiertag. Es ist ein ernstes, aber nicht düsteres Fest, und wie bei den guten jüdischen Festtagen gehört Familie und Essen dazu. Der Puter und der Mais, die Nüsse und die süßen Kartoffeln sind auch für koschere Juden akzeptabel; auch die traditionellen Veranstaltungen könnten unsere sein – wir können so «traditionell amerikanisch» sein wie die Cabots und die Lodges. Riva sagt, daß sie früher kommen will, um mir zu helfen, aber ich weiß, daß sie es nicht tun wird. Sie ist gern Gast, läßt sich gern von Saul mit einem Drink und einer kleinen Geschichte unterhalten, und ich hör sie gern mit ihm lachen. Sie hat wenig Begabung und gar keinen Spaß an Küchenarbeit und zieht sich gewöhnlich so an, daß es ihr unmöglich ist, irgend etwas zu tun. Diesmal umwogen sie Schals. Sie ist feuergefährlich, und sie weiß das.

Ben kommt etwas später. Ich habe Riva von ihm erzählt, und sie ist vorbereitet auf den Bart und das lange Haar und einen Aufzug, der womöglich noch seltsamer ist als ihr eigener. Er trägt diesmal sehr saubere, verblichene Jeans und ein indisches Hemd, auch sehr sauber, aber ungebügelt, aus einem dünnen, weichen Material, etwa wie das Oberteil eines Pyjamas. Einen Augenblick lang sehen sie einander intensiv an. Dann lächelt Riva, und auch Ben lächelt, und dann sagt sie, er sähe aus wie ein indischer Prinz in etwas bescheidenen Verhältnissen, und er lacht dieses Zauberlachen, und nach diesem Anfang nimmt der Nachmittag einen behaglichen Verlauf.

Voller Staunen trage ich Dinge hinein und heraus und höre den dreien zu. Riva erzählt Geschichten aus ihrer Mädchenzeit in Schedletz, die nicht einmal ich je gehört habe, Geschichten voller Duft und

Lebendigkeit. Wir lachen über das Mädchen, dem es nie gelang, die wirklich wichtigen Dinge zuerst zu tun, und das in einer Stadt, die von einem Mädchen Frömmigkeit statt Verstand und Fügsamkeit statt Abenteuern erwartet!

«Ich wollte hinter die Dinge kommen – ich liebe Geheimnisse, und in Schedletz gab es für Frauen keine Geheimnisse. Ich machte alle verrückt. Um dem Ganzen eine Krone aufzusetzen und zur Belohnung für meine Ungebärdigkeit bat mich ein reicher Kaufmann aus Pennsylvania, seine Braut zu werden.» Sie zieht das Wort in die Länge, genießt den seltsamen Klang. «Das war das größte aller Abenteuer. Wie sollte ich nicht fahren? Läuft das Wasser nicht den Hügel hinunter? Wer kann es anhalten? Das Allermerkwürdigste für sie alle war, daß der Bräutigam kein gewöhnlicher Mann war, der mit andern in einer großen Stadt lebte. Ihr müßt euch vorstellen, daß in Schedletz täglich Briefe aus New York, aus Chicago und Philadelphia ankamen. Einige der Einwanderer kamen zurück, und so kannten unsere Leute zu Hause sogar die Namen und einzelnen Quartiere in den großen amerikanischen Städten. Nichts für mich! Ich brauchte eine Bibelstadt. Es wurde sogar gefragt, ob denn die Indianer überhaupt die Bibel hätten, um der Stadt einen solchen Namen zu geben. Gilboa! Und was war es dann? Ein Pionier!» In ihrem Lachen kann ich keinerlei Bitternis entdecken, und wir lachen mit ihr.

Während des Essens fängt Saul zu meiner Überraschung an, über Korea zu sprechen. Er hat nie viel darüber gesagt. All die Jahre hindurch hat es uns Stückchen für Stückchen erreicht, das Schlimmste in winzigen, abgemessenen Schrecknissen, die sich bewältigen ließen, meistens als Bilder, die nicht interpretiert, nicht zusammengefaßt wurden. Nach Rivas Geschichten kommen jetzt seine ganz natürlich, so natürlich wie die Muße, die wir haben, den ganzen Tag lang.

«In Korea war ich der Fremde –» sagt er. Der Himmel verdunkelt sich früh, und gegen ein Uhr schneit es sanft gegen den sanften grauen Hintergrund. Wir sitzen am Tisch und später mit einem Glas Weinbrand vor dem Feuer, in einer magischen Isolierung, in einer Traumzeit, so als könnte kein Telefon läuten, als könnte niemand an die Tür klopfen, keine Alarmanlage schrillen. Ich bin in diesem Wunder gefangen – wer hätte das vorhersagen können? Der

Schnee fällt stetig. Wir haben das Feuer, und auch als es dunkler wird, machen wir kein Licht an. Wir sitzen dicht beieinander in einer abendlichen Vertrautheit, in der wir ruhig miteinander reden.

«Der eigentliche Kampf war nur ein kleiner Teil des Ganzen.» Wir schweigen. «Was wirklich und immer da war, das waren die Männer im Zug und in der Kompanie. Ich hatte mich immer für einen Durchschnittsmenschen aus einer Durchschnittsstadt gehalten. In Korea lebte, aß und schlief ich mit Männern aus so abgelegenen Orten, daß sie bis dahin noch niemals Menschen begegnet waren, die nicht mit ihnen verwandt waren. Einige von ihnen konnten kaum lesen und schreiben, einige waren fast wie Wilde – ländliche und städtische Wilde. Dazwischen eingestreut waren Leute vom College, und wir hatten sogar, ob ihr's glaubt oder nicht, einen Konzertpianisten. Er schaute immer nach einem Klavier aus. Die meisten der anderen tranken sich einen Rausch an. Ich hab versucht, das Land kennenzulernen.»

«War das schwierig?»

«Ja, aber nicht so, wie Sie vielleicht denken. Wenn die Koreaner merkten, daß jemand wirklich interessiert war an ihrer Kultur, zeigten oder erklärten oder teilten sie mit, was immer sie konnten. Sogar die Leute in den allerkleinsten Dörfern waren sich ihrer eigenen Kultur und iher Tradition bewußt und hatten eine wunderschöne Volkskunst. Das Problem lag bei uns – bei mir. Der normale Tagesablauf war so langweilig und entnervend, daß ich meistens nicht die Energie hatte, mich von der Gruppe zu lösen und allein etwas zu unternehmen. Außerdem war ich so jung, daß ich sogar zu einer Gruppe gehören wollte, mit der ich sehr wenig gemein hatte. Kampfgefährten haben eine besondere Beziehung zueinander durch die Gefahr, und es entsteht eine Art Treue, die im normalen Ablauf der Dinge nicht entsteht.» Er wendet sich mir zu. «Du kennst das doch – würdest du zum Beispiel das gleiche Verhältnis zu C. A. haben, wenn du nicht im Bereitschaftsdienst wärst?»

«C. A. hat mir einige Male das Leben gerettet und mein Haschee mindestens ein dutzendmal.»

«Das ist es eben – ihr teilt die Gefahr.»

«Kampfgenossen», meint Ben und lächelt. «Ich war nie im

Krieg, aber er hat mich in gewisser Weise verfolgt. Es fehlte allerdings die Kameradschaft dabei, und die gehört vielleicht auch zu dem, was mir am Bereitschaftsdienst gefällt.»

«Was meinten Sie damit, daß der Krieg Sie verfolgt hat?» Zu anderer Zeit wäre diese Frage womöglich zu direkt gewesen, zu persönlich und zu aggressiv, aber wir segeln, schneeumhüllt und unsichtbar füreinander, auf einem geheimnisvollen Schiff dahin und sind so frei wie Fremde, so vertrauensvoll wie alte Freunde, und darum ist es der richtige Zeitpunkt für diese Frage.

Wir sind jetzt nur noch zu dritt. Riva hat sich wie ein Kind auf der Couch zusammengerollt und schläft. Man hört ihre Atemzüge und hin und wieder einen kleinen Seufzer. In dem weißen Nichts, das uns umgibt, scheinen wir uns aller Dinge bewußt zu sein, des Summens im Haus, der Farben im Zimmer, der Zufriedenheit nach dem Mahl, der Wärme, der Entspannung unserer Körper.

«Ich bin vor dem Vietnam-Krieg davongelaufen, vor *meinem* Krieg. Ich bin nicht nach Kanada gegangen, wie viele meiner Freunde, sondern nach Europa. Ich glaube, ich hatte romantische Vorstellungen von mir selbst damals: so als Auserwählter, als vom Schicksal betrogener Einzelgänger. Mein Vater war im Zweiten Weltkrieg, in der Marine; und er ist schlimm verwundet worden – deswegen hatten wir nicht die übliche Vater-Sohn-Beziehung.» Saul und ich sehen uns an. Was ist die übliche Vater-Sohn-Beziehung? Woher wissen die Beteiligten, ob das, was sie miteinander teilen, das ist, woran sie sich später erinnern werden?

Ben fährt ruhig fort. «Ich bin mit großen Erwartungen aufgewachsen, und das hat mich selbstgerecht gemacht. Ich war so selbstgerecht wie ein Fernsehheld. Krieg war schlecht, und ich war gut, und so hatte ich eine moralische Rechtfertigung für alles, was ich tat. Ich glaube, ich hatte eine Todesangst, genau das, und darum lief ich weg. Europa war voll von hochmoralischen Amerikanern zwischen 18 und 45; viele von ihnen trieben Rauschgifthandel oder schmuggelten. Ich hatte mir geschworen, das nie zu tun. Ich hatte mir auch das Wort gegeben, daß ich überleben würde. Ich habe auf Bauernhöfen in Portugal gearbeitet, als Wärter in psychiatrischen Kliniken in Spanien, in einer Seilfabrik an der französischen Küste – lauter Jobs, die auf die eine oder andere Weise lebensbedrohlich waren.» Er unterbricht sich, sieht uns an, fährt dann fort. «Ich war gegen Krieg und wollte mich dazu äußern, also machte ich mich auf – lachen Sie nicht – in das Zentrum des Friedens, in die Hauptstadt der Schweiz.» Jetzt muß *er* beinahe lachen. «Ich glaube, diese Idee steckte tief in mir, es war eine einzigartige, ganz persönliche Idee.» Ich höre im Stimmfall die Trauer mit, die er nicht ausdrückt. Er spricht leichthin. «Als ich hinkam, war die Stadt überlaufen. Es war wie bei einem Kongreß. Jedes Land der Union hatte so an die tausend Repräsentanten geschickt; sie alle kamen mit der gleichen einzigartigen Vorstellung und mit leeren Taschen. Meine erste instinktive Reaktion war abzuhauen. Aber ich lebte damals sozusagen allegorisch, und ich hatte kein Geld, also mußte ich bleiben. Es gab keine Arbeit. Die Lebenskosten waren astronomisch. Schlimmer noch, die lässige Haltung, die man in Portugal und Spanien den Armen gegenüber einnimmt, gab es hier nicht. Kein Schlafen unter Brücken oder ‹Warten› ganz hinten in einem Restaurant. Kein Job für drei Tage. Keine Spendenkisten mit warmen Kleidern in den Kirchen, und bei Gott, es war kalt!»

«Aber im Hotel – Sie sprechen doch Englisch ...»

«... und ich war jung und Amerikaner, langhaarig, mit Bart und also ganz offensichtlich ein Wehrdienstverweigerer oder Deserteur. Kein Hotel wollte mit mir zu tun haben. Sie wollten keinen Ärger mit den amerikanischen Touristen haben, die ich bedienen würde.»

«Was haben Sie gemacht?»

«Es endete damit, daß ich in einer Bar in Bern gearbeitet habe, einer finsteren Spelunke. Bern ist eine sehr moralische Stadt, sehr aufrecht, aber in seinen minderen Teilen wüst. Ich war Rausschmeißer. Ich packte Leute von hinten, wenn sie in Streit gerieten. Ich stellte den lärmenden Trunkenbolden ein Bein und warf sie nach hinten auf die Gasse hinaus. So ein Job wird, wenn er nicht durch irgend etwas ausgewogen wird, ein glückliches Familienleben, Liebe, irgend etwas – schließlich zu einer Art Krankheit. Ich war dem Krieg davongelaufen, aber er schien rund um mich her zu toben. Die Geschäftsführer der Bar verachteten ihre ‹Helfer› – bei uns gab es drei davon. Wir verachteten uns gegenseitig und auch uns selbst. Die Besitzer haßten uns – auch wenn wir sie vor Schlägereien und Schlimmerem bewahrten. Da das Lokal von der untersten Schicht, von Gaunern und Pervertierten besucht wurde, veranstaltete die Polizei immer wieder Razzien, die immer von vorherigen Arrangements abhingen, von denen wir nie etwas wußten. Sie ‹befragten› uns mit Fäusten und Schlagstöcken. Wir waren drei Ausländer und sprachen den Dialekt nicht gut genug, um komplizierte kriminelle Vorhaben zu begreifen, aber das hinderte sie nicht daran, uns jedesmal, wenn sie nur konnten, zu bearbeiten. Manchmal sammelten die Burschen, die wir hinausfeuerten, ihre Jungens um sich und lauerten uns auf. Keine Pistolen, aber Ketten und Messer. Sie brachten uns natürlich nicht um, denn dann hätte der Geschäftsführer doch nur einen anderen algerischen Sträfling oder sudanesischen Geisterbeschwörer oder amerikanischen Moralisten angeheuert. Sie wußten, daß, wenn sie uns hinreichend verprügelten, um uns Angst einzujagen, wir es uns das nächste Mal zweimal überlegen würden, sie, wenn der Geschäftsführer uns mit seinem drolligen kleinen Kopfnicken und Fingerschnippen das Zeichen gab, an die Luft zu setzen. Ich sparte jeden Cent, um da rauszukommen, aber die Lebenskosten waren so hoch, daß ich für Monate da hängen blieb. So sind die niedrigsten Jobs auf der Welt – eine Art Leibeigenschaft...»

«Aber Ihre Eltern – hätten sie nicht...»

«Solange ich noch irgendeine Wahl hatte, nein. Wenn ich zu langer Haft verurteilt worden wäre oder schwer krank in einem Krankenhaus gelegen hätte, würde ich sie vielleicht um Hilfe gebeten haben, aber einmal muß es ja aufhören, nicht wahr, daß man immer zu Mammi und Pappi gelaufen kommt. Ich hatte mich dahineingebracht; es war meine Sache, mich da wieder rauszuholen.»

«Sie hätten einiges Geld mit Dealen verdienen können – Rauschgift oder auch Frauen...» sagt Saul. Er hat die ganze Zeit sehr still mit ausdruckslosem Gesicht dagesessen. Ich weiß nicht, was er denkt.

«Nein», sagt Ben ruhig. Ich habe das Gefühl, daß er diese Dinge bisher nie laut ausgesprochen hat. «Das konnte ich nicht. Ich will mich nicht besser machen als ich bin, aber da war eine Grenze, die ich mir gezogen hatte, und ich wußte, wenn ich die überschreiten würde, wäre ich verloren und alles wäre möglich. Wenn man derart unten und die eigene Umwelt so gefährlich und zweifelhaft ist, muß man sich selbst Grenzen ziehen – unverletzbare, unumstößliche Gesetze –, daß man seine Sachen sauberhält, daß man jeden Tag badet, daß man nie eine Frau schlägt, daß man nicht mit

Drogen dealt, daß man kein Geschäft mit Sex macht – mit dem eigenen oder dem anderer –, solche Dinge. Manchmal kann nur so etwas einen von Gott weiß was abhalten.»

Ich möchte weinen – nicht nur über Ben, sondern über Joshua, der in die Gesetze Sanjits geflohen ist. Warum brauchte er ein so bindendes, so ausschließliches Gesetz? «Wußten Ihre Eltern irgend etwas von alledem?»

«Nein. Ich habe ihnen natürlich aus Europa geschrieben. Ich habe ihnen erzählt, wo ich arbeite, aber nicht, was ich machte. Sie waren einverstanden mit meiner Kriegsdienstverweigerung, weil sie das für einen moralischen Standpunkt hielten, was es nicht ganz war. Nachdem ich mich dem Krieg entzogen hatte, war es so, als verfolge mich sein Geist überallhin. Nach der Bar, wo ich sieben Monate gearbeitet habe – eine lange Zeit für so einen Job –, ging ich nach Lausanne, dann nach Duchy. Wo immer ich hinkam, wurde ich in rassistische Situationen hineingezogen: Kämpfe zwischen Kriegsbefürderern und Kriegsverweigerern, Schlägereien zwischen den Hippies und den ‹Ordentlichen› – in Bars, in Arbeiterbaracken, sogar während des Jobs. Die Schlägereien schienen mich zu suchen. Weder gab es Kameradschaft noch die Ziele, über die Sie gesprochen haben – es gab nur Langeweile und Anspannung. Als ich die von diesen Kriegen zerrissene Schweiz verließ, ging ich nach Schweden und dann nach Frankreich, und es war immer das gleiche. Schließlich gab ich auf. In mehr als einem Sinne müde und geschlagen, kam ich nach Hause und machte mich bereit für die Haft. Ich dachte, ich würde dort in Schlägereien umkommen, aber ein gütiger Gott griff ein. Bei der ärztlichen Untersuchung wird einem Blut abgenommen. Bei mir war die Nadel infiziert, und ich bekam Hepatitis. Da ich sehr herunter war, wurde ich ernstlich krank. Ich erinnere mich an so gut wie gar nichts während meiner Haft, die ich im Bett abdiente, aber da gab es zwei Auseinandersetzungen, nicht nur eine. Ich wurde vorzeitig entlassen wegen der Hepatitis. Ich glaube, meine Eltern hatten mit einem Prozeß gedroht. Amerikas Krieg war vorüber und meiner auch. Seither habe ich nicht mehr gekämpft.»

Wir sagen nichts. Daß er mit solcher Ruhe und ohne allen Zorn gesprochen hat, mildert die Tatsachen, macht sie eher traurig als kraß. Ich möchte nicht, daß dieser besondere Tag mit meinen Tränen endet. Ich hatte Joshua gesehen, nachdem er Sanjit geworden war, eingehüllt in Routineantworten und Frömmelei – nicht vergleichbar mit Ben Sloan, aber der Widerhall scheint auf sonderbare Weise der gleiche. Joshua war ins College gegangen und hatte es nach weniger als einem Monat abrupt verlassen. Wir wußten das nicht, bis seine Briefe zurückkamen. Wir riefen die Polizei an. Wir erstatteten Bericht. Nach einem alptraumhaften Monat bekamen wir einen Brief von ihm aus Nogales in Mexiko. Er sei fortgegangen, weil sein Studium leer und nutzlos sei. Er wollte die Welt für eine Weile kennenlernen. Er war ein Jahr fort. Gott weiß, was für Kämpfe, was für Gefangenschaften und Krankheiten er hatte, ehe er allem anderen die betäubende Routine seiner neuen Religion vorzog. Als ich meine Selbstbeherrschung wiederhabe, frage ich. «Haben Sie Ihren Eltern davon erzählt?»

Er sieht mich auf eine Weise an, wie keins meiner Kinder es bei einer so provokativen Frage getan hätte. Es ist ein offener Blick ohne Abwehr. «Nein, ich hab es nicht über mich gebracht. Ich hab's mal einem Mädchen erzählt, aber wir waren beide betrunken, und keiner von uns hat dem andern zugehört.»

«Aber uns erzählen Sie es.»

«Ja, und jetzt bin ich nicht betrunken.»

«Es ist ein guter Tag dafür», sagt Saul. «Der Puter, das Feuer und der Schnee.» Ich möchte ihn küssen. Er weiß, was ich empfinde, er kennt alle Stellen, wo Schuld und Schmerz immer noch nisten.

«Und die Menschen», fügt Ben hinzu, und ich weiß, daß er meint, was er sagt. Ich werde nicht weinen. Riva bewegt sich, und ich stehe auf, um den Nachtisch zu servieren. Während ich allein in der Küche bin, denke ich einen Augenblick lang, daß ich jetzt meine Geister zu ihnen bringen möchte. Sie haben mich während der kürzer werdenden Herbsttage hin und wieder besucht. Ihre Gegenwart bleibt passiv, bietet mir nichts außer der besonderen Metapher, ihre Gestalt im Winkel meiner Augen, ihr Flüstern über die Aufgabe, die ich immer noch nicht genau abgegrenzt habe, in meinen Ohren. Ich überlege und überlege noch einmal. Es würde die anderen traurig machen – auch wenn die Botschaft hieße, «Freude zu empfinden». Vielleicht werde ich es ihnen sagen, aber nicht heute.

Während des Essens sage ich: «Riva und Saul und Ben haben ihre Kriegsgeschichten erzählt. Ich habe auch eine Kriegsgeschichte –

eine, die noch nie jemand gehört hat.» Ich schaue in die Runde, sie warten, begierig, sie zu hören. «Es ist die Geschichte meiner ersten großen Fahrt. Zuallererst solltet ihr wissen, daß ich mit dem ganzen ungenutzten Idealismus meines Lebens in den Rettungsdienst – in *meinen* Krieg zog. Ich hatte bei Feuer und bei Verkehrsunfällen mitgearbeitet, aber Erste Hilfe bedeutete für mich, Leben retten. Ich lernte angestrengt, wie ihr euch erinnern werdet, machte mein klinisches Praktikum mit einer glühenden Begeisterung, die von einer nicht mehr gebrauchten mütterlichen Fürsorge übriggeblieben war. Dein Krieg, Saul, war eine schiere Notwendigkeit, Bens Krieg war voller Angst und Zorn. Ich zog zum Kampf aus, wie man vielleicht vor hundert Jahren in den Krieg zog: mit fliegenden Fahnen, Trommeln und Musik. Ich hatte meinen Eignungstest schon einen Monat hinter mir, aber es gab nichts wirklich Ernsthaftes. Und dann eines Nachts ging der Alarm los: «Unfall mit Verletzten, Seitenstraße von Mundy.»

«Ich glaube, ich erinnere mich an diesen Anruf», sagt Saul – «es war nicht dein erster, aber ich glaube, ich erinnere mich.»

«Ben, wissen Sie, wo Mundy Street ist?»

«Ich hab davon gehört. In der Nähe von Pinecrest – oder?»

«Ja, aber die Straße endet da oben auf der Höhe des Hügels als Sackgasse. Es ist ein Liebespfad, war es immer schon, soviel ich weiß. Da passieren Unfälle ganz besonderer Art. Die Jungens parken da oben mit ihren Mädchen. Sie schmusen und knutschen da herum, und manchmal geht's ziemlich lebhaft zu. Eine Hand oder ein Fuß stößt gegen die Gangschaltung, und sie springt in den Leerlauf oder in den ersten Gang. Wenn dann die Handbremse nicht funktioniert oder nicht angezogen ist, rollt der Wagen über den Hügel hinunter.»

«Ich wußte gar nicht, daß du das weißt», ruft Saulaus. «Wir haben das Eichhörnchenjagd genannt.»

«Ich glaube, heute gibt's dafür einen anderen Namen – einen schlimmeren. Seit deiner Zeit haben die Erdarbeiten für die Autobahn und die unterirdische Leitung da oben alles verändert. Früher war das Gefälle etwa zwanzig Meter und man landete sanft auf Kemes Wiese. Jetzt ist es mehr als hundert und führt auf Felsen und den ganzen Autobahnaushub.»

«Was war passiert?»

«Die Feuerwehr leuchtete alles für uns ab mit diesem grellen Licht aus ihrem Aggregat; es war grauenvoll. Autoteile markierten die Strecke, große Brocken waren da, wo der Wagen aufgeprallt war und sich mehrmals überschlagen hatte, aus der Hangseite des Hügels herausgebrochen. Vor einem größeren Felsblock am Ende war der Wagen mit aufgesprungenen Türen stehengeblieben. Es war schwierig genug, da mit unserer Ausrüstung runterzukommen, aber die Zeit drängte entsetzlich. Die beiden Insassen waren fast ganz unten herausgeschleudert worden. Damals wußte ich noch nicht, wie sehr Gott die Jungen liebt, daß er ihnen gewissermaßen einen Ausweis für Anfänger ausstellt und die physikalischen Gesetze für sie aufhebt. Ich war sicher, daß sie beide tot waren oder im Sterben lagen. Andere aus dem Team gingen hinunter – wir mußten vorsichtig sein, daß wir dabei nicht Dreck und Steine auf die Opfer warfen. Ich kam als erste zu dem Jungen, sah ihn mir an, wie ich es gelernt hatte; es war mir aber unmöglich, mir nicht auch, über die medizinische Untersuchung hinaus, seine Jugend vorzustellen, den Schrecken seiner Eltern, falls er sterben sollte. Ich sprach mit ihm, wie ich es gelernt hatte, sagte ihm, daß es einen Unfall gegeben hatte, wer ich war und daß ich da war, um ihm zu helfen. Er öffnete die Augen – wie glücklich und dankbar ich dafür war! – holte tief Luft, betrachtete mich mit seinem blutigen Gesicht und sagte: ‹Verpiß dich!›»

Warum lachen sie denn nicht? Ich sehe sie einen nach dem andern schweigend an. Ben lächelt, scheint mir, aber vielleicht macht das auch nur sein Bart. «Wo hast du nur diese Ausdrucksweise gelernt», empört sich Riva. «Dieses Gerede ist abscheulich.»

«Ja, es *ist* abscheulich», sagt Saul. «Wenn ich daran denke, daß du Nacht für Nacht in Regen und Schnee da hinaus mußt und dein Leben aufs Spiel setzt für so ein paar Betrunkene oder Dreckschnauzen, macht mich das wütend!»

«Ihr fandet das kein bißchen komisch? Na ja, ich schon. Ich werde jetzt noch eine Scheibe von dem da essen und dann die Teller in die Küche tragen und da ein bißchen lachen.»

«Ich fand es schon komisch», sagt Ben, «aber ich fand es auch ein bißchen traurig. Es hat Ihnen offenbar nicht allzuviel ausgemacht, da Sie ja immer noch beim Bereitschaftsdienst sind. Ich stelle mir die ganze Szene vor – und auch Ihr betroffenes Gesicht.»

«Ich war nicht betroffen, verstehen Sie – oder wenn, dann nur sekundenlang.»

«Was dann?»

«Dann brach ich in Lachen aus.» Ich sehe in die Runde. «Los, ihr Leute, Kopf hoch – ich habe noch ein Dutzend anderer Kriegsgeschichten, und alle sind zu Herzen gehend. Niemand ist darin betrunken, alle Opfer sind Großmütter mit einem Doktor der Philosophie...»

Das Telefon klingelt. Ich höre, wie alle seufzen. Alle denken daran, wie wir schweigend, unsichtbar und wie in einem Traum geborgen durch den Tag gedriftet sind und von einer sanften Flut zum Hafen zurückgetragen wurden, und nun sind die Menschen wieder da und die Komplikationen. Es ist die Schule. Ben soll zurückkommen. Offenbar hat es Ärger mit einem der Jungen gegeben. Als ich zum Tisch zurückkomme, merke ich, daß alle hoffen, es sei nichts und niemand und wir können zu einem anderen Hafen im Traummeer weiterziehen, immer noch ahnungslos, nun von der Dunkelheit verhüllt und im Schnee verborgen. Ich sage es Ben, er seufzt und holt seinen Mantel. Das gesellschaftliche Dankeschön fällt ihm nicht leicht, aber wir wissen, wir wissen alle, wie gut dieser Tag war. Wieder klingelt das Telefon.

9

Nach dem frühen Frost und dem Schnee zu Thanksgiving wird das Wetter wieder milder. Ich fahre zweimal zum Einkaufen mit Riva nach Midlothian. Ich räume die Vorratskammer im Keller auf, sehe meine Kleider durch und befreie mich von dem, was ich nicht brauchen kann. Es hat mich immer deprimiert, das zu tun, aber diesmal komme ich mir erleichtert, beweglich und tüchtig vor. Ich bin sicher, es ist das Wetter. Sogar ein unglücklicher Anruf von Miriam regt mich nicht auf. Das Frauenzentrum will einen Film drehen über Bewußtseinsweckung, sagt sie. Der Film werde eine bedeutungsvolle Mitteilung über den subtilen – und auch weniger subtilen – Mißbrauch sein, dem Frauen in einer männerbeherrschten Gesellschaft unterworfen sind. Das Schlimme ist: niemand in dieser männerbeherrschten Gesellschaft will, daß die Nation diese schmerzliche Wahrheit zu hören bekommt. Es gibt keine Zuschüsse. Daher...

«Darling, wie kommst du auf die Idee, daß wir derart viel Geld haben könnten?»

«Aber ihr habt doch einige Ersparnisse – oder?»

«Ja, aber Riva nicht. Was wir erspart haben, muß mit Gewinn angelegt werden, denn alles wird teurer, und wir werden älter.»

«Aber siehst du denn nicht, wie wichtig das ist? Nicht nur für den Film und die Leute, die ihn sehen, sondern auch für die Frauen hier, um ihr Selbstgefühl zu heben? Wir haben schon eine ganze Gruppe zusammen – Frauen mit ganz verschiedenen Problemen, aber alle beruhen auf dem Grundproblem, eine Frau zu sein.»

«Hat irgend jemand von euch eine Ahnung vom professionellen Filmemachen?»

«Nein, das ist es ja gerade. Es wird ein Amateurfilm sein, rauh, nicht so aalglatt wie das Hollywoodkino und aufrichtig...»

Das einzige, was ich tun kann, ist über ihre Naivität nicht hörbar nach Luft zu japsen oder zu lachen. «Darling, ich könnte dir mein Geld für den Notfall geben – hundert Dollar. Wenn dir das hilft, kannst du es haben.»

«Dafür bekommen wir nicht mal das Filmmaterial. Wir brauchen Engagement, eine grundlegende Unterstützung – du arbeitest doch mit diesen Frauen vom Rettungsdienst – und es gibt doch ältere Frauen bei euch in der Stadt, die...»

Plötzlich sehe ich ihr Phantasiegebilde in aller Deutlichkeit. Die von Konventionen gefesselten, von erstickenden Beziehungen und Kleinstadtlangeweile erdrückten Frauen von Gilboa könnten die Hände nach ihren Schwestern in der großen City ausstrecken. «Sprecht für uns», würden sie sagen, «wir sind erfroren in unserer Heuchelei, aber ihr könnt aufrichtig und frei sein. Seid unsere Stimme, nehmt unseren Schrei in euren auf.»

«Miriam, Liebe, ich kann nicht in Gilboa von einer Gruppe zur andern gehen und Geld für einen Film sammeln. Die Frauen im Bereitschaftsdienst arbeiten alle, aber sie würden mir, wenn ich sie bäte, fünf oder auch zehn Dollar von ihrem Geld fürs Mittagessen, für Kleidung oder Kino geben. Sie würden es für mich tun, weil ich sie darum bitte. Ich werde sie nicht bitten. Wenn du herkommen und vor dem Gartenverein und in der Kirche oder der Eltern-Lehrer-Vereinigung sprechen und Geld sammeln willst, so steht dir das frei. Ich werde dir persönlich hundert Dollars geben. Das ist alles, was ich tun kann.»

Ich versuche, sanft und liebevoll zu klingen, aber ich weiß, daß ich klinge, wie mir zumute ist, wie ein Lehrer am ersten Tag im Kindergarten einem Schüler gegenüber, der mit Ton um sich wirft. Warum drängt sie mich in diese Ecke, wo ich ihr wieder etwas abschlagen muß? Als ich den Hörer auflege, sehe ich voraus, daß ich deprimiert und verärgert sein werde, aber ich bin es nicht. Liebe und Geduld sind lange genug in eine Richtung geflossen. Es ist möglich, daß ich zu guter Letzt doch meine «Quilt»-Angst überwinde. Vielleicht werde ich sogar bald imstande sein, die Töchter anderer Frauen anzusehen, ohne daß es mir einen Stich gibt. Ach Gott, und vielleicht werde ich eines Tages sogar mit dem verlorenen Juden fertig werden, der da unter anderem Namen in dieses Rad aus Kakerlaken und blaugesichtigen Göttern hineingeraten ist. Die Bilder werden deutlicher, und ich verdränge sie aus meinem Bewußtsein, aber das gute Gefühl verläßt mich nicht. Ich habe überlebt, und ich werde überleben. Es gibt Dinge, die wir vielleicht nie haben werden – Enkel, die uns kennen, das Wissen, daß wir als Volk weiterexistieren, die besondere Liebe... vergiß es, vergiß es! Und diesmal gelingt es mir.

Wir machen eine Tagesfahrt im eisigen Nebel zur Mühle im Nordwesten der Stadt. Zwei Frauen, die in eine Messerstecherei geraten sind. Ben, Rita und ich und, Gott sei Dank!, die Polizisten. Die Luft ist dick von dem Wortunflat, den sie gegen uns und gegeneinander schleudern. Jack fährt. Wenn auch widerstrebend, müssen Ben, Rita und ich uns auf sie draufsetzen, um sie daran zu hindern, sich freizustrampeln. Sie spucken uns an, sie kreischen. Sie sind hemmungslos. Ich rede und rede, ich erkläre und bitte, aber ihr Haß ist so furchtbar und ihr Gehirn so vergiftet, daß sie sich nicht davor retten können und wir sie gegen ihren Willen retten müssen. Ich kenne Schlägereien Betrunkener und bin sogar letzten Herbst in der Ambulanz in eine solche Keilerei hineingeraten. Aber diese Frauen sind die härtesten Schlägertypen, die ich je gesehen habe. Sie würden sich selbst verstümmeln lassen, um die andere kaputt zu machen. Es fällt mir ein, daß Männer von Kind an miteinander raufen und es lernen, daß es ein Morgen gibt und sie die Rechnung zu bezahlen haben. Eine Feministin sagte gestern im Fernsehen, daß, wenn Frauen an der Regierung wären, es keine Kriege gäbe. Ich beobachte diese beiden da und denke, daß, wenn Frauen an der Regierung wären, es kein Pardon gäbe.

Ab und zu fange ich einen Blick von Ben auf, während wir arbeiten. Er lächelt und versucht mich über die kreischenden Frauen hinweg zu ermutigen. Noch bin ich zu keinem Mitgefühl bereit und versuche, einen Wutausbruch zurückzuhalten. Diese geschlossene Kiste des Ambulanzwagens ist wie ein Schlachthaus: Lärm und Gestank nach Blut, Urin und den chemischen Bestandteilen der Wut, die in mir ein Echo hervorzurufen scheinen. Ich denke: Gesichtswunden, Verbrennungen, zerrissenes Fleisch – alles das ist nicht so scheußlich wie das hier. Immer sind Augen da, die sehen und einem folgen und einem den Anlaß zur Rettung geben. Nur der Tod – ich halte mich zurück, versuche mich zu disziplinieren, indem ich mir an ihnen zu schaffen mache. Sie wehren alles heftig ab. Ich kann nicht einmal den Puls fühlen. Noch ehe ich mir darüber im klaren bin, habe ich sie wieder vergessen und denke an Violet Cleve.

Jahre zurück, irgendwann im Herbst. Sie erklärte mir, warum «Weiden bleich werden und Espen zittern». Wie vortrefflich alles in der Natur eingerichtet war, die Violet liebte! Das Blatt, sagte sie, muß sich der Sonne entgegenbreiten, aber Bäume, die in einem Klima wachsen, wo der Schnee früh und plötzlich kommt, brauchen Blätter, die sich im Winkel zu ihren Zweigen drehen, um den Schnee abzuwerfen, damit der Zweig nicht unter seiner Last abbricht und der Baum nicht stirbt. Wenn die gleiche Welt Violet Cleve und diese Frauen da umfaßt, sollte man angesichts dieses Wunders Gebete sprechen. Ich lächle in der Erinnerung daran, wo ich gewesen bin, auf dem Hügel über Violets Haus in einem rosagoldenen, windbewegten Hain. Der Tag war beißend kalt, und rund um mich her diese Farben – Feuerfarben; und dann unsere Freude – Violets und meine Freude über die Eleganz und Vortrefflichkeit dieser Schöpfung. Ben sieht mich fragend an. «Entschuldigung – ich habe vor mich hin geträumt.»

«Im Buch steht zwar, daß man das niemals darf, aber unter diesen Umständen werde ich nichts sagen.»

Endlich kommen wir zum Krankenhaus und laden sie aus, geradezu glücklich, daß die Verantwortung und ihre Häßlichkeit uns nun entgleitet. Wir gehen in die Kälte hinaus und fangen an, die Ambulanz sauberzumachen.

«Ich möchte die ganze Karre ausräuchern», schreit Jack. «Warum sind Frauen so viel schlimmer als Männer?»

Rita wendet sich zu ihm um. «Willste meine Theorie hören? Wird die ganze Sache klären.»

«Schieß los, du bekloppptes Frauenzimmer, sag's mir.»

Ich setze meinen nassen Hut ab und geb ihm einen Klaps damit. Er grinst mich an. «Du bist schön, wenn du verrückt wirst», sagt er.

«Ich bin immer schön, und ich verhau den Lauselümmel, der sagt, daß das nicht stimmt! Los, weiter, Rita!»

«Ihr Burschen habt, was Fernsehjournalisten ein ‹Rollenmodell› nennen, wenn ihr euch betrinkt. Ihr lernt in gewissem Sinne, wie man das mit einigem Anstand macht. Frauen haben kein Modell, wenn sie sich betrinken, nur das Modell des ekelhaften Weibsbilds – also müssen wir uns daran halten.»

«Woher hast du diese Theorie, Rita?» fragt Ben.

Sie lacht ihn verschmitzt an. «Ich hab sie erfunden.» Jack prustet verächtlich.

«Ich habe auch eine Theorie erfunden», sage ich, «über Männer bei Unfällen. Weil sie keine Anweisungen bekommen, halten sie sich an Nachahmungen. Die älteren machen Brando nach, die jüngeren Newman, Redfort oder Burt Reynolds – ein weitaus sanfteres Image.»

«Ich muß Burt sofort meinen Dank dafür mitteilen», sagt Rita.

«Grüß ihn von mir und leg meine Telefonnummer bei.»

«Sag mal, Benjamin», sagt Jack, «hast du auch eine Theorie?»

«Nein, Jack, nicht die kleinste.»

«Überhaupt keine?»

«Keinerlei. Heute morgen, als ich mich umsah, stellte ich fest, daß die Theorie, die ich immer neben meinem Bett hatte, weg war. Irgend jemand muß mit ihr abgehauen sein.»

«Und du bist ohne eine herumgelaufen?»

«Scheint so.»

«Schnell, machen wir, daß wir fortkommen, ehe jemand diesen Mangel bemerkt.»

Wir haben die Ambulanz saubergemacht, aber sie stinkt immer noch. «Alle, die eine Theorie haben», schreie ich, «sollten vorn sitzen. Nach hinten mit denen, die keine haben.»

«Tut mir leid», sagt Ben. «Aber das State Law 1.10 der Ambulanzbestimmungen besagt, daß diejenigen, die auf der Hinfahrt hinten gefahren sind, bei der Rückfahrt vorn fahren sollen. Man nennt das das Nausea-Gleichheitsstatut.»

Schließlich lassen wir Rita vorn bei Jack sitzen, der unser Fahrer vom Dienst ist. Es ist widerlich, sich wieder nach hinten in das Patientenabteil zu setzen. Sobald es warm wird, steigen aus den Ecken die Gerüche auf. «Lenk mich ein bißchen ab», sag ich zu Ben. «Erzähl mir deine Lebensgeschichte.» Ich genieße diese angenehm lockere Art, die wir miteinander haben, und daß er so alt wie Joshua, aber eben nicht Joshua ist, weder bitter noch zornig noch abwehrend – wie Joshua war, ehe er mystische Reden hielt, passiv und womöglich noch verschlossener uns gegenüber wurde. Es gibt eine seltene Art junger Leute, die einem keine Qual bereiten. Er sitzt auf dem Klappsitz und lacht.

«Ich wurde», sagt er, «im Jahre 1954 als Kind armer, aber redlicher Eltern in einem zweigeschossigen Haus im Kolonialstil in New Canaan, Connecticut, geboren.»

1954 war ich im College, Saul war in Korea. Und New Canaan... «Als ich ein Kind war, in den späten dreißiger Jahren», sage ich, «lebten nur wenige Juden in New Canaan, Connecticut.»

«Wie meinst du das – war es nicht schick oder was?»

«Nein, aber das Gebiet war größtenteils durch Gesetz für Juden verboten.»

«Aber das ist doch unmöglich.»

«Nein, das ist es durchaus nicht. Die reizenden Dörfer im Nordosten, Hunderte davon waren durch Gentlemen's Agreements oder durch Gesetz für Juden unzugänglich.»

«Ich dachte, nur für Schwarze.»

«Nein, nicht nur für Schwarze. Für Juden, Polen, Orientalen und an einigen Orten auch für Katholiken. Überall im ganzen Land waren uns Restaurants, Hotels, Erholungsorte, gelegentlich Warenhäuser und viele Colleges verschlossen. Die ‹Ivy League›-Universitäten hatten nur begrenzte Quoten für Juden.»

«Aber...»

«Es ist ein Stück Geschichte, an das sich niemand erinnern will. Wir lernen jetzt, Nachbarn zu sein. Niemand will da etwas verderben.»

«Aber ich war – ich bin in New Canaan aufgewachsen.»

«Ich kenne die Stadt nicht und weiß nicht, wie sie heute ist, aber 1940 heirateten mein Onkel und meine Tante und versuchten, sich dort anzusiedeln, und da wurde ihnen von den Grundstücksmaklern ganz kalt geraten, ‹da zu bleiben, wo es für Juden gut ist›. Sie mochten aber die kleineren Städte. Sie fuhren Dutzende von Orten ab, und man sagte ihnen, sie sollten doch nach New Haven zurückkehren, wo es einen ‹jüdischen Stadtteil› gab. Na ja, es hätte sowieso zu nichts geführt. Mein Onkel wurde im Krieg getötet. Sie ging nach Chicago zurück. Alle Vororte rund um Chicago waren auch für Juden gesperrt.»

«Aber wußte denn jemand, welche...»

«An vielen Orten wurde es einem mehr oder minder deutlich mitgeteilt. Sumpfgebiet: gesetzliche Regelungen gültig. ‹Rising Gorge›-Golfclub: gesperrt. Es gab Szenen. Leute wurden ‹entdeckt› und mußten das Gelände verlassen. Wenn wir abends ausgehen wollten, machten wir erst ausfindig, wo wir hingehen konnten und wo nicht.»

«Aber wenn man reiste...»

«Im Zweifelsfall nahmen die Leute einen Picknickkorb mit und eine Thermosflasche – wie die Schwarzen, und sie blieben da, wo sie wußten, daß es Juden gab.»

«Aber warum haben die Juden das hingenommen – warum die Christen?»

«So war es eben. Wir rächten uns, indem wir gut lebten. Wir nutzten die Kompensationen. Unsere Sprache, die jiddischen Ausdrücke und Witze kannten nur wir. Auf leise Weise stellten wir mit Geheimwörtern über die Köpfe der andern hinweg zueinander Verbindung her. Das brandmarkende jiddische Wort und die verräterische Geste waren nahezu politische Äußerungen. Sie vermittelten einen grimmigen, leidenschaftlichen Stolz und eine leidenschaftliche Freude. Gleichzeitig arbeiteten wir auf Teufel-komm-raus daran, dazuzugehören. Wir hielten es mit beiden Seiten.»

«Eine ungemütliche Lage», sagt er. Er hat nichts von alldem gewußt.

«Einige Leute änderten ihre Namen, töteten ihre Erinnerungen ab und gingen hinüber auf die andere Seite oder versuchten es. Was für Witze über *die* gemacht wurden! Welche Ungemütlichkeit sahen wir für uns voraus in dieser gleichgültigen, vorsichtigen Welt, in der keine ‹mischpucha› zugelassen war – wo es keine Familien, keine Widersprüche, keinen geheimen Lebenspuls gab – und an jeder Ecke Verrat drohte! Das alles erscheint heute ebenso altmodisch wie Milchtee oder das Schröpfen. Die Wahrheit sah damals anders aus. Nur wenige von uns hatten gesellschaftlichen Umgang mit Christen.»

«Wirklich?»

«Ja, wirklich.»

«Es überrascht mich, daß sich das hier in Amerika abgespielt hat. Ich dachte, der Grund dafür, daß bei uns alles neu war – unsere Nachbarschaft und unsere Häuser – sei gewesen, weil...»

«Was?»

«Weil die Juden materialistischer waren als die älteren Anwohner in den älteren Nachbarschaften.»

«Du hast deine Familie nie gefragt, warum die Juden in den neuen Häusern wohnten und das neue Geld hatten?»

«Es ist etwas, was man nicht in Worte fassen kann.»

Plötzlich geht der Alarm wieder los – durchdringend über das Radio vorn im Wagen. «Großer Gott», schreit Jack, «noch einer!» Wir sind etwa drei Minuten von der Stadt entfernt. «Erste Hilfe, Amsterdam Street 101», meldet trocken die Stimme des Fahrdienstleiters, in der nichts von unserer Bestürzung zu spüren ist. Jack schaltet das Licht ein und die Sirene, und wir nehmen Geschwindigkeit auf.

Es sind die Tellers. Ich kenne sie nicht gut. Als wir hineingehen, sehen wir Sheriff Ups, und es sind so viele Nachbarn da, daß ich Mühe habe, das Opfer zu finden. Es ist Mrs. Teller. Sie sitzt sehr blaß auf einem Küchenstuhl, inmitten eines nicht unerheblichen Aufruhrs. Ihre Hand ist in ein nasses Küchentuch gewickelt.

«Ich komm mir so dumm vor», sagt sie. Ich frage sie, ob ich die Nachbarn nach Hause schicken kann. «Ach ja – würden Sie das tun? Ich finde ihre Besorgnis sehr freundlich, aber...»

Ich sehe Doris Mannig vom Gartenverein. Sie macht die Sache gut. Ben ist hinter mir hereingekommen.

«Es ist nur meine Hand», sagt Mrs. Teller. «Ich habe den elektrischen Fleischschneider benutzt, und da blieb ein Stück Fleisch stekken, und ich hab versucht, das Fleisch herauszukriegen...»

Ich wickle das Handtuch auf und sehe, daß der Schnitt durch die Sehnen und Knochen geht bis zum Gelenk des Daumens. Er ist fast abgetrennt. Ich rufe Ben, damit er holt, was wir brauchen, um den Daumen stillzulegen, ohne das Gewebstück abzutrennen. Er sollte in einer natürlichen, etwas gekrümmten Stellung den Fingern gegenüber liegen. «Haben Sie irgend etwas in der Trockenmaschine?»

«Ja, die Wäsche.»

«Socken?»

«Ja.»

Ich bitte Ben, die Wäsche herauszunehmen und eine unserer Decken hineinzutun, um sie anzuwärmen. Er versteht zunächst nicht, tut aber, was ich ihm sage, und begreift dann, was gemeint ist.

«Ach, bitte, lassen Sie mich nicht liegend hier hinaustragen!»

«Okay. Aber wenn wir in der Ambulanz sind, glaube ich, wird das Ihnen besser tun. Ben, gib mir ein paar Socken aus dem Trockner. Weiße, wenn möglich.» Er tut es. In jeder Hand hält er einen. «Gut, jetzt roll sie zusammen.» Er sieht mich fragend an. Männer. Ich werde mir plötzlich des Generationsunterschieds bewußt. «Roll sie zu einer Kugel zusammen – ineinander. Macht nichts, gib sie her, ich werde es dir zeigen.» Mrs. Teller lächelt mir zu – ein schnelles, verschwörerisches Mutterlächeln. Ich sehe, wie ihre heile Hand unwillkürlich danach greift, um zu tun, was sie tausendmal gemacht hat. Ich rolle die Socken zu einer Kugel zusammen und lege sie in die Wölbung der verletzten Hand. Der Daumen liegt fast in seiner natürlichen Stellung. Ich verbinde die Hand gut, mache eine Schlinge und befestige sie an ihrer Brust.

«Ich komm mir so dumm vor», sagt sie. Wir haben sie in die angewärmte Decke gehüllt und ihr den Mantel um die Schultern gelegt. «Meine Töchter wohnen in Russian Grove. Sie wollten heute zum Abendessen kommen – ich sollte sie anrufen.»

«Lassen Sie das lieber jemand anders machen, eine Freundin. Ich möchte, daß ein Handspezialist sich die Sache so schnell wie möglich ansieht.»

«Glauben Sie, daß man ihn retten kann – etwas davon –, es ist mein rechter.» Sie sieht mich an, ihr Blick plädiert für ihren Fall, so als hätte ich die Wahl, etwas anderes zu tun, als was ich tue; als ob wir beide meinten, daß eine solche instinktive Bewegung nicht zu einem so radikalen Verlust führen könne.

«Ich hoffe», sage ich.

Eine Nachbarin muß Mrs. Tellers Töchter angerufen haben. Denn als wir im Krankenhaus ankommen, sind sie da. Sie helfen mir, sie auszuziehen und lachen dabei auf eine freundliche, sanfte, tröstliche Art. «Schau mal, Mom, wie ich losgezogen bin bin, mit dieser alten Bluse...»

«Ist jemand bei den Kleinen? Du bist doch nicht einfach...»

«Aber, das weißt du doch. Sie sind bei Jessie Prager.»

«Da hast du dir aber was Schlimmes ausgedacht, Mom, dich so zu verletzen. Vern hat noch heute morgen gesagt, daß er sich auf das Abendessen freut, das du uns versprochen hast. Wie soll ich ihm das nur beibringen: bei uns gibt es nur das Gehackte von letzter Woche, das ich in das Tiefkühlfach getan hab.»

«Du schmorst einfach ein paar Pilze mit Zwiebeln an, nimmst etwas von einer fertigen Pilzsuppe aus der Dose und mischst das damit...»

Vielleicht, weil ich diese ganz normalen Frauen beobachte, vielleicht, weil die Spannung der beiden Fahrten so kurz nacheinander sich auswirkt: aber mir fängt alles an weh zu tun von einem Verlust, den diese Mutter nicht kennt. Wenn ich mir den Daumen abgeschnitten oder alle Knochen gebrochen hätte – würde meine Tochter kommen und aus dem Untersuchungszimmer so etwas wie eine Nähecke an einem Sonntagnachmittag machen? Im Schlafzimmer, wo ich ihr beibrachte, wie man Puppenkleider macht, warten die Schachteln mit den Resten ihrer Schulkleider auf meine Enkelin, eine Fremde. Miriam ist so tapfer und so energisch und so kalt; befreit von allem, was diese Frauen hier miteinander teilen. «Kinder», hat Mrs. Teller gerade gesagt, «fahrt rasch zu eurem Vater. Er wird sich aufregen, wenn er nach Hause kommt – überall in der Küche ist Blut!»

Ben schaut herein. Sie sind bereit abzufahren. Der Spezialist steht vor der Tür. Ich werde mir bewußt, daß ich hier zwecklos herumgestanden habe. Ben lächelt den Frauen zu. «Keine Sorge, wir haben die Küche ein wenig saubergemacht – es war nicht so schlimm, wie Sie denken.» Ich entschuldige mich. «Sie haben es so gut mit mir gemacht», sagt Mrs. Teller. Die Töchter lächeln mir zu.

Dann kommt der Arzt herein. «Hallo, ihr Mädchen», ruft er. Ich spüre, wie sich meine Kiefer verkrampfen.

Ich habe das Bedürfnis, mich weniger allein zu fühlen, darum frage ich Ben, als wir wieder in der Ambulanz sind, wie die Leute in der Schule seine plötzlichen Aufbrüche mitten am Tag hinnehmen.

«Es gibt jedesmal Streit, aber für die Kinder ist das gut, scheint mir. Es lastet den Lehrern und den andern Helfern ziemlich viel Verantwortung auf, aber die Kinder sehen, daß es eine Welt da draußen gibt, daß andere Leute auch ihre Probleme haben. Wenn ich zurückkomme, rede ich darüber. Ich erzähle ihnen, was die Opfer gemacht haben und was wir tun – Gutes und Schlechtes.»

«Und es erschreckt sie nicht? Eine Welt von Autounfällen, verklemmten Fleischschneidern, Betrunkenen mit Messern und anderen gesammelten Grauslichkeiten?»

«Sie haben es besser aufgenommen, als irgend jemand gedacht hätte. Und sie können über mich lachen, wenn ich mitten aus einem Ballspiel oder was anderem weglaufe. Ben-Witze haben für einen ganz guten Schulgeist gesorgt: Ben ist auf dem Klo, und der Anruf kommt, und er verliert die Hose. Ben ist unter der Dusche und rennt los, so wie er ist. Mein Lieblingswitz: Ben spielt Billard, und da kommt dieser Heuler, und er hat den Billardstock noch in der Hand und fährt los und 1. sticht damit einem Polizisten ins Auge, 2. schient ein gebrochenes Bein mit dem Stock, 3. schient einen gebrochenen Arm damit und bringt dem Opfer, einem süßen kleinen Mädchen, zum Entsetzen ihrer Eltern bei, wie man ein Billard-As wird.»

«Klingt witzig.»

«Ja, aber Fall zwei und drei kamen von Jungens, die sonst nur gewalttätiges und sadistisches Zeug von sich geben. Die Schule hat jetzt ganz guten Gesprächsstoff. Es gibt da eine ganze Menge spinniger und verschwommener Theorien – aber in einer tiefen Schicht kommen wir doch an die Jungens ran.»

«Aber ihr habt kein Vertrauen zu uns Leuten in der Stadt – oder? Ihr kommt nicht in unsere Kirchen, unsere Läden, die Bibliothek, die Post ...»

«Ich glaube kaum. Wir bereiten sie für die Ausflüge zu den großen unpersönlichen Orten vor, zu den Einkaufszentren von Midlothian gelegentlich. Die Stadt ist noch zu sehr eine Herausforderung für sie, und außerdem gibt es auch Vorurteile gegen Longhill – stimmt's?»

«Ja, Longhill hat eine gewisse Vergangenheit; die Isolierung ist nicht neu, und es hat wirklich Greuliches da gegeben.»

«Es geht also nicht nur um die Schule?»

«Himmel, nein, der Name ruft ein Jahrzehnt schlechter Träume wach.»

«Erzähl mir's!»

Ich erzähle es ihm. Ich erzähle ihm von «Morgen», und wir lachen. Aus der Distanz kommt es einem alles komisch vor – alle diese ernsthaften Doktoren der Philosophie, die sich sogar einen Traktor versagten, die alle elektrischen Leitungen zur Stadt abschnitten, die mit Stecken pflügten und säten wie Steinzeitmenschen. Schließlich lachen wir so sehr, daß Rita und Jack vorn in der Fahrerkabine uns aufziehen.

«Schlagt wohl über die Stränge, da hinten!» schreit Jack durch den Motorenlärm. «Als nächstes werdet ihr euch Bier und Aufschnitt bestellen!»

«Nur Aufschnitt», schreit Rita, «mir scheint, da ist noch genug Alkoholdunst übrig von unserer ersten Fahrt. Die können wohl nicht mehr ganz klar sehen, da hinten.»

Wir müssen wieder lachen, und ich erzähle Ben über die «Sammlung», den Autofriedhof, die Mystikerhöhlen, das Feuer, die verkohlten Opfer, wie sie da noch in ihrem freundlichen Kreis hockten, den Gestank von unverbrannten Abfällen, die «natürliche» Ökologie von «natürlichen» Menschen: Ratten, Läuse, Fliegen und Kakerlaken, die von «Leben» wimmelnden Schädel der Kinder.

«Du hast das alles gesehen?»

«Ich habe die Leichen entdeckt. Ich habe nachgesehen, ob irgendwo noch Glut war, das Feuer war inzwischen gelöscht. Später habe ich einige der Familien ins Gemeindehaus gebracht und hab geholfen, sie sauberzukriegen. Wir mußten das Gesundheitsamt um chemische Zusätze für die Bäder bitten und dann den Raum ausräuchern.»

«Kein Wunder, daß es da um mich herum immer so still wird...»

«Du hast es bemerkt, damals, als du zum ersten Treffen kamst... Es tut mir leid...»

«Da nur wenig. Ich dachte, es läge an mir – an meinem Haar, dem Bart, meiner Kleidung, aber zeitweise war es rund um mich herum: in der Bibliothek, im Café – nichts Unfreundliches, nur so ein bestimmtes Etwas.»

«Haben andere Longhill-Leute das auch gemerkt?»

«Nur wenige kommen – offen gesagt – so oft in die Stadt wie ich.»

«Dann haben wir schon einen Plan: Ihr wollt die jungen Leute da kurieren. Es ist verdreht, in der Nähe einer Stadt zu leben und nie hinzugehen. Ich glaube, die Lehrer müssen auch kuriert werden, und ich hätte auch gerne eine Kur für Gilboa, nach all dieser Zeit. Wir haben genug unter der Angst gelitten, was anderer Leute Kinder alles anrichten können. Laß uns das in Ordnung bringen.»

«Das wird eine lange Zeit brauchen.»

«Die können wir uns leisten.» Wir fahren vor dem Feuerwehrhaus vor. «Du hast ja schon den Anfang gemacht, indem du mit uns kommst und beigetreten bist und mit der Stadt umgehst. Die Leute kennen dich ein wenig.»

«Würde ich gern machen – und noch etwas anderes auch.»

«Was?»

«Wenn wir hier allein sind oder wenn ich etwas freie Zeit habe – könnte ich dich etwas über... über das Judentum ausfragen?»

«Sicher», sage ich so beiläufig, als hätte ich nie einen Sohn verloren. «Du kannst auch zum Gottesdienst kommen, den wir einmal im Monat unten im Gemeindehaus haben. Und komm bitte auch freitags zum Sabbat zu uns nach Haus, wann immer du magst. Riva hat dich gern und Saul auch. Und ich freu mich, dir zu erzählen, was ich weiß.»

«Diese Woche kann ich nicht – aber nächsten Freitag werde ich mir freihalten.»

«Großartig», sage ich.

«Ach ja, noch was...» Er lächelt auf mich herunter. «Bitte nie jemanden von meiner Generation, Socken zusammenzurollen!»

Als ich sicher zu Hause bin, bleibe ich noch eine Weile in ehrfürchtigem Staunen im Wagen sitzen. Die Stadt muß vielleicht kuriert werden und auch die Schule, aber weiß irgendjemand, wie tief unsere Wunden gehen – Rivas und Sauls und meine? Wird uns ein Sohn geschickt, um unseren Schmerz zu lindern, den wir ohne besondere Anmut ertragen haben? Ich war keine Spock-Mutter oder Ginott-Mutter von unendlicher Geduld und Vernunft und Liebe, aber ich habe mein Bestes gegeben.

In einem Krankenhauszimmer setzen in diesem Augenblick zwei Töchter Tiegel und Töpfe, Stricknadeln und Kochrezepte im Kampf gegen die Einsamkeit und Angst ihrer Mutter ein – so etwa wie ich einmal im Traum auf einen Eindringling losgegangen bin.

Was weiß Ben? Welches Gebet braucht er, welches Gesetz, welche Zeremonie? Mein Kopf strahlt vor lauter Sabbat-Lichtern.

10

Wir sitzen in der Küche und erzählen uns «Kriegsgeschichten». Geri, Rita und ich. Die Luft ist dick von Schlachtenrauch. Ich weiß, daß es – aus Respekt vor mir – Tabakqualm ist. «Als wir weggingen, hat er zu mir gesagt: ‹Bitte nie jemanden von meiner Generation, Socken zusammenzurollen›.» Wir lachen, ich fühle mich glücklich und guter Dinge heute. Auch weil das, was ich vor Jahren so gefürchtet habe, nicht eingetreten ist.

Vor Jahren habe ich immer meine Mutter und ihre Freunde beobachtet, die sich jeden Mittwochnachmittag zum Bridge trafen und – als das schick wurde – zum Canasta. Der Gesprächsstoff bestand aus Mode, Hausarbeit, Kindern, Rezepten und Gesundheit. Manchmal gingen sie gemeinsam zu einer Matinee. Eine oder zwei von ihnen führten Sammlungen für die Synagoge durch. Was für eine kümmerliche Existenz schien mir das zu sein – Damentees und Kartenspiel! Meine Mutter betrauert es immer noch, daß ich in einer so kleinen Stadt leben muß, wo bessere Leute rar sind und die Einladungen zum Mittagessen ja wirklich eine fade Angelegenheit sein müssen. «Immer wieder die gleichen Gesichter. *Wir* laden bekannte Persönlichkeiten ein und erweitern unseren Horizont.» Damals war es nicht so. Sie hatten nur ihren kleinen Kreis und ein Leben ohne richtige Arbeit außerhalb ihres Heims. Es ist Sonntagnachmittag. Rita und Geri sind hier, und wir erzählen uns «Kriegsgeschichten». Ich nehme an, daß das, was wir reden, nicht tiefer oder klüger oder wahrer ist, als was sie miteinander geredet haben, während sie mit so eifriger Konzentration Karten verteilten und ausspielten: Wer verlor, mußte in der Woche darauf für die Erfrischungen sorgen. Aber unser Horizont ist weiter, unsere Arbeit ist direkt und dringend und hat auch nichts zu tun mit unseren Familienleiden und -freuden.

Ich kann vergessen, daß ich gestern mit Joshua-Sanjit wie mit einem Fremden gesprochen habe und er mir, als ich ihm meine Mitteilung machte, seinen unpersönlichen, orientalisch-gelassenen und leidenschaftslosen Respekt erwies. Wir machten uns Sorge über Rivas Gesundheit. Wäre er wohl imstande zu kommen – wenn etwas passieren sollte? Sie würde ihn gern sehen, solange ihr Augenlicht noch ausreiche. Er antwortete, daß Krishnas Kind seiner weltlichen Familie gegenüber Verantwortung dadurch bezeige, daß er seine inneren Gaben bis zur Vollkommenheit ausbilde. In einer weltlichen Umgebung verkümmere das geistige Leben. Er sei noch nicht vollkommen genug, um der weltlichen Umgebung zu widerstehen. Ich erkenne, daß Alter, Blindheit und Tod Schicksale von geringer Bedeutung für ihn sind. Unser Leben und unser Tod sind nicht in seiner Philosophie enthalten, und er scheint kaum daran interessiert zu sein. Jedenfalls, sagt er, müsse er meine Frage höheren Orts vorbringen. Aber die Götter, die nur Schönheit und Wahrheit seien, übermittelten reichen Segen.

Ich war wie blind von diesem Widerspruch und mußte eine Stunde lang oben im Schlafzimmer bleiben, ehe ich mich wieder davon befreien konnte. Wäre ich einem Engel begegnet, hätte ich das Glückszeichen in einem Keks gefunden, hätten sich die Eingeweide von Vögeln und der Fall der Strohhalme günstig deuten lassen, hätte ich das richtige Ende vom Wunschknochen eines zwanzigpfündigen Puters gezogen – was hätte ich wohl während all dieser Jahre für meine Kinder beschworen? Daß sie etwas tun können in dieser Welt, eine Aufgabe, einen Zweck, ein Ziel haben. Denn Glück ist ein Nebenprodukt, das sich wie durch Zauber aus einer solchen Arbeit, einem solchen Ziel ergibt. Der Engel lächelt, der Keks zerkrümelt, die Strohhalme fallen in einem Fächer auseinander, der Knochen bricht an der richtigen Stelle. Der Wunsch ist gehört worden. Es ist getan. Ich seufze und wende mich meinen Freunden zu.

«Wißt ihr, was ich sagen würde, wenn der ‹Geist der Lampe› zu mir käme und mich fragte, was ich mir wünsche? Ich würde sagen, ich wünsche mir eine ansehnliche Gestalt und zwanzig Pfund weniger. Und wißt ihr auch, was geschehen würde?»

«Hach», sagt Geri, «Gangrän in deinem rechten Bein. Man würde es amputieren müssen, und so würdest du um zwanzig Pfund leichter sein.»

Rita zieht den Atem ein. «Nimm dir einen anderen Geist.»

«Es ist ein mieser Geist, aber es ist der einzige, der mich wirklich kennt.»

«Grace, ich dachte, das hättest du alles hinter dir», sagt Rita. «Sieh dich doch an: zwei gesunde Kinder, einen Mann – einen netten Mann dazu – ein Haus, Arbeit, Geld genug...»

Sie wissen nicht, was meine Kinder machen, obgleich ich den Verdacht habe, sie würden Miriam bewundern, weil sie so «frei» ist und dauernd «ficken» und «Scheiße» sagt. Ich erinnere mich, daß die Generation meiner Mutter kaum weniger reserviert war. Ihre heftigen Schmerzen, ihre tiefen Enttäuschungen fanden sich niemals unter den abgelegten Karten ihrer unzähligen Bridgespiele. Sie seufzten in ihren Korsetts, und hier und da einmal entrang sich – wie einem gefolterten Gefangenen – ihren zusammengebissenen Zähnen eine Andeutung, ein halber Name. «Was für ein Leben für eine Mutter!» Und rasch, ehe das Bekenntnis heraus war, steckten ihr die anderen einen Knebel dazwischen: «Immer das gleiche – stimmt's nicht?»

«Sehr wahr – kein Tag ohne seine Sorgen!» Geri und Rita haben das gleiche getan, sie haben sich und mich verschont. Aber ich weiß, daß – wenn ich hätte sprechen wollen – sie mir aufmerksam und ausführlich zugehört hätten. Manchmal legt der ausgepeitschte Gefangene wider Willen ein Geständnis ab. Sie wollen sicher sein, daß ich wirklich reden will. Ich will nicht. Da sei Krishna vor!

Ich verstehe nun, daß meine Mutter und ihre Freundinnen bei ihren Kartenspielen Kinderstreit und gelangweilte Ehemänner für eine Weile beiseite tun wollten, auch wenn sie von ihnen redeten. Ich möchte das gleiche tun. Erzählt mir eine «Kriegsgeschichte»! Die Welt ist voll von den Narren anderer Mütter.

Wir berichten Geri von den beiden Frauen, die sich geprügelt haben, und ich merke, wie ich abschweife, über Ben nachdenke und über das, was ich ihm sagen will. Während der letzten beiden Tage habe ich es in meinem Kopf immer wieder einmal überlegt, insgeheim und voller Freude, wie ein Geizhals, der seine Schätze zählt. Hebräisch – er sollte etwas Hebräisch lernen – und die alten Legenden natürlich. Ich habe Joshua diese Legenden erzählt, als er klein war, und nun hat er sie über irgendwelchen anderen vergessen. Und jüdische Geschichte – amerikanisch-jüdische Geschichte. Jeder meint, sie hätte im Jahre 1908 angefangen. Hör zu, Ben, der Mann, der auf dem Schiff des Kolumbus schrie «Land in Sicht», war ein Jude. Wir hatten einen Admiral in den Revolutionskriegen, der das Auspeitschen in der Marine gesetzlich verbieten ließ. Die erste öffentliche Bibliothek war nicht die von Ben Franklin, sondern von Judah Touro. Hast du je gehört... weißt du von...?

Da ich mir mit der Kaffeekanne zu schaffen mache, merken sie nicht, daß ich mich von ihnen entfernt habe. Ich reiße mich zusammen, aber die Freudenflut hat einen schmalen, glänzenden Rand rund um diesen Nachmittag zurückgelassen. Mir kommt das merkwürdig vor. Ich war so weit gekommen, mit jungen Leuten nur Schmerzliches zu verbinden.

Ein nächtlicher Alarm. (Immer passiert es nachts, behaupten wir, obgleich die Statistik bewiesen hat, daß es nicht stimmt.) Ich kämpfe mich in meinen Anzug hinein. Die Nacht ist schneidend kalt, ein scheußlicher Nebel. Warum mache ich diese Arbeit? Warum treibe ich mich hier draußen herum, während die Normalen und Vernünftigen schlafen? Warum wohl sonst schlafen sie, als um sicher und verborgen die Zeiten zu überstehen, wenn die Gefahr sich in der Welt breitmacht. Was wage ich da jedesmal? Es ist Woodridge, eine neue Siedlung, jünger als Pinecrest, bei Ausfahrt 18. Ich erinnere mich daran, als das alles noch Farmland war. Im Sommer kamen wir hierher – die Van Bronchorst Road führte damals die ganze Strecke runter bis Russian Grove –, und wir kauften die Erzeugnisse an der Straße. Wo kommen alle diese Leute her? In einer kindischen Abwehr gegen das Neue und die Veränderung bin ich außerstande, die neuen Straßennamen in den Siedlungen zu behalten – sie klingen alle gleich: Pine Way, Pine Court, Cherryvale, Cherrywood, Cherry Knoll. Diese hier heißt Grant Road. Wenn Ulysses S. Grant Ulysses S. Kransdorf geheißen hätte – gäbe es dann überall im Norden Kransdorf Suggs? Terwilliger Roads? Ich fahre ein. Die Ambulanz ist schon da. Draußen sehe ich Sheriff Ups. Claude kommt aus dem Haus.

«Sind genug da?» frage ich.

«Eine Frau wird noch gebraucht, geh rein, schnell!»

Irgendwas liegt in der Luft, «schlechte Aura», würde Ben sagen, es ist fast greifbar im Nebel, in dem wir uns beinahe verlieren. Ich gehe vorsichtig ins Haus.

Ein kleines Haus, fast krankhaft sauber. Ich habe saubere Häuser gern, dies hier ist mir widerlich. Es ist krank, aseptisch. Im Hintergrund höre ich einen Mann laut weinen. Ich folge dem Ton. Das Schlafzimmer liegt in Trümmern. Der Mann wird von Ken Witz, Macy Ups' Stellvertreter, festgehalten. «Verzeih mir, Connie, bitte! Ich liebe dich, Connie!» Er versucht, zu ihr zu gelangen. Rund um sie her liegen Stücke der Einrichtung, die er an ihrem Körper zertrümmert hat – Stühle, die Frisiertoilette mit ihrem in kleine Teile zerbrochenen Spiegel. Sie ist unverständlicherweise noch bei Bewußtsein, und Geri muß sehr vorsichtig sein, da so viel an ihr zerbrochen ist. Ich kann mich nicht denken hören. Kann der Mann, bitte, mal still sein, ich will Blutdruck messen und die Atmung kontrollieren. Sekundenlang ist er still, und ich beuge mich über Connie, um die Vitalfunktionen festzustellen. Dann bricht es aufs Neue aus ihm heraus, und er schreit nach ihr. Da ist noch eine andere Stimmung hier im Zimmer, sie geht von Geri aus: eine gefährliche Wut und so etwas wie Panik. Ich spüre es wie ein Trommeln in der Luft und im Körper der Frau, mit der wir uns beide befassen. Ich habe Geri bei schrecklichen Verletzungen gesehen, aber niemals so. Claude kommt an die Tür. Ich sehe ihn an, und er zuckt die Achseln. Sie hat ihn, glaube ich, rausgeschickt. «Hol eine Trage!» sage ich und dann wieder nach innen, «Connie, wir legen Sie auf eine Spezialtrage, so daß wir Sie nicht bewegen müssen, wenn wir Sie hochheben. Okay?» Dann zu Geri: «Bist du einverstanden – daß Claude und ich ...»

«Keine Männer!» knurrt Geri. «Frauen. Männer haben genug angerichtet!»

Ich hätte gerade das Gegenteil gedacht. Ich hätte mir eingebildet, daß der Trost durch die Hände eines mitfühlenden Mannes gerade in diesem Augenblick eine besondere Bedeutung haben könnte, aber was weiß ich von den Gefühlen einer geprügelten Frau? Wer immer es macht, Geri, denke ich, sollte es nicht tun. Sie ist zu gefährlich, zu sehr persönlich beteiligt, aber sie ist die Leiterin des Bereitschaftsdienstes. In diesem Augenblick, als wir die Spezialtrage sanft unter Connie schieben, die Seiten zuschnappen lassen und sie in die Ambulanz heben, weiß ich mit der tödlichen Sicherheit solch plötzlicher Einsicht, daß Geri sich selbst auf der Trage sieht und ihren Exmann an ihrer Seite, weinend. Sie denkt: «Dieser Mann spielt das nur». Ich kann es an ihrem Blick sehen. Seine besoffene, weiße Wut ist vorüber. Er macht den Richtern – Ken Witz und uns – was vor. Ich bin nicht sicher und in dieser Situation froh, daß ich die Behandlung beenden und gehen kann und dieses Hin und Her von Wut und Hörigkeit, Liebe und Haß, Passivität und Aggression nicht entwirren muß. Wer wird es tun? Oder werden wir diese Leute wiedersehen? Ich fange an, Geris Stimmung zu verfallen.

Geri. Sie übertreibt die Behandlung. Ich habe sie nie so geschäftig gesehen, sie wäscht Wunden, die nochmals gewaschen werden müssen, immer wieder macht sie sich an den Decken zu schaffen, sie flüstert, berührt Connie, spricht ihr Mut zu mit Versprechen, die vielleicht nie gehalten werden können. Das Opfer, Connie, ist allerdings kaum bei Bewußtsein, liegt da, weit genug entfernt von all diesem Eifer, so daß es vielleicht nichts zu sagen hat, aber ich meine doch. Ich flüstere Geri ein- oder zweimal etwas zu, denke hilflos daran, sie zurückzuhalten, sie in meine Arme zu nehmen, wie sie es am liebsten mit Connie täte, aber ich bin wie in Untätigkeit erstarrt. So ein Schritt könnte zudringlich wirken. Sie könnte mich abwehren, sogar sich mit mir schlagen.

«Geri...»

«Warte einen Augenblick – siehst du nicht, daß ich noch zu tun habe?»

«Geri, hör auf, bitte, hör nur für einen Augenblick auf.»

«Laß mich das machen – das verstehst du nicht.»

«Nein, ich verstehe es nicht – das ist es gerade.»

Wie verändert sie mir gegenüber ist! Die ausgewogene, tolerante Frau, mit der ich leicht und gut arbeite, ist plötzlich eine andere, und ich bin wie gelähmt und kann nichts tun, nicht einmal mir vorstellen, was ich tun könnte. Ist es das, was den Frauen solcher Männer widerfährt, daß ihre Passivität zu Bestürzung und Verwirrung wird? Sieh mal an – was für Geheimnisse er teilt, der ruhige, bescheidene Nachbar, der hilfsbereite, lachende Bruder. Kann er sich grundlos – oder doch ohne leicht erkennbaren Grund – so fürchterlich verändern? Wir sind mit diesem Schrecken alle so vertraut, daß er zum Kinderspiel wird: der Wolfsmann bei Vollmond. Dracula bei Sonnenuntergang. In Grimms Märchen spukt es von Müttern und Stiefmüttern, die, wenn das Wort fällt, der Gedanke beschworen ist, ihre Umhänge verkehrt herum im schwarzen Wind flattern lassen und über alle Hecken des geltenden Gesetzes hinweg dem Bösen entgegenfliegen. Sie kennen keine Verwandtschaft, diese Menschen; nichts hält sie zurück, kann sie halten.

Immer wieder wird uns gesagt, sagen wir es uns gegenseitig, daß jeder von uns Schwächen hat, Vorurteile für und gegen etwas. Es gehört zur ersten Vorlesung in unserer Ausbildung und ist ein unerschöpfliches Hauptthema im Kaffeezimmer. Der eine schlafft ab, wenn er ein verletztes Kind vor sich hat; eine andere verliert ihre professionelle Ruhe, wenn Betrunkene ins Spiel kommen. Kopfverletzungen jagen *mir* Angst ein, Brustverletzungen *dir*. Aber Geri! Als wir uns zum Krankenhaus aufmachen, geht das so weiter – noch einmal und noch einmal überprüft sie die Vitalfunktionen, wischt und tut und flüstert und streichelt. Zwei intravenöse Infusionen, wo eine es getan hätte. Und immer fast in Tränen und immer noch mit ihrem Haß nicht fertig.

Es sind zu viele Leute im Kaffeeraum. Claude, der gefahren ist, Schwestern, die Pause machen. Geri sitzt blaß und mit zusammengekniffenen Lippen in der Ecke, mir ist schwindlig vor Anspannung. Wir warten auf die Schienen und unsere Geräte, während die Frau geröntgt wird.

«Er schien verzweifelt zu sein über das, was er getan hat – der Mann», sagt Claude.

«Ich frage mich, wie *oft* er verzweifelt war», antwortet sie bitter.

«Ich frage mich, wie es zum erstenmal kam», sage ich – «zum ersten Schlag, als er ausprobiert hat, ob sie es hinnehmen wird.»

Geri sieht mich an. «Du machst *ihr* Vorwürfe, stimmt's? Du siehst es als ihren Fehler an – wie alle es tun.»

«Nein, Geri. Das tu ich nicht. Ich sage nur, daß es eine Beziehung gibt zwischen beidem, daß er weiß, sie wird es hinnehmen und es also ungehindert tun kann.»

«Sie liebt ihn – kannst du das nicht begreifen?»

«Und Liebe vergibt alles? Mir scheint, es muß doch einen Augenblick geben, wo er nicht ganz ohne Beherrschung ist, und sie sagen kann: ‹Tut mir leid, du bist mir zuviel. Mein Herz wird wieder heil, aber meine Zähne nicht. Adieu.›»

«So läuft das nicht...»

Claude hat zwischen Geri und mir hin- und hergeschaut wie bei einem Tennismatch und sich zweifellos gefragt, ob er etwas sagen sollte.

Geri hat mehr von sich verraten, als sie wollte. Die Schwestern bewegen sich etwas nervös auf ihren Stühlen, wissen nicht, ob sie gehen oder bleiben sollen. Der kleine Raum, der mit ausrangierten Krankenhaussachen möbliert ist, wird mit einemmal beengend. Claude murmelt etwas, er müsse sich um die Ausrüstung kümmern, und geht. Die Schwestern beenden ihre Kaffeepause und gehen auch. «Es tut mir leid, Geri», sage ich.

Sie sieht mich voll tiefer Verwunderung an. «Wann bin ich damit fertig – wann ist das vorbei? Ich habe es vor sechs Jahren beiseite geschoben, kam quer durch das ganze Land hierher, um von allen, die ich kannte, und allen Assoziationen, die ich hatte, freizukommen – und hier ist es wieder.»

«Du warst nicht Connie – und du kannst es nicht gewesen sein, du konntest es alles nicht einfach so passiv geschehen lassen.»

«Alleinlebende Frauen haben im allgemeinen Katzen», sagt Geri langsam, «ich nicht. Weißt du, warum? Weil sie kleine Tiere fangen, Eichhörnchen und Vögel, und die kleinen Tiere gehören zu einem Spiel – die Katze tut ihnen nur was, wenn sie sich bewegen, ihr Überleben hängt also davon ab, daß sie sich vollkommen still verhalten, während alle ihre Instinkte auf Flucht gerichtet sind. Die Katze versucht, sie in Bewegung zu setzen, aber sie tun es nicht. Sie tun es so lange nicht – bis die Spannung zwischen Beherrschung und Instinkt so groß wird, daß alles besser ist, als sie noch zu ertragen. Das kleine Tier versucht auszubrechen, und die Katze stürzt sich darauf und gewinnt das Spiel. Es war Brians Spiel – irgend etwas ging schief bei der Arbeit, irgend jemand war da, den er nicht mochte, eine schlechte Bedienung im Restaurant, unbefriedigende Betterfahrungen, und die Spannung fing an, sich hochzuschrauben, immer mehr und mehr. Vollkommene Stille, Ergebenheit, Passivität – tagelang. Das Essen auf die Minute, perfekt angerichtet, geputzte Anzüge, frisch gefaltete Hemden, das Haus tadellos sauber – und dann der falsche Schritt, die versuchte Flucht, und die Hölle brach los. Wir beide brachen los; und ich glaube, meine Einsicht, welche Rolle ich bei der ganzen Sache spielte, hat mich davon abgehalten, zurückzuschlagen. Grace –»

«Was, Geri?»

«Sag den andern nichts.»

«Wenn du dich nicht mehr um zusammengeschlagene Frauen kümmerst. Laß uns das machen – vertrau uns das an.»

«Okay.»

«Gibt es einen Platz in Midlothian, ein Frauenhaus, wo sie bleiben kann?»

«Ich habe den Leuten von der Nervenklinik von ihr berichtet. Mehr können wir nicht tun.»

Wir sprachen nicht viel, als wir nach Hause fahren. Ich denke über die Geheimnisse von Frauen nach, über das Weinen in verborgenen Schlafzimmern, Generation auf Generation; und die wenigen Gründe ändern sich nicht, so daß ein Jahrhundert unmerklich ins andere übergeht, und nur die Gebrauchsgegenstände teilen etwas mit über den Unterschied zwischen Mosis Zeiten und meiner Zeit. Hat sich also nichts verändert? Ich weiß, was Violets Generation zu ertragen hatte. Wie viele tote Kinder lagen unter den handgearbeiteten Quilts mit den lieblichen Namen? Das zumindest hat sich geändert; warum nicht zugleich auch die Grausamkeit? Ich seufze. Nichts von alledem ist mir oder den Meinen geschehen. Ich sehe es mir von außen an, verständnislos und entgeistert.

Geri ist es peinlich. Als Claude die Ambulanz einfährt und die Tür zumacht, kommt sie nochmals auf mich zu. «Entschuldige, Grace – es tut mir so leid.»

Zumindest kann ich nun auf ihre Entschuldigung reagieren. «Recht so. *Ich* geh nie über Bord. *Ich* habe keine Schwächen. *Ich* bin nie geradewegs in meine eigene Vergangenheit hineinmarschiert wie in eine Spiegelglasscheibe.»

«Na ja, ich vermute, jeder, so oder so...»
Wir lächeln und danken Claude und gehen nach Hause.

Ich kenne meine Schwächen als Ehefrau und Mutter, aber was haben die hier zu sagen? Warum kommt der Tag, wo ich plötzlich auf etwas stoße, das über die physischen Probleme mit gebrochenen Knochen und verstopften Luftwegen hinausgeht, auf einen Schrekken, der meiner ist, nicht ihrer? Immer war diese Angst in mir, Tag für Tag und Nacht für Nacht, daß nun das, wohin ich unterwegs bin, stärker sein wird als ich. Diese Angst ebenso wie die Befriedigung, die nur die Arbeit gibt, hat mich zu den medizinischen Büchern hingezogen, die ich lese, zu den Kursen, die ich belege. Jetzt kommt noch das Wissen hinzu, daß zwischen den Trümmern kaputter Autos, zwischen häuslichen Schlägereien und Kneipenschlachten, Geister auf mich warten – Geister, die weniger freundlich sind als meine Geister aus den Lagern. Die Pflöcke sind zwar aus dem Spielfeld herausgezogen, aber ich bin immer noch im Spiel. Warum?

Ich starre Saul mit verquollenen Augen über den Frühstückstisch an. Die Fahrt hat fast die ganze Nacht beansprucht. Es ist Freitag, und ich muß den Sabbat vorbereiten. Ich merke, daß er ungehalten ist. Er weiß, daß ich die Fahrt machen mußte. Er macht sich klar, daß es nicht meine Schuld ist, daß niemand, der Leben zu retten und Verletzten zu helfen versucht, dafür gerügt werden sollte, aber dennoch ist er ärgerlich. Ärgerlich über meine Erschöpfung und die Falten in meinem Gesicht, über die vergangenen und zukünftigen Ungelegenheiten, darüber, daß er weiß: sollte die Alarmanlage in diesem Augenblick losgehen – ich würde in Sekundenschnelle fort sein, die Frühstücksbrotkrumen noch im Gesicht. Er möchte schimpfen – aber worauf, wütend sein – aber auf wen? Menschen, die sonst womöglich tot wären, leben durch unsere Bemühungen. Ich bin nicht faul oder nachlässig oder lieblos. Ihm ist alles vereitelt. Mein Herz schwillt ihm entgegen. Kein rachsüchtiger Feind hätte eine so teuflische und elegante Folter ersinnen können. Kein Feind hätte seine Peinigung so wirksam auf einer Liebe aufbauen können, die so vieles überstanden hat. Ich denke wieder an Joshua und seufze. Ich möchte Saul bitten, mir zu verzeihen, aber es gibt nichts zu verzeihen, und er hätte nur noch eine Last mehr – meine Liebe zu seiner eigenen.

Was also ist der Unterschied zwischen einem sündigen und einem guten Leben, wenn beide zu den gleichen Strafen führen? Der Mann der betrunkenen Frau sitzt schweigend am Tisch und möchte wütend werden, weiß aber, daß er es nicht sollte. Der Mann der Lebensretterin kann nicht wütend werden und wünscht, er könnte es. Und nun bin auch ich ärgerlich. Diese Arbeit ist gut und sinnvoll. Ihre Ansprüche an meine Zeit sind beständig und nicht überwältigend. Ich habe meinen Anteil an den Fahrten mit 2,6 pro Woche errechnet, nicht eingeschlossen die Übungen, die manchmal nicht einmal eine Stunde dauern. Was wäre, wenn ich eine Ganztagsarbeit hätte – wieviel weniger wäre ich dann imstande, für ein häusliches Leben zu sorgen, wie Saul es sich wünscht? Es ist nichts als Müdigkeit. Ich stehe auf und beginne den Tag. Saul macht sich zu seiner Arbeit auf.

Als ich Ben das letzte Mal sah, habe ich ihn zum Sabbat-Essen eingeladen. Jetzt wünschte ich, ich hätte es nicht getan. Ich werde mit Sicherheit im Laufe des Abends einschlafen und am Tag uninteressiert und schwerfällig sein. Ich fange wie gewöhnlich an, oben sauberzumachen. Während ich das Badezimmer putze, ist reichlich Gelegenheit, in beide Spiegel zu schauen. Was ich sehe, versetzt mir einen Schock. Die anmutige, wohlgeformte Figur, die ich einmal hatte, ist schon seit Jahren dahin, aber was an ihre Stelle getreten ist, habe ich bisher nicht wahrgenommen: Rundungen, Fettrollen – nicht schlimmer als bei anderen Frauen mittleren Alters, aber immerhin da und – auf Dauer. Kein Wunder, daß meine Kleider jetzt so anders sitzen! Ich gebe keine frauliche Figur ab, sondern die einer Matrone. Und das Gesicht – es hat noch keine schweren Falten, aber da sind Fältchen unter dem ergrauenden Haar, und zum erstenmal sehe ich, daß da nicht etwas zu Ende geht, sondern etwas anfängt – sehe mein Gesicht als alte Dame, das Gesicht, das ich in zwanzig Jahren haben werde.

Ich bin nicht bereit dafür, noch nicht. Ich will mich nicht, wie meine Mutter es getan hat, auf Bridgespielen und Ängstlichkeit zurückziehen. Aber warum nicht? Vor der Tür wartet womöglich in einem Jahr oder zwei oder auch in zehn Jahren die langsame Attacke der schleichenden Altersleiden.

Ich wußte, daß ich älter werde. Ich hatte so viel Spaß gehabt, daß ich mir nicht die Mühe machte, stehenzubleiben, um hinzusehen, oder wenn ich hinsah, dann sah ich es nicht. An meinem vierzigsten Geburtstag, dem Tag, den die meisten Frauen weinend verbringen, sah ich keinen Grund, warum ich nicht vergnügt sein sollte. Ich backte einen Kuchen. Mit fünfundvierzig war es genauso. Warum laß ich mich jetzt mit achtundvierzig im Netz meiner eigenen Runzeln einfangen? Warum heute? Weil ich müde und angeekelt bin, weil Saul verärgert ist über den wiederum gestörten Schlaf, weil Ben heute abend kommt und es sehen wird... mein Gott!

Einmal, als ich noch ziemlich neu bei der Ambulanz war, mußten wir einen epileptischen Patienten befördern. In der Ambulanz hatte er erneut Krämpfe, ohne das Bewußtsein nach dem ersten Anfall wiedererlangt zu haben. Als der zweite Anfall vorüber war, zitterte er. Ich deckte ihn mit einer Decke zu. Immer noch ohne Bewußtsein und ohne mich je gesehen zu haben, ergriff er meine Hand und küßte sie, indem er sie in einer zarten, schnellen, ritterlichen Geste und vollkommen sicher an die Lippen führte. Das gleiche Erröten wie damals befällt mich jetzt – eine furchtbare Hitze in meinem ganzen Gesicht von den Haarwurzeln bis in den Nacken. Damals hatte ich mich rasch umgeschaut in der Hoffnung, daß niemand es gesehen hätte. Jetzt weiß ich, ich bin allein – und ganz sicher errötet niemand so wegen eines Sohnes.

Ich fange an zu weinen, weil ich müde und traurig und allein und verlassen bin. Ich sollte mich nicht verlassen fühlen. Ich bin der Sinnenlust anheimgefallen – mehr kann es nicht sein. Diesmal bin ich diejenige, die unbewußt die Hand küßt, die eine warme Decke über mich ausbreitet. Ich bin eine Frau, die einen guten Mann liebt; wie kann ich mich in jemand verlieben, der so alt ist wie meine Tochter? Es ist lächerlich, ein Reflex, wie der Handkuß ein Reflex war, ein Akt aus purer animalischer Erleichterung darüber, daß es endlich warm und sicher ist.

Ich drehe mich wieder dem Spiegel zu. Meine Geister sagen mir, ich soll fröhlich sein; verdammt noch mal, ich werde es sein – auch wenn es mich umbringt. Fröhlich heißt nicht, daß ich mir das Haar färben oder ein Korsett tragen werde oder mir das Gesicht liften oder mein Fett wegschneiden lasse. Es wird nicht heißen, daß ich aufhöre, eine Närrin zu sein, es wird nicht heißen, noch nicht, daß ich mich der Angst vor Krankheit unterwerfe. Ich sehe genauer hin. Die Haut in meinem Nacken schlägt noch keine Falten, aber es ist auch ganz gewiß nicht mehr die glatte, feste Haut, die sie mal war. Am meisten macht mich betroffen, daß alle diese Veränderungen vor einiger Zeit stattfinden konnten und ich so fest damit gerechnet habe, im Spiegel das zu sehen, was ich immer gesehen habe, daß ich die Veränderungen nicht bemerkt habe, als sie sich vollzogen. Meine Augen sind sehr klar, das Weiße ist weiß und ohne geplatzte Äderchen. Sie sind nicht schön und wurden nie unter meine «Pluspunkte» gerechnet, aber jetzt drehe ich mich um und muß lächeln – weil es nicht die Augen einer alten Frau sind. Als ich mich umwende, fängt sich das Licht in irgend etwas. Ich wende mich zurück und muß wider Willen lachen. Es ist etwas in meinem linken Auge, an der äußersten Kante der Sclera, winzig klein, aber da, die kleine Verdickung, wie das klare Dickflüssige im Eiweiß: Das, was einmal «arcus senilis» – der Greisenbogen – sein wird. Es soll eigentlich mit fünfundvierzig beginnen. Ich bin siebenundvierzig – es hat sich also um zwei Jahre verspätet, wenn ich es nicht zwei Jahre lang übersehen habe. Warum lache ich, statt zu weinen?

Ich lache, weil es ein Witz ist, und wenn ich Ben wiedersehe, werde ich es wissen. Desdemona verliebt sich in Othello, weil er ihr «Kriegsgeschichten» erzählt, Ben hat uns seine «Kriegsgeschichten» erzählt, und wir haben gemeinsam welche erlebt. Mit diesen alternden Augen habe ich, als sich ihre Pupillen durch die Drogen des Kampfes erweiterten, ihn im Schein des rot-weißen Warnlichts der Ambulanz gesehen.

Wie dann die Welt glüht! Schuldbewußt weiß es der Krieger, der Polizist, ehe er aufräumt mit dem Papierkram und den Gesetzesverzögerungen, der Flügelmann in der Formation, der Radrennfahrer, der Feuerwehrmann und der Stuntman als Pilot, der Fußballspieler und der professionelle Witzereißer – sie alle wissen es, daß im Nachschein dieser chemischen Wirkung des Kampfes jede Farbe in ihrer wahren Leuchtkraft gesehen, jeder Ton gehört wird; wir sind wach und lebendig, wie als wir Kinder waren und die neugeschaffene Morgenwelt zum erstenmal sahen.

Liebe ist es nicht – es sind die Drüsen, es ist das Licht von der Ambulanz. Das wird bei meiner nächsten Begegnung mit ihm klar sein. Was – wenn der Mann mit dem Anfall gewußt hätte, daß er mir die Hand geküßt hat? Er wäre vor Verlegenheit rot geworden. Das sind keine ordentlichen Gedanken; mach weiter. Das Haus muß oben abgestaubt und unten geputzt werden, und die Zeit vergeht.

Gegen zwei Uhr habe ich das Gröbste hinter mir und nur noch Kleinigkeiten zu erledigen. In meinem Kielwasser ist Ordnung entstanden – der Lohn langer Lehrjahre sind die manchmal geradezu erstaunlich gekonnten raschen Handgriffe. Unter der Arbeit wird die Leidenschaft sich verlieren, werde ich die Unvernunft mit der Unordnung der Zimmer hinter mir lassen. Ich kann mir nicht denken, was diese Gedanken über Ben bedeuten sollen, wenn nicht Unvernunft und Erschöpfung. Ich bin müde, Saul ist gereizt. Das ist es – nichts anderes. Ich muß noch backen und den Tisch fertigmachen, den Tisch decken, baden und mir was Frisches anziehen – der Sabbatfrieden muß herbeizitiert und, wenn er nicht kommt, eben vorgetäuscht werden.

Gegen fünf ist alles fertig; gegen sechs bin ich immer noch aus dem Gleichgewicht und befangen. Und schon kommt Ben, gerade geht er am vorderen Fenster vorbei, wie immer zu leicht angezogen und mit gesenktem Kopf, die Hände in den Taschen. Ich schaue ihn gern aus der Distanz an, wenn er nicht weiß, daß er gesehen wird. Auch mit dem Bart sieht er jünger aus, als er ist, und überhaupt nicht wie einer, der er einmal war: ein Knastbruder, ein Rausschmeißer in einer Unterweltkneipe, ein Getriebener und Verzweifelter. Das ist's, was mich an den jungen Leuten am meisten verblüfft. In Fernsehdokumentationen sehen die Drogenabhängigen, Prostituierten, Killer und Diebe jung und ganz normal aus, und wir sind wie hypnotisiert durch diesen Unterschied zwischen Form und Inhalt. Im tiefsten Innern wünsche ich mir, daß ein Gesicht etwas aussagt. Ich möchte den Unterschied zwischen Gut und Böse als etwas Absolutes kennen. Mich bringt die Sanftheit dieser Gesichter, mich bringen diese großen Augen auf – kein Anzeichen, keinerlei Hinweis.

Doch dann ist mir klar, daß dies alles ein Versuch ist, Ben in meiner Vorstellung herabzusetzen, meine Gefühle für ihn herunterzustimmen, indem ich ihm sein Leben vorhalte. Ganz schön schwierig, objektiv zu sein. Ich möchte an die Tür laufen, sie weit aufreißen und meine Arme um ihn schlingen. Wie ist das, von einem bärtigen Mann geküßt zu werden? Die Tür wird geöffnet, wie es sich gehört, man begrüßt sich, wie es sich gehört. Er lächelt. Er ist glücklich, mich zu sehen. Wie sollte ich nicht in diesem Lächeln schwelgen? Aber das könnte dazu führen, daß ich rot werde wie in der Ambulanz, daß mir die Hitze ins Gesicht steigt, daß ihm mein Erröten Dinge mitteilt, die er nicht wissen sollte. Er würde lachen oder verlegen sein. Arcus senilis im linken Auge – ich liebe dich trotzdem. «Einen guten Sabbat», sage ich.

Ich bin nicht mehr schlapp. Ich könnte hundert Erntearbeitern einen gebratenen Ochsen servieren. Wir reden eine Weile über Sabbat. Es ist ihm ernst damit, die mit ihm verbundenen Traditionen zu erfahren. Was gibt es da zu erzählen? Einige Geschichten, mit denen ich aufgewachsen bin, einige Gesetze, einige Sitten. «Dieses Brotmesser da sieht aus wie eine Säge!»

«Es ist eine. Die alten Leute schneiden das Sabbatbrot niemals, sie brechen es, aber das ist eine furchtbare Ferkelei, und der Brotlaib geht dabei kaputt.»

«Warum benutzt man kein Messer?»

«Messer sind Waffen – eine Säge ist ein Werkzeug. Irgendwo im Talmud steht, daß Waffen auf einem Sabbattisch verboten sein sollten. Wir haben die feinen kleinen Wortunterschiede immer gern gemocht. Man könnte auch jemanden mit einer Säge umbringen, aber sie gilt nicht als Waffe. Worum es wirklich geht, ist, den Sabbat von der übrigen Woche zu trennen, nein, zu unterscheiden.»

Er wartet eine ganze Weile und sieht mich an. Er versucht, nicht nur zu denken, sondern es zu fühlen, den Grund einzusehen. Dann nickt er. «Bern», sagt er.

«Wieso Bern?»

«In Bern waren alle Tage gleich. Ich glaube, ich habe am Thanksgiving-Abend davon gesprochen, wie sehr man da von seiner eigenen Disziplin abhängt, von den kleinen Zeremonien, die man sich selbst schafft, um nicht umzukommen.»

«... und wenn man wohlhabend und frei und glücklich ist, ist es eine Möglichkeit, sich zu entspannen, aufzuhören damit, so geschäftig, so rational zu sein.»

«Meine Eltern haben niemals – nicht ein einziges Mal...»

«Es ist schwer, ein solches Bedürfnis einzusehen, wenn man – wenn man nicht in Bern ist.»

Saul und Riva verspäten sich. Seit meiner Kindheit habe ich mich nicht mehr so schuldig aus Freude gefühlt. Ich frage Ben nach seiner Kindheit und seinen Eltern. Er hat die gleichen Jahre erlebt wie Joshua und Miriam, und ich fange an, einen Schimmer von dem Land zu erkennen, in das sie hineinwuchsen. Es ist eine Landschaft, die ich kaum wiedererkennen kann, eine Szene der Umwälzungen und Morde, der Anschläge und Scheinverschwörungen. Ben war in der Grundschule, als John Kennedy ermordet wurde. Sein Lehrer mußte der Klasse erklären, warum es Trauer in dieser für gewöhnlich so glücklichen Zeit gab.

Seine wichtigste Erinnerung ist, daß sein Fußballspiel nach der Schule unterbrochen wurde, weil die Eltern in der Nachbarschaft ihre Kinder eine Zeitlang ruhig in ihrer Nähe haben wollten. Schießereien und Plünderungen im Fernsehen, Krieg in den Städten, später in der High School und im College der Zorn seiner Lehrer, wenn sie ihnen die Schandflecken der Nation vorhielten: Armut – Ungerechtigkeit – Rassismus.

«Es war nach der großen Explosion – die Sache mit Berkeley erschien uns altertümlich. Wir wußten, daß sie zornig waren und daß wir auch zornig sein sollten, aber – abgesehen vom Krieg – wußten wir nicht genau, warum.» Er sieht sich im stillen Haus um. «Ich hab mich mit C. A. unterhalten, und er erwähnte, daß seine Kinder mit deinen zusammen in der Schule waren.»

Ich lächle. «Meine Tochter heißt Miriam, mein Sohn Joshua. Ich nehme an, wir kommen dir etwas merkwürdig vor, weil du nirgends Fotos von ihnen siehst. Als sie klein waren, erschien es mir töricht, Bilder aufzustellen, wenn die lebendige Person da war. Später sagten die Kinder, sie wollten keine haben. Und jetzt, wo sie erwachsen und fort sind, kann ich mich nur davon zurückhalten, die Zeit, als sie noch hier waren, phantasievoll zu idealisieren.»

«Bei meiner Mutter stehe ich mit meinem Bruder und meiner Schwester auf dem Kaffeetisch.»

«Bar Mitzvah-Fotos?»

«Das von meinem Bruder, ja. Meins ist ein Prüfungsfoto von der High School.»

«Ohne Bart?»

«Ohne.»

«Wie siehst du darauf aus?»

«Wie ein blasses Jüngelchen. Meine Mutter findet es sensibel. Tatsächlich ist es ein gutes Bild von dem verängstigten, verwirrten Heini, der ich damals war. Man sagt, der Körper lügt nie. Meiner jedenfalls tat's nicht, verdammt noch mal.»

Stimmen vor der Tür. Innerlich verwünsche ich sie und auch mich selbst, weil ich möchte, sie wären nicht gerade jetzt oder überhaupt den ganzen Abend über nicht gekommen. Wie sieht Ben seine Mutter, seinen Vater und seinen Bruder? Hatte er eine glückliche Kindheit da in New Canaan, Connecticut? Wie war das in diesen nagelneuen Häusern in der alten Stadt? Er scheint mein kleines Ausweichen nicht bemerkt zu haben. Ich wollte nicht über Miriam und Joshua sprechen und damit einen deutlicheren Schmerz zulassen – noch nicht und vielleicht nie. Aber er hat mit C. A. gesprochen. Sie haben über mich gesprochen. Ich geh an die Tür und lächle.

Wieder ist es ein glücklicher Abend. Riva lacht häufig, und Saul entspannt sich. Die Liebe zu ihnen allen erwärmt mich. Es ist der Sabbat-Frieden – der Frieden, den die Rabbis und die Weisen sich für ihr verwundetes Volk wünschten. Riva hat die besonderen Lieder, die «Z'mirot» vergessen, und Saul und ich haben sie nie gekannt, aber das Wesentliche, wonach sie hungerten, ist immer noch da: ein gutes Gespräch und Witz und Lachen. Wenn Ben sie oft genug fragt, denke ich, wird Riva versuchen, sich an eins oder zwei zu erinnern, und dann werden wir singen. Wenn er ein wenig länger bei uns bleibt, werden wir imstande sein, uns selbst und einander zu vergeben, daß wir die anderen Kinder verloren haben, daß wir einander so großartige Versprechen gegeben und so viel Schmerz verursacht haben.

Saul und ich decken den Tisch ab und verstauen die verderblichen Sachen, während wir Riva und Ben im Wohnzimmer lassen.

Als wir zurückkommen, sehen wir, daß irgend etwas geschehen ist. Riva ist rot im Gesicht und den Tränen nahe.

«Sieh mal», sagt sie, «sieh doch mal.»

Er hat ihr eine kleine Kassette mitgebracht. Ich greife danach. Erzählungen von Sholem Aleichem. «Wo hast du das gefunden?» Er ist verwirrt über die ganze Aufregung – das hatte er nicht gewollt.

«Als Schule bekommen wir eine Menge Kataloge von Lehrmitteln, und einer enthält eine Serie von Literaturkassetten. Ich bin zufällig auf die da gestoßen.»

«Was für eine wunderbare Idee!» ruft Riva aus. «Kassetten für Leute, die nicht gut genug sehen, um lesen zu können!»

Saul und ich sehen uns an. Wie oft haben wir es versucht – all die taktvollen Ausflüge in die Bibliothek, unsere Vorschläge, die Umwege, die alle in Abwehr und Verärgerung endeten. «Du kannst meine Probleme nicht lösen!» hatte sie mir voller Bitterkeit entgegengehalten. Wir lächeln, und ich merke, daß Ben unsere Blicke auffängt. Woher nimmt er den Charme für all das, diese leise, verborgene Art zu schenken?

Seine Freude singt in meinem Blut. Z'mirot, Sabbat-Lieder. Diese Untreue hab ich mir nie träumen lassen. Das Wort hat eine so abgedroschene Bedeutung – ein Mann und eine Frau, die sich ausziehen. Es ist Nachmittag. Die Taschen des Fremden werden in die kleine Schale entleert, in die der Ehemann nachts seinen Schlüssel und sein Kleingeld legt. Aus Gewohnheit liegt sie auf der linken Seite des Bettes, der Mann liegt, wo der Ehemann sonst liegt. Der Gedanke ekelt mich an. Aber ich weiß es jetzt besser. Den ganzen Abend über war ich halb untreu bei all dem Vergnügen, das wir hatten. Ich wünschte Saul fort, wünschte ihn und Riva fort, damit ich mit Ben allein in diesem Haus sein konnte. Den ganzen Abend lang habe ich mir gewünscht, daß Bens Hände mich berührten, seine Wärme neben mir, sein Lächeln, das mich beschenkt, alles das in einem kleinen verborgenen Raum, der dunkel war, bis das Licht zunahm und hinter meinen Augen explodierte.

11

Wir sehen uns fünf Tage lang nicht. Die Zeit wird mir lang ohne ihn, aber nicht zur Qual. Die Zeit wird ihn in seinem eigenen Rhythmus wieder zurücktragen – zu einer Morgenfahrt, zum Putzen der Ambulanz. Ich bin vorsichtig in meinem Doppelspiel. Ich habe neun Monate auf jedes Kind gewartet und zwanzig Jahre lang auf einen Sohn und eine Tochter. Diese Geduld – früher nur eine Tugend aus der Not – ist jetzt endlich eine wirkliche Tugend. Ich bin voller Sehnsucht wie eine Neunzehnjährige, aber ich kann warten.

Geri ruft Dienstagabend an. Während ich in Pinecrest Einkäufe gemacht habe, hat es eine Fahrt gegeben. Gleich nachdem es zu regnen anfing: ein Autounfall, drei Opfer. Die Ambulanz ist völlig verdreckt. «Ich arbeite morgen, aber Rita hat frei, und Ellie hat gesagt, sie kann auch ab zwei Uhr nachmittags kommen. Wenn du einen von den Feuerwehrmännern siehst – die Karre könnte auch mal eine gründliche Wäsche vertragen.» Ich lächle. Geri scheint einen interessanten Frieden mit ihren Gefühlen über die Gleichheit der Geschlechter geschlossen zu haben. Wir sind gleich, wenn es uns paßt. Keiner von uns beiden entgeht diese Wahrheit, und wir lachen, als wir auflegen.

Jetzt kann ich Ben ganz legitim anrufen, aber plötzlich überfällt mich eine Scheu. Es ist jedenfalls nicht gut, ihn um einen Gefallen zu bitten – zu ehefraulich-mütterlich –, nicht raffiniert genug. Jahrelang bestand mein Glück in Gilboa darin, daß ich mit niemand – außer mit Riva – vorsichtig zu sein brauchte, jedenfalls nicht raffiniert. Jetzt werden Heimlichtuerei und Raffiniertheit mich tagtäglich verfolgen. Ich habe eine andere Art Unschuld verloren.

Rita und Ellie und ich machen die Ambulanz sauber. Wir lachen und reden und erinnern uns. Rita erzählt von einem der beiden Rechtsanwälte, für die sie arbeitet. Es ist Klatsch, aber witzig und nicht verletzend. Ellie, die Köchin in einer Grundschule ist und zu Hause Kummer hat, erzählt Geschichten vom Essen und von den Kindern.

Wir sind gerade dabei zu entscheiden, ob wir den Wagen auch waschen sollen, als Ben vorbeikommt. Er hat zwei der Jungen aus seiner Schule mit, junge Burschen von dreizehn, vierzehn Jahren. Er grüßt uns zuerst, was er sonst nicht tun würde, und ich muß lachen. Mit einemmal ist er so etwas wie ein Elternteil und gibt der Kinder wegen seine bequeme Zurückhaltung auf. Er stellt uns die Jungen vor, die einfach stehenbleiben. Ich entdecke schon fast so etwas wie Elternqual in seinen Augen. Wir warten eine ganze Weile, keiner von uns weiß, was jetzt noch geschehen kann. Schließlich sage ich: «Ihr kommt uns gerade recht. Hier gibt's eine schmutzige Ambulanz und drei müde Frauen.»

Ben sieht erleichtert aus. «Was meint ihr? Wir helfen ihnen, wir brauchen erst so in einer Stunde wieder in der Schule zu sein.»

«Du kannst von der Telefonzelle aus telefonieren», sage ich, «und ihnen Bescheid geben, wo ihr seid.» Er möchte, daß die Jungen ihm zustimmen, aber die rühren sich nicht. Sie stehen und starren – Gefangene einer Situation, die sie nicht vorausgesehen haben. Sie sind verschreckt. Ich verwünsche mich, daß ich eine gewisse Grundnormalität für selbstverständlich gehalten, angenommen habe, jeder Junge so um vierzehn müsse gern in einem Feuerwehrhaus arbeiten.

Sie hatten vor der Tür gestanden. Ben führt sie herein. «Sie brauchen uns, los, wir helfen ihnen.» Schweigen. Er wird es alles selbst machen müssen. Ich bringe ihm drei Schwämme und drei Lappen und lege sie vor sie hin auf den Kotflügel des Lasters. Rita und Ellie haben vorn an der Ambulanz angefangen. Ich bekomme Fetzen ihrer kameradschaftlichen Unterhaltung mit. Ben und ich fangen hinten an.

«Soll ich ihnen einen Eimer bringen?»

«Nein», sagt er, «etwas müssen sie dabei schon selbst tun.»

Die Sonne geht langsam unter, während wir arbeiten, zieht sich von den nach Osten gelegenen Gebäuden zurück und überläßt sie dem kalten Schatten. Rita dreht das Licht an und macht die großen Türen zu. «Hat keinen Zweck, für draußen zu heizen», sagt sie. Wie auf ein Losungswort setzen sich die Jungen in Bewegung. «Wo sind... Was sollen...» Ben zeigt keinerlei Überraschung.

«Grace, wo ist der andere Eimer?»

«Unter dem Ausguß da drüben. Macht's euch bequem, füllt den Eimer zur Hälfte mit heißem Wasser.» Sie drehen sich um und gehen zum Ausguß. «Was war denn los?» flüsterte ich.

«Sie hatten Angst, weil alles so offen war, nehme ich an.»

Bald sind wir alle hart bei der Arbeit. Bei geschlossenen Türen wärmt sich das Feuerwehrhaus schnell auf. Die Männer haben den Thermostat sehr hoch eingestellt – höchst angenehm, wenn man nach einer Fahrt bei kaltem Wetter hereinkommt, jetzt ist's zu heiß. Wir ziehen unsere Jacken und Mäntel aus und überlassen uns ganz der Arbeit. Die Jungen sagen nicht viel, aber offensichtlich genießen sie die Arbeit und das Zusammensein mit uns. Sie sind ganz ernsthaft bei der Sache. Als einer der beiden den Eimer umstößt, reagiert er rasch mit einer Mischung aus Angst und Scham und abwehrbereitem Zorn. Ich muß ihm zweimal sagen, daß Wasser auf den Boden einer Feuerwache gehört, ehe er seinen Eimer neu füllt. «Es mußte sowieso gewechselt werden», sage ich, «es war schmutzig.» Der Junge sieht mich an, ob ich auch die Wahrheit sage, aber ich bin schon wieder bei der Arbeit, und er füllt seinen Eimer nach und fängt wieder an.

Als der Ambulanzwagen eingeseift ist, holt Rita den Wasserschlauch. An der Wand gibt es einen gewöhnlichen Wasserhahn und besondere Anschlüsse, aus denen wir unsere Feuerwehrwagen füllen. Sie dreht am Wasserhahn, und wir warten darauf, daß Wasser kommt, aber nichts geschieht. «Geht lieber raus», sagt Ellie. «Da muß irgendwo ein Knick sein.» Der Knick ist fast am Ende des Schlauchs, und als Rita danach greift, schießt das Wasser heraus und alles über Ellie. Ellie sprintet, patschnaß, mit schmalen Augen auf den alten Tankwagen zu. Die neuen haben Pumpen, die nur arbeiten, wenn der Motor läuft, der alte hat eine eigene Pumpe, und die fängt kreischend an zu arbeiten. Der Krach ist fürchterlich. Ellie hat etwa drei Meter des leichten Schlauchs von der Rolle gezogen und hält ihn fest, die Hand an der maschinengewehrähnlichen Düse. «Zurück, ihr Brut!» schreit sie. «Ich übernehme das Schiff.» Die Jungen verschwinden, weiß im Gesicht, hinter der Ambulanz.

«Unsere Leute müssen sich gegen alle Verfolger erheben», sage ich zu Ben. «Unsere Leute kämpfen immer einer gegen den andern», lächelt er und kippt mir den Eimer über den Stiefel. Die Jungen sind hinter der Ambulanz hervorgekommen – ich sehe, daß ihre Schwämme vom Fußbodenwasser triefen.

«Deckung!» schrei ich Ben zu.

«Alter Trick», gibt er zurück. Ein Schwamm trifft ihn gut gezielt am Kopf. Dann der nächste. Ben wirft zurück, ich den anderen. Ich wende mich gegen Ben mit meinem Schwamm, aber er ist hinter Ellie her. Es ist eine Wasserschlacht von archaischen Ausmaßen. Der Bodenschlauch und der Schlauch von der Rolle stehen im Kampf miteinander und spritzen jeden naß, der dazwischengerät. Es gibt Verstecke genug zwischen den Feuerwehrwagen, aber die mit den Schläuchen dringen, auf der Suche nach Opfern, bald zwischen ihnen ein. Ich werde aus dem Hinterhalt beschossen, gerate ins Kreuzfeuer, kann mich aber des Schlauchs bemächtigen und verfolge Rita. Russel, einer der beiden Jungen, versucht meinen Schlauch zu kriegen, indem er einen Eimer vor sich hält, aber er bekommt eine Breitseite von seinem Freund ab. Zusammen nehmen sie mir den Schlauch weg, aber dann richtet Russel ihn auf den anderen Jungen. Ben hat den Rollenschlauch. Ich krieche hinter ihm vorbei und knicke ihn ab. Als er die Düse hochstellt, lockere ich den Knick. Zum Teufel mit Liebe und Treue, Ehre, Beständigkeit, Freundlichkeit und Vertrauen! Jeder ist eine von Wasser umspülte Insel. Wir hören erst auf, als wir durchnäßt und erschöpft sind. Jeder war einmal am Schlauch, Russel hat «Taktiken» entwikkelt und ist entzückt darüber, und die Ambulanz ist in dem Handgemenge mehr als nur einmal gewaschen worden. Als alles vorbei ist, stehen wir zitternd vor Erschöpfung und dampfend unter den Lampen. Meine Brille ist beschlagen, ich bin blind wie ein Maulwurf. Nichts ist in uns allen von Kampfeslust übrig. Rita setzt sich auf das hintere Laufbord der Pumpe. Da ist Platz für sechs oder sieben, und wir setzen uns alle da hin und lassen uns von der heißen Luft aus dem Heizgerät über uns anblasen. Ich könnte schwören, daß sich ein Regenbogen unter der hohen Decke ausspannt. Wir dampfen in kameradschaftlichem Schweigen vor uns hin. «Weiß jemand, wie spät es ist?» sagt einer nach einer Weile.

«Im Funkraum ist eine Digitaluhr.»

«Möchte jemand hingehen und nachsehen?»

«Ich.»

«Wann?»

«Später.»

Schweigen. «Na ja», sagt jemand, «die Ambulanz ist jedenfalls sauber.»

«Worauf warten wir noch hier?»

«Wißt ihr, was da draußen ist?»

«Eine eiskalte Nacht.»

«Großer Gott! Warum hat mir das niemand gesagt?»

Ich sitze neben Ben und den Jungen. Ein- oder zweimal bin ich während unseres Kampfes in seine Nähe geraten, habe den männlichen Geruch seines Körpers und seines Atems gerochen: die Seife, die er am Morgen benutzt hat und den Schweiß, den er jetzt ausschwitzt, und darunter diesen Geruch, der eine Art Essenz von ihm ist. Von gleicher Art wie er, aber so verstört wie kein Nachtschmetterling vom Licht jemals sein kann, werde ich von ihm angezogen. Ich atme ihn heimlich ein, während wir so dasitzen. Es ruft Verlangen nach ihm in mir wach, es läßt in meiner Vorstellung Bilder entstehen. Ob Nachtschmetterlinge solche Bilder kennen? Sehen sie andere Nachtschmetterlinge über Kilometer hinweg, nackt und liebesbereit unter dem Mond? Was für Bilder müssen das sein, die sie veranlassen, durch Gewitterstürme auf solche Signale zuzufliegen? Solche, wie ich sie sehe? Ganz anders aber als der windzerfetzte Nachtschmetterling bin ich gezwungen, die Konsequenz eines solchen Verlangens zurückzuweisen. «Großer Gott, Mann, du riechst wie ein nasser Hund!» sage ich lächelnd zu ihm. Er starrt mich an.

«Bist du sicher, daß ich es bin – ich?»

«Nein, ihr alle drei.»

Er dreht sich zu den Jungen um. «Meine Herren, wir sind beleidigt worden. Was tut ein Herr, wenn er beleidigt wird?»

«Beleidigt die Frau auch.»

«Falsch. Er erhebt sich mit Würde und verdrückt sich. Madame –» er wirft mir einen so warmen und liebevollen Blick zu, daß ich fürchte, ich werde rot «wir sind gekränkt, ja gekränkt. Meine Kameraden und ich verdrücken uns.» Sie holen sich ihre Jacken vom Feuerwehrwagen. «Das alles macht sich besser», sagt er zu ihnen, «wenn die Schuhe nicht bei jedem Schritt quietschen.» Sie sagen gute Nacht und verschwinden.

Traurigkeit überkommt mich. «Los, wir füllen die Wagen, ich muß nach Hause und Saul sein Abendbrot machen.» Wir arbeiten schweigsam vor uns hin, verabschieden uns womöglich noch schweigsamer und begeben uns in die Nacht hinaus, die uns viel kälter vorkommt, als sie ist. Nur Rita braucht niemandem zu erzählen, was los war – warum sie völlig durchnäßt ist. Nur sie braucht nicht den Versuch zu machen, den Spaß für einen herablassend-geduldigen Zuhörer zu wiederholen und einen Regenbogen unter der Decke zu erklären.

Auf dem Heimweg beschwöre ich meine Geister. Sie haben mir gesagt, ich solle mich freuen, mir ein Vergnügen machen, und ich bin bereit, aber die Möglichkeiten dazu werden mir verweigert. Jetzt bin ich wunderbar müde, aber morgen werde ich unfähig sein, dieses Gefühl neu erstehen zu lassen. Wenn ich einen bestimmten Geschmack schmecke oder einen Geruch rieche, so kann ich feststellen, was es ist, aber ich bin außerstande, das eine oder das andere nach Wunsch wieder herzustellen. Ich möchte mehr als nur die Erinnerung an diese Nacht behalten; ich möchte wieder dieses sinnliche Vergnügen haben, die Gerüche und Berührungen, die Hemmungslosigkeit. Denn es gibt viele Dürrezeiten, Jahreszeiten der Verzweiflung. Wenn ich mein Gedächtnis bemühe, kann ich mich entsinnen, wie Saul im strömenden Regen neben dem zusammengebrochenen Auto stand und sagte: «Grace, ich liebe dich – naß oder trocken!» Ich kann mich an die Worte erinnern, aber ich kann den Regen oder diese plötzliche Freude, die mich damals überkam, nicht wieder erschaffen und auch nicht den Anblick seines Gesichts. Diese Nacht möchte ich retten – mit allen Gefühlen, Sinnen, Empfindungen. Wenn ich sie mir wieder ins Gedächtnis rufen werde, wird es sein, als sähe ich einen Film in der dritten Person: *sie* anstatt *ich* und keine Berührung, kein Geruch, keine dampfenden Anzüge – nur das Bild davon. Was für ein Verlust!

Als ich aus dem Wagen steige, stehen die vier Geister neben dem kahlen Fliederbusch. So sehr ich mich bemühe – ich kann mir weder seine Sommerblätter noch seine Frühlingsblüten aus all den zwanzig Jahren ins Gedächtnis rufen. Die Nacht ist kalt, ein widerlicher, kleiner Wind weht mir schneidend ins Gesicht und peitscht die dünnen Weidenrutenzweige gegen das Haus. Die Geister werden von den Zweigen durchbohrt, und diesmal wehen ihre Kleider im Wind, und sie schmiegen sich aneinander. «O Gott, entschuldigt – ich nehme meine Klage zurück! Geht – ich hätte euch nicht rufen sollen. Ich kann es nicht mitansehen, daß ihr friert...»

Der ältere Mann spricht, in seiner Stimme ist ein Zittern. «Würdest du wirklich wollen, daß dich die Vergangenheit festhält? Zusammen mit deinen gehorteten Freuden würden Qualen zurückkommen, die man besser vergißt. Würdest du dir wünschen, daß du all die Stürze und Krankheiten deiner Kindheit physisch zurückrufen könntest? Würdest du den Mut haben, auch nur einen Tag länger zu leben?» Und während sie vor Kälte in die Hände hauchen und ihr Atem sich kräuselt, vergehen sie schnell, bis sie selbst nur noch Wind sind.

Ich sehe Ben erst vier Tage später beim Ambulanztreffen wieder. Mit einemmal gibt es lästige Probleme. Soll ich meinen Platz wechseln und mich neben ihn setzen? Wenn ich es tue – wird man es bemerken? Ich komme meistens etwas zu früh, er kommt meistens zu spät. Ich möchte von diesen pubertären Taktiken frei sein, aber das Verlangen hat mich wieder vierzehnjährig gemacht, als ich in der Diele nach Mark Boudeneau oder Paul Janov Ausschau hielt. Werde ich an ihm vorübergehen oder stehenbleiben? Werde ich ihn ansehen oder mich abwenden und vorgeben, mich mit meinen Freunden zu unterhalten? Werde ich lächeln oder nicht? Lächerlich. Ich setze mich auf meinen gewohnten Platz und verwünsche meine Unruhe. Hamlet zur Königin: «In Eurem Alter ist die Blütezeit des Bluts gezähmt, es ist demütig und wartet auf das Gericht.» Hamlets Alter wird mit etwas über dreißig angenommen. Aber der Bursche, der diese köstliche kleine Weisheit vom Stapel ließ, war keinen Tag älter als sechzehn. Ben kommt herein. Er wirkt kleiner als in meiner ihn vergrößernden Vorstellung. Er füllt sie aus, wie wenn man eine Hand vor die Sonne hält. Zum Glück reden Rita und Ellie als erste mit ihm und kommen so meinem Verlangen zuvor.

«Hat es Ärger gegeben, als du so naß mit den Jungen in die Schule zurückgekommen bist?»

«Weniger mit der Verwaltung als mit den andern Jungen. Ihre Eifersucht macht uns ganz schön zu schaffen. Unglücklicherweise taten Russel und Clay nichts, um ihren Anteil bei der Sache herunterzuspielen.» Er lacht. «Aber nach Punkten gerechnet, halte ich es für einen Erfolg – auch die anderen Jungens wollen sich gern mal die Feuerwache ansehen.»

«Nicht immer könnten wir eine Wasserschlacht bieten.»

Er lächelt. «Die Jungens sollen erfahren, daß es besondere Gelegenheiten gibt, aber keine Sonderbehandlung. Ich kenne das auch aus Erfahrung. Ich hatte da so eine Idee, ein paar von den älteren Jungens zu einem Ausflug durch das Feuerwehrhaus mitzunehmen, sie auf dem Feuerwehrwagen mitfahren zu lassen und sie ins Büro des Sheriffs zu bringen, wo die Notrufe ankommen. Seit neulich bin ich mir da nicht so sicher. Ich möchte schon, daß sie sich was ansehen und überall hingehen, aber als ganz gewöhnliche Jungens, nicht als ‹Sonderfälle›, für die andere irgendwelche besonderen Verrenkungen machen.»

«Das finde ich auch. Was können wir beitragen?»

Er will etwas antworten, aber Geri klopft auf den Tisch, und die

Sitzung beginnt. Wir haben zwei außergewöhnliche Fahrten durchzusprechen, aber sonst ist es nahezu eine Routinesitzung. Im Versuch, «Ordnung» in unsere Treffen zu bringen, hat Rita eine parlamentarische Verfahrensweise gefordert, und seit einigen Monaten ertrinken wir in einem Meer von Einzelheiten und Regeln. Also mache ich mich davon. Hand in Hand mit Ben laufe ich in die Hügel hinter der Stadt hinaus, zu den grünen Lichtungen, die Violet so besonders geliebt hat und wo ich gesehen habe, wie die Sonne ein Blättermuster auf ihr verrunzeltes Gesicht warf. Waldnymphen altern. Sie werden ebenso knitterig und zerbrechlich wie Blätter, ebenso durchsichtig wie das Geäder, das übrigbleibt, wenn die Herbstwinde den Blattkörper zu Staub zerblasen haben. Im Frühling, wenn die Erde voll Verlangen ist, wenn der Regen alles begrünt und die Felder von Bienen wimmeln... zu rasch werde ich zurückgeholt. Ben spricht, ich weiß nicht genau worüber. Wieder überfällt mich die Traurigkeit, die mich den ganzen Tag verfolgt hat. Als ich zum erstenmal mit Violet in dieser grünen Lichtung spazieren ging und diesen Gedanken dachte, hielt sich Ben Sloan in New Canaan, Connecticut, schwankend an einer Ecke des Kaffeetisches fest und fragte sich, ob er wohl im weiten Raum dieses elterlichen Wohnzimmers das Weite suchen, das heißt, ob er losmarschieren solle. Ich betrachte ihn, ich wärme mich an einem Scheinfeuer. Er ist jung und so voller Fröhlichkeit, wie jemand, der gerade entdeckt hat, daß er auf seine eigene Weise an der Welt teilhaben kann. Mein Schmachten ist nutzlos und albern. Wenn er etwas davon ahnte, würde er in schallendes Gelächter ausbrechen. Ich liebe Saul immer noch und habe es immer getan und werde es immer tun. Diese Leidenschaft ist töricht, kein Zuwachs, kein Gewinn. Die Sitzung geht jetzt zu einer Diskussion der Fahrten über. Mein Interesse an dem, was geredet wird, ist geweckt.

Ritas wegen komme ich spät nach Hause. Saul hat das Licht für mich angelassen, aber der leichte Hauch seines Mißvergnügens hängt in der Luft. Keine sichtbaren Anhaltspunkte, aber ich weiß es. Es könnte ein besonderer Vorzug sein, daß man die leisen Markierungen des Terrains richtig deutet. Er mag es, wenn ich mit ihm zugleich zu Bett gehe. Wenn ich nicht auf Fahrt bin, hat er gern so ein letztes Wort am Ende des Tages mit mir. Er weiß, ich kann nichts dafür, wenn die Sitzungen so lange dauern. Er meint aber, ich bleibe noch länger weg als nötig, schwatze, hechle die Fahrten durch. Er hat eine letzte Tasse Kaffee getrunken, während er auf mich wartete – man sehe nur die aggressive Pedanterie, mit der er Tasse und Teller in den Abwaschtisch gestellt hat! Vielleicht ist er so verärgert, daß er nicht schlafen kann. Ich gehe rasch nach oben. In seiner rücksichtsvollen Art hat er das Licht in der Diele brennen lassen, aber die Staubteilchen, die durch das Licht fallen, sind schwer von verletzten Gefühlen. Ich könnte schwören, da ist ein bestimmter Geruch, ein schwacher beißender Hauch von Mißvergnügtheit. Aber wie verletzt er auch immer sein mag, es geht nicht so tief, ist nicht so qualvoll, um ihn wachzuhalten. Als ich mich neben ihn ins Bett schleiche, bewegt er sich kurz und entgleitet wieder in den Schlaf. Und statt einen Streit mit seinem schlafenden Geist anzufangen, entgleite ich gleichfalls. In der scharfen Eiseskälte der Winternacht gelingt es mir, Violets sommerliche Lichtung wachzurufen, den grünen Dämmer unter den großen Bäumen, die sanften Moose mit ihren winzigkleinen Blüten. Einen Sonntagnachmittag, der den ganzen Sommer über währt. Ben und ich lesen, träumen, lieben uns und haben alles, was wir brauchen.

Joshua ruft aus Illinois an. Sein Armutsgelübde erhebt ihn. Aber seine Telefongespräche mit Rückgebühr verärgern Saul. Durchweg Sanjit-Mitteilungen, unpersönlich und durchtränkt von einer besonderen, mystischen Sprache, dem Jargon seines neuen Lebens. Es geht ihm gut, dank der Liebe Krishnas. Unter der Führung der Sunnyasin, deren vollkommene Hingabe beispielhaft ist, ruft er uns an, um uns zu einem Fest einzuladen – zur Entschleierung und Inthronisierung neuer Gottheiten, ein Anlaß zu besonderer Frömmigkeit. Sichtbare Gottheiten – ein Alptraum für einen Juden! «Jo – verzeih, Sanjit, ich muß dich etwas ganz Persönliches fragen. Wenn *du* möchtest, daß *wir* dich besuchen kommen, werden wir kommen; aber das letzte Mal, als ich da war, mußte ich mir die alte Platte anhören. Da kam nichts von dir, außer einer mystischen Theologie – eine nicht gar so feinfühlige Art, uns auf Distanz zu halten – und von deinen Freunden eine nicht gar so feinfühlige Bitte um Geld. Es ist keine lange Reise, aber es ist eine psychologisch schwierige Reise für uns, und wenn der Lohn dafür am Ende nicht du selbst bist, sondern nur der Anblick eines religiösen Jüngers, dann ist das Ganze mehr eine Qual als ein Vergnügen, fürchte ich.»

Er schweigt, dann sagt er: «Aber wenn ihr seht, wie freudevoll es ist, Krishna zu dienen, wie begeisternd...»

«Nicht, wenn ich nicht etwas von *dir* bekomme, etwas persönliche Zeit mir dir als Person...»

«Aber dieser liebevolle Dienende bin doch ich...»

«Ich weiß, und wir danken dir dafür, daß du uns in etwas, das dir wichtig ist, einschließen willst, aber es tut einfach zu weh. Kannst du das verstehen?» Und plötzlich habe ich eine Eingebung. «Sanjit, versuch einmal, mir zuzuhören: du lernst ein Mädchen kennen, eine Jüngerin. Nachdem ihr euch ein Jahr lang kennt, ist die Führung damit einverstanden, daß ihr heiratet. Nach entsprechender Zeit habt ihr ein Kind, das ihr mit aller Liebe, derer ihr fähig seid, großzieht. Ihr meint, daß eure Verehrung für Krishna in allem, was ihr tut, auf dieses Kind ausstrahlt. Das Kind, der Sohn, wächst heran, und ihr schickt ihn in eine besondere Schule und dann, wenn er herangewachsen ist, kommt er zurück zum Tempel. Ihr möchtet eine Beziehung zu dem Kind, eine neue Beziehung, jetzt wo es erwachsen wird. Ihr wollt, daß es mehr ein Freund ist und weniger von euch abhängt, dennoch empfindet ihr durch diese lebenslange Liebe, die ihr für ihn habt, etwas ganz Besonderes für diesen Sohn, eine ganz besondere Freude, ihn zu sehen. Und dann sagt er euch, daß ihr ihm nichts gegeben habt, was von Wert ist für ihn, und daß er sich an nichts – weder an euch, noch an das Leben, in das ihr ihn hineingezwungen habt – erinnern möchte, daß er in die Welt hinausgehen will, niemals mehr den Namen Krishna hören oder an die Jünger denken und jeden Hinweis auf sie aus seinem Verhalten tilgen will. Wie würdest du das empfinden, Sanjit?»

«Das könnte nie geschehen», sagt er einfach.

«Warum nicht?»

«Unter anderem, weil ein in Krishna erzogenes Kind zu weit fortgeschritten dazu wäre.»

«Wunderbar», sage ich. Ich kann nichts sonst sagen. Ich sage ihm, er möge sich überlegen, was ich ihm gesagt habe, und es uns dann wissen lassen. Dann lege ich auf und weine. Nicht aus Kummer – oder nicht nur. Ich bin fuchsteufelswild. Was hat ihn so glatt gemacht? Ein Autismus seiner Vorstellungskraft? Eine Atrophie seines Einfühlungsvermögens? Irgendwie meine ich immer noch, daß wir das bekommen, was wir verdienen – das Leben, die Regierung, die Kinder. Ich habe einen Zwitter aufgezogen – halb Engel, halb Idiot. Und mein Pech ist: der Illinois zugewandte Teil ist der Engel.

Nachts, als wir schliefen, besann sich der HERR eines anderen und nahm die Welt fort. Als wir aufwachen, ist alles ausgelöscht und weiß. Er hat den Baum vor unserem Fenster übriggelassen, kahl und reifüberkrustet, aber sonst nichts. Nichts von den anderen Häusern in Bullwinkle Boulevard. Nichts von dem Feld hinter uns. Es ist mehr als ein Nebel, weniger als Schnee, und es scheint überall zu sein. Kein Wind. Es sind zehn Grad Kälte. Was die Weisen im ersten Buch Moses vergessen haben zu erwähnen, war die Kälte. «Ich weiß nicht, warum ich heute den Laden offenhalten soll», sagt Saul, «wer wird schon kommen bei solchem Wetter?»

«Warum bleibst du nicht zu Hause? Wenn es sich im Lauf des Tages ändert, kannst du immer noch hingehen. Du hast schon lange nicht mehr die Schule geschwänzt.»

«Na ja, ich muß Inventur machen, und es gibt immer was in Ordnung zu bringen...»

«Wenn du zu Hause bleibst, backe ich Waffeln...»

Mir fällt ein, daß ich Riva in die Stadt mitnehmen soll und später nach Tarrant fahren muß, um mich für einen Kurs im College einzuschreiben, aber irgend etwas stupst mich am Ellbogen – ein Großmutterinstinkt, der weiser ist als ich. Saul möchte, daß ich dableibe, daß ich eine gute Ehefrau und ihm nah bin heute. Es ist nicht viel verlangt – und er hat es nicht einmal verlangt. Und sollte es auch nicht verlangen müssen. Ich brauche das so gut wie er. «Da haben wir also einen freien Tag – ein Geschenk –, wie willst du ihn verbringen – mit gesunder und kreativer Arbeit, indem wir zum Beispiel den Dachboden aufräumen, oder möchtest du einfach mal nichts tun?»

«Das eine wie das andere für ein paar Stunden, und damit wir es gut voneinander unterscheiden, könnten wir zwischendurch miteinander ins Bett gehen, und alles was vorher war, würde Aufräumen sein und alles nachher einfach Nichtstun.»

Seit Jahren haben wir uns nicht mehr am Tag geliebt – seit die Kinder klein waren. Ich komme mir bei dem Gedanken kühn und unbekümmert vor. «Gute Idee», sage ich.

Es ist dunkel oben auf dem Dachboden, und ohne Saul wäre es ein bißchen traurig gewesen unter all dem abgelebten Familienleben. Unter der Arbeit erzähle ich ihm von Joshuas Anruf. Ich erzähle ihm nicht, welchen Vergleich ich gezogen habe und auch nicht Joshuas Antwort zu seinem nicht existenten, krishnabewußten Kind, nur die bloßen Tatsachen – sie erscheinen mir milder, weniger enervierend, wenn ich ihn nicht zitiere. «Möchtest du ihn gern besuchen – möchtest du, daß wir beide hinfahren?»

«Wie denkst du darüber?»

«Ich komme mir vor wie ein übergewichtiger, zu alter, verausgabter Boxer», sagt er. Er hat gerade ein paar Schlittschuhe in der Hand, es könnten die sein, die wir Miriam gekauft haben, als sie neun war, oder auch Joshua, oder es könnten noch Sauls eigene sein. «Ich werde wütend, wenn ich einen Hieb abkriege, und ich bin traurig, wenn ich zu Boden muß, aber meistens empfinde ich eine Art Verblüffung – über das alles. Die Stöße kommen aus dem Nichts. Wenn ich zurückschlagen wollte, würde ich nichts treffen, und dann trifft einen unerwartet ein Schlag auf der ungeschützten Seite, und man fällt um. Als Mirele wegging...» Er hat sie bei dem alten Kosenamen genannt, wie als kleines elfenhaftes Mädchen, als sie in den Laden kommen und Hüte probieren durfte und schließlich einen aufbehielt, den er, ich möchte schwören, extra für sie besorgt und für sie bereit hatte, wann immer sie kam. «Meinen Hut, bitte!» Rosenknospen und Spitzen über den Zöpfen und dann über dem Pferdeschwanz. «Meinen Scha-Poo –» mit klarer, hoher, befehlender Stimme, und der Nachklang ihres unterdrückten Zauberlachens. Saul seufzt. «Ich sage mir – sie *mußte* weggehen. Ich habe nicht wirklich erwartet, daß sie in Gilboa bleibt – es gibt hier nichts für sie. Aber, lieber Gott, die Art, wie sie wegging, die Entfernung und dann der kurze Anruf: ‹Ich heirate.› Und wie du sie anflehtest, uns doch die Hochzeit machen zu lassen. Der Tag starb, Ma schloß mit dem Leben ab – Josh. Und ich sage mir – Josh mußte seine eigene Entscheidung treffen. Er hat all die Jahre hier gelebt, und dann hatte die Welt ihn ein Jahr lang, und das ist es nun, wofür er sich entschieden hat. Er hatte freie Wahl, und das ist seine Entscheidung. Und dann du.»

«Ich?»

«Je kälter der Tag, je nebliger die Nacht, um so gefährlicher ist der Hügel. Du kannst keine drei Schritte weit sehen. Dann kommt der Notruf. Niemand weiß genau, wo der Wagen heruntergekippt ist. Also muß man den gefährlichen Hügel, die Felsen in der Dunkelheit absuchen. Und ich sage mir – wie kann ich ihr daraus einen Vorwurf machen? Mrs. Tyndall kommt immer noch und zeigt mir ihren Arm, den du gerettet hast, Macy Ups läßt keine Gelegenheit aus, dich – zu deinen Gunsten – mit Florence Nightingale zu vergleichen, und Doris Mercer erzählt mir, wie du dich angestrengt hast, ihren kleinen Sohn zu retten. Glaubst du, ich sehe die gelangweilten Ehefrauen in der Stadt nicht, die sich über ihre Männer ärgern und jeden mit ihren Frustrationen verrückt machen? Sollte ich nicht dankbar dafür sein, dafür, wie du bist und was du tust?»

«Aber...»

«... aber die Gefahr, diese schreckliche Gefahr – und dann zu allem übrigen noch Riva.» Er erzählt mir, daß sie jeden Tag zu ihm in den Laden kommt, was ich nicht wußte. Unfähig zu lesen, ruhelos und gelangweilt, kommt sie anmarschiert, um ihn zu sehen, kann nicht viel mehr tun, als über alles nörgeln, und kommt allen in die Quere.

«Ich sollte häufiger zu ihr gehen, glaube ich...»

«Du liebst deine Arbeit, deine Freiheit – ich möchte nicht, daß du daran etwas änderst, um meine Mutter zu pflegen. Sie ist nicht krank, sondern nur gelangweilt und traurig. Sie würde dich in zwei Wochen verrückt machen.»

«Saul – warum holen wir uns nicht ein paar junge Leute, die Riva vorlesen?»

«... jedenfalls keine jungen Leute von der High School – sie würde sie vergraulen.»

«Nein, jüngere – Halbwüchsige und mehr als einen.»

«Kinder?»

«Nette Kinder. Laß mich doch zur Grundschule gehen und es versuchen. Wenn das nicht klappt, gehe ich zur Mittelschule, und dann gebe ich ein Inserat in der Bibliothek auf.»

«Wird sie es zulassen – sie ist so voller Abwehr?»

«Das ist deine Sache. Sei energisch...»

«Weißt du, Grace, ich denke, Ben könnte sie dazu bringen...»

Ben. Den ganzen Morgen über hatte ich mich von ihm freigemacht, von seinem Haar, seinem Mund und den Augen, und da ist er wieder. Wenn wir nach unten ins Bett gehen, würde ich Ehebruch begehen, weil ich an Ben denke und nicht an Saul, etwas, das ich wochenlang vorsichtig vermieden habe – nicht weil der Gedanke der Vater der Tat ist, sondern weil der Gedanke das Kind des Lebens ist. Mein Leben ist anständig und respektabel oder war es doch bis vor kurzem. Meine Gedanken waren ein Teil dieses Lebens, hingen mit ihm zusammen, gehörten dazu. Ich möchte Saul lieben – ich liebe ihn.

Der schrille Ton klingt gedämpft hier oben, aber man hört ihn dennoch. Die Alarmanlage. Saul sieht mich an und zuckt mit den Achseln. Was kann er machen? Was kann ich machen? «Der Bereitschaftsdienst hat diese Woche wenig Leute...» – «Ich weiß», sagt er. «Ich weiß. Es ist höllisch glatt da draußen. Bitte...»

«Ja, bestimmt...», Aber ich höre kaum zu. Ich bin schon halb die Treppe hinunter.

Blankes Eis. Sprünge im Pflaster gähnen und grinsen mich daraus an. Die Drähte singen in der Kälte: «Du hast es nicht im Griff, kannst du dich auf dein Glück verlassen?» Der Wagen wird von der Kälte gewürgt. Die Armaturen stöhnen und kreischen. Die Räder drehen sich auf der Stelle. Sie sagen: «Du hast es nicht unter Kontrolle, du hast nur Glück – kannst du dich darauf verlassen?» Ich rucke vorsichtig mit dem Wagen an. Die Räder greifen. Ich fahre los. Mein Herz schlägt heftig. Der Unfall ist hinter Ausfahrt 18, auf dem Weg zu Russian Grove. Ich melde mich, höre aber keine andere Stimme. Als ich durch die Stadt fahre, drücke ich voller Angst auf die Hupe. Alle fürchten sich auszuweichen und steckenzubleiben. Ich kann kaum drei Meter weit sehen in diesem eisigen Nebel, aber dann höre ich über Funk eine Sirene und eine Stimme: Larry Ochsner, glaube ich, von Störungen fast erstickt. Sie sind vor mir in diesem dicht besetzten Nichts. Mein Hupen macht mir einen Weg frei, ich fahre. Ich kann kaum die Straßennamen lesen. Ist das die Kreuzung Tulip Road oder Marshaltown? Nein – da ist Tulip, dann muß jetzt Marshaltown kommen. Zweimal komme ich fast vom Weg ab, während ich nach der kleinen Ausfahrt unterhalb der Rampe ausschaue. Das hier ist Wahnsinn. Warum tu ich das? Ich sollte zu Hause und in Sicherheit sein und das Glück nicht herausfordern. Übelkeit steigt in kleinen Wellen in mir hoch. Ich höre ein paar knisternde Störgeräusche, unverständlich. Ich schalte mich ein und nenne meinen Standort. Keine Antwort. Wer ist da? Wo bin ich jetzt? Zwei Minuten ohne Sicht und ohne etwas zu hören, und mir ist alles abhanden gekommen – Zeit, Ort, Richtung, ich bin hilflos und verängstigt. Fast stoße ich – trotz der Scheinwerfer – mit der Ambulanz zusammen. Ich bin seitlich weit auf das Bankett abgekommen. Ein halber Meter weiter, und ich wäre unten in der tiefen Abflußrinne. Wir sind da.

Sie ist aus dem Wagen geschleudert worden und liegt am Straßenrand. Ich gehe zum Polizisten – es ist Bischoff. «Sperren Sie diese Straße oder stellen Sie jemanden hin – hier draußen ist die Hölle los.»

«Wir kriegen Fackeln», sagt er. «Ich hab's gerade durchgesagt.»

Ich gehe zum Opfer hinüber. Sie liegt in einer einigermaßen natürlichen Stellung. Larry und Ben sind bei ihr. «Sie müssen sie rasch wegbringen», sagt Bischoff. «Sie liegt zu weit draußen auf der Straße.»

Irgend etwas warnt mich – ein Blick, ein Gefühl. «Wie geht es?» frage ich sie.

«Wo ist Lisa?»

«Das Kind ist im Wagen», sagt Larry. «Sieht okay aus. Ich bleibe bei ihr.»

Ich sage der Frau – sie heißt Barbara –, daß sich jemand um Lisa kümmert. Ich messe den Blutdruck und den Puls, während Ben ein Brett und Sandsäcke holt. Ich weiß nicht warum – nicht nur wegen des harten Falls –, aber ich habe ein sonderbares Gefühl. Die Dame ist böse verletzt, aber sie weiß es noch nicht. «Wo ist Lisa?» Ich sage es ihr noch einmal. Der Blutdruck ist 140 zu 86, der Puls 90. Der zweite Checkup ergibt keine Gründe für meine Besorgnis. Bischoff ist nervös.

«Warum bringen Sie sie nicht weg?» Ich weiß nicht warum, ich fühle es nur... Dann antworte ich Bischoff.

«Ich möchte sie immobil halten. Helfen Sie, sie ganz gerade zu rollen.» Wir benutzen das Brett.

«Wo ist Lisa?» fragt Barbara. Das ist es. Sie hat diese Frage einmal zuviel gestellt. Ben hat es gehört. Unsere Blicke treffen sich. Er weiß Bescheid.

«Ich geh es melden», sagt er, «und teil dir mit, was ich gesagt bekomme und bring das Sauerstoffgerät.» Die Feuerwehr ist zur Stelle, die Straße ist gesperrt. Bischoff hilft, aber ist ärgerlich über die Straßensperrung. Ich verlange mehr Decken, und dann bringen wir sie in die Ambulanz, der Wärme wegen. Als wir immer noch nicht abfahren, beklagt sich Bischoff. Die fünf Minuten, die es uns gekostet hat, erscheinen wie fünf Stunden in diesem Nebel. «Sie wollen noch einmal den Blutdruck», sagt Ben. Ich habe ihn schon. Er hält sich, aber die Atmung ist von zwanzig auf dreißig angestiegen und der Puls auf 104. Ich taste den Bauch sorgfältig ab. Hier ist es.

«Rechter oberer Quadrant, und sieh mal...» Das Kind ist hereingebracht worden, aber Barbara scheint es weder zu sehen noch zu hören. Ich fange mit der Sauerstoffbeatmung an und hole das Gerät für die intravenöse Infusion heraus. Larry macht es wunderbar mit dem Kind. Er sagt ihr, was gerade geschieht und warum und daß wir alle zusammen wegfahren werden. Er schnallt sie im Begleitsitz fest und macht sich zur Abfahrt bereit.

Ben kommt zurück. Sie wollen eine Ringersche Lösung. Wir setzen sie an. Er mißt noch einmal Blutdruck, und da ist es: Schock. Herzschlag 120 in der Minute, Blutdruck 90 zu 80. Wir fahren los.

Ben spricht unausgesetzt, versucht sie zum Mitmachen zu bewegen. Ich beschleunige die Infusion, um die Flüssigkeit zu ersetzen, die durch irgendein zerrissenes Organ abfließt. Keine Kopfverletzung. Wir heben den Boden der Liege an, ermutigen sie durchzuhalten und schnallen sie noch sicherer fest. Blutdruck alle fünf Minuten. Puls. Ben macht das schnell, während ich die Atmung kontrolliere. Es wirkt. Der Blutdruck steigt um zwei Punkte, dann um vier. Immer noch niedrig, aber der Herzschlag beruhigt sich etwas. Wenn das Herz zu schnell arbeitet, kann es zu Spasmen kommen, zum Flimmern, zur Fibrillation, und bei dieser Geschwindigkeit ist das Pumpen nicht effektiv, gerade wenn die entsprechende Blutversorgung besonders nötig ist. Die gleichen Mechanismen, die der Körper benutzt, um einen leichten Schock abzuwehren, sind bei tiefem Koma gefährlich für ihn. Aber Barbara hält durch.

«Sie haben das Krankenhaus schon wieder verlegt», sagt Ben. Dann fällt ihm ein, daß das Kind dabei ist, und er erklärt ihm, das sei ein Scherz, er wollte eigentlich nur sagen, daß ihm die Zeit bis dahin lang vorkommt.

«Ist Mommy tot?» fragt das Kind. Nein, sagen wir. «Wird sie sterben?» Gar nicht so einfach. Ich sehe, wie Ben dabei ist, nein zu sagen, nein, natürlich nicht, und ich sage: «Wir versuchen alles, alles, damit sie am Leben bleibt, und im Krankenhaus gibt es noch mehr Möglichkeiten, ihr zu helfen.» Das Kind schweigt eine Weile, dann fragt es mit der gleichen, trockenen, hohen, monotonen Stimme: «Wenn Mommy stirbt, darf ich dann bei Tante Kay und Onkel Henry bleiben?»

Ben ist erschrocken. Ich bin zufrieden. Ich sehe in die klaren Augen eines Überlebenden. Kummer wird sich zu seiner Zeit einstellen. Zuerst kommt das Leben. «Ich weiß nicht – aber vielleicht kannst du deinen Onkel und deine Tante anrufen, wenn wir im Krankenhaus sind. Wo wohnen sie?»

«In Russian Grove. Da wollten wir hinfahren, als der Unfall kam.»

Ich sage ihm, daß man sicherlich anrufen wird. Es lehnt sich zurück, fast zufrieden. Ein Teil des Lebens geht immer noch weiter. Bei Barbara geht es auf und ab, während die Mechanismen des Körpers ihn wieder unter Kontrolle zu bringen versuchen. Die chemische Zusammensetzung des Blutes verändert sich in bedrohlicher Weise, einmal zum Besseren, dann wieder zum Schlechteren. Wir lassen die I. V.-Infusion voll einlaufen, und ich lege noch einen weiteren Tropf an, obgleich der äußere Blutkreislauf fast völlig darniederliegt und ich Mühe habe, noch eine Vene zu finden. Alles, was ich weiß. Alles, was ich tun kann. Wir erwägen eine Herzmassage, aber das hieße, daß wir sie losschnallen müßten – zu viel Bewegung in der schaukelnden Ambulanz. Diese Entscheidung hätte man früher treffen sollen, aber da hatte ich nur ein Gefühl, und es gab keine Anzeichen. Sie läßt sich jetzt nicht aufwecken, obgleich wir oft mit ihr sprechen. Das Hören ist das letzte Zeichen von Bewußtsein. Ben möchte, daß sie sich mit ihrem Willen in den ungleichen Kampf stürzt. Das Krankenhaus. Es war eine Ewigkeit.

Gott sei Dank, daß es Funkverbindungen gibt. Alle wissen schon Bescheid. Sie helfen, Barbara hineinzutransportieren und ziehen sie aus. Die Schwestern setzen einen Trachealtubus ein und holen das tragbare Röntgengerät. Dr. Garson kommt. Ich bin froh. Garson mag uns, und während er untersucht, erklärt er gleichzeitig. «Haben Sie die Pupillenprobe gemacht?»

«Ja, als erstes.»
«Haben Sie sie wiederholt?»
«Nein...»
«Also, sehen Sie sich das jetzt mal an. Sehen Sie? Leichte Erweiterung, träge Reaktion. Sehen Sie das hier und hier. Auch eine Kopfverletzung. Sie taten recht, sie stillzustellen. Mir scheint, wir haben es hier mit einem Halswirbel zu tun. Sehen Sie sich die Haltung der Arme an. Schauen Sie dieses Abdomen. Im Operationssaal ist alles bereit, aber ich möchte noch einen Schlauch einführen, um zu sehen, was in der Abdomenflüssigkeit ist.» Es ist alles ganz offensichtlich jetzt – die Aufblähung, die vorher nicht da war, die Veränderung der Pupillen, ein spätes Zeichen, zu spät, als daß es mir hätte nützen können. Ich schaudere.

Larry kümmert sich um das Kind. Wir sehen uns die Röntgenbilder an. «Aha», sagt Garson, «zwei Halswirbelfrakturen. Sehen Sie – hier und hier, aber ich glaube nicht, daß das Rückenmark verletzt ist. Wenn Sie nicht getan hätten, was Sie getan haben, hätte es sie da draußen schon erwischen können. Helfen Sie uns bei der Abdominalpunktur. Sie werden sie festhalten müssen. Es wird weh tun, und wir müssen den Nacken genau in der jetzigen Lage halten.»

Barbara stöhnt und versucht uns abzuwehren, ist aber zu schwach und zu verwirrt. Als der Schlauch eingeführt wird, schießt frisches Blut hinein. «Das ist alles, was ich wissen wollte.» Er wendet sich nach der Oberschwester um. «Gehen wir», sagt er, dann zu uns gewandt: «Ich glaube, dies hier ist eine glatte Rettung», sagt er. «Wenn Sie sie nicht gleich stillgestellt und Injektionen und Sauerstoff gegeben hätten, wäre sie auf dem Weg hierher gestorben. Ich denke, sie wird's jetzt schaffen.» Die Pfleger aus dem Operationssaal kommen sie holen.

Ben und ich gehen ins Schwesternzimmer, und plötzlich kann ich vor Müdigkeit kaum noch stehen. All das Herumraten und diese Versuche, unter dem Fleisch und hinter Wänden und Zäunen aus Knochen etwas zu erkennen, haben mich erschöpft. Ben sieht mich mit einem halben Lächeln an. Dann lächelt er ganz, schmunzelt, lacht laut heraus. Er kann seine Freude nicht länger zurückhalten. Er nimmt mich in die Arme – wir umarmen einander, fest, wiegen uns vor und zurück. Wir singen ganz leise, lachen und weinen, stöhnen, summen etwas, was mir besser klingt als Musik. Ich rieche Barbaras Schockschweiß auf seinem Mantel oder meinem eigenen, unser nasses Haar und darunter den scharfen Geruch, der aus Bens eigenem Körper aufsteigt, Schweiß und Männlichkeit, sein Wirkstoff, der mich weggerufen hat von da, wo ich eigentlich sein sollte, zu etwas, das ich nicht kenne. Dann küßt er mich sanft, aber voll auf den Mund.

Lichter gehen an hinter meinen Augen, zugleich Warnsignal und Signal der Leidenschaft und ein Wissen, das so schmerzlich und so klar ist, wie ich es je gehabt habe. Als er mich losläßt – als wir uns beide loslassen –, ist er ziegelrot, und ich bin so verliebt, wie ich es je gewesen bin.

«Du siehst aus wie das Opfer einer Kohlenmonoxidvergiftung», sage ich und lache ihm ins Gesicht, «und das ist überflüssig.»

Larry kommt herein, und ehe er sich setzen kann, habe ich ihn auch geküßt, und Ben schlägt ihm auf den Rücken.

«Sie sagen, daß wir es vielleicht geschafft haben», schreit er. «Jemand gerettet, jemand wirklich gerettet! Ich frage mich, wie lange sie wohl im OP sein wird, ich meine, wann wir es sicher wissen werden. Vielleicht können wir wiederkommen und sie besuchen? Keine Regel spricht dagegen – oder?»

Ich lache. «Es gefällt dir, du freust dich, daß du's getan hast, was? Und du möchtest ihr gern später auf eine möglichst nette Weise sagen, wie froh du bist...»

«Na ja...»

«Mir ist das ein paarmal passiert – eine große dramatische Rettung. Man ruft die Patienten später an oder besucht sie im Krankenhaus, und sie erinnern sich natürlich an gar nichts – nicht an das geringste.»

«Aber sie war bei Bewußtsein, als wir hinkamen, sie hat Fragen beantwortet und später ein- oder zweimal in der Ambulanz...»

«Du kannst es ja versuchen, wenn du willst, aber ich glaube nicht, daß es klappt. Du bist keine Realität für sie – das Ganze ist ein verwischtes Bild – die Angst vor dem Nebel, das plötzliche Grauen des Unfalls, Schmerz vielleicht und Schreck. Und von uns – von all unserer fabelhaften Stillstellung, die wir da veranstaltet haben, oder was wir gesagt oder nicht gesagt haben – nichts. Es ist ein Geheimnis, das nur wir drei kennen und das Bischoff kennen wird, weil wir es ihm mitteilen werden. Ich habe Unfallopfern etwas von dem

Vorfall erzählt, und sie waren erschrocken über das, was ich ihnen erzählte – sie dachten, ich wollte irgend etwas von ihnen. Sie kamen nicht darauf, was hinter meinem Anruf oder meinem Besuch steckte. Sie verübelten es uns, daß wir in ihre Intimsphäre eingedrungen waren. Alle diese Einzelheiten, die ich von ihrem Körper wußte und von ihrem Unfall, über die Zeit, da sie unbewacht waren. Kein Wunder, daß sie voller Abwehr waren und mich Gott weiß wessen verdächtigten.»

«Was für ein trauriger Kommentar zur Beschaffenheit des Menschen», sagt Ben. Er lacht breit.

«Unser sündiges Geheimnis», sagt Larry. Auch er lächelt.

«Unser Geheimnis.» Ich setze meinen Styroporhelm ab. «Auf unsere gute Gesundheit, auf euch, Magnifizenzen, auf mich, Magnifizenz, auf eine saubere Rettung!»

Und dann kehren wir nach Hause zurück. Larry in seine Schule, Ben zu seinen verhaltensgestörten Jungens und ich zu einem gereizten Mann in ein makelloses Bett und zu einem halb aufgeräumten Dachboden.

12

Wenn ich zu Hause bin, sehe ich mir die Tages-Talk-Shows an. Das tue ich schon seit Jahren. Als ich eine junge Mutter und wochenlang ans Haus gebunden war, waren sie einer meiner wenigen Kontakte mit der Außenwelt. Wenn Saul nach Hause kam, erzählte ich ihm immer, was dieser oder jener Filmstar über Politik, Moral oder Religion geäußert hatte. Trends entstanden, schwollen an und verebbten. Sogar Katastrophen können tröstlich sein, wenn sie uns mit variationsreicher Regelmäßigkeit bedrohen. Es ging um Luftschutzräume, freie Ehen, Kälteerzeugung, Sex als religiöses, als politisches, als rassistisches Problem, um mehr Sex, um besseren Sex. Das war das Massenangebot des Tages. Wir beugen uns über den Abwaschtisch oder schieben den Mop vor uns her, wir flicken, schälen oder putzen, während wir die tausend Facetten dieses großen Diamanten – oder manchmal auch nur Bergkristalls – betrachten. Gelegentlich gibt es statt Sex etwas Interessanteres. Heute morgen wünsche ich mir etwas Interessanteres, weil ich dringend den Backofen und die Dunsthaube saubermachen muß, und wenn ich nicht abgelenkt werde, werde ich neue Treulosigkeiten mit meinem ahnungslosen Liebhaber in Birkenhainen begehen – meine frühlingsgrünen Wünsche sind von Aprilzärtlichkeit durchleuchtet, aber juniwarm. Ich stelle fest, daß ich mich in diesen Träumen rückwärts, nicht vorwärts in den Frühling bewegt habe. Meine Brüste sind nicht schlaff, meine Hüften nicht schwer. In diesen Phantasien verzeichnen meine Waden nicht die Wege, die ich hinter mich gebracht habe. Nur in meinem Innern, wo niemand hineinsehen kann, bin ich mein saures, mittelalterliches Ich. Ein guter Ehemann und die Kinder haben es erschlossen und mir eine Lehre erteilt, als sie sich aus der verschlungenen Nabelschnur von Liebe und Tod freistrampelten. Das Lächeln und die Augen könnten mich verraten, aber ich kann meilenweit nackt wie eine Nymphe und enthemmt im Wind laufen, wenn er mich nur jagen wird, mich jagen und im Unterholz einfangen, voller Wärme und dann Glut... Der Putzlappen hängt tropfend in meiner Hand. Wer sagt, daß Hausarbeit nicht romantisch sei?

Als ich dann den Fernseher einschalte, stelle ich fest, daß mir die Gäste vom Anblick her nicht vertraut sind. Das freut mich. Es wird also heute nicht die bescheidene Herkunft des großen Stars geboten. Ehe ich meinen Kopf im Backofen vergrabe, sehe ich sie mir sorgfältig an. Zwei junge Männer und zwei Frauen, fortgeschrittenes Mittelalter. Psychologinnen mit ihren Patienten vielleicht? Trockene Alkoholiker oder Drogenabhängige? Ich suche bei den Frauen nach einem Schlüssel.

Es gibt zwei Wege, das hinzunehmen, was mit uns geschieht. Der erste ist meiner: ich sehe so alt aus, wie ich bin, weil ich nicht gegen mein Alter ankämpfe. Diese beiden Frauen sehen so alt aus, wie sie sind, weil sie es tun. Sie sind spindeldürr, ihr Haar ist gefärbt, ihre Gesichter noch und noch gestrafft. Ihre Körper mögen die Körper etwas unterernährter junger Mädchen sein, aber die Augen, die Hände, die Nacken gehören zu fünfundfünfzigjährigen Frauen. Der Gastgeber redet über «alternative Lebensstile». Die jungen Männer sind – wie sich zeigt – mit den älteren Frauen verheiratet – nicht ihre Liebhaber also, sondern ihre Ehemänner.

Sie erzählen, wie sie sich kennengelernt haben. In einem Fall war der Junge der Freund der Tochter, im anderen ein Student im Kunstunterricht, den die Frau gab. Der Gastgeber möchte es in allen Einzelheiten wissen: Wie ist es im Bett? Wundervoll, wundervoll – darin sind sich alle einig. «Jeder sollte die Freiheit haben, seine wahre Natur zum Ausdruck zu bringen», sagt die Frau mit dem leuchtend roten Haar. «Ich habe mich im Herzen immer jung gefühlt.»

«Mazel tov» (viel Glück), murmle ich in meinen Ofen hinein. Alle im Tagesprogramm sind auf Teufel-komm-raus frei. Ich stecke tief im Ofen (wie eine Selbstmörderin) und schrubbe die Rückwand. Sie sprechen von Kinseys Sexforschungen und von der Zahl möglicher Orgasmen für Männer von fünfundzwanzig im Vergleich zu Frauen von fünfundvierzig, die auf dem Höhepunkt ihres sexuellen Elans sind. Was für einen Fehler habe ich gemacht! Als ich zweiundzwanzig war und heiraten wollte, hätte ich zu einer schwangeren Frau gehen sollen und einen Vertrag auf ihren ungeborenen Sohn abschließen sollen – unseres Elans wegen, verstehen Sie? Aber ich bin wirklichkeitsfremd. Sie berichten mir dahinten, daß ich ganz falsche Vorstellungen von diesem ganzen ehelichen Arrangement gehabt habe. Menschen heiraten, um ihre Bedürfnisse zu befriedigen. Die Bedürfnisse ändern sich, und also sollte man auch die Partner wechseln. Jeder Tag sollte so aufregend wie möglich erlebt werden. Kein Tag kommt je zurück, und deshalb ist das Jetzt alles, was wir haben und brauchen. Adieu Grandma, Grandpa mit all euren Wünschen, an die ich mich erinnere. Ihr Toten der Lager, die mit mir flüstern, du Enkelkind, das mich nicht kennt – und kein Wunder: Ich bin nicht «Jetzt» genug, weil ich mich der Kindheit meiner Tochter entsinne. Elan ist alles. Der Augenblick ist alles, was wir haben. Sie hat natürlich recht. Ben und ich kommen gut miteinander aus. Ich sollte ihn anrufen und mit ihm zusammen nach Florida ausreißen. Ich bin jetzt auf meinem Höhepunkt, und der Strand dort ist wärmer als diese vereiste Stadt. Saul braucht nicht bekümmert zu sein. Sein Elan läßt nach – er kann ein Mädchen von sechzehn aufwärts haben. Aber – kann sie kochen und nähen und mit Riva zurechtkommen? Viel wichtiger – wird sie mit Orval de Frees, dem Installateur, zurechtkommen? Nein? Na also, dann sag besser die ganze Sache ab und putz deinen Ofen zu Ende. Es ist dämmrig und still hier drinnen. Die Welt ist weit weg.

An den Seiten sind Krusten, die meinem Rasiermesser widerstehen – Übergelaufenes und Verspritztes aus Monaten von Abendessen, alles jetzt zu einer undefinierbaren und formlosen, unansehnlichen, existentiellen Schlacke verbunden; die Vergangenheit verschmilzt mit dem Jetzt. Ich fange an zu weinen.

Es ist ein gutes Weinen – eines der besten, das ich je geweint habe. Es ist aufgehoben, umhegt und findet ein Echo in dem engen, scharfriechenden Gehäuse. Es ist laut genug, um mich taub zu machen. Ich bin «jetzt, jetzt» – endlich! Ich genieße einfach die Befreiung, die darin liegt, aber irgend etwas ergreift mich und bleibt und veranlaßt mich, den Kopf aus dem Ofen zu ziehen und noch einmal auf den Fernseher zu schauen. Ich möchte noch einen Blick auf diese Paare da werfen, etwas sehen, was ich versäumt habe, aber sie sind verschwunden. Statt dessen läuft ein Quiz.

Während ich weinte, hatte ich an Ben als Liebhaber gedacht – nicht metaphorisch, ganz konkret. Wir könnten es sein. Wir könnten langsam aufeinander zu wachsen. Ich weiß, er mag mich. Das Leben heute ist so voll von Schmerzen und Verlusten. Warum nicht auch seine Vorzüge genießen – Freiheit, die Trennung von Moral und Sex, den Verzicht auf einige der schwierigen Tugenden.

Plötzlich muß ich lachen. Wer hat mir beigebracht, die schlichte, alte Lust so schnell und geschickt zu rechtfertigen? Ich bin von mir selbst überrascht und voll leisem Respekt. Die Art, wie ich mich selbst belüge, wenn ich Nachtisch bei Parties esse, ist ein Kinderspiel verglichen mit dem hier. Ich lache, bis mir klar wird, daß es 12 Uhr ist und daß ich eine Stunde mit Hysterien im Ofen zugebracht habe. Den Rest meiner Ofenzeit verbringe ich damit, Zeitungsartikel zu verfassen: GRÜNE WITWEN AUF NEUE WEISE «HIGH». Das Landesgesundheitsamt veröffentlicht eine alarmierende Statistik zu einem neuen psychedelischen Inhalationspräparat, das in den meisten Haushalten vorhanden ist. Hausfrauen mittleren Alters verbringen bis zu zwei Stunden in ihren Backöfen und atmen eine Mischung aus Karbondioxyd, Ofenreiniger und verbranntem Fett ein, um einen Zustand zu erreichen, den sie als «Erleuchtung» beschreiben. Nebenwirkungen dieses Rauschs sind Kichern, Weinen, Veränderungen des sittlichen Charakters und Steifheit im Kreuz. Ein

Regierungsprojekt, das herausfinden soll, ob diese Abgase krebserzeugend sind, soll mit 550000 Dollar unterstützt werden.

Nachdem ich zu erwägen beschlossen habe, mit Ben nicht nur in meiner Phantasie zu schlafen, tritt eine tiefe Entspannung ein. Jetzt haben wir unendlich viel Zeit, uns als Liebende aufeinander zu zu bewegen. Romeo und Julia brannten vor jugendlichem Verlangen – ein Drei-Tage-Orkan. Ich werde meine Alte-Damen-Trümpfe ausspielen, Geduld und Liebe – alles, was ich eine Generation lang gelernt habe. Die Begierde ist die gleiche – die Reife ist verschieden.

Alles dies geht mir durch den Sinn, als Geri anruft. Sie möchte wissen, ob ich Weihnachtseinkäufe mit ihr machen will. Ich weiß, wir sollten Riva mitnehmen; ich bin den ganzen Monat nicht mit ihr aus gewesen. Sie braucht Bewegung und Gesellschaft – auch einmal nicht nur meine, das Gefühl «eine unter andern» zu sein. Aber sie ist inzwischen so langsam und klagt immer so viel, das Tempo der Unternehmung würde sich dadurch ändern, und außerdem müßte man sie darauf vorbereiten und sie dazu überreden. Plötzlich blitzt das Wort vor mir auf: Ehebruch! Ich bin im Begriff, meinem Mann untreu zu werden. Da ich bislang kein Leben voll Jux und Dollerei geführt habe – warum nicht jetzt damit anfangen, modern denken, mich überall im Jetzt herumtreiben –, ohne Vergangenheit, ohne Zukunft.

«Abgemacht!» ruf ich ins Telefon, und ohne lange zu überlegen, ziehen wir los. Wenn es einen Unfall gibt, sind Rita und Ben da, Larry und Dorothy können nachrücken, wenn sie gebraucht werden. Der Sünde Lohn ist wundervoll. Statt nach Midlothian zu fahren, machen wir uns zu dem neuen Einkaufszentrum auf, das kürzlich in der Nähe von Russian Grove eröffnet hat. Seit Monaten höre ich davon. Die wohlhabenderen neuen Siedlungen liegen, ob absichtlich oder aus Zufall, alle auf dieser Strecke, und das Einkaufszentrum ist nagelneu, hübsch und ein bißchen angeberisch.

Die Zentren Wards und Sears und Penney, die sich in den fünfziger Jahren hier ansiedelten, brachten den isolierten neuen Siedlungen und den alten Städten das, was sie täglich brauchten: Gardinenstangen und Badematten, Popcorn und Brezeln. Die Feinschmeckerabteilung jener Tage war ein Bord mit Bratensaucenextrakt, Weinessig und Knoblauchsalz. In den sechziger Jahren wurden die Supermärkte erweitert, die Auswahl wurde, wenn auch ganz allgemein, größer. Plötzlich wurde auf geheimnisvolle Weise ein Wort geboren oder vielmehr gekidnappt: Boutique. So ist «Cosmos», das neue Einkaufszentrum. Holz-Boutiquen und Gourmet-Boutiquen und winzige «Fun»-Textil-Läden, die eine geglättete, ländliche Vergangenheit beschwören, eine, die wir nie erfahren haben, aber gern gehabt hätten. «Die Scheune». «Der Dachboden». «Die Hütte». «Der Baum». «Der Kattun-Baum». «Der Lakritzen-Baum». «Die Wetterfahne». «Ich muß Riva bald einmal herbringen. Sie wird ein bäuerliches Europa zu sehen bekommen, das auf nette Art vornehm geworden ist, ein retuschiertes Schedletz.»

Geri lacht. «Du bist ein theoretischer Materialist!»

«Nix theoretisch! Ein Laden für Nähutensilien, Kurzwaren, Gartengeräte und Eisenwaren von der Größe eines Morgens wäre für mich der Himmel. Nein, streich das.»

«Warum?»

«Was – wenn Gott Gebete erhört!» Wir lachen.

Gott. Er war duldsam mit mir. Die Art, wie ich Sabbat und andere Feiertage einhalte, ist nicht die meinem Volk vorgeschriebene. Er ist fair mit mir umgegangen in unserer besonderen, ungleichen Beziehung. Werde ich mit meinem Anteil an Gott im Kampf liegen, jetzt, da ich mich an verbotenen Feuern wärme, in denen ich das gut abgelagerte Holz meiner mittleren Jahre verbrenne? Denn – trotz Romeo und Julia, Paolo und Francesca, Heloïse und Abélard, Tony und Cleo – das beste Feuer entsteht nicht aus grünem Holz. Notgedrungen kehre ich wieder zur Erwägung naheliegender Probleme zurück: Geris Weihnachtsgeschenke, meine Chanukah-Sachen für Kimberley und Miriam.

Um fünf Uhr fahren wir nach Hause, übersättigt, boutiquemüde. «Wenn ich noch einen einzigen klugen, auf eine Schürze gestickten Spruch sehe, fall ich in ein diabetisches Koma!» – «Ach ja, die letzten Niedlichkeiten», sagt Geri, «jedes Weihnachten das gleiche. Brian fand, ich sollte zu Hause sein, Kuchen backen und Quilts zusammensetzen. Natürlich arbeitete ich auch ganztags in der Versicherung; also mußte ich nach Hause und mich in eine Rüschenschürze stürzen, während er sich draußen irgendwo mit Weihnachtsstimmung auflud.»

«Wo ist er jetzt?»

«In Chicago – wieder verheiratet. Ich hoffe, sie schlägt wenigstens zurück.»

Ich sehe sie an, unfähig, sie zu trösten. Seit dem Notruf für die geprügelte Frau spricht sie über das Elend, durch das sie hindurch mußte. Voller Bitterkeit, Wut und Angst. Zu viel vergeudetes Gefühl, als daß sie sich noch an Zeiten voll Liebe und Spaß erinnern könnte, die es auch gegeben haben muß, zumindest am Anfang. Geri muß alles einseitig sehen, aber die Einseitigkeit macht es ungewöhnlich schwierig, ihr zuzuhören. Und nur zum Zuhören bin ich da. «Warum bleibst du nicht zum Abendessen? Saul kommt heute pünktlich.»

«Ich muß nach Hause und diese Sachen verpacken. Außerdem gibt es einen neuen Mann in der Radiologie in Midlothian. Hast du ihn bei der letzten Tagesfahrt nicht gesehen? Er kommt und hilft mir einpacken.»

«Geri, eine Verabredung – wie hübsch.»

«Verabredung», sie lacht, «wie verabredet das klingt!»

«Ich sehe dich nie geduckt und ängstlich vor mir. Ich weiß, daß es passiert ist, weil du es mir erzählt hast, aber – verändern bestimmte Umstände einen so schrecklich – sind wir dann alle nicht mehr wir selbst...?»

«Das gehört zu diesem Alptraum», sagt sie langsam, «daß ich mir zusah, wie ich mich veränderte, wie ich immer mehr erstarrte, immer schwächer und schwächer wurde. Ich seh es jetzt an einigen Leuten im Pflegeheim: Krankheit, Schlaganfälle – der Verlust ihres alten Ich. Erstklassige Köche verlieren allen Sinn für das Essen, geschickte Schreiner fummeln ziellos herum – sie hören auf, an sich selbst zu glauben. Sie schrumpfen in ihren Anzügen, sie werfen keinen Schatten mehr. Das ist der Grund, warum wir uns über sie ärgern. Im Pflegeheim ist Mrs. Blair. Fünfzehn Jahre lang hat sie die gesamte Nahrungsmittelversorgung eines riesigen Krankenhauses in Chicago geleitet, und das zu einer Zeit, als weibliche Manager noch selten waren. Ihre Tochter hat mir erzählt, sie habe dreißig Leute unter sich gehabt – sie stellte ein und entließ, machte den gesamten Einkauf selbst, von ganzen Rinderhälften bis zu Papierservietten. Und nun verbringt sie den ganzen Tag, ihr ganzes Leben damit, über eine andere Tochter zu klagen, die sie nicht häufig genug besucht. Ich wollte nicht glauben, daß sie überhaupt je irgend etwas geleitet hat. Aber ganz offensichtlich war es so.»

Sekundenlang habe ich ein blitzartiges Bild von Ben, wie er sich in einer dunklen Gasse gegen schattenhafte Angreifer wehrt, die auf ihn einstechen und ihn treten. Ich kann das Knurren hören, das Geräusch der Schläge. Ich schaudere. Als Geri mich ansieht, lache ich und sage: «Ich stellte mir gerade uns beide in einem Pflegeheim als Adrenalinsüchtige vor. Unseren Schuß kriegen wir, indem wir die Herzschrittmacher der anderen Patienten kurzschließen, damit wir hineinstürzen und die Erste-Hilfe-Arbeit machen können.»

Geri muß lachen. «Mit Rotlicht und Sirenen an unseren Rollstühlen.»

«Geri – wie kann ich Riva helfen?»

Mit einemmal schließt sich der Kreis... «Hast du immer noch Schuldgefühle, weil du sie nicht mitgenommen hast?»

«Ich glaube schon.»

«Na, dann müssen wir's eben nächste Woche noch einmal machen und sie mitnehmen.»

Als Geri fort ist, bleibe ich eine Weile im Wagen sitzen und ruhe mich aus. Ich bin traurig über Riva, aber darunter ist ein neues, warmes Gefühl – mein Geheimnis. Woher kommt dieser Wunsch zu sagen: ich bin mehr, als was ihr vor euch seht? Eine eigene Quelle von Energie und Kraft durchwärmt mich. Bringen die tausenderlei geheimen Kulte und Bruderschaften in diesem Land ihren Eingeweihten dieses verborgene, kleine Licht? Ich lächle, ich lache laut. Schafft es nur alles herbei: den mystischen Handschlag, das geheime Lächeln. Waren das deine Schuhe, die da unter dem Kultgewand hervorschauten? Ich gehöre auch einer geheimen Organisation an: den heimlich Liebenden.

HEIMLICHE LIEBE ZU BÄRTIGEN

Was soll's – ein Transparent wäre ohnehin keine gute Idee. Und früher oder später, in ein, zwei, drei Tagen, werde ich ihn wiedersehen, werde mich von seinen Augen erwärmen lassen, sein Lachen einatmen, ihn berühren, hinter ihm irgendeine Arbeit tun, wobei sich unsere Körper berühren. In der Zwischenzeit wird er in vielen Betten liegen, hier und anderswo: im mittelalterlichen Frankreich um 1215, in Jerusalem und dem biblischen Gilboa, in Gilboa, Pennsylvania, in Violet Cleves sonnengefleckter grüner Lichtung mitten im Wintertod – so wie ich jetzt bin; und sommerwarm, wie ich auch jetzt bin.

Er kommt am ersten Abend des Chanukah, Licht zum Licht. Er bringt Riva ein kleines Geschenk mit und erzählt Geschichten von den Jungen in Longhill – komische, traurige Geschichten –, ihre Schwierigkeiten machen das Gewebe dieser Geschichten etwas rauher, als sie in einer Mittelschule vorkommen, aber seine Kinder sind nicht so sehr psychotisch als vielmehr verängstigt durch ein Verhalten, über das sie nicht Herr sind. Wenn ich sonst nichts an diesem freundlichen, dunkelleuchtenden Mann liebe, so diese Möglichkeiten, die er überall um sich herum sieht. In seiner Welt ist noch alles zu tun, läßt sich mit gutem Willen und harter Arbeit alles schaffen. Kinder können unter seinem Lächeln heil und stark werden, alte Leute Schutz finden und noch Anteil haben an spontanen, plötzlichen Wünschen, am begeisternden Wort. Wir zünden die Lichter an und sprechen die Gebete – er ist begierig, die Worte zu lernen und die Bedeutung zu begreifen. Unwillkürlich ärgere ich mich vorübergehend über das unbekannte Paar, das ihm die Chanukah- und Sabbat-Lichter in der Kindheit versagt hat. Wer war diese Frau, die ein solches Kind in einem Haus ohne Lieder aufwachsen ließ? Was soll's, meine eigenen Kinder langweilten die, die ich ihnen beizubringen versuchte; und so ist er nun ganz mir überlassen – mein. Ich habe mir geschworen, mich niemals anderen Müttern überlegen zu fühlen – wie schnell habe ich dieses Gelübde vergessen, das ich unter Druck abgegeben habe. Hat sie dir auch nur ein einziges Mal ein Wiegenlied vorgesungen?

Ich habe das traditionelle Essen gekocht: Karotten-Tzimmes und Rinderbrust und Kartoffelpuffer mit Apfelsauce. Saul lacht mit Ben. «Ich bin froh, daß du heute abend da bist. Als die Kinder aus dem Haus waren, gab es auch kein ‹besonderes Essen› mehr. Du bist schuld, daß es wieder da ist.»

Wir essen fürstlich. Eine Nußtorte wartet in der Küche auf ihre Enthüllung. Ich bin mir bewußt, daß Saul recht hat: ich überschlage mich. Doppeltes Spiel sollte feiner sein. In Worten, Bewegungen und Blicken habe ich mich zurückgehalten, aber ich habe mich durch meine eigene Mutter verraten, die mir die Gleichung von Liebe und Essen beigebracht hat. O grazielose Grace, die du dich mit rotem Gesicht und rissigen Händen über den Ausguß beugst, du hast Blumen im Haar, und sie werden nicht verborgen bleiben. Vor der Tür stehen deine Kampfstiefel Größe neun, aber an den Enden der Schnürsenkel hängen goldene Glöckchen, und sie werden erklingen, wo immer du hingehst... Alarm. Nein. Doch. Für den Bruchteil einer Sekunde möchte ich den Kasten zerschmettern.

Erste Hilfe Tulip Road 313. «Fangt mit dem Kuchen an», ruf ich ihnen zu. «Wir kommen so schnell wie möglich zurück.» Schon sind wir zur Tür hinaus, und die zivilisierte Welt liegt hinter uns. «Los», sage ich, und Ben und ich springen ins Auto. «Der Schnee ist auf dieser Seite des Hügels weggeschmolzen, und es gibt eine Abkürzung, auf der wir ganz schnell zur Amsterdam Road kommen.» Während wir über das Feld auf eine Baumgruppe am Ende der Pine Street zuholpern, fällt mir ein, daß das Haus in der Straße ist, in der Dr. Mellinger wohnt. Hier liegt kein Schnee, aber der Wind hat den Weg zugeweht, und er ist unebener, als ich ihn in Erinnerung hatte. Dennoch, nach etwa dreihundert Metern haben wir die Baumgruppe durchquert und sind auf der Rückseite der Pine Street. Wir biegen rasch nach rechts ein und drücken auf die Hupe. Der Weg ist frei.

Es ist das Haus des Doktors. Der Sheriff steht draußen. Es muß sich um einen Patienten handeln, denke ich, und dann wird mir klar, daß ich es denke, weil ich will, daß es so ist. Der Doktor ist eine der Säulen der Stadt, keine dekorative Säule, aber eine, die Lasten trägt. Ich schüttle den Kopf und laufe. Die Ambulanz ist gerade angekommen.

Dann sehe ich den Doktor in der Tür. Er bewegt sich wie ein Geist und sagt rasch: «Oben das Schlafzimmer nach vorn.» Wir springen hinauf. Warum hat er uns nicht gesagt, um was es sich handelt? Ein Herzanfall? Ein Diabetis-Koma? Ich gehe zur Tür und schaue ins Zimmer hinein. Es ist unordentlich, und das Bett ist nicht gemacht, so daß ich sekundenlang nichts richtig wahrnehme – dann spüre ich Ben hinter mir; ich gehe hinein und sehe sie auf dem Bett.

Es ist Faye Mellinger. «Faye?» Keine Antwort. Ich komme näher. «Faye!» Ich schüttle sie an der Schulter. Nichts. Ich sehe, wie sie atmet – gefährlich langsam. «Gib mir eine Minute», sage ich zu Ben. Die anderen sind hereingekommen. «Sag dem Doktor, er muß einen Magenschlauch einführen.» Aus Fayes Mund kommt ein gasiger Geruch nach Schlafmitteln.

«Der Doktor ist nicht in Form ...»

«Der Doktor muß sagen, wieviel und wann, und den Schlauch einführen! Mein Gerät taugt nicht dafür. Sauerstoff und einen Beutel!» schrei ich nach hinten. Ben gibt mir die Zeit. Acht Atemzüge in der Minute und keine tiefen. Ich muß sie dazu bringen, daß sie atmen will. Ich presse meine Finger auf den Wulst über den Augen. Sie öffnet beide ganz plötzlich und starrt mich voller Schmerz an. «Faye!» schreie ich ihr ins Gesicht. «Sag mir, was passiert ist!»

«Laß mich in Ruhe», murmelt sie, «ich will sterben.»

«Was?» schreie ich. «Ich kann nicht verstehen.» Die nächsten Worte sind unverständlich. «Versuch den Plantarreflex», sage ich zu Ben, «von der Ferse bis zum Ballen, mit deinem Daumennagel.»

«Wozu?»

«Weil es unangenehm und außerdem ein guter neurostatischer Indikator ist.» Der Sauerstoff kommt, und wir versuchen mit der Maske und einem Blasebalg Luft in ihre Lungen hineinzupumpen.

«Können wir die große Trage über diese enge Treppe bringen?» fragt Geri.

«Unmöglich.»

«Dann die kleine Trage, schnell!»

Es ist schwierig, die schmale Treppe hinunterzukommen. Ben hält ihre Beine fest, Claude Arme und Kopf. Ellie und ich gehen hinterher und versuchen dabei, ihr etwas Sauerstoff einzupumpen. Als wir am Fuß der Treppe sind, sehe ich, daß wir mit Faye selbst etwas weitergekommen sind. Sie ist unrastig, und ihre Augen flattern. Alles ist in Gang gekommen – Puls, Farbe und Blutdruck. Es könnte sein, daß wir ohne Schlauch auskommen. Rita spricht mit dem Doktor. Ich sehe mich um. Wir müssen die Einzelheiten bedenken. Wir werden zwei hinten in der Ambulanz brauchen – für alle Fälle. Ich sehe Ben an. Er führt Anordnungen aus, aber nicht mehr. Der intuitive, intelligente Erste-Hilfe-Mann ist nicht hier bei mir, und es bleibt mir nur eine Minute, ihn rasch und leise zu fragen:

«Was ist los?»

«Ich werde einladen», sagt er, «aber kannst du jemand anderen mitschicken?»

«Kann ich dich anrufen, wenn wir zurück sind?»

«Ich werde im Feuerwehrhaus warten.»
«Aber das kann Stunden dauern.»
«Ich muß dich sehen.»
Ich nicke. Pläne von Liebenden – heimlich und verzweifelt.

Geri hat die intravenöse Injektion angesetzt, wir laden sie ein. Der Doktor wird mit seinem Sohn, den man angerufen hat, in die Stadt kommen. Er hat es abgelehnt, mit uns zu fahren, auch wenn er vielleicht gebraucht wird. Er hat sich ganz abgewandt. Das geschieht Ärzten manchmal bei ihren eigenen Verwandten. Seine Frau hat einen Suizidversuch unternommen – das ist alles, was er denken kann. Er ist jetzt der Ehemann und kein Arzt mehr. Betroffenheit, Wut und Scham. Nur das geht ihn etwas an. Und sie ist jetzt so weit hergestellt, daß sie laut schreien kann: «Laßt mich sterben! Ich will sterben!» Ich sehe ihn an, sein Gesicht ist verschlossen. Er kämpft darum, Distanz von seinem Schmerz zu gewinnen.

Wir fahren los. Sie ist zu nah an einer Bewußtlosigkeit, um einen Brechreiz herbeizuführen. Ich fürchte ohnehin, es ist zu spät. Die Wirkung der Drogen ist schon weit fortgeschritten. Wir setzen ihr zu, damit sie wach bleibt. Ob sie Kinder habe? Ja. Wie heißen sie? «Laßt mich in Ruhe.» Wie heißen sie? «Ich weiß es nicht mehr.» Ich schüttle sie. Ihre Namen? Wie können die Gestapos in aller Welt an so etwas Vergnügen haben! Das einfallsreiche, menschliche Wesen wird alles tun, um solcher Qual zu entkommen. Es versucht, sich im Unbewußten zu halten, aber sein Körper betrügt ihn. Der will Bewußtsein, selbst wenn dieses Bewußtsein mein Knöchel ist, der auf sein Brustbein drückt, mein Daumennagel, der über seine Fußsohle fährt. Das Blut will ins Gehirn, das Herz klopft, um seine unaufhörliche Arbeit aufzunehmen; selbst in der schlimmsten Verzweiflung werden die Herzklappen in einer Art Lust zusammengepreßt und wieder auseinandergerissen. Der Herr des Universums hat dieses Verlangen in elektrochemische Codes eingebaut – in Ionendefizite, in den Negativdruck von Millionen Kapillargefäßen und Lungenbläschen, in das sehnsüchtige Ungleichgewicht in den Wänden der Membranen: Ich brauche, ich suche, ich wünsche. Ist es ein Wunder, daß – weit entfernt davon – an unserer Oberfläche Zufriedenheit so vergänglich ist?

Ellie und ich kämpfen gemeinsam mit Faye. Wenn das ganze Vitalsystem reduziert ist, kann es zu einer Lungenentzündung kommen. Wir müssen sie dazu bringen, tief zu atmen, und ihren Herzschlag beschleunigen. Wenn Freude nicht möglich ist, muß man es mit Ärger versuchen. Hin und wieder blasen wir ihr Luft in die Lungen und lassen sie dann als Wut auf uns und auf die Welt wieder herauskommen. Als wir im Krankenhaus ankommen, sind wir völlig erschöpft. Ich bin froh, daß Ellie dabei ist. Weil sie tagsüber in der Schule arbeitet, habe ich selten Gelegenheit, mit ihr zusammen zu fahren, aber sie ist verläßlich – ich hatte vergessen, wie verläßlich sie ist! Das Krankenhaus ist benachrichtigt, und Faye kommt gleich dran. Sobald ich kann, werfe ich einen schnellen Blick in den Warteraum. Doktor Mellinger ist gerade mit seinem Sohn eingetroffen. Ich sehe sie zwischen den Überlebenden sitzen – verlassen wie jeder andere. Sie brauchen Nachrichten, Trost, Gründe – und das wichtigste von allem: sie brauchen etwas, das ihnen kein Arzt mitteilen kann, die Gewißheit, daß dieser Schmerz nicht von der Stadt geteilt wird. Von uns, die wir ihre Nachbarn und – bei der Größe der Stadt Gilboa – oft auch ihre Richter sind, wird man keine Einzelheiten erfahren. Ich überlege, wer von uns dreien wohl am besten geeignet wäre, eine solche Botschaft zu übermitteln. Ich beschließe zu fragen. In kleinen Städten sind Beziehungen nicht immer, was sie zu sein scheinen. Ich habe ein Bild vor Augen von C. A., als Kind, wie er Violet Cleve auf sich zukommen sieht, und ich muß wider Willen lächeln.

Claude und Ellie sind im Kaffeeraum und tragen die Fahrt ein. Ich frage sie. Ellie lächelt und steht auf. «Wenn niemand etwas dagegen hat, so ist das hier meine Sache», sagt sie. «Ehe ich den Job als Köchin in der Schule gekriegt hab, hab ich in Häusern geputzt. Damals bekam man nicht das dafür, was heute verlangt wird. Doktor Mellinger hat uns damals monatelang durchgeholfen mit diesem und jenem. Er weiß, daß ich mein Wort halte. Außerdem, uns armen, aber redlichen Typen glaubt man.» Sie blinzelt mir zu, steht auf und geht. Claude sieht mich lächelnd an. «Mach den Mund zu», sagt er.

Danach möchte ich zu Ben, der wartet. Es kommt mir in den Sinn, daß seine Anwesenheit im Feuerwehrhaus verdächtig aussehen könnte, daß er nicht auf seinen eigenen Schutz bedacht ist und daß, wenn er es wäre, es ihn irgendwie herabsetzen würde. Wir lieben uns ja nur in der Vorstellung, und es gibt keinen Grund für Ben, hinten herumzuschleichen und sich zu verstecken; nur, wenn er es nicht tut, wird die Stadt etwas merken, wird sie seine Veränderungen und mein leises Zittern auf ihrem Seismographen registrieren.

Als wir vor dem Feuerwehrhaus vorfahren, ist niemand da. Fast bin ich erleichtert. Er hat sich eines Besseren besonnen und ist nach Hause gegangen, aber als wir das Tor zumachen, sagt Ellie: «Hier kommt Mr. Ben mit zwei seiner Gören.»

Sie gehen nicht, obgleich der Abend kalt ist, sie bummeln. Wenn sie Hut und Stock hätten, würden sie auf leisen Sohlen – wie Fred Astaire – hereingekommen sein, die drei. «Hi», sagt er, «wir waren im *Famous*.»

«In der Bar?»

«In der Kegelbahn.»

«Ihr müßt erfroren sein, wenn ihr den ganzen Weg bis hierher gegangen seid!»

«Wir wußten, daß ihr eine Fahrt hattet, und wir dachten uns, ihr würdet uns vielleicht nach Hause mitnehmen.»

«Los, herein mit euch.»

«Moment mal», sagt Ben, er nimmt die Jungen mit und stellt sie in aller Form Claude und Ellie vor, wobei er ihnen erklärt, was jeder der beiden im Bereitschaftsdienst und in seinem richtigen Job tut. Ich bin stolz. Er hat unsere Absicht, das Schweigen zwischen Schule und Stadt zu brechen, nicht vergessen. Die Jungen sind unsicher – es sind nicht die von der Wasserschlacht –, aber sie schütteln uns die Hand und lächeln, als Ben sagt: «Sie gehören zu meinen besseren Kegelbrüdern.»

Im Wagen sind sie immer noch schüchtern. Geruch nach frischer Luft und Schweiß und Pommes frites. «Hattet ihr einen runden Abend?» frage ich.

«Nur ein paar Stunden», antwortet einer der Jungens.

«Hat doch aber Spaß gemacht?»

«Yeah.»

Auf dem Weg zur Schule kommen wir aus der Stadt heraus auf die Höhe und sehen den Mond, vollkommen rund und fast rotglühend. Er ist so vollkommen, daß niemand etwas sagt. Ein Atemzug könnte ihn davonwehen. Die Straßen sind alle verzaubert. Wir sehen niemand, und niemand überholt uns. Das Gelände von Longhill ist ganz vom hellen Licht umfangen, im wahrsten Sinne mondsüchtig. Als wir hineinfahren, sagt Ben: «Kannst du einen Augenblick auf mich warten? Wir müssen uns zurückmelden.» Ich nicke und sage den Mondkeglern ein Gute Nacht.

Ich weiß, ich kann nicht lange bleiben, und es ist wie ein Gefangensein. Saul verlangt von mir keine Rechenschaft über meine Zeit, aber er weiß, wann ich weggefahren bin und wie lange für gewöhnlich eine Fahrt dauert. Eine lange Unterhaltung mit Ben würde heißen, daß ich lügen muß, etwas, das ich nicht verdient habe. Ben kommt und schlüpft an meine Seite. «Es ist lieb von dir, daß du dir die Zeit nimmst», sagt er, «im Dunkeln spricht sich's leichter.» Beide schauen wir eine Weile hinaus auf das Mondwunder. Ich kann sein Gesicht nicht sehen, aber ich fühle ihn mir nahe. «Was war los heute auf der Fahrt? Du warst plötzlich wie erstarrt.»

Einen Augenblick lang sagt er nichts und dann: «Wie kannst du an Freiheit glauben und dann anderen die Freiheit verweigern?»

«Was für eine Freiheit meinst du?»

«Ich meine die Freiheit dieser Frau, sich das Leben zu nehmen.» Wieder macht sich der Abstand der Zeit zwischen uns bemerkbar. Miriam hat einmal gesagt: «Ich habe das absolute Recht auf meinen Körper.» Ben sitzt dicht neben mir in dem kleinen Wagen. Unsere Schultern berühren sich. «Meinst du, daß es ein Fehler von uns war, einzugreifen?»

«Ja. Als sie sagte ‹Laßt mich sterben!› hätten wir sie lassen sollen.»

«Welcher Stimme hätten wir nachgeben sollen – der ihres Kopfes oder der ihres Körpers?»

«Wie meinst du das?»

«Hast du nicht gesehen, wie sie nach Atem gerungen hat, welche unglaubliche Anstrengung ihre Augen machten, sich auf etwas zu richten?»

«Letztlich ... im Grunde ...»

«Ja, aber ist das der letzte Grund? Spiel dies einmal durch: Du hast einen überfahrenen Verletzten vor dir mit einer beidseitigen Oberschenkelfraktur – unbeschreibliche Schmerzen! Er hat eine Pistole bei sich. Wenn er dich darum bäte – würdest du sie ihm geben?»

«Nein, natürlich nicht.»

«Und warum nicht?»

«Na ja, ich weiß, was für Schmerzen das sind, aber ich würde ihm sagen, daß wir ihn in einen Streckverband legen – das würde die Quälerei fühlbar vermindern, und in ein paar Stunden sähe alles anders aus, er würde...» Er lacht ein wenig. «Ich glaube, ich verstehe. Findest du, daß die Fälle sich gleichen?»

«Ich denke, sie muß eine Chance haben, über die Grenzen ihres augenblicklichen Schmerzes hinauszusehen.»

«Und das entschuldigt nicht, daß du – daß wir ihr die Entscheidung abgenommen haben...»

«Ja, aber letztlich doch nicht. Letztlich ist es, wie du gesagt hast, ihre Entscheidung.»

«Was aber, wenn du sie davon abhältst...»

«Ich glaube, die einzige klare, eindeutige Aussage ist der Erfolg eines Selbstmordversuches. *Natürlich* ist der Tod rund um uns herum. Warum ist sie nicht von der Überführung bei Ausfahrt 18 heruntergesprungen? Warum hat sie nicht die Pistole des Doktors genommen und ist ein paar Kilometer von Van Riper Road aus weitergegangen und hat sich in den Kopf geschossen? Siehst du nicht, wie vieldeutig ihre Botschaft ist? Ich weiß nicht, wieviel Prozent von ihr leben wollen, aber auf diese Weise können wir sie drei Monate später danach fragen. Und sie kann es immer noch mit der Pistole oder der Brücke versuchen.»

«Meinst du, daß ihr dieser Wunsch ganz plötzlich gekommen ist?»

«Ich nehme an, daß sie wütend über den Doktor war. Manchmal, scheint mir, benutzen wir unser Leben zu etwas anderem, als um es zu leben. Wenn Geri mir von sich und Brian erzählt – nein, vergiß das, aber denk dir eine Minute lang, nein denk nicht – fühl es: Ich trenne mich jetzt von dir und fahre nach Hause, nehme sofort vierzig Schlaftabletten und sterbe. Du hörst irgendwann morgen spät davon. So, und nun sag was.»

«Ich glaube, ich würde... na ja, ich würde mich fragen, ob irgend etwas, das ich gesagt habe, der Grund war. Ja, doch, es würde mir nahegehen.»

«Und du könntest da nie ganz sicher sein – oder? Ich hätte dir ins Gesicht geschlagen und wäre weggefahren, ohne auf deine Fragen und Entgegnungen zu hören. Das letzte Wort.»

«Woher weißt du das?»

«So etwas Ähnliches ist mir einmal passiert.»

«Wann?»

«Als ich im College war.»

«Du meinst, jemand hat dir so etwas angetan?»

«Sich selbst, mir, einer Menge Menschen. Sein Name war Manny Levine. Himmel, ich habe jahrelang nicht mehr an ihn gedacht. Ich glaube, seine Familie gehörte zu den Neureichen und versuchte nach Kräften, das zu vergessen. Manny dachte über all das nach und über vieles andere. Mich zog seine brillante Intelligenz an, ich war fasziniert von seinem Zynismus. Wie ein Seiltänzer oder ein Akrobat hielt er mich durch Staunen und Schreck in Bann.» Ben lacht leise in der Dunkelheit neben mir. Ich verstehe, was ich bisher nicht verstanden hatte, wieviel Pose dabeigewesen sein muß. «Wohl ein altes Spiel?» frage ich.

Ich spüre, daß er vor sich hin schmunzelt.

«Eins der ältesten.»

«Also.»

«Entschuldige, sprich weiter.»

«Ich wollte, daß er mit mir ausging und hatte zugleich Angst davor. Schließlich tat er's so in seiner gewohnten beiläufigen Art, fast spöttisch, wie ein richtiger Bonvivant.»

«Aha», sagt Ben in der Dunkelheit.

«Zuerst war alles okay – das Abendessen und eine gute Unterhaltung. Wir gingen ins Kino. Aber auf dem Heimweg fing er mit seinen ironischen Witzeleien an – über die Juden, ihren Anspruch, ihre faulen Kompromisse. Er war geistreich, und ich lachte und stimmte ihm zu. Ich glaube, da merkte er, daß ich über ‹uns› lachte, nicht über ‹sie›, daß ich mich trotz all meiner Ungeduld mit jüdischen Mängeln als eine von ihnen betrachtete, eine Gläubige war – eben trotz all der Mängel. Er wurde heftiger. Ich sagte ihm das. Wir fingen an, uns zu streiten. Er sagte, ich sei eine Heuchlerin – wir sagten damals nicht ‹Miststück›, wir hatten andere Ausdrücke. Um mich zu verteidigen, wurde ich auch ausfallender, als ich wollte. Ich sagte ihm, er sei schädlicher für sein Volk, als irgendein christlicher Antisemit es je sein könnte. Er ließ mich mitten auf der Straße stehen, ging in sein Zimmer und erhängte sich. Man hat ihn erst nach zwei Tagen gefunden.»

«Dieser Mistkerl!»

«Genau – aber bis ich es so sah, dauerte es ein Jahr. Jetzt also: Doktor Mellinger.»

«Ich verstehe.» Er schweigt und denkt nach. «Sind wir von Natur aus so grausam?»

«Ich glaube, wir sind von Natur so selbstsüchtig.»

Er küßt mich sehr zart auf die Wange. Ich drehe mich um und küsse ihn auch. «Danke», sagt er.

«Danke dir.» Ich weiß, daß sein Kuß Dankbarkeit bedeutet. Er kann jetzt beim Bereitschaftsdienst bleiben, ohne seine Gefühle oder seine Integrität in Frage zu stellen.

«Vielen Dank für den Abend», sagt er, sich seiner guten Manieren erinnernd. Dieser Abend scheint Tage zurückzuliegen. «Es wäre ein schöner Abend geworden.»

«Komm wieder. Gute Nacht.»

Die Erfahrung, die ich Ben erzählt habe, stimmt zwar, aber sie ist vieldeutig, und ich sehe jetzt einen anderen Aspekt. Als Joshua das College aufgab und uns nichts davon sagte, bis er so viel später aus Nogales, Mexiko, schrieb, war in seinem Brief die Rede von «erstickend» und «erdrückend». Das darauffolgende Jahr mußte ich, so gut es ging, zu leben versuchen, mußte vermeiden, eine Gedankenverbindung zu College-Selbstmorden und zu Leuten herzustellen, die mit ihrer eigenen Vergangenheit nicht leben konnten. Ich weiß immer noch nicht, warum Josh das College aufgegeben hat, warum er so dachte, wie er dachte, wie Saul und ich uns in seiner eigenen Veränderung ausnahmen. Die Le Vines wußten es vermutlich ebensowenig; das Geheimnis wird für immer im Innersten ihres Gedenkens bestehen bleiben. Ich fröstle.

Ben steigt aus und geht auf sein kleines Haus zu. Ich fahre nach Hause zu Saul, der wohl schon schläft. Ich habe diese Geschichte nur Saul und jetzt Ben erzählt. Als ich sie vor 25 Jahren zum erstenmal erzählte, war es eine andere Geschichte. Ich war jung und hatte keine Kinder, und die Erfahrung hatte eine andere Bedeutung für mich. Zu den Hauptfiguren darin, dem jungen Mann und dem jungen Mädchen, sind in den dazwischenliegenden Jahren Eltern und Großeltern hinzugekommen – die Bühne gehört mir nicht mehr allein, sondern ist dicht besetzt: mit einem Vater und einer Mutter, zwei Großelternpaaren, Brüdern und Schwestern,

Onkeln und Tanten, dem Rabbi und den Leuten vom Rettungsdienst.

Zu einer bestimmten Zeit wollte ich... Ich hatte daran gedacht, diese Erinnerung an Joshua und Miriam weiterzugeben, ihnen zu sagen, wie es gewesen war. Als sie noch zu Hause waren, waren sie zu jung oder zu sehr mit sich selbst beschäftigt, um sie anzuhören. Mein kleiner Vorrat an Erfahrungen liegt, zusammen mit den Kisten voller Schulkleider und anderen Überbleibseln, im hinteren Schlafzimmer. Für Ben ist die Geschichte in veränderter Form und in neuer Besetzung wiedererstanden. Es ist eine Schande, einst lebendig gewesene Menschen zu Geschichten zu reduzieren, aber man kann es nicht lassen. In ihrer neuen Gestalt dienen sie unseren Absichten und nicht ihren eigenen. In der neuen Form bleiben sie im Gedächtnis.

Ich fahre nach Hause. Es ist noch früh. Ich könnte Saul von Ben erzählen – daß er außerstande war, die Fahrt mitzumachen, daß ich mit ihm reden, ihn anhören, zu helfen versuchen mußte, aber ich fürchte mich davor. Die Linien in meinem Gesicht würden sich verändern, und er würde es erkennen. Meine Stimme würde gegen mich aussagen, meine Hand, mein Körper würden eine Wahrheit mitteilen, die Saul nicht wissen soll. Als ich vor unserem Haus vorfahre, sehe ich, daß das Licht noch brennt. Die meisten Häuser, an denen ich vorbeigekommen bin, waren dunkel; hier und dort flimmert das blaue Licht eines Fernsehschirms. Zum erstenmal seit vielen Jahren – ich weiß nicht seit wie vielen – wünschte ich, ich brauchte nicht hineinzugehen. Wir hatten unsere Auseinandersetzungen und ein- oder zweimal einen fürchterlichen Streit, der einmal den, das andere Mal jenen in den Regen, in die dunkle Nacht oder in einen grauen Tag hinaustrieb. Wenn ich es war, hatte ich genau das gleiche Gefühl beim Zurückkommen, aber das geschah selten genug, und hier bin ich nun ohne Auseinandersetzung, ohne Gründe – außer einem Grund, über den ich nicht sprechen kann. Warum kann ich nicht sein wie die Leute in der Talk-Show – meine Affäre haben, in schuldfreier Fröhlichkeit kommen und gehen, Saul in Unkenntnis davon lassen – nicht aus Angst, sondern weil es leichter ist, so wie ich ihm Rivas Klagen und Lou Epsteins Getue erspare. Es ist eine hübsche Entscheidung – aber die einer andern. Und genau das gleiche gilt für die Entscheidung, überhaupt nicht nach Hause zu gehen, irgendwo in ein elegantes, kleines Hotel zu schlüpfen, meine Zofe nach ein paar persönlichen Sachen für ein paar Tage zu schicken. So wie die Dinge liegen, muß ich, wenn ich nicht im Wagen übernachten will, hineingehen und ihm entgegentreten.

Ich bin unsicher. Ich komme mir wie eine Fremde vor. Das Licht in der Küche brennt. Saul hat mir ein wenig Milch in einem Topf übriggelassen, daneben steht die Kakaobüchse. Das Geschirr von Chanukah ist nicht abgewaschen, aber säuberlich auf der Theke neben dem Abwaschtisch gestapelt. Ich schleiche in das Eßzimmer. Alles ist weggeräumt, aber das Tischtuch liegt noch auf dem Tisch und ist voller Krumen. Wenn ich mich jetzt mit alledem beschäftige, brauche ich eine Stunde länger nicht nach oben zu gehen. Ich hole mir das kleine tragbare Fernsehgerät und setze es auf den Arbeitstisch in der Küche.

Der Film läuft bereits. Es ist die gute alte Bette Davis in «Beyond the Forest» («Jenseits des Waldes»), eine Art Madame Bovary im Kleinformat. Ich sehe gern, was die fünfziger Jahre für Selbstsucht und sittlichen Verfall hielten. Ich mag Bette Davis' leidenschaftliche Haßausbrüche. Sogar ihre Liebe ist halb Haß, aber ihr Liebhaber, David Brian, hat kein Herz. In jenen Tagen zeigte man die Hingabe der Männer, nicht ihren Ehrgeiz. Mir scheint, wir haben immer die schlichten, rauhen Tugenden an unseren Helden geschätzt und uns zur Strafe verdonnern lassen, weil wir materialistisch dachten.

Es macht mir einen Riesenspaß. Die Arbeit gibt mir wieder das Gefühl, in mein eigenes Haus zu gehören. Im Saubermachen, im «Ordnungherstellen» liegt eine tiefe Befriedigung. Als ich dann nach oben gehe, lasse ich Ordnung und Reinlichkeit hinter mir zurück, und die «selbstsüchtige» Bette wird von einem Durcheinander von Werbespots zum Schluß des Programms weggefegt. Ich schleiche hinein. Er schläft, aber eine ganze Weile kann ich ihn nicht wiedererkennen.

Ist denn Saul nicht jünger, viel jünger? Das Haar dieses Mannes ist weiß, und sein Gesicht ist faltig und eingefallen. Was ist in dieser kurzen Zeit geschehen? Kaum läßt man sie für ein paar Stunden allein, treiben sie solche Dinge. Ich weiß, daß Menschen älter werden. Jeder wird älter. Aber ich habe nicht erwartet, daß dieser schreckliche Betrug in meinem eigenen Haus stattfindet! Ich gehe ins Bett und wende mich dem Schlaf zu. Kann eine Treulosigkeit so viel andere hervorbringen? Er könnte dem Alter nach mein Vater sein!

13

Nach dem Januar tritt eine unerwartete Waffenruhe in den Attacken der Alarmanlage ein. Dicker Schnee fällt, aber wie durch Zauber werden die Autofahrer vorsichtiger und rasen nicht mehr so. Auch die betrunkenen Kinder haben sich anderswohin verzogen oder trinken weniger. Eine Woche lang kommt kein Notruf.

Ich habe Pullover für Joshua und Miriam und Kimberley gestrickt. Ich werde sie in das Schweigen hinausschicken und hoffen, daß sie passen und gefallen. Sanjit kann ihn unter seinem Gewand tragen, das überall heilig, aber nur in Indien warm genug ist. Solche feinen Anpassungen gehören zum Exil. Ich stricke auch an einer Reihe von Traumplänen, heimliches Tun an verborgenen Orten, sofern und wenn Ben und ich bereit sind, unbemerkt zu verschwinden.

Es ist nicht leicht. Man kennt mich überall, sieht mich kommen und gehen in diesem unterschwelligen organischen Rhythmus des Tages; man beobachtet mich nicht, aber man bemerkt mich. In kleinen Städten läßt sich bei Ehebruch nicht mit zufälligen Gelegenheiten rechnen, gibt es kein Netz aus geheimen Tunnels unterhalb der Straßen, keine Kellerräume, die man über verborgene Treppen erreicht. Plötzlich spüre ich überall Grenzen und Einschränkungen. Wir müßten für knapp ein oder zwei Stunden nach Midlothian oder Tarrant fahren, was zu sehr vorausgeplant wäre und so gut wie unmöglich ist.

Dann hab ich es. Violets Haus. Das obere Stockwerk in Violets Haus. Mitten beim Aufräumen fällt es mir eines Tages ein, daß Violet Cleves Haus, das sie dem Gartenclub vermacht hat, zwar leer steht, aber nicht verlassen ist. Ich habe immer noch den Schlüssel, den sie mir einmal gegeben hat. Der Dachboden ist staubig, aber trocken. Eine Matratze und ein elektrischer Heizofen wären alles, was wir brauchten. Damit die Leitungen nicht kaputtgehen, hat man den Strom nicht abgeschaltet.

Und aus dem Fenster des Dachbodens hat man einen hübschen Blick auf die Hügel und Wälder im Süden. Bequem zu Fuß oder auch mit dem Auto von Longhill aus zu erreichen. Man brauchte nur die eine Häuserreihe von Cleve Road zu umgehen, um nicht gesehen zu werden. Mein Plan macht mich so glücklich, daß ich den ganzen Abend lang vergnügt bin. All die schönen, neuen Ausdrücke für Frauen lassen sich mit einemmal auf mich anwenden: beherrscht, selbstbestimmt. Miriam würde stolz auf mich sein; sie würde es sein müssen, ob sie wollte oder nicht. Die Ideologie würde es verlangen. Der Abend schwingt hin und her in verhaltener Freude.

Immer bin ich vorsichtig. Ich folge Ben nicht mit den Augen, obgleich ich es möchte. Wenn ich in der Ambulanz an ihm vorbeikomme, halte ich nicht an. Wenn unsere Gruppe zusammenkommt, setze ich mich nicht neben ihn, es sei denn, es ergibt sich ganz von selbst. Meine Leidenschaft bringt alle historischen Epochen komisch durcheinander. Am meisten gleiche ich einem viktorianischen Wüstling, der sich in den Kopf gesetzt hat, den ersten Sopran im Kirchenchor zu verführen. Meine Passion hat eine Ausschließlichkeit an sich, die mir nicht gefällt. Während ich das Essen koche oder die Zimmer saubermache, Sauls Hemden zusammenfalte oder mit Riva einkaufen fahre, engt sich der wahre Brennpunkt meines Lebens immer mehr auf unsere Zusammenkünfte und die Übungen mit ihrem Hin und Her ein, auf die Unfälle, die jetzt, abgesehen von den Problemen und der Anstrengung, eine Chance sind, Ben zu sehen, zusammen mit ihm in der Ambulanz zu fahren und auf der Rückfahrt die wunderbare Vertrautheit eines Gesprächs mit ihm zu genießen; mein Lebensmittelpunkt hat sich reduziert auf das Problem, ob er mich fragen wird und wann, oder ob ich ihn fragen werde und wann. Ich lerne die Lektion für Männer, daß der Verführer der eigentlich Verführte ist. Trenklers Gesetz tritt in Kraft. (Alf Trenkler war ein Student mit Hauptfach Geschichte aus meiner Collegezeit. Er hat mir einmal gesagt, sein Beweis für die Existenz Gottes sei, daß, sobald er sich für eine Sache interessiere, die ganze Welt sich beeile, ihm behilflich zu sein. Antworten sprudelten nur so aus ihm heraus. Größere Artikel darüber erschienen plötzlich. Freunde, die keine Ahnung von seinem neuen Interesse hatten, erwähnten obskure Ausstellungen in abgelegenen Orten, Schätze tauchten an die Oberfläche.) Ich habe oft voller Staunen an Trenklers Gesetz gedacht. Wenn man schwanger ist, ist die ganze Welt schwanger. Wenn der Sohn ein Sektierer ist, birst die Welt vor geilen, blauen Göttern, und im Einkaufszentrum begegnet mir irgend jemandes einst jüdisches Kind.

Jetzt geht es mir so mit Nachrichten über Ben. Sie kommen von Milo im Drugstore und von C. A., von Lou Epstein und von Orley Fleet. («Den Bart fand ich erst schlimm, aber Ben is 'n toller Bursche. Nett mit den Verrückten da auf der Schule. Hab ihn mit drei oder vier von denen auf'm Weg nach Pinecrest gesehen. Hab sie mit dem Laster mitgenommen. Die haben nichts Blödes gemacht, war'n ganz normal, wenn du mich fragst.») Durch Zufall erfahre ich einen Teil seines Tageslaufs; ich weiß, wann er zum Waschautomaten geht. («Ich hab einen von deinen Rettungsleuten beim Münzautomaten gesehen, Mittwoch morgen, den mit dem Bart...») Ich fange an, mir wie eine Wüstenschlange vorzukommen, die auf Beute lauert. Es sind sehr gegensätzliche Impulse, die ihre gespaltene Zunge aus dem geschlossenen Maul raus- und reinschnellen lassen: eine geduldige Leidenschaft, eine besonnene Eile, ein zugleich passives und aktives Warten. So beobachten wir unsere Patienten: wir sitzen ganz ruhig, aber äußerst wachsam da. Weil es so still ist, bleibt das Raubtier unbemerkt. Weil es so sehr auf seine Beute versessen ist, bemerkt es nichts anderes.

Riva hat die letzten beiden Ausflüge nach Midlothian abgesagt. Was das bedeutet, wird mir erst klar, als der dritte Ausflug bevorsteht. Bis dahin war ich – zu meiner Schande – nur erleichtert. Die Ausfahrten wurden immer schwieriger. Riva ist umständlicher geworden. Plötzlich höre ich, daß sie die Geduld mit ihren Vorleserinnen verloren hat, zwei reizenden, kleinen Mädchen aus der Mittelschule. Ich habe auch gehört, daß sie ihnen gesagt hat, sie sollten ihr nicht vorlesen, sondern statt dessen für sie einkaufen, und daß sie außer am Sabbat und an Havdalah, wenn sie zu uns kommt, das Haus wochenlang nicht verlassen hat.

Ihre Blindheit muß viel stärker zugenommen haben, als sie uns gesagt hat. Ich bin erschrocken und auch ärgerlich, fast so erschrokken und ärgerlich wie sie selbst. An diesem Abend warte ich darauf, daß Saul nach Hause kommt, und noch vor dem Abendessen erzähle ich ihm – weil ich nicht die Geduld oder die Kraft habe, noch länger zu warten –, was ich weiß. Wie vorauszusehen war, stürzt er sich auf das nächste Ziel. «Wie konntest du das nur so lange so laufen lassen...»

«Ich nehme an, daß ich es ebenso verdrängt habe wie sie.»

«Wieso hast du ihren Zustand nicht bemerkt – wieso mußten die Mädchen dir das mitteilen?»

«Ich geh nicht herum und überwache Riva oder die Mädchen. Eine der Mütter hat mich heute angerufen, und ich habe es also fast zufällig herausbekommen: Riva wollte nicht, daß wir es wissen. Immer, wenn unsere Fahrt bevorstand, hatte sie irgendwelche Ausflüchte. Wenn sie am Freitagabend oder zu Havdalah zu uns kam, hat sie kein Wort gesagt.»

«Bis auf letzte Woche...»

«Wo sie eine Entschuldigung hatte. Ich kann sie nicht in die Enge treiben. Sie wollte nicht, daß wir es wissen – so einfach ist das. Sie fürchtet die Abhängigkeit genauso sehr wie wir.»

«Aber jetzt geht sie zum Arzt – keine weiteren Entschuldigungen und Verdrängungen!» schreit er.

«Als ob ich sie dazu zwingen könnte! Wie lange schon bitten wir sie? Saul, ich laß mir da keinen Vorwurf machen, und ich will nicht diejenige sein, die etwas hätte tun sollen und es nicht getan hat. Erinnere dich, wie wir sie beide gebeten, angefleht, ihr Vorschläge gemacht, ja, schon Verabredungen getroffen haben...»

«Es gibt Mittel und Wege, Menschen zu überreden, kleine Tricks, feine Methoden...»

«Was für feine Methoden?»

«Ich weiß auch nicht, sie ein bißchen umschmeicheln, sie beschwatzen...»

«Du weißt doch nach all den Jahren, daß ich das nicht kann. Weder bei der Ambulanz noch mit dir, noch mit ihr...»

«Wenn du nicht so sehr mit dieser verdammten Ambulanz und der Rettung anderer Leute beschäftigt gewesen wärst, hättest du vielleicht einen Weg finden können...»

Das ist unfair, und er weiß es, und auch ich weiß es und sollte es ihm nicht anrechnen. Er hat Angst, daß ihm der Vorwurf zu machen ist, daß seine Mutter so lange ohne ärztliche Fürsorge geblieben ist. Was, wenn dieser Zustand hätte vermieden werden können, wenn es Beschwerden sind, die, früher festgestellt, sich durch eine Behandlung hätten beheben lassen? Es wäre eine Art krimineller Nachlässigkeit, eine Schande, die ihn sein ganzes Leben lang verfolgen würde. «Ich bin ihre Schwiegertochter, nicht ihre Tochter, und ich bin auch noch ich selbst. Ich respektiere Riva, und das weiß sie. Schmeichelei – sie würde sofort wissen, daß es das Ende jedes wirklichen Gefühls für sie ist.»

Aber er ist zu ärgerlich, und sein Ärger steigert sich zu dem, was hinter diesem wartet: Josh und Miriam. «Alles sehr unabhängig und modern! Aber das ist alles keine Spielerei, da heißt es eben tun, was getan werden muß.»

«Und was?»

«Nicht zulassen, als die Kinder noch klein waren, nicht zulassen...»

Soweit ist er bisher nie gegangen. Hätte ich es nicht für Spielerei gehalten, wäre ich die richtige Art Frau gewesen – das will er doch sagen, er brennt geradezu darauf – wären uns die Kinder vielleicht nicht entglitten. Miriam hätte einen netten, jüdischen Mann aus Midlothian geheiratet, Joshua wäre jetzt im College und würde ein normales, weltliches Ziel verfolgen. Alles aus – meinetwegen. «Großer Gott, wir haben ihnen unser *Leben* als Beispiel mitgegeben – was sonst kann man tun – hätte ich tun können?»

«Du hättest – ich weiß nicht, irgend etwas. Du hast sie zu schnell freigelassen. Du bist nicht streng genug gewesen.»

Ich sollte jetzt wütend werden. Ich sollte mich über seine Vorwürfe ärgern – ob sie nun verdient sind oder unverdient –, aber seine Verwirrung, seine Unfähigkeit, auch nur klarzumachen, wo eigentlich der Fehler liegt, ist so durchschaubar, sein eigener Schmerz so schrecklich, daß ich nicht den Mut habe, etwas zu erwidern.

Ich möchte etwas über diese letzten Jahre sagen, wie sich das Land verändert hat. Erkenntnisse, die ich Ben verdanke, aber ich weiß, dieser Schmerz war immer da. Adam machte Eva Kain zum Vorwurf – hättest du doch – hättest du doch nur nicht. Und während ich an Eva denke, fällt mir Lou Epstein ein. Die Unschuld, kein Zweifel. Lou Epstein ist die Plage der Gemeinde. Sie ist oberflächlich, unvernünftig, taktlos und töricht. Sie hat drei Kinder, sie geht mit ihnen ebenso taktlos und töricht um wie mit jedem anderen, und sie wird von ihnen geliebt und verehrt in einer Weise, wie ich es niemals von meinen wurde oder sein könnte. Es macht mich traurig, nicht ärgerlich. «Saul, was immer du meinst tun zu müssen, wirf mir nicht vor, daß ich so bin wie ich bin und wie du mich liebst.»

«Ich weiß», sagt er. «Ich weiß, es ist auch meine Schuld. Ich hätte sie, hätte die Kinder dazu bringen sollen...»

Das ist fast noch schlimmer. Der Ärger, den ich mit angesehen habe, wirkt jetzt auf mich zurück – «Genug! Ich kann nicht schmeicheln, niemanden beschwatzen, und du kannst nichts voraussehen. Wir haben ihnen gegeben, was wir hatten. Genug, genug!»

Er ist so nah am Weinen, wie ich ihn noch nie gesehen habe, ob aus Angst oder aus Ärger kann ich nicht sagen. Zu meinem Kummer unterdrückt er die Tränen. «Es ist zuviel für mich», sagt er.

«Das ist keineswegs alles», sage ich. «Großer Gott, sogar die Rubinringe, die man in Kaugummiautomaten kriegt, sind nicht mehr anständig aus Glas gemacht!»

«Wovon zum Teufel redest du?»

«Davon, daß die Zeiten sich ändern, aber die Menschen...»

«Menschen...»

«Vor Jahren ist deine eigene liebe, grauhaarige Mutter auf Abenteuer ausgegangen. Sie war immer voller Abenteuer. Sie würde es hassen, wenn wir ihr Leben in die Hand nähmen.»

«Weißt du einen guten Augenarzt?»

«Nein, aber ich werde einen ausfindig machen.»

«Triff eine Verabredung, und wir bringen sie beide zusammen hin.»

«Gute – sehr gute Idee.»

«Möchtest du einen Rubinring?»

«Nicht, wenn du ihn aus dem Kaugummiautomaten bei Woods ziehst!»

«Wenn sie blind, ganz blind ist, müssen wir sie zu uns nehmen.»

«Riva ist exzentrisch, aber sie ist nicht verrückt. Wir müssen Entschlüsse fassen. Und sie muß gefragt werden, was *sie* will.»

«Wir haben auch unsere Kinder gefragt – und nun!»

«Warum also einen vorzüglichen Ruf ruinieren?»

Gott, hat Einstein gesagt, ist hintergründig, aber nicht bösartig.

Riva streitet mit uns und weint, weigert sich und tobt, aber unterwirft sich zuletzt. Wir fahren nach Midlothian, und der Arzt untersucht sie und sagt uns, daß ihre Blindheit auf einer Verstopfung der Blutgefäße in der Netzhaut beruht. Das gehört zu dem erhöhten Blutdruck, unter dem sie seit Jahren leidet und den man durch Medikamente einigermaßen unter Kontrolle bekommen hat. Die Blindheit ließ sich voraussehen, aber nicht verhindern. Der Arzt ist von der neuen Schule, er erhebt keine Vorwürfe, er erklärt, und Rivas Abwehr schwindet allmählich so weit dahin, daß er mit ihr sprechen kann. Er beschreibt ihr, was geschehen ist – diese Konstriktion und Atrophie der Blutgefäße vollzieht sich mit dem Älterwerden. «Es führt selten zu totaler Blindheit – Sie können Formen, Licht und Dunkelheit unterscheiden, Bewegungen, und Sie erkennen Menschen – nicht wahr?» Sie nickt. «Ich möchte Ihnen das sagen», fährt er fort, «auch wenn es grausam zu sein scheint. Ich tue das, weil, wenn Sie es wissen, Sie etwas tun können: Es kann schlimmer werden, aber niemals besser. Was Sie jetzt sehen, ist alles, was Sie je sehen werden.»

Gott sei Dank weint sie. Ich hatte erwartet, daß sich ihre Wut gegen ihn richten könnte, gegen uns, gegen Gott, aber sie weint wie ein übermüdetes Kind. Er nimmt uns beiseite. «Lassen Sie ihr Zeit», sagt er, «ermutigen Sie sie, wütend zu sein oder traurig oder was auch immer. Kommen Sie in ein paar Wochen mit ihr wieder, dann können wir etwas planen. Eine Einübung ist erforderlich – für Sie und auch für sie. Ihr allgemeiner Gesundheitszustand ist gut, aber wenn sie die ganze Zeit zu Hause sitzt und Trübsal bläst, wird er bald dahin sein. Versuchen Sie, daß sie etwas mit ihrem Ärger anfängt. Nur keine Passivität. Sie muß herausgefordert, ermuntert werden; vielleicht müssen Sie sich manchmal mit ihr streiten...»

«Sie ist meine Mutter», sagt Saul.

«Seien Sie fest», antwortet der Doktor. «Aber nicht nur für ein paar Wochen.»

Nichts hat sich verändert, aber uns ist wohler zumute. Auf dem Heimweg weint Riva, dann schläft sie ein. Auch ich bin müde, jetzt, da die Wahrheit heraus ist. Ich versuche in einen Ben-Traum einzutauchen, aber dann sehe ich zu Saul hinüber. Sein Gesicht ist verschlossen, und er beugt sich über das Steuerrad, als müsse er sich daran hochziehen.

«Du mußt müde sein, und statt dich auszuruhen, bist du die ganze Zeit am Steuer.»

Er lacht. «Ich habe mich nicht mehr so wackelig gefühlt, seit ich mit dir aus dem Krankenhaus zurückkam, als Miriam geboren wurde.»

«Ich erinnere mich an diese Fahrt – du machtest einen glücklichen Eindruck.»

«Ich war voller Sorge – die plötzliche Last – zwei weitere Leben. Ich dachte immer ‹Was, wenn der Laden zumachen muß?›»

«Aber du wußtest doch sicherlich, daß du ein guter Kaufmann bist, gut mit Leuten umgehen kannst, gern hier lebst, dich mit Elia verstandest?»

«Manchmal spielt das alles keine Rolle. Ich hab das in Korea gesehen und später dann im College. Menschen, die intelligenter waren als ich, origineller, begabter in jeder Hinsicht, aber sich nicht einfügen konnten, oder wenn das ging, dann mit dem, was sie erreichten, nicht leben konnten. Da war ein Junge in der Schule bei uns – ich glaube, du hast ihn gekannt – Manny Sowieso.»

«Le Vine.»

«Ja, richtig. Ich war gerade zurückgekommen und im ersten Semester. Ich kannte dich noch nicht.»

Saul hat vergessen, was ich ihm vor langen Jahren über Manny Le Vine erzählt habe. Eine Form von Verdrängung – Eifersucht vielleicht auf einen wie auch immer gearteten Bewerber, der mein Leben derart beeinflussen konnte. Jetzt ist nicht die Zeit, ihn daran zu erinnern, aber etwas kann ich sagen.

«Manny Le Vine hat sich umgebracht – was hatte das mit dir zu tun?»

«Ich nehme an, all das Sterben, das ich gesehen hatte – das Versagen, die Zusammenbrüche – ich machte den Krieg dafür verantwortlich –, das fremde Land, die Angst, die Armee, die Langeweile. Ich sagte mir, daß das, was ich da vor mir sah, nicht ‹normal› sei, nicht das ‹wirkliche Leben›. Dann war der Krieg vorüber, und ich ging aufs College, und ein Mann – begabt, frei, Amerikaner, reich, gut aussehend, mit einer Zukunft vor sich, um die ich ihn ein wenig beneidete – beging Selbstmord. Es war der erste Schlag im Frieden, und das machte es irgendwie schlimmer, als wenn es in Korea passiert wäre. Ich glaube, es hatte so was wie eine symbolische Bedeutung für mich – ich hab viel darüber nachgedacht damals und immer wieder. Und es war da an dem Tag, als ich euch nach Hause holte, dich und Mirele.»

«Das wußte ich nicht.»

«Ich glaube, es hat mehr als alles andere meine Laufbahn bestimmt.»

«Wieso das?»

«Ich dachte: wenn jemand, der so intelligent ist wie er, es nicht schafft – worauf soll ich dann zählen? Ich weiß – wußte es schon damals –, daß ich nicht hochintelligent bin oder irgendwie etwas Besonderes. Auch wenn ich alles tat, was ich konnte, das Studium und die Ausbildung, konnte ich doch mit den Topleuten nicht mithalten. Ich wurde es müde, dagegen anzukämpfen, und der Krieg machte mir klar, daß ich den Wettstreit um den großen Erfolg nicht wollte. Ich vermute, du hast dich gefragt, warum ich so selbstverständlich nach Gilboa zurückging, in den Laden...»

«Nein, niemals.»

«Du hast dich nicht gefragt, warum ich es nicht wenigstens mit New York *versucht* habe oder mit Chicago?»

«Saul. Wir alle fanden damals – und ich finde es immer noch –, daß hier *die* Sache auf dich wartete. Es ist ein gutes Geschäft in einem Ort, den du magst. Du lebst in guten menschlichen Verhältnissen mit einer Familie und mit Nachbarn. Als Elia sich daran gewöhnt hatte, daß du erwachsen warst, hat er dir viel Freiheit gelassen. Ich habe nicht im Traum gedacht, daß du dies hier als etwas Zweitrangiges betrachten könntest.»

«Ich bin kein großartiger Kopf, aber ich habe eine Vorstellungskraft wie jeder andere. Wenn ich mich nicht mit dem hier begnügt hätte, könnten wir jetzt – nun ja, reicher sein. Wir könnten in einer großen Stadt leben, kulturelle Vorzüge genießen, Ferien, Reisen...»

«Hör zu, wenn du dir schon Vorstellungen machst – dann sei kein Drückeberger. Laß mich fallen und hol dir jemanden, der großartig aussieht in Haute Couture und deine Karriere fördern kann.»

«Du», sagt er sachlich, «bist eine Entscheidung, bei der ich nie irgendwelche Zweifel hatte. Als ich dich gefunden hatte, war ich nicht bereit, mich mit weniger zu begnügen.»

Ahnungslos und genau hat er mich im Innersten getroffen. Und so plötzlich, daß ich kaum Atem holen kann. All unsere Ehejahre. Die Kinder. Elia und Riva; das Sich-nach-innen-Kehren, das Älterwerden – er hat das zusammengenommen und gefunden, daß es trotz allem gut war. Ich möchte ihn umarmen und zugleich losheulen. Ich kann weder das eine noch das andere tun, also sitze ich still da und sage nichts.

«Kopf hoch», sagt er, «wenn wir Riva dazu bringen, daß sie damit umgehen lernt, brauchen wir nicht mehr wie die Katze um den heißen Brei herumzuschleichen. Könntest du mit ihr zusammenleben, wenn sie bei uns bleiben müßte? Du würdest nicht ans Haus gebunden sein, dafür werden wir schon sorgen.»

«Ich denke schon. Wenn Riva mich mag, wird sie vielleicht zu uns ziehen wollen.»

«Aber natürlich mag sie dich.»

Ich lache und erzähle ihm etwas von der Macht, die auf Schwiegermütter ausgeübt wird, besonders von Söhnen. Er ist überrascht, aber, scheint mir, auch ein wenig gerührt. Diese Beziehungen sind für ihn ein Teil des weiblichen Mysteriums, etwas, woran ich ihn teilnehmen lasse.

«Wo so viel von der Ehefrau abhängt – ist es da ein Wunder, daß die Schwiegermutter sich vorsichtig verhält?»

«Und meine unbekümmerte, ungeschickte Mutter hat sich so verhalten?»

«Ich meine, ja. Konventionen und Anstand haben einst alle Beziehungen bestimmt, aber jetzt geht es immer nur noch um persönliche Vorliebe – keine Regeln mehr, keine Garantie.»

«Großer Gott, das macht die Verletzlichen ja noch verletzlicher.»

«Ja – und die Liebe trägt die Last.»

«Unglaublich.» Er entspannt sich allmählich ein wenig.

«Ganz unglaublich.»

Riva bleibt über Nacht bei uns und den nächsten und übernächsten Tag. Sie weint viel, wandert durch das Haus und starrt auf verschwommene helle und dunkle Formen, wie der Doktor sie beschrieben hat, bewegte und unbewegliche. Sie ist blinder geworden, seit sie ihren wirklichen Zustand kennt und weiß, daß er unwiderruflich ist. Eine wohlberechnete Grausamkeit, hatte der

Doktor gesagt. Nur so wird sie das Verhalten üben lernen, das notwendig ist, um damit fertig zu werden.

Ich sehe Geri auf einer Fahrt und erzähl es ihr. Sie bietet mir einen Urlaub vom Dienst an. Ich lehne ab. Es geschieht nicht aus Pflichtgefühl, ich will nur nicht – ohne dringende Notwendigkeit – durch Riva eingesperrt sein. «Wir haben ihre kleinen Vorleserinnen wieder bestellt. Die armen Kinder glaubten, sie hätten etwas falsch gemacht. Sie sind bereit, zweimal in der Woche nach der Schule zu kommen und vorzulesen. Saul wird zum Mittagessen hereinschauen, wenn ich nicht zu Hause bin.»

«Aber was, wenn sie hinfällt?»

«Was, wenn ich oder du hinfallen? Ist es selbstsüchtig, was ich tue oder vernünftig? Ich weiß es nicht, aber eins weiß ich: das Märtyrergewand steht mir nicht!»

«Es betont deine Hüften.»

«Immer ein offenes Wort von der Freundin!»

«Kann ich helfen?»

«Ja. Komm, wie du immer gekommen bist, du und auch Rita. Redet, wie ihr immer geredet habt, wenn ihr hier seid. Riva muß sich trotz allem in ihrer eigenen Welt einrichten.» Tapferes Gerede. Was ich zu Geri sage, sage ich vor allem zu mir selbst.

In der Sitzung des Bereitschaftsdienstes lasse ich Ben wissen, daß ich ihn dringend sehen muß. Ob ich ihn nach Hause bringen könnte? Ja. Er ist von Longhill bis zur Feuerwehr gejoggt und wollte auch zurückjoggen, aber die Kälte... «Nix Kälte! Dir ist einfach klargeworden, daß es bergauf geht.» Er lacht. Alles das geschieht ruhig, aber nicht heimlich, und die anderen werfen sich keine bedeutsamen Blicke zu. Keinerlei Signale gehen hoch. Manchmal bewahrt man Geheimnisse am besten, wenn man sie ausplaudert.

Als wir im Wagen sitzen, will ich die Bundesstraße hinauffahren, aber Ben legt mir die Hand auf den Arm. «Ich möchte auch mit dir reden, aber nicht im Wagen vor der Schule. Ich kenne ein Lokal, wo wir hinfahren können.»

«Wo?»

«Fahr auf Marshaltown zu, dann nimm die Monetan-Ausfahrt.»

Ich sehe mich um. Die andern sind fort. Man wird uns nicht beobachten, wenn wir statt nach Longhill von Longhill fortfahren. «Wohin wollen wir?»

«In eine nette, düstere Kneipe, die gerade aufgemacht hat – etwa ein Kilometer weg von Ausfahrt 19.»

«Mehr Kneipen – mehr Betrunkene; mehr Betrunkene – mehr Arbeit.»

«Warum sind solche Lokale immer so schummrig? Das einzige, was hier noch fehlt, sind Fledermäuse.»

«Es redet sich leichter im Dunkeln.»

«Warum hier und nicht im Wagen?»

«Ich komme später darauf. Du machtest einen traurigen und angespannten Eindruck bei der Sitzung, und ich glaube, du mußt etwas essen und vielleicht auch trinken.»

«Keinen Schnaps. Gibt's hier Kaffee?»

«Es müßte – der Regel nach.»

Als die Kellnerin kommt, bemerke ich, wie sie Ben wohlwollend ansieht, ich existiere nicht für sie. Ich bin eine Art Geräusch für ihre Ohren. «Haben Sie Sandwich?»

«Yeah!»

«Ich hätte gern eins mit Schweizerkäse auf Toast und einen Kaffee.»

«Keinen Drink?»

«Nein, danke.» Ben sagt: «Sie ist Alkoholikerin. Ich möchte einen Scotch mit Wasser.» Als die Kellnerin gegangen ist, sagt er: «Jetzt wird sie uns nicht mehr nerven mit einem Drink für dich. Deine Abstinenz kommt sie teuer zu stehen.» Ich bin verwirrt. Sowohl das Problem an sich, wie die Art, wie Ben damit fertig wird, sind mir vollkommen fremd. Dann lehnt er sich zurück, sieht mich voller Wärme an und sagt: «Irgend etwas hat dich traurig und besorgt gemacht. Erzähl es mir.»

Ich erzähle ihm von Riva, alles: meine eigenen selbstsüchtigen – und selbstlosen – Ängste, auch Rivas und Sauls. Es erfordert nicht viel Zeit, weil er begreift, was uns wirklich bekümmert. Während ich es ihm erzähle, wird mir klar, daß Saul es nicht billigen, es irgendwie für illoyal halten würde, mit anderen über solche Familienangelegenheiten zu sprechen.

Als ich damit fertig bin, kommt mein Sandwich. Die Kellnerin ist jetzt voller Mitgefühl mit mir in meinem Kampf gegen den Alkohol, während offenbar mein ansehnlicher, aber abgebrühter Begleiter mich absichtlich in Versuchung führen will und sich über mich lustig macht. Sie knallt ihm seinen Drink auf den Tisch mit einem Blick, der Steine erweichen könnte. Als sie fort ist, lachen wir, obwohl mich ein trauriges Gefühl beschleicht. Wir haben gleich zweimal gelogen – nur weil es uns so bequem war.

«Wissen deine Kinder über Riva Bescheid?» fragt er. Es erstaunt mich, daß er Hilfe von ihnen erwartet.

«Ja, ganz allgemein, aber sie können nicht kommen – und eben darum geht es, um Menschen. Riva muß aus ihrem Trott herausgeholt werden. Seit Elia tot ist, läuft sie leer, aber das geht nun nicht mehr.»

«In deiner Welt hat alles seinen Zweck – oder? Kann denn ein Mensch oder eine Sache nicht einfach ‹da› sein?»

«Bringt ihr das euren verhaltensgestörten Kindern bei?»

«Wir denken, jeder sollte als Mensch respektiert werden.»

«Ganz schön, theoretisch gesehen. Aber auch in modernen Zoos weiß man inzwischen, daß man gewisse Anforderungen an die Tiere stellen – ihnen was zu tun geben muß. Liebe und Arbeit, sagt Freud. Frag mal deine Kinder, wie die Welt über ziel- und zwecklose Menschen denkt – trotz aller Menschlichkeit. Der Blinddarm hat nichts zu tun – und schon entzündet er sich.»

Ben weiß es nicht, aber ich widerspreche mir selbst. Wessen Idee ist das endlose Sonntag-Nachmittag-Picknick? Wer sehnt sich danach, sich auf tausend sommerlichen Hügeln zu tummeln – zu lieben und zu schwimmen? Eden. «Ben, Riva ist keine Philosophin. Sie braucht was zu tun und einen Zweck wie jeder andere. Ich will sie ja nicht ins Bergwerk schicken. Ich möchte, daß sie so lange wie möglich autark ist. Ich möchte, daß sie es sich leisten kann, ihre eigenen Entscheidungen zu treffen.»

«Man wird ihr Kochen beibringen – und das haßt sie.»

«Sie haßt nicht das Kochen, sondern das, was es bedeutet. Vielleicht wird sie es gern tun, weil es jetzt nicht mehr Sklaverei, sondern Freiheit bedeutet.»

«Würde sie vielleicht in der Schule helfen wollen?»

«Wenn sie ihre Übungen hinter sich hat – wenn sie bereit ist, rauszugehen und Neues auszuprobieren – willst du sie dann fragen?»

«Ja, sicher.»

«Es kann sein, daß sie dich abweist. Bemuttern ist auch nicht ihr Schönstes.»

«Ich denke, wir sollten jetzt fahren, es ist spät.»

«Ja.» Wir stehen auf.

«Jeder für sich», sag ich und greif nach meinem Portemonnaie.

«Das nächste Mal.»

«Bitte...» Es ist mir peinlich, er kann nicht viel verdienen in der Schule.

«Ich nehme kein Geld von Trunkenbolden», sagt er.

Da ich nicht mit ihm streiten will, lache ich. «Ich kann mich hier nie mehr sehen lassen.»

«Das würdest du sowieso nicht – es ist nicht deine Art Lokal.»

«Deins?»

«Nicht mehr.»

«Warum sind wir denn dann hierher gefahren, statt uns im Wagen zu unterhalten?»

Er hilft mir in den Mantel und sagt ganz sachlich: «Weil ich dir im Wagen nicht hätte zuhören können. Ich hätte dich berühren und küssen und dann mit dir schlafen wollen.»

Ich muß wie angewurzelt stehengeblieben sein. Denn er faßt mich sacht an der Schulter: «Gehen wir.»

Es ist nicht leicht, nach Hause zu fahren, ich zittere. Als ich Ben herauslasse, küßt er mich leise auf die Wange. «Wir müssen das alles sorgfältig überlegen», sage ich.

«Ich weiß. Ich weiß, was ich möchte, die Entscheidung liegt bei dir.»

Ich wende und fahre langsam, benommen nach Hause. Da ist es, wovon ich geträumt, wovon ich wild und ausschweifend phantasiert, wonach ich mich gesehnt habe – und nun, da es mehr ist als ein Traum, schockt es mich. Warum habe ich nicht meine Arme um ihn geschlungen und ihn mich in sein Bett nehmen lassen? Als ich nach Hause komme, stehe ich lange vor der Tür und wünsche mir, von allem frei zu sein – von Saul und Riva, Joshua und Miriam, von Gilboa – von der Realität. Ich seufze und gehe hinein.

Es brennt kein Licht. Das ist höchst merkwürdig, aber im Hintergrund höre ich schwerfällige Schritte. Ich will rufen, mag aber die Eingangstür nicht verlassen – falls etwas im Gange ist. «Was ist denn da los?»

Ich schalte das Licht an, und da schreit Riva aus der Küche: «Geh wieder ins Bett, du sollst mich nicht beobachten!»

Sie hat Angst vor der Dunkelheit. Den Geräuschen nach zu urteilen hat sie zweifellos noch nichts von der übernatürlichen Schärfe unserer Sinneswahrnehmungen entwickelt, die man Blinden zuschreibt – das nur eine erhöhte Aufmerksamkeit ist. Sie hat das Klirren meiner Schlüssel nicht gehört, als ich die Tür öffnete.

«Es ist nicht Saul», antworte ich. «Es ist Grace. Ich bin zurück.» Ich geh in die Küche. Riva steht neben dem Tisch. Schon geht sie in die Reserve, dann aber wird ihr Gesicht wieder weicher.

«Ich übe, wie es sein wird.»

«O Riva.» Ich nehme sie in die Arme, etwas, das ich selten tue – außer als «Ritual» am Sabbat. «Der Doktor sagt, es wird nie so stockdunkel werden wie eben.»

«Er hat auch gesagt – und das war irgendwie beschämend –, daß ich, wenn es dunkel würde, lernen müßte, darin zu leben, und so stolpere ich herum, weder blind noch sehend.»

«Du hast das gehört? Ich dachte nicht, daß du zugehört hast.»

«Damals nicht. Aber ich hab es später gehört, heute abend.»

«Erlaubst du jetzt, daß ich den Verein anrufe und frage, was wir tun sollen?»

«Ich bin so alt. Ich habe Angst zu versagen...»

«So wie du dein ganzes Leben lang versagt hast? So wie du nicht fertiggebracht hast, nach Gilboa und zu einem Fremden zu reisen und dich zu verheiraten? Wie du die Sprache nicht gelernt und nicht drei gutgeratene Kinder großgezogen hast, wie du nicht entschieden hast, was zu tun war, als Elia starb?»

«Damals, als ich herkam, war ich jünger. Es war schwierig, aber ich war jung...»

«Hör zu, Riva, am Thanksgiving-Tag hast du uns von einem verrückten Mädchen erzählt, das Schedletz im Alter von fünfzehn Jahren verlassen hat, weil niemand dort je von Gilboa *gehört* hatte. Nun mußt du dafür zahlen, daß du einen so großen Mund gehabt hast. Ich finde dieses Mädchen ganz toll. Ich will nicht, daß du sie im Stich läßt, und – mach dir nichts vor – sie ist immer noch da, irgendwo in dir. Es ist Zeit, weiterzuziehen, in ein neues Land zu ziehen und eine neue Sprache zu lernen. Mach das – wenn du nicht willst, daß dich das Mädchen verabscheut.»

Sie steht mitten in der Küche wie ein in den Scheinwerfern eines Autos gefangenes Wild. Ihre Augen sind weit aufgerissen, und sie hat eine Hand auf den Mund gelegt. «Ich werde es mir überlegen», sagt sie. «Ich werde einen Plan machen.»

«Bis zum Passah-Fest?»

«Ja, bis Passah. Jetzt laß mich weitermachen. Geh schlafen und laß mich hier.» Ich umarme sie noch einmal. «Warum umarmst du mich jetzt? Ich habe nie – wir machen das sonst nicht so häufig.»

«Ich hab gemerkt, daß du nicht siehst, wenn ich dich liebevoll ansehe oder dir zulächle.»

«Ach so», sagt sie, «also nicht aus Mitleid?»

«Du bist nicht der Typ dafür.»

Ich lasse sie allein und gehe zurück und schalte das Licht in der Diele aus. Kurz danach wird es auch in der Küche dunkel. Gleich darauf höre ich das Schieben eines Stuhls. Ich bin so müde. Jemanden von etwas zu überzeugen, ist die schwerste Arbeit, die ich kenne. Ich werde alles schlafen legen. Wenn ich schlafe, werden sie auch schlafen – meine Schwierigkeiten.

In Sommernächten ist die Stadt dem ungeheuren Schweigen und dem Wunder der Sterne immer noch nahe. Nach Mitternacht bleiben nur noch wenige Sterne übrig. Der Himmel senkt sich, die Hügel rücken näher. Man kann vorn auf dem Rasen liegen und gewichtlos in den Himmel hineinfallen, sich drehen und tanzen oder von dem Blätterbett in der oberen Spitze unseres Ahorns oder in der Caetano-Weide aufgefangen werden und sich wie ein Vogel darin wiegen, wenn der Wind die Zweige bewegt. Ben und ich sind kleine Vögel, die einer in des andern Gefieder nisten und sich in den Blättern wiegen...

Ich wache mit einem Ruck auf. Ein Alarm? Nein – was dann? Irgend etwas, irgend etwas, das ich vergessen habe – etwas Getanes oder Ungetanes – ich kann mich nicht erinnern. Es hat mich aufgeweckt, ohne einen Namen zu erlangen, und jetzt kann ich nicht wieder einschlafen. Ich drehe mich im Bett herum und stelle fest, daß ich einen Arm zuviel habe. Wenn ich auf dem Rücken liege, finde ich keinen Platz, wo ich ihn bequem hinlegen kann, und er drückt mir die Brust ab. Drehe ich mich auf die linke Seite, dann lastet das volle Gewicht auf dem linken Arm, und die Schulter fängt an wehzutun. Wie immer ich mich wende und drehe – ich finde keinen Platz für den überschüssigen Arm! Zum Unbehagen kommt noch die Wut, weil ich am Morgen mit verquollenen Augen und trockenem Mund aufwachen werde und mir den Tag mühselig zusammenstoppeln muß. Es bleibt nichts anderes übrig, als meine Geister aufzuwecken und sie zu bitten, mir Gesellschaft zu leisten. «Mach dir eine Freude» – ihr habt es selbst gesagt. Warum nicht? Die klügsten Leute sagen uns, daß das Leben ein Alptraum ist, aber gelebt werden muß. Kein Öl, die Ozonschicht um die Erde vernichtet, Atomkrieg, Atomtod, totale Zerstörung unserer Umwelt oder ein totalitäres Grau. Weltweiter Hungertod. Ich liebe Saul, aber wir werden beide zusammen mit diesem ganzen futuristischen Zeug fertig werden müssen. Warum soll ich nicht ein etwas kühneres Lied singen, als es zu meiner Mutter Zeiten erlaubt war?

Diesmal spricht der junge Mann, und er macht eine Handbewegung, die ich auf wunderbare Weise aus meiner Kindheit neu erschaffen habe. «Was weißt du von den Zeiten deiner Mutter? Denkst du, daß wir auch damals nur die Opfer unserer Verfolger waren? Was, wenn, was Gott verhüten möge, das totale Ende der Welt noch um zwanzig Jahre verschoben wird? Da stehst du dann – eine Ehebrecherin für nichts und wieder nichts!» Der ältere Mann stößt ihn leicht in die Seite. «Frag nicht, was ist, wenn es nicht kommt – was ist, wenn es kommt?» Und damit lassen sie mich in der Wildnis der Nacht allein.

In solchen Nächten bete ich um einen Unfall. Laß mich wenigstens etwas Nützliches tun. Laß mich in die weit aufgerissenen Augen des alten Bluyot blicken, eines unserer ortsansässigen Alkoholiker; wenn er in der Gasse hinter dem «Famous» oder vor seiner eigenen Haustür gestürzt ist, wie einmal in einer Nacht im April, an die ich mich erinnere...

14

Wir beginnen mit den Vorbereitungen für das Passah-Fest. Um der Form zu genügen, rufe ich Miriam an und lade sie ein, obgleich ich weiß, daß sie nicht kommen wird. Sie hat genug mit ihren eigenen Plänen zu tun. Im Frauenzentrum soll ein Frauenseder stattfinden.

Statt Mosis' und der Kinder Israels zu gedenken, wird diese Feier ihre eigene Befreiung aus dem Ägypten männlicher Herrschaft darstellen. Zu meiner Überraschung fragt sie nach Riva. «Riva hat das Schlimmste vom allerersten Anfang des Schlimmsten hinter sich. Wenn jemand eine Frauengruppe braucht, dann sie. Es ist jetzt an der Zeit, daß sie sich bewegt und Kräfte sammelt. Was würdest du sagen, wenn wir beide zu euch rauskämen? Das häusliche Leben in der Kleinstadt bietet ihr nicht die Vielfalt der Erfahrung, die ihr vielleicht die Frauen in deiner Gruppe vermitteln könnten. Ich hätte gern, daß sie eine Gruppe von Frauen kennenlernt, die andere Schwierigkeiten haben als sie.»

Schweigen. Und dann: «Mutter, du verstehst das nicht. Diese Frauen haben ihr Leben lang gelitten. Sie sind keine Mittelstandsfrauen. Viele von ihnen waren im Gefängnis. Unter ihnen sind Schwarze, die wüst reden und wütende Cicanos, Drogenabhängige und Prostituierte, einige von ihnen...»

«Riva war auch nicht immer ‹Mittelstand›: Würde eine von ihnen mit ihr – mit Alter und Blindheit – tauschen wollen?»

«Sie würde einfach nicht hineinpassen.»

«Du hast vermutlich recht.»

Sie hat vermutlich wirklich recht. Die «Schwesternschaft», die zu Miriams Teil der Frauenbewegung gehört, ist ebenso umständlich wie ein Verein auf dem Land mit seinen Statuten. Riva hat zweimal in ihrem Leben einen Schwips gehabt, im Gefängnis war sie nie. Die stärkste Droge, die sie zu sich nimmt, ist Aspirin, ihr wüstester Ausdruck «zum Teufel». Aber wo die wahre Schwesterlichkeit der Familie so begrenzt ist, könnten die künstlichen Schwestern einer solchen Gruppe doch irgendwie einen Mittelpunkt bilden. Nicht jetzt, nicht hier, aber irgendwo und irgendwann.

Miriam hat unser Seder vergessen oder es niemals wirklich gemocht. Wie ist es möglich, daß meine Gefühle sich nicht auf sie übertragen haben? Ich liebe die Lieder und die Texte, alte, unwandelbare Worte, große Worte einer großen Hoffnung. Und die vier Fragen. Jahrelang hat es in der Familie kein Kind mehr gegeben; Kimberley – frage ich. «Mutter, Kimberley ist erst sechs. Sie ist noch nicht reif für einen solchen kulturellen Schock wie Gilboa. Sie ist an einen ganz anderen Lebensstil gewöhnt.» Wieder hat sie recht... Ein kleines Kind, ganz allein, verloren in unserem Lebensstil, würde ja auch wirklich ein störender Einzelgänger, eine Last sein. All meine Sehnsüchte sind unpraktisch und unmodern. Ich wünsche meiner Tochter ein gutes «Yontiff» und lege auf. Lebensstil. *Mein* Kind habe ich nicht nach einer Diamantmine benannt.

Die Gästeliste: Wie viele wir einst waren, wie laut und wie festlich! Elia, der jedes Haus füllte, sich darin ausdehnte, sobald er durch die Tür kam. Riva, eine jüngere, weniger verschreckte Riva; die eine oder andere von Sauls Schwestern, ihr Ehemann, deren Kinder; Miriam und Joshua; Saul und ich. Ich will heute abend diese Stille nicht, auch wenn sie noch so vertraut ist. Ich fange an, in der Stadt herumzutelefonieren. Ich rufe ältere Paare – so wie wir – an, deren Kinder aus dem Haus sind – die Levines, die Jacobs und Mrs. Rifkin, deren Mann im vorigen Jahr gestorben ist. Das eine Paar fährt zu seinen Kindern, zu dem anderen kommen sie. Mrs. Rifkin verspricht zu kommen und auch die Jacobs, aber keins der jüngeren Paare, bei denen ich es versuche. Einige machen ihr eigenes Seder. Die beiden aus Pinecrest überlegen sich gerade, ob sie überhaupt Juden sein wollen.

Ich will Riva bitten, auf den Dachboden mitzukommen und das Passah-Geschirr herunterzuholen. Dieser Vorgang ist – mehr als das Seder selbst – das eigentliche Passah-Fest für mich. Viele Jahre fallen mir ein: meine Mutter und meine Schwestern in Chicago, als ich klein war, und dann hier in Gilboa, als ich die Mutter war und Miriam die Tochter. Jahr um Jahr haben wir die Gläser und das Geschirr in Kisten heruntergetragen und in die Vitrine gestellt, die wir saubergemacht hatten. Ehe noch der allerfrömmste jüdische Vater seinen heiligen Bart streicht und sich über die Zeremonien Gedanken macht, haben die Mütter schon damit begonnen.

Eine der Mütter jedoch ist fest eingeschlafen. Ich überlege, ob ich sie aufwecken soll und lasse es dann. Sie hat sich den ganzen Morgen über durch das Haus getastet, später wird sie sich auch mit Vitrinen und Schränken bekanntmachen. Ich gehe allein nach oben und singe «Eliahu Hanavi», um in Stimmung zu kommen.

Aber als ich oben bin, stelle ich fest, daß es mir nicht so rasch gelingt, das Geschirr zu finden. Ich war nicht mehr hier seit dem Tag, als Saul und ich den Boden zur Hälfte saubergemacht hatten: da, wo wir aufgehört haben, werde ich erwartet. Mißbilligung, leicht wie Wollmäuse, hockt in den Ecken. Die Passah-Sachen sind auf der anderen Seite des Bodens, wo es ordentlicher ist. Als ich mit Saul hier oben war, habe ich die Kisten mit Familienfotos in ihre Nähe gestellt. Ehe es mir bewußt wird, schaue ich schon in eine hinein; es sind meine eigenen frühen Fotos, in einer Kiste, die ich als Braut mitgebracht und in die ich seitdem nicht mehr hineingeschaut habe.

Da bin ich – sieben- oder achtjährig – wie ähnlich ich Miriam im gleichen Alter war! Der Gesichtsausdruck ist ein wenig hochmütig, aber ach, wie genau ich mich an meine Aufmachung erinnere! Es war ein Geburtstagsgeschenk, und wie liebte ich diesen Schottenrock, die weiße Bluse und den grünen Pullover! Ich trug sie zur Schule, bis alles verschlissen und ausgewachsen war.

Was für ein Mädchen war das? Sehr romantisch, wenn ich mich recht entsinne, und geradezu süchtig nach Märchen. «Schneeweißchen und Rosenrot» und «Die zwölf tanzenden Prinzessinnen». Damals wußte ich noch nicht, was für brennende Unruhe und Qualen sexuelle Spannung erzeugt, ihre Prinzen und Prinzessinnen vereinigten sich nur metaphorisch, ritten auf schnellen Pferden zusammen aus und durchtanzten auf Palastterrassen sternklare Nächte. Wie würde Gracie mein jetziges Leben finden? Langweilig, langweilig. Gracie? Und was ist mit den Rettungen, den aufregenden Nachtfahrten, dem Rotlicht und der Sirene? Blödsinnig. Ich lache laut. Einen Augenblick, es gibt etwas, das sie gebilligt hätte – Saul und ich waren zu unserem fünften Hochzeitstag auf Jamaika. Schillernde Kolibris schwirrten um unsere Köpfe. Wir sahen den unterirdischen See, durch den die zwölf Prinzessinnen auf ihrem Weg zu der von Diamanten erleuchteten Höhle kamen. Auch wir tanzten unter Sternen. Was würde sie, frage ich mich, von dem halten, was ich jetzt im Sinn habe – von einem Abenteuer mit einem großen, dunklen, geheimnisvollen Fremden?

Zu alt. Beide zu alt.

Und diese Grace hier wäre für Feuer und Schwert. Siebzehn und puritanisch wie ein frommer Eiferer bei Hawthorne. Da steht sie, sieht frontal aus dem Bild und «beweist» irgend etwas. Ich hatte vergessen, wie streng sie/ich war. Aber Haltung und Miene, die beide sagen «Komm mir nicht zu nahe», drücken vor allem Angst aus. Ben ist «im richtigen Alter» für sie, aber er würde sich nicht zweimal nach dieser Freiheitskämpferin umdrehen, und sie würde ihn für unrettbar gehalten haben – ein Drogensüchtiger und Deserteur! An die Wand mit uns beiden!

Ach, sieh mal, hier ist Mrs. Grace. Unsicherer, viel unsicherer als ihr jungfräuliches Ich. Wo ist das aufgenommen? In Chicago? Großer Gott, ich hatte vergessen, daß wir hingefahren waren, nachdem wir geheiratet hatten. Wie besorgt meine Eltern gewesen waren! Das war zu der Zeit, als wir ihnen unseren Entschluß mitteilten, in Gilboa zu bleiben, sobald Saul mit dem College fertig wäre. Na, wie ist's – verheiratete Dame, die du, wo du gehst und stehst, unsichtbar, heimlich deinen Brautkranz trägst? Dein künftiges Ich fährt Feuerwehrwagen und trauert um Menschen und Dinge, die du noch nicht kennst. Was ist's mit meinem Verlangen? Warum nicht? Der Mann ist freundlich und klug. Die Zeiten haben sich geändert. Das schüchterne Gesicht auf dem Foto verschließt sich, ist kaum mehr zu erkennen. Es ist immer noch genug von der siebzehnjährigen Grace in dieser vierundzwanzigjährigen Ehefrau, das sich bei den Wörtern «Ehebruch» und «Treulosigkeit» zusammenkrümmt. Was bedrängt diese gerade erblühte, so schön erblühte junge Frau? Ach ja, ich erinnere mich jetzt – der Umzug nach Gilboa, in das Haus ihrer Schwiegereltern. Was für eine Überraschung das war, um so vieles glücklicher, als alle konventionelle Erfahrung – einschließlich des elterlichen Rats – es wahrhaben wollte! Das Geheimnis war Riva. Sie hatte den Haushalt nie gemocht und war froh, ihn mir zu überlassen. Statt mich als Eindringling in ihrer Küche zu betrachten, hieß sie mich mit offenen Armen willkommen. Wenn ich mir die Dinge einrichtete, wie es mir paßte, so begrüßte sie es wie einen Segen. Sie hatte mich gern da – und ebenso Elia. Erst Joshuas Geburt veranlaßte sie auszuziehen und die kleinere Wohnung näher am Laden zu nehmen. Und jetzt schau mal dies hier an – eine junge, geplagte Mutter, hohläugig, weil sie zu kurz kommt an Schlaf. Die ganze Welt ist mit ihr in die Knie gegangen, um Kindersachen auf- und zuzuknöpfen, zu wischen und zu waschen. Saul ist ein Fels in der Brandung. Die Welt besteht aus diesem Haus und ein oder zwei Häuserblocks, um die wir uns bei schönem Wetter bewegen. Sie ist zu beschäftigt und zu unausgeschlafen, um darüber nachzudenken, ob man noch anders lieben könnte. Ich sehe mir noch einmal mein siebenjähriges Ich an. Wie schamlos wir unsere Kinder romantisieren! Wie leichtfertig wir

«Die Zeit . . .

... die sich ausbreitet, ist die Zeit der Geschichte. Die Zeit, die hinzufügt, ist die Zeit des Lebens. Und die beiden haben nichts gemeinsam, aber man muß die eine nutzen können wie die andere.»

(Saint-Exupéry)

Nutzen wir sie also zu unserem Besten.

ihnen beibringen, sich selbst und das Leben romantisch zu sehen! Wenn mein Fall vor diese Richter käme und all die anderen, die vorher waren und noch kommen werden – wie entsetzt würden sie sein. Es besagt nichts, daß all diese Menschen in mich eingegangen sind – der Wind ihrer Mißbilligung weht mir hart ins Gesicht. Und inzwischen ist das Passahfest gekommen. Du sollst deinen Vater und deine Mutter ehren und alle deine Ichs. Also schleppe ich die Kiste mit dem Passahgeschirr die Treppe herunter. Gracie haßt Gewohnheiten, die junge Grace geht in die Luft über die Heuchelei vorgeschriebener Zeremonien – dennoch. Das Passahfest beginnt in der ganzen Welt damit, daß Frauen in Keller und Dachböden steigen. Ich weiß, daß meine Mutter in Chicago auch gerade jetzt mit dem Menu für meine Schwester und meinen Bruder und seine Familie beschäftigt ist. Ich werde sie anrufen.

«Wie geht es dir, Mama?»

«Gut, und dir?»

«Auch gut – ich wollte nur mal ‹Guten Tag› sagen.»

«Ja, aber sprich nicht zu lange, bei deinem letzten Anruf haben wir so lange geschwatzt – ich hatte ein schlechtes Gewissen. Hier friert es. Ich habe das Gefühl, daß ich seit Wochen nicht draußen war.»

«Hier ist es auch kalt. Miriam kommt nicht, und Joshua ist immer noch mit seinen religiösen Überzeugungen beschäftigt. Und da ich Sehnsucht nach ihnen habe, dachte ich, du könntest auch Sehnsucht nach mir haben, und da bin ich also.»

«Ich will dir was sagen, Gracie, nach einer Weile tut es nicht mehr so weh – ihr Fortsein, meine ich. Wochenlang vermisse ich dich nicht, und dann erwischt es mich ganz furchtbar – wie ein Schmerz. Und dann rufe ich dich an oder du rufst mich an. Und dann vermisse ich dich immer noch. Dann setz ich mich hin und stelle mir vor: Sie ist gesund, sie ist glücklich, sie ist da, wo sie hingehört, bei ihrem Mann. Und, um ehrlich zu sein – ich könnte nicht mit dir zusammenleben, wenn du andauernd mit einem Feuerwehrwagen unterwegs bist. Und dann vergeht der Schmerz.»

«Ich hoffe, auch bei mir.»

«Ach ja, hör mal, du kennst doch die Silvers, Ruthie ist in meinem Canastaclub. Ihr Sohn, Kenny, ist ein hochintelligenter Bursche – du erinnerst dich, ich habe dir von ihm erzählt, als er das

Stipendium für Yale bekam. Als er da war, hat er angefangen Drogen zu nehmen und ist dann von einer Drogenszene zur andern im ganzen Land rumgezogen. Drei Jahre lang. Und dann ist er zur Moon-Sekte gestoßen...»

«Mama...»

«Warte. Was wichtig ist: er war drei Jahre dabei.»

«Das sind sechs verlorene Jahre.»

«Ja, das sage ich ja. Letzte Woche kam Ruthie und sah aus, als hätte sie einen Monat lang auf dem Kopf gestanden. Der Junge ist jetzt fünfundzwanzig. Sie hatte nicht gedacht, daß sich da noch viel ändern würde. Jetzt hat sie uns erzählt, daß er von den Moonies weg ist, einen Job gefunden hat und eine Abendschule für Elektronik oder so etwas besucht.»

«Ich freue mich für sie, Mama, wirklich.»

«Ja, freu dich und – schreib Joshua nicht ab.»

«Ach, Mama, er wollte doch so absolut nicht Hebräisch lernen, und nun saugt er Sanskrit in sich hinein, weil es eine heilige Sprache ist...»

«Noch ist das letzte Wort über ihn nicht gesprochen.»

«Kein Wunder, daß Gott nicht weiß, was er von uns halten soll – wir sind alle Ausgeflippte – Ausgeflippte der Hoffnung.»

Sie wird jetzt ganz ernst.

«Es gibt schlimmere Drogen in der Welt. Es gibt einen schlimmeren Tod.»

Ich unterdrücke den plötzlich aufsteigenden Wunsch, ihr etwas von Ben zu erzählen. Was würde sie sagen? Ich möchte nicht riskieren, daß sich Angst in ihre Stimme schleicht, weil sie denken könnte, ich habe die Absicht, Saul eines wilden Abenteuers wegen zu verlassen. Ich frage mich plötzlich, ob in all den Jahren – Jahre, die ich als langweilig und unerfüllt betrachtet habe – es vielleicht mehr gegeben hat, als nur den Bridgeclub und die Abendessen und den Supermarkt und die Synagoge.

«Mama – würdest du sagen, daß du ein glückliches Leben gehabt hast?»

«Es ist noch nicht vorüber.»

«Bisher...»

«Bisher, ja. Du hast mal gesagt, daß mein Leben dir langweilig erscheint, die Clubs und die Frauengruppen – aber in unserer

Gruppe hatten wir immer das Gefühl, in der vorderen Front der Ereignisse zu sein. Wir haben Geld gesammelt, um zig gute Sachen zu unterstützen. Wir haben uns gut angezogen und sind ausgegangen. In unserer Gruppe saß man nicht zu Hause und wurde dick, obgleich unsere Wohnung und unsere Kinder immer sauber und adrett waren.»

«Ja, Mama.»

«Lach nicht – deine Großmutter konnte noch nicht einmal Englisch.»

«Mama – erinnerst du dich an den Schottenrock und die weiße Bluse, die du mir für die Schule geschenkt hast, als ich sieben war?»

«Nein...»

«Egal, es war mein Lieblingskleid. Noch vielen Dank dafür», ich frage mich, ob Miriam sich an irgendein Kleid erinnert.

Am anderen Ende der Leitung ist es still. Dann sagt sie: «Weißt du was, vor ein paar Tagen fiel mir etwas ein, was ich als Mädchen getragen habe. Es war eine Bluse. Ich muß neun oder zehn gewesen sein, und meine Mutter hatte sie mir zu meinem Geburtstag genäht. Sie hatte Baumwollstickerei gekauft – so etwa einen Meter – und am Hals und an den Ärmeln so eine kleine Rüsche gemacht und ein rotes Band durchgezogen. Ach – was hab ich diese Bluse geliebt! Wir waren so arm. Die Stickerei und das Band müssen so viel gekostet haben wie ein Mittagessen. Komisch, daß wir beide an so etwas gedacht haben.»

Am Abend vor dem Passah-Mahl ruft Ben an. In Longhill gibt es einen jüdischen Jungen, ob er auch kommen dürfe. «Aber ja», schreie ich, «auch wenn ich durchschaue, was dahintersteckt, daß du dann nämlich nicht als Jüngster die vier Fragen stellen mußt.»

Er lacht. «Ich glaube kaum, daß er die Fragen kennt.»

«Hast du sie gekannt?»

«Ich habe sie vor Jahren einmal bei meiner Großmutter aufgesagt, aber ich hab sie vergessen.»

«Ich schreib sie englisch auf, und er kann sie vorher durchlesen, so daß wir ihm nicht zuviel zumuten müssen. Ich komme so in einer Stunde und bring es vorbei.»

«Ich komme heraus.»

«Nein, es ist zu kalt heute. Wo wirst du sein?»

«Im Hauptgebäude.»

Seit die neuen Gebäude entstanden sind, bin ich am Tag noch nicht in der Schule gewesen. Nichts erinnert mich mehr an die Kommunen und das Feuer, außer den ein oder zwei alten Außengebäuden, die zu winzigen Häusern umgebaut worden sind. Der Neubau ist auf den Fundamenten des alten Gebäudes aufgeführt worden, ist aber jetzt nach Osten ausgerichtet, nicht nach Norden. Ich fahre vor und sehe mich nach allen Seiten um. Mit der veränderten Richtung des Gebäudes hat sich das ganze Gelände verändert und damit auch seine Atmosphäre. Ich assoziiere den Ort nicht mehr mit Brand, Dreck und Tod. Als ich hineingehe, lächle ich.

Sie haben sich alle Mühe gegeben, daß es nicht aussieht wie eine Schule oder überhaupt irgendeine «Einrichtung». Es gibt kein «Büro», überhaupt ist niemand da. Ich rufe «Hallo». Von überall her kommen menschliche Geräusche, aber ich zögere nachzusehen. Ich rufe noch einmal «Hallo», und diesmal antworten gleich drei Stimmen aus verschiedenen Richtungen. «Einen Augenblick, bitte!» Eine davon ist Ben. Plötzlich sind da mehr Leute, als ich brauche, eine junge Frau und zwei Kinder und ein anderer Mann und Ben. Er macht sie mit mir bekannt. Ich hab sie mitten am Tag überrascht, und sie versuchen höflich zu bleiben. Ob ich gern durch die Schule geführt werden würde? «Nein, danke, jetzt nicht, ich wollte das nur abgeben.» Ben fühlt sich unbehaglich. Vielleicht möchte er, daß ich einen Blick in sein Leben hier tue, aber es ist nicht die richtige Zeit dafür. «Ich möchte gern alles sehen», sage ich, «aber nicht heute, ich muß nach Hause und alles für das Passahmahl vorbereiten. Außerdem würde ich Riva gern mitbringen.» Ich gebe Ben den Zettel und gehe. Als ich den kurzen Weg nach Hause fahre, habe ich, wie ein Nachbild, das Mädchen – die junge Frau – vor mir, die mit ihm da war. Sie war klein und dunkel und hatte eine moderne, fast knabenhafte Figur; aber was mich jetzt beschäftigt, ist nicht ihre Statur, sondern ihre Stellung. Man wählt den Abstand zu einem anderen entsprechend der Vertrautheit und Sympathie. Saul und ich stehen meist nahe beieinander, und diese Vertrautheit unserer Körper ist, weiß Gott, etwas, mit dem ich im Umgang mit Ben vorsichtig sein muß. Das Mädchen (ich habe ihren Namen vergessen) stand sehr nah bei ihm. Ich sehe noch einmal hin. Ja, sehr nah. Das Bild der beiden ist irgendwo hinter meinen Augen eingefangen.

Der Name des Jungen ist Jason Bloom. Ben kommt ganz pünktlich mit ihm, und etwas steif begrüßen sie unsere übrigen Gäste. Saul versucht es allen behaglich zu machen, während ich noch mit dem Tisch beschäftigt bin. Alle sind sich fremd und haben vergessen, daß «feierlich» in diesem Fall nicht «formell» bedeutet. Jason ist verschreckt. Ich begreife, daß seine Zuneigung für Ben ihn dazu verlockt hat, sich weiter vorzuwagen, als er für sicher hält. Wenn ich deine Ängste zerstreuen könnte, würde ich's tun, aber ich hänge selbst an einem Faden in einem Wind, der dir noch nicht begegnet ist! Saul führt die Gäste zu Tisch. Wir fangen mit der Feier an. Unserer Familientradition entsprechend wird reihum gelesen, bis auf den Teil, wo ein Vorbeter unerläßlich ist. Als wir zu den vier Fragen kommen, steht Jason, vor dem ersten Wort zitternd, auf.

Er steht am Scheideweg, vor der Schande, daß ihm die einfachen Worte weggenommen und von jemand anders gelesen werden und dem Schrecken, selbst da hindurch zu müssen. Es ehrt ihn, daß er den Schrecken wählt. Es dauert ewig, aber schließlich ist er damit fertig und wird durch unseren Applaus belohnt. Plötzlich sind wir alle zusammen Verbannte. Saul unterbricht die Zeremonie und erzählt, wie er zum erstenmal die Fragen auf Hebräisch stellen mußte. Ich erzähle meine Geschichte. Riva die ihre, jeder von Jacobs die eigene, die sie, wie sich herausstellt, sich gegenseitig noch nie erzählt haben, obwohl sie seit 35 Jahren verheiratet sind. Mrs. Rifkin spricht über verschiedene Passah-Mahle, aber nicht über die in ihrer Jugend, sondern darüber, wie sich die Stimmen der Fragenden nach und nach veränderten, bis sie ganz tief waren und keine Kinder mehr am Tisch saßen.

So geht es weiter. Dann singen wir. Ben kennt die Lieder nicht, und die Jacobs kennen Melodien, die anders sind als unsere, aber wir holpern so voran, und wenn es zwei Versionen gibt, werden beide gesungen. Dann essen wir das rituelle Mahl und unser richtiges Essen und erzählen weitere Seder-Geschichten. Riva berichtet von Passahmahlen in Schedletz, die, wie sie sagt, voller Regeln waren, aber auch nicht frömmer als unsere jetzt. Sie erinnert sich der berühmten Matzo-Kugeln ihrer Großmutter, die sie Jahr für Jahr voller Stolz machte und die von der Familie 40 Jahre lang gegessen wurden, ohne daß einer der Großmutter gesagt hätte, daß sie scharf nach Natrium schmeckten.

Nach dem Ende der Zeremonie singen wir weiter. Mitten in einem der Lieder richtet sich Ben kerzengerade auf, und als wir zu Ende sind, schreit er: «Ich hab's – ich kenne es!» Unsicher, in kleinen Stücken voll falscher Betonungen und Verdrehungen, ist es dennoch das «Chad Gayo». Während er singt, übersetze ich Jason die Worte ins Englische. Es ist ein Lied, das Kinder mögen: der Stock schlägt den Hund, das Feuer verbrennt den Stock, das Wasser löscht das Feuer aus – und es kommt nicht darauf an, daß man ihnen die mystische und historische Bedeutung hinter den Bildern erklärt. Sie erkennen dennoch den großen Kreislauf der Welt, von der unscheinbaren Tat bis zu dem umfassenden Geheimnis von Gottes Geboten. Jason erkennt ihn, Ben muß ihn erkannt haben, sonst hätte er das Lied nicht bis heute behalten. Wir singen mit ihm zusammen, klatschen in die Hände und stampfen mit den Füßen. Mr. Jacobs singt eine Version mit nachgeahmten Tierlauten – das Bähen eines Schafes, das Bellen eines Hundes – und Saul, der nun noch einmal einem Passahmahl vorsteht, was, wie er glaubte, für immer vorbei war, hebt sein Glas und sagt: «Ich möchte auf diesen Feiertag trinken, auf die älteste ununterbrochen gefeierte Zeremonie in der aufgezeichneten menschlichen Geschichte.» Ich weiß, daß er zu einem Sohn spricht, der ihn nicht hören kann, oder doch auch zu diesem Sohn – hinweg über das weite Gelände, das zwischen den Generationen liegt. Ich blicke genauer hin auf die, welche übriggeblieben sind: Ich sehe, daß Ben und Jason sich zulächeln. Mr. Jacobs stimmt ein Lied an, in dem es um Zählen geht, mit Klatschen und Fußstampfen. Ben und Jason sitzen stumm da. «Los», ruf ich, «singt die Melodie mit, wenn ihr die Worte nicht kennt...» Jason fängt halbherzig an zu klatschen. Es ist alles zu sonderbar für ihn, zu plötzlich – die fremde Sprache, die merkwürdigen Rhythmen und Melodien. Ich schaue auf das Kind, das keins der Lieder kennt, und auf Ben, der sie nur bruchstückhaft behalten hat. Überbleibsel, Fetzen. Läßt sich aus solchen Fetzen jemals wieder ein ganzes Gewand herstellen?

Am Sonntag kommen Geri und Rita, um mich ins «Cosmos» zu entführen. Das «Kino Zwei» zeigt sonntags nachmittags eine Reihe alter Filme, und im Zentrum sind einige neue Läden, die wir noch nicht kennen. In der Stadt sind die Läden sonntags geschlossen, und die Einkaufszentren machen sich das zunutze. Ich brauche eine kleine Zerstreuung, Saul überredet mich, mitzufahren. Er ist froh, mich zu einer femininen Unternehmung zu bewegen. Einkaufen mit den «Mädchen» ist so viel passender als der Rettungsdienst mit ihnen. So viel ungefährlicher. Wir machen uns lustig darüber, und mir wird klar, daß ich eine ganze Weile nicht so leichtherzig war.

Ich kann nicht mit Saul teilen, was mich beschäftigt. Ben und ich waren bei fünf oder sechs Fahrten zusammen, aber nie allein. Er wartet auf meine Antwort und fragt sich, warum ich nicht sagen kann, was ich so sehnlich sagen möchte und nicht tue, wonach mich so sehr verlangt. Warum sollte ich nicht enthemmt, unabhängig, modern und frei sein? Zweimal hoch! Anderthalbmal! Nur in Tagträumen war ich frei, auf herrliche Weise frei, um lachen und lieben zu können. Bei gewöhnlichem Tageslicht blicke ich über die Trennwände seines und meines Lebens hinüber zu ihm und sehne mich nach ihm.

Wir sind in aller Form «außer Dienst», drängeln uns in Ritas Wagen und fahren nach Russian Grove. Wir haben Zeit bis drei Uhr, dann wird Geris Freund sie abholen und sie zur Arbeit fahren. Jahrelang habe ich die Farmersleute beobachtet, wenn sie am Samstag vormittag nach Gilboa kamen und stundenlang Zeit hatten. Einige von ihnen waren voller Eifer, hatten Augen für alles, versuchten alles aus dem Tag rauszuholen. Wir gehen zu dem neuen Importladen, wo ich Muster und Wolle für Aransweater sehe. Ich kaufe Wolle für zwei, obgleich sie teuer ist. Wir essen Lunch in einem Lokal, das man früher «Tea-Room» genannt hätte, wir reden und lachen. Die Gespenster aus den Luncheinladungen meiner Mutter ruhen jetzt sanft. Auch ich habe mich verändert. «Wenn wir uns beeilen», sagt Rita, «schaffen wir den Film noch.»

«‹Der Vampir in der Mädchenschule›?»

«Nein, der gute alte Oldtimer in ‹Kino Eins› – ‹Die Reifeprüfung›.»

«Ist das nicht der...»

Ich erinnere mich. Mrs. Robinson verführt einen Jungen. Sie ist eine Pythonschlange, er ein Maulwurf. Sie sah mit sechsundvierzig besser aus als ich mit zweiunddreißig, als ich den Film sah, aber sie war eine Schlange, ihre Augen glitzerten ihn lidlos an. Es war alles sehr witzig, die netten jungen Leute flohen vor der Hexe wie in einem Märchen. «Geht ihr beide, wenn ihr mögt – wir treffen uns hinterher.»

«Ach Grace, komm doch mit – es ist ein guter Film.»

«*Gut?* Er leistet dem Märtyrerbild aller jungen Leute von sich selbst Vorschub, es ist *‹mütterlich›*. Der Film ist unfrei und von mieser Gesinnung. Ich will nicht sehen, wie Mrs. Robinson ihre kleine behaarte Beute von Schlafzimmer zu Schlafzimmer in die Enge treibt. Ich will die faulen Witze mittelalterlicher Damen nicht mehr sehen. Ich ...»

Sie starren mich mit erschrockenen Augen an. Ich habe plötzlich ein Bild von mir mit neun Jahren vor Augen, als ein Gast mir die Schüssel mit Auberginensalat anbot, und ich «Iiiiih» schrie, und mir an die Kehle griff. Meine Mutter lächelte etwas unsicher und sagte: «Ein einfaches ‹Nein, danke› reicht aus.» Ich reiche auch aus, mehr als das. «Tut mir leid, wirklich», sage ich, «ihr trefft da eine wunde Stelle: Ruth in den ‹Piraten von Penzance›, Katisha in ‹Der Mikado› – alle finden es komisch und entspannend, und daß mir übel davon wird, ist kein Grund für euch, nicht hinzugehen. Geht, Kinder, und seht's euch an. Ich bummle hier noch ein bißchen herum und sehe mir noch ein paar von den Läden an, und nachher, ehe Geri weg muß, können wir noch einen Kaffee trinken.»

Sie wollen nichts davon hören, und nachdem wir noch ein wenig hin- und hergeredet haben, gehen wir alle zu einer anderen Gruppe von Läden, wo ich mich verpflichtet fühle, noch ein paar Sachen zu kaufen. Die Spontaneität ist verpufft – mein Werk! Ich hätte gehen und meinen Mund halten können. Ich hätte mich mit mehr Grazie aus der Affäre ziehen können. Zu spät! Um drei Uhr begleiten wir Geri zu ihrer Verabredung, und um es wieder gutzumachen, lade ich Rita zu einem Kaffee ein. Cappuccino, mit Schlagsahne und Cognac. Sehr elegant. Aber zu spät, um dem Nachmittag noch eine Würze zu verleihen. «Tut mir leid», wiederhole ich. Rita schüttelt den Kopf.

«Ehrlich, ich hatte die Einzelheiten dieses verdammten Films vergessen. Ich erinnerte mich nur an Dustin auf dieser gräßlichen Party und ein bißchen an Mrs. Robinson. Wenn ich zu Ende gedacht hätte, würde ich ihn niemals vorgeschlagen haben ...»

«Nichts als ein schlechter alter Elternscherz ...»

«Ach, laß doch Grace, ich weiß doch, daß du in Ben Sloan verliebt bist.»

Schweigen. Ich höre meinen Pulsschlag. Der Tod muß sich etwa so ankündigen, wenn er kommt – kein Blut mehr im Hirn, um denken zu können. Ich hänge in diesem Augenblick, im Nichts festgenagelt, kann nichts denken, atemlos, unbeweglich. Dann meldet die Körperchemie: Lufthunger, und das Herz drückt mit Macht auf seinen Blutvorrat, und die Herzklappen schreien auf «Keine Rettung!», und die Milliarden Kapillargefäße stoßen und ziehen, und das Blut ergießt sich in mein Gesicht, und Rita wird schwarz-rot vor meinen Augen, da mein Blick von all dem Blut, das mich erröten läßt, überschwemmt wird. Rita lächelt und schüttelt den Kopf. «Was du für einen Pokerspieler abgeben würdest, was für einen tollen internationalen Spion! Trink aus, Mata Hari, wir haben nur bis fünf Uhr frei.»

Einen Augenblick später kann ich sprechen. «Wie bist du darauf gekommen? Himmel, Rita – ist es so deutlich zu merken? Wer weiß es denn noch?»

«Ich glaube, niemand außer mir. Geri hat so wenig mit Männern im Sinn und ist so mit ihren eigenen Mann-Frau-Problemen beschäftigt, daß sie kaum sieht, was vorgeht. Und die übrigen im Dienst sehen dich anders – sie haben dich bereits als verheiratet und gesetzt klassifiziert und sehen nicht mehr so genau hin.»

«Wieso hast du's gemerkt?»

«Vergiß nicht, ich bin ein Single. Ich hatte selbst ein Auge auf Ben geworfen, er ist nicht mein Typ, aber ich hab ihn beobachtet und also auch dich.»

«Ja, ich bin verliebt in ihn.»

«Gutes Gefühl, das laut zu sagen – was?»

«Ja.»

«Ich will dich nicht kränken, aber weißt du, du bist süß. Dieses Rotwerden – einfach wonnig.»

«Selbstgemachtes Vanilleeis und genauso harmlos.»

«Du weißt, daß er es mit – Dingsda – der Kunstlehrerin in der Schule hat...» Wieder Schweigen und das Bild der beiden zusammen damals, eng zusammen, und ein paar Bemerkungen über sie – irgend jemand hat sie Hand in Hand gesehen...

«Ich dachte es mir.»

«Macht dich das eifersüchtig?»

«Nein, traurig.»

«Traurig?»

«Ich kann nicht sagen, warum – ich hab's noch nicht zu Ende gedacht.»

«Er hat doch wohl keine Vergleiche angestellt – oder?»

«Wir haben nicht miteinander geschlafen – noch nicht.»

«Oh, ich dachte.»

«Unmodern, wie du gesagt hast, ganz und gar unmodern. Sag mir, da du ja so genau beobachtet hast – wie, glaubst du, findet er mich?»

«Es macht mich etwas eifersüchtig, das zu sagen, aber: er liebt dich zärtlich. Ich glaube, er liebt dich zärtlich.»

«Was ist denn dann mit der Dingsda?»

«Warum muß ein einzelner Mensch alle Bedürfnisse eines anderen befriedigen?»

«Nach dem Motto: ‹Ach wie liebe ich! – wie viele waren es?›»

«Grace, Sex ist nicht mehr so bindend wie früher, und auch die Liebe ist es nicht mehr.»

«Großer Gott, ich komme mir vor wie Rip van Winkle. Wo war ich die ganze Zeit, als das alles um mich her passierte?»

«Glücklich verheiratet.»

«Getroffen!»

«Jawohl, muß ich dir sagen, daß ich Anwaltssekretärin bin ...»

«Hübscher, präziser Kopf.»

«Ich weiß so viele Geheimnisse von den Leuten in dieser Stadt, daß sie sich alle überlagern. Auch deine.»

«Ich finde es gräßlich, daß ich es so offen im Gesicht herumgetragen habe, daß du's merken konntest.»

«Warum siehst du es als deine Schwäche – sieh es doch als meine Stärke: diese Rita merkt aber auch alles.»

«Okay.»

«Und bitte, sieh nicht mehr so jämmerlich drein. Nichts hat sich geändert.»

«Dann merkst du eben doch nicht alles.»

Riva ist soweit. Sie hat sich beim Blindspielen allzu häufig die Schienbeine gestoßen. Sie hat wachend und im Schlaf Schreckliches erlebt und tausendfach Kummer erfahren. Ich bin nicht weise, noch nicht einmal klug gewesen, aber ich habe ihr das Bild einer Frau vorgehalten, die ich als Jungverheiratete gekannt habe, einer mutigen und wißbegierigen Frau. Dem Himmel sei Dank für Mythen. Sie wird sich in dieses Bild hineinträumen, das sie aufrechthalten wird – das Bild der tapferen Mutter, der bäuerlichen Überlebenden, der großen Dame. Vielleicht ist es das einzige, was es gibt in diesem Dunkel. Ich habe sie in dieses heroische Image hineingemogelt, und sie nimmt die Lüge an und ist bereit, weiterzuleben. Das einzige, was ich vermeiden muß, ist, daß sie in die Lüge wie in eine Falle hineinläuft oder sich allzu sehr an ihr festhält. Zusammen rufen wir den Blindenverein an. Die Information klingt großartig. Man wird uns einen Lehrer – einen Blinden oder einen, der sehen kann – wie Riva es wünscht – hierher nach Gilboa schicken; der wird ihr beibringen, wie man überlebt und beweglich bleibt. Wir werden also nicht in eine Schule reisen und dort wohnen müssen. Riva, am Nebenapparat, hat während des ersten Teils des Telefongesprächs geschwiegen. Dann sagt sie: «Sie meinen also, ich werde allein leben können – ganz allein?» Ich fühle mich verletzt. Es klingt, als wünsche sie sich das heftig. Auf wen schlägt der Mythos nun zurück? Erst zwei Minuten als Vogel auf der Welt, und sieh, wie er fliegt!

«O ja», sagt die Stimme am Telefon, «wenn Sie sonst nicht behindert sind. Die meisten unserer Patienten möchten unabhängig sein.»

«Unabhängig», sagt Riva. «Ja, ich werde mich zu diesem Programm entschließen.» Sie verabreden Zeit und Stunde.

Das heißt, daß sie bald in ihre eigene Wohnung zurückziehen wird und daß ich frei sein werde, meinen Leidenschaften zu frönen – welche das immer sein mögen. Ich habe Rita etwas vorgemacht, was meine Kenntnis von Ben und der jungen Frau angeht. Es stimmt, daß ich sie «zusammen gesehen» hatte, aber «zusammen» spart mir zu vieles aus. Er ist jung, und junge Leute gehen heute leicht eine sexuelle Beziehung ein und lösen sie auch wieder. Es ist einer der vielen Unterschiede zwischen meiner und seiner Generation. Wenn ich auf seiner grünen Wiese spielen will, werde ich mich an seine Spielregeln halten müssen.

Es wird vielleicht gar nicht so einfach sein, meine Wirklichkeit seinetwegen aufzugeben. Ich verstehe seine Regeln und seine Grenzen nicht. Er lügt zu leicht, er handhabt Sex zu beiläufig, er ist der Erbe einer – von meiner sehr verschiedenen – Welt: sie ist tolerant, etwas fröstelig vor lauter Unabhängigkeit, aber andererseits abhängig auf eine Art, wie ich es nie war. Er erwartet nicht nur, daß er überlebt, sondern unendliche Möglichkeiten und eine nahezu absolute Freiheit der Entscheidung – so wie Redefreiheit. Es gibt für ihn nur Gesetzesgrenzen, die er in freier Entscheidung durchbrechen kann, keine sozialen. Da nichts verboten ist, kann niemand gegen eine Regel verstoßen. Es gibt keine Tragödien – nur «Probleme».

Und dann ist da seine Sanftheit, seine Großzügigkeit, seine Freundlichkeit und Fairneß, sein schnelles Lachen, sein Hunger, etwas zu lernen, sein wundervoller Körper, an dem noch keine Kompromisse zerren. Ich denke an alles mit einem Buch vor meinem Gesicht, in dem ich lese, neben Saul im Bett sitzend. Das ist einer von Sauls liebsten Augenblicken, und von allem, was er an Gilboas Rettungsdienst mißbilligt, ist die Unterbrechung dieser ruhigen halben Stunde in seinem Tageslauf das Schlimmste. Unsere Bewegungen sind uns vertraut und selbstverständlich, und wir genießen das. Wenn einer von uns beiden stirbt, wird dem anderen nichts Brutaleres zugemutet werden, als nachts das Licht ausmachen zu müssen. Gute Nacht, Saul, gute Nacht, Ben. Gute Nacht, Mrs. Robinson, die Sie Ihre Beute in die Enge treiben, gute Nacht, Katisha, die ihr Make-up auf so komische Weise ruiniert mit ihrem Kummer. Gute Nacht, ihr drei Howards: Leslie, Shemp und Catherine. Ben dürfte von keinem der drei je gehört haben.

15

Ich erinnere mich an die Howards, besonders an Shemp und Catherine, die meine Kollektion von Bridgerunden vervollständigen sollten. In unseren Flitterwochen hatten Saul und ich uns dieses Spiel ausgedacht, und sehr oft denkt einer von uns über eine neue Gruppe von Partnern nach, die man ihm hinzufügen könnte. Die Idee ist ein Bridgeturnier, das von Paaren ausgetragen wird. An einem Tisch, zum Beispiel, sitzen die Franklins, Ben und Aretha, und spielen gegen die Browns, John und Molly. Es geht darum, möglichst unwahrscheinliche Zusammenstellungen zu finden und natürlich weibliche wie männliche. Monatelang plädierte ich für mein Lieblingspaar, Karl und Groucho Marx, aber Saul wollte es nie zulassen. Es ist leicht, berühmte Männer zu finden – das Problem sind die Frauen. Shemp Howard war einer der «Drei Stooges», Catherine war die Ehefrau Heinrichs VIII. – was mich auf Catherine und Jack Parr bringt.

Der Wind weht milder, das Wasser des geschmolzenen Schnees fließt nicht mehr in die Kanäle ab, es sickert in die Erde ein, und die Erde schwillt, und die umgegrabenen Beete brechen auf und enthüllen die allerzartesten grünen Schößlinge. Wunder beginnen. Graupelschauer und Schneestürme toben hart an uns vorbei, und wenn sie vorüber sind, tragen die zerbrechlichsten Kirschbaumzweige immer noch Blütenbüschel, durchscheinend wie das Häutchen in der Eierschale. Alle alten Leute in der Stadt beglückwünschen sich. In einem Monat werden sich die knotigen Gelenkearthritischer Hände der warmen Sonne öffnen, die Knochen werden ihren Eigentümern die Kränkungen des Winters nachsehen, Türen und Fenster werden aufgehen, damit die sanfte Brise durch das ganze Haus wehen und die Wollmäuse unter den Betten aufstöbern kann. Es ist ein Verlangen, das fast so intensiv ist wie der Schmerz. Jeder späte Frost erfüllt mich mit Ängsten um den befreienden Frühling. Jetzt, da ich ihn sozusagen über den Rand der nächsten Woche sehen kann, sehne ich mich noch stärker nach ihm als sonst.

Riva hat mit dem, was sie ihren «Blindenunterricht» nennt, begonnen. Saul hat mit einem neuen Angebot von Sport- und Jogginganzügen zu tun. Die Feuerwehr braucht einen neuen Laster. Rivas kleine Vorleserinnen kommen in ihren zarten Frühlingsgewändern und teilen ihr mit, daß sie im Sommer nicht zum Vorlesen kommen können; sie gehen in ein Ferienlager. Ich werde mich wieder auf die Suche machen müssen.

Und Ben. Wenn die Hügel grün werden, werden wir aus der Stadt hinaus nach oben und auf der andern Seite wieder hinunterwandern, zu den kleinen Hainen, wo die Liebenden nicht mehr hingehen, seit es Autos in Gilboa gibt. Ein- oder zweimal sind wir allein gewesen, aber es ist Wochen her seit unserem Gespräch, und ich sehe ihn verlangend an, wenn niemand hinschaut... Er hat mich zweimal angerufen zu irgendwelchen Einzelfragen, und wir haben weitergeredet – über alles und nichts.

Eines Nachmittags sind Geri und ich dabei, die Ambulanz nach einer Fahrt sauberzumachen, als C. A. vorbeikommt. Als Chef der Feuerwehr ist er oft in der Feuerwache, wenn wir dort sind, aber diesmal spüre ich, daß er eigens unseretwegen gekommen ist. Er fühlt sich immer noch nicht ganz sicher Geri gegenüber und fängt daher mit mir an zu reden. «Schwierige Fahrt?»

«Nein, um es geradeheraus zu sagen – es ging um deinen Neffen, Bob Ray. Er hat sich auf dem Spielplatz der Kleinen in der Schule herumgetrieben und was mit der Schaukel an die Birne gekriegt. Es war schon wieder gut, als wir hinkamen. Wir haben Marice angerufen, damit sie ihn nach Hause holt. Aber dann kamen die andern und jammerten uns was vor – Zehen, Nasen, Finger. Sie wollten alle in die Ambulanz, und wir sollten ihnen in die Augen leuchten.» C. A. lacht, aber ich sehe, daß ihn etwas bedrückt. «Wolltest du etwas mit uns besprechen? Ich hoffe nichts Unangenehmes?»

«Kommt darauf an, wie du es siehst. Ich war am Mittwoch in der Sitzung des Gemeinderats, und da haben sie darüber geredet, was für gute Arbeit unsere Gruppe leistet, sowohl Feuer wie Unfall. Und schließlich kam es heraus, daß sie uns ein Zeichen ihrer Anerkennung geben wollen...»

«Geld!» Ich klatsche in die Hände. «Ach, C. A., sag, daß sie eine Stiftung für eine bessere Elektroanlage machen wollen...»

«Nein, sie wollen uns eine Party geben.»

«Ach, Scheiße», schreit Geri. Ich sehe, wie C. A. leicht zusammenzuckt, aber im Grunde stimmt er ihr zu. Keiner versteht das außer unseren Leuten. In der Arbeit gibt es keine sozialen Unterschiede – und das ist einer der Vorzüge dieser Arbeit. Aber wenn wir nicht zusammenarbeiten, fallen wir hinter die gleichen Grenzen zurück wie alle übrigen in der Stadt. Mit dem Kirchenchor und dem Gartenclub ist es genauso. Freunde finden sich. C. A. bewundert Bens Geschicklichkeit bei einem Unfall, aber auf einer Party haben sie einander nichts zu sagen. Orley Fleet nimmt Ben und seine «Irren» um der gemeinsamen Arbeit willen hin, aber er hat entschiedene Vorbehalte gegen Geri und in seinen ganz persönlichen, aufrichtigen Augenblicken auch gegen mich: eine Frau, die Männerkleider trägt und Männerarbeit macht! Mit dieser Party möchte der Gemeinderat der Legende der «kleinen Stadt», der Legende von einem friedlichen Königreich, Lippendienst leisten. Die Leute, die in diesen Städten leben, haben sie so oft im Radio gehört und im-

Fernsehen vorgeführt bekommen, daß sie das Gefühl haben, sie sind es sich schuldig, daran zu glauben. Wenn es sich bei der Party um Kaffee und Kuchen, Brezeln und Popcorn, Bier und Malzbier handelte nach einer Sitzung oder einer schwierigen Fahrt, könnten wir alle für eine Stunde im Feuerwehrhaus zusammensitzen und uns «Kriegsgeschichten» erzählen und uns von der Stadt und dem Gemeinderat geehrt fühlen. Aber ach, so sieht der Plan nicht aus! Sie wollen für uns einen «Abend» im Gemeindehaus geben, mit Ehemännern und Ehefrauen und Kindern, Adam und Riva, in Strümpfen und Schuhen, mit Anzug und Schlips. Ben und Orley, Geri und Orley, C. A.s Frau Jeannie, die für mich der Inbegriff von dämlich ist, und wir «mischen» uns dem Gemeinderat zu Gefallen und um die Legende zu bekräftigen! Einige Legenden sind ganz einfach langweilig.

«Ach, C. A. – hast du für uns geredet – hast du es ihnen gesagt?»

Er sieht mich an wie ein geprügelter Hund.

«Ich konnte es ihnen nicht geradeheraus sagen, ich hab gesagt, daß es Sachen gibt, die wir dringend brauchen, ich hab sie gefragt, ob wir darüber abstimmen könnten – ob eine Party oder was Praktisches –, und sie haben ihre Hände ausgestreckt wie der Heilige Vater, wenn er die Leute segnet – entschuldigt den Vergleich.» Mir gefällt der Vergleich. Ich stecke Major Blair sofort in den päpstlichen Purpur und setze Tom Bisoglio einen Kardinalshut auf. Es erhellt mir den Tag.

«Wann soll denn diese Fehlplanung stattfinden? Nichts für ungut, C. A., aber wie du genau weißt, ist Saul nicht gerade begeistert über meinen Anteil an unserer Sache. Ich zweifle, ob es mir gelingt, daß er auch nur fünfzehn Minuten auf eine Party zu Ehren derselben verschwendet.»

«Nichts für ungut, Grace, aber ich versteh seinen Standpunkt. Ich würde mir's zweimal überlegen, ehe ich Jeannie zu jeder Tages- und Nachtzeit losfahren ließe und mir mein Essen aus der Tiefkühltruhe ausgraben müßte.»

Geri neben mir erstarrt. Weiß sie immer noch nicht, daß Jeannie Bordereau niemals etwas anderes wollte als einen großen, starken Mann, der sie bewundert und ihr jeden Schritt vorschreibt, den sie zu tun hat? C. A. ist sich seiner Taprigkeit nicht bewußt. «Die Sache soll Sonnabend in einer Woche stattfinden.» Er steht da und sieht so verletzt und so treuherzig drein, daß ich ihn gern in die Arme nehmen und dann in die Nase kneifen würde. Sonnabends finden seine Volkstänze statt, und außer bei Feuer und Unfällen versäumt C. A. sie niemals. Pflicht gegen Liebe.

Ich beschließe, das Ereignis zu boykottieren. Ich bin ein Spielball der Leidenschaften, eine Sklavin der Zeit, aber ich finde nicht, daß ich der Stadt so viel schuldig bin. Vielleicht möchte Saul hingehen – einfach, um dagewesen zu sein. Ben mag alles auf andere Weise sehen. Ich brauche eine Entschuldigung, um mit ihm zusammenzu sein. Ich bin gerade dabei, mir eine auszudenken, als er anruft und fragt, ob er herüberkommen könne. «Ja, natürlich», sage ich, bevor ich es recht bedacht habe. Dieser Besuch wird anders sein. Er ist immer am späten Nachmittag gekommen, wenn ich Saul erwartete. Jetzt ist früher Nachmittag. Noch vorigen Monat hätte es keinen Unterschied gemacht. Da brauchte man sich um die Zeit nicht zu kümmern. Jetzt spüre ich ihn. Wir beide spüren ihn.

Wir können nicht hierbleiben. Wir sollten uns ein paar alte Quilts greifen und zu Violets Haus fahren. Vor Wochen habe ich den Schlüssel gefunden und ihn beiseite gelegt. Der Tag ist warm. Es erinnert mich an Frauen in den Anfängen einer Schwangerschaft, atemlos und schläfrig, voller Milch und ein wenig aufgedunsen und empfindlich an den Brüsten. Ich trödle herum und warte auf Ben. Und da kommt er den Bullwinkle Boulevard herunter. Könnte es etwas Unschuldigeres geben? Er joggt. Mitten auf der Straße läuft er und denkt an nichts außer an seinen Rhythmus und sein Tempo, angespannt wie ein Marathonchampion. Ich liebe ihn und sehne mich völlig unvernünftig nach ihm. Ich möchte um mein Leben gern mit ihm in Violets Dachboden sein, aber wir brauchen ein Alibi für den Nachmittag, also zuerst ins Feuerwehrhaus.

«Hallo», sagt er.

«Hallo», sage ich.

Wir würden uns gern küssen, tun es aber nicht. «Komm, wir gehen zusammen zur Feuerwache und werden dort leise vor uns hin murmeln, während wir uns am Rettungswagen zu schaffen machen, der seit der letzten großen Fahrt nicht nachgefüllt worden ist. Dann führe ich dich anderswohin.»

Ein schneller Blick, er versteht und sagt «gute Idee», und wir gehen langsam zur Feuerwache, wo die Gesichter der Vorfahren stolz und feierlich auf uns herabblicken können. Wir reden so obenhin über die Schule und die Fahrten, die wir gemacht haben, und dann sagt er: «Hast du dich entschieden?» Ich lache. «Ja.»

«Aber du – hast – na ja – Vorbehalte?»

«Gewissensbisse. Ich habe ein Gefühl von Untreue, und das verstehst du nicht – oder?»

«Ich versteh nicht viel von Untreue. Wenn du mich fragst, was Treue ist, fällt mir Loyalität ein. Es ist ein Wort, das im Krieg viel gebraucht wird, so viel wie Gemeinschaftssinn. Das heißt, daß du alles schlucken mußt.»

«Und in der Ehe?»

«Ich nehme an, es ist ein anderer Ausdruck für Liebe...»

«Du würdest sagen: ‹Alle Erfahrungen machen›, aber Leute, die das tun, enden bei einer schrecklichen Entfremdung. Noch nie ist es gelungen, eine enge Gemeinschaft ohne Treue herzustellen.»

«Wenn es keine sexuelle Eifersucht gäbe...»

«Die einzige Möglichkeit, von sexueller Eifersucht frei zu sein, ist, nicht genügend interessiert zu sein. Wenn man nichts investiert, tut es nicht weh. Das ist ein zu hoher Preis.»

«Denkst du an Star?»

«Star...?»

«Die Frau, der du in der Schule begegnet bist... die dabei war.»

«Auch.»

«Vergleiche – glaubst du, daß ich vergleichen würde?»

«Ich bin nicht mehr jung, nicht mehr strahlend jung.»

Er unterbricht mich. Wir sind gerade dabei, saubere Decken in den Rettungswagen zu packen und die Gurte der Trage aufzurollen. Ich habe eine Decke im Arm. Er hat mich mitsamt der Decke zu sich umgedreht und faßt mich bei den Schultern. «Ich möchte mit dir zusammensein und mit *dir* schlafen. Wirf mir nie, *niemals* vor, ich sei so jung, so unwissend, so seicht, auf die Oberfläche einer Sache hereinzufallen und alles unter dieser Oberfläche zu übersehen. Das hab ich getan, als ich siebzehn war! Kannst du so von dir oder mir denken?»

«Ich habe nicht gedacht...»

«Du hast. Du denkst zuviel, du wägst ab, du überlegst, du planst. *Sei* einmal und vertrau darauf, daß wir beide uns kennen.»

Diese Verkleidungen, die ich und meine Freundinnen angelegt

haben – die Krähenfüße und das graue Haar, das müde Fleisch, die schlaffen Partien an uns – wir haben so lange so viele Menschen damit getäuscht – ich dachte, es wäre uns mit allen gelungen und in manchen Augenblicken sogar mit uns selbst. Er hat durch die Verkleidung hindurchgesehen, dahin, wo in einem alternden Körper sich eine jüngere Seele verbirgt. Aber, da ist noch etwas anderes. «Da ist noch etwas anderes. Für mich ist Treue eine Tugend und die Tugend ein Grund zum Stolz. Ich weiß, daß ich bereits in meinem Herzen die Treue gebrochen habe.»

«Dann ist die Tugend ein Mythos.»

«Nur mit diesem Mythos bin ich imstande, die Heldin meines eigenen Lebens zu sein. Dieser Mythos hat dich von der Zuhälterei und vom Dealen abgehalten. Du hast gesagt, im Grunde seist du ein guter Mensch, und gute Menschen leben mit ‹Ehre›, ‹Ehrlichkeit›, ‹Selbstachtung›.»

«Ich glaube, das sind überfrachtete Worte – eben Mythen.»

«Werde nicht irre an ihnen. Wie sonst kannst du das werden, was du sein solltest?»

«Und wenn du doch so glücklich mit all dem bist – warum willst du es aufgeben?»

«Weil ich verrückt nach dir bin.»

«Ach.»

Ich sehe, daß meine Intensität ihn bedrängt. Ich habe niemals meine Mythentugenden aus der Not mit Leidenschaft und Intensität in eine Gleichung gebracht. Es überrascht mich. «Schlechte Nachrichten.» Wir schlendern durch den sinkenden Tag, und ich erzähle ihm von der Party. «Ich plane einen leisen, feinen Widerstand. Ich werde nicht aufkreuzen. Aber wenn du kommen willst...»

«Nicht eigentlich. Ich weiß, C. A. und Orley und einige andere haben es nicht leicht, mich anzunehmen. Ich möchte ihre Einwände schon entkräften, aber eine Party ist nicht der richtige Weg.»

«Es war nicht unsere Idee – sondern die von seiner Eminenz, Bürgermeister Blair und Kardinal Bisoglio.»

«Wohin gehen wir?»

«Auf der hinteren Veranda liegen zwei Quilts. Wir gehen zu Violet Cleves Haus.»

«Wer ist das?»

«Eine verstorbene Freundin. Wenn diese Stadt ihren Papst Leo und ihren Baseball-Richelieu hat, so hatten sie jedenfalls auch ihre heilige Chantal.»

«Wo hast du bloß so viel Geschichte gelernt?»

«Im College.»

«Warum hat man uns das nicht beigebracht?»

«Aus Sorge, ihr würdet das nicht mögen. Sie hatten Angst vor euch.»

Seit der Beerdigung war ich nicht mehr in Violets Haus. Auf den ersten Blick sieht es unverändert aus, aber der Tod läßt sich nicht weglügen. Kinder haben einige Büsche umgeknickt, Hunde sie unterwühlt. Ein Seitenfenster ist zerbrochen, ein Nachbar hat ein Brett darübergenagelt. Wir gehen hinein. Die Damen vom Gartenclub tun ihr Bestes. Irgend jemand war da und hat abgestaubt und staubgesaugt, aber andere Kräfte sind am Werk – Mäuse und Rost, Liebespaare und Kinder. Wir gehen nach oben. Die Zimmer sind ordentlich eingerichtet mit den alten Sachen, die im Haus waren; was an Violets Sentimentalität erinnerte, ist verschwunden. Ich möchte die Quilts auf ihr Bett werfen und mit Ben dableiben, aber als ich das Bett leicht berühre, quillt ein muffiger Geruch daraus hervor. Das ganze Zimmer ist gegen uns verschworen – Schonbezüge auf Sofa und Kissen. Ben schüttelt langsam den Kopf, ergreift den Sack mit den Quilts und wir steigen höher hinauf, auf den Dachboden.

Er ist enger und dunkler, als ich ihn in Erinnerung hatte. Irgend jemand hat Käsegebäck hier gegessen und die Mäuse haben sich über die Krumen hergemacht. Schnipsel von der Tüte sind über den Boden verstreut. Ich schau Ben schüchtern an. «Es ist nicht so, wie ich es mir vorgestellt hatte, und natürlich brauchten wir noch ein paar Sachen – müssen sie her- und wieder wegbringen. Ich möchte nicht so gern, daß sämtliche Liebespaare der Stadt hier durchziehen – wir müßten uns Monate vorher einen Platz reservieren.»

Er nimmt mich in die Arme. Es ist Mitgefühl, nicht Verlangen. Wir küssen uns, und das befreit unsere Gefühle. «Laß die Haussuche», sagt er. «Du hast kein Talent dafür. Überlaß das mir.»

«Die Stadt ist klein...»

«Wenn du es willst, finde ich einen Platz.»

«Aber nicht in der Schule...» Ich möchte mir auf die Zunge beißen. Wir stehen uns gegenüber, halten uns immer noch fest, verwirrt. Dann kommt der Ton, von der Hauptstraße her, näher und näher. Feueralarm.

Schon einige Zeit zurück, in den dreißiger Jahren, wohnte eine Familie Sergeant für eine Weile in Gilboa. Sie waren gesellschaftlich sehr aktiv. Sie war in der Altar-Gilde, niemand weiß, von welcher Kirche. Er war ein Diakon und sollte Mitglied des Gemeinderats werden. Eines Nachts explodierte ihr Heizkessel. Flammen schossen zum Dach hinaus, Rauch drang aus den Fenstern – und auch Menschen. Aus den Vorderfenstern Mr. Sergeant, er splitterfasernackt, wie das Gerücht geht, und eine Frau, die nicht Mrs. Sergeant war, gleichermaßen. Aus der Hintertür kam Mrs. Sergeant, unbekleidet bis auf schwarze Seidenstrümpfe, und mit ihr zusammen der damalige Bürgermeister, der irgend etwas Ledernes um die Lenden trug. Es ist eine berühmte Geschichte unter denen der Feuerwache, und nun packt sie uns hinterrücks. Alle wissen, daß wir in der Stadt sind, und ich hab mich nicht vom Dienst abgemeldet, Gott sei Dank sind wir angezogen. Wir stolpern nach unten und aus der Haustür mitsamt den Quilts. Wir sind zu Fuß hierher gegangen, und ich verwünsche jetzt den Zeitverlust. «Du kannst laufen!» rufe ich und werfe Ben den Schlüssel zu. «Hol mich ab!»

Im Nu ist er verschwunden, und als ich an der Bundesstraße bin, kann ich schon den Wagen kommen sehen. Bonnie und Clyde. Ich stelle mich auf die Mitte der Fahrbahn und springe in den Wagen. «Ich bin noch rasch ins Haus gegangen und hab deine Ausrüstung geholt, hab aber die Stiefel vergessen.»

«Was ist es?»

«Eine Fabrik», sagt er, «noch in Betrieb.»

Im Feuerwehrhaus sehen wir, daß bereits zwei Feuerwehrwagen losgefahren sind. An der Wand hängen weitere Mäntel und Stiefel. Wir rüsten uns aus, Jack und Lin Hoopes kommen, und wir steigen auf den großen Pumpwagen und fahren los. Das Feuer ist in der Fabrik am Ende der Tulip Road – das letzte Gebäude am westlichen Ausläufer der Stadt, da wo sie von der Überlandstraße durchschnitten wird. Als wir ankommen, sehen wir, was los ist: es läßt sich alles mit einem Blick übersehen. Kein Wunder, daß Männer übersichtliche Sportarten bevorzugen, wo der Gegner gut sichtbar ist in einer

Arena, die nicht größer ist als eine Fabrik oder ein Spielfeld. C. A. ist bereits da. Das Feuer ist in einem kleinen L-förmigen Anbau an die Fabrik. Dieser Teil steht rundum in Flammen, wir werden ihn nicht retten können. Das Problem wird sein, zu verhindern, daß das Feuer sich ausbreitet.

«Es ist das Lager für Spezialchemikalien», schreit C. A. uns zu. «Versucht, die ungeschützte Seite der Fabrik abzuschirmen.»

«Sollen wir Atemluftgeräte benutzen?»

«Ja, aber geht nicht zu nah ran. Das Zeug ist explosiv, und das Feuer kann rausschießen. Laßt uns erst löschen. Wir haben eine Leitung zu eurer Rückendeckung. Legt den Zweieinhalb-Zentimeter-Schlauch aus.»

Wir legen den großen Schlauch aus. Sogar zum Halten braucht man zwei Mann, und wir müssen den Wasserstrahl bei dem Druck zwei bis drei Geschosse hoch richten. Drei von uns haben alle Mühe, den Schlauch ruhig in der Richtung zu halten. Als unser Wasser verbraucht ist, schließen wir ihn am Hydranten an und richten ihn wieder hoch. Von Zeit zu Zeit zerreißen Explosionen das Lagerhaus und bedrohen unsere Seite. Wir richten den Wasserstrahl tiefer und ändern den Druck, um das Untergeschoß der Fabrikanlage zu treffen. Rauch in Mengen, aber keine Flammen mehr. Das ganze Gelände ist evakuiert worden, und die Straßen sind voll von Schaulustigen, die in Wellen viel zu dicht hereinströmen und zu langsam wieder abziehen. Wir gehen vorwärts und gewinnen an Boden. Als wir alles sichtbare Feuer unter Kontrolle haben, meine ich, daß ich vor Erschöpfung nicht mehr scharf sehen kann, und merke erst dann, daß es Nacht wird. Einige der Männer haben Schutzanzüge angezogen und sind ins Gebäude hineingegangen. Hier und da schwerer Rauch, aber kein Feuer mehr. Wir müssen einen der Feuerwehrwagen die ganze Nacht hierlassen, das Feuer könnte sich wieder entflammen, und einige der Chemikalien sind unbeständig. Der Fabrikdirektor teilt uns mit, wir hätten alle Glück gehabt – eine neue Lieferung stand bevor, und die Vorräte waren erschöpft. C. A. ist stolz auf uns. Es war gute Arbeit. Es handelt sich nicht um Brandstiftung. Keine Toten, keine Verletzten. Es ist immer noch heiß in dem L-förmigen Lager, und wie durch Zauber sind einige der Fässer mit Chemikalien nicht explodiert. C. A. hat Chemiefachleute aus Midlothian kommen lassen. Die Verbindung der entwichenen Gase mit den durch das Feuer und an der Luft entstandenen könnte tödlich wirken, und wenn wir sie nicht mit unserem kräftigen Wasserstrahl wegschwemmen, könnten sie sich auf uns oder irgendwo sonst ablagern. Ben folgt den beiden Männern und stellt Fragen, während sie Luftproben machen. Ich kann sie nur töricht anstarren. Ich bin zu müde, um mich noch auf den Beinen zu halten. Ich bin naß und stinke nach Rauch. Als die Nacht hereinbricht, fange ich an zu zittern. Unter den Sitzen im Laster sind Decken und trockene Anderthalb-Zentimeter-Schläuche, sauber zusammengerollt. Ich lege mich darauf, um etwas auszuruhen. Das nächste, was mir bewußt wird, ist eine seltsame Stimme und jemand, der mich schüttelt.

«Wer ist da?»

«Ich bin's, Orley, komm, steh auf.» Es ist jetzt stockdunkel, wo ich liege. Alle Scheinwerfer des Lasters sind auf die Brandstelle gerichtet. Aber im Lichtreflex sehe ich Orley, der auf mich heruntergrinst. «Das Picknick ist vorbei, Mrs. Dowben, das Feuerwerk auch, die Kinder machen sich fertig, um nach Hause zu gehen.»

Ich setze mich auf, immer noch nach Rauch stinkend. «Ich muß eingeschlafen sein.»

Er nickt. «Und was schlimmer ist, die Fernsehleute haben 'n paar Aufnahmen von dir hier oben gemacht.»

Ich krabble auf die Füße und recke mich. Orley hilft mir hinten vom Laster herunter, damit ich noch beim Einholen des Schlauchs helfen kann. Eine ungeheure Arbeit steht uns bevor. So nah wir auch an der Brandstelle waren – wir haben schließlich doch 500 Meter Schlauch eingedreckt. Wir werden ihn herunterholen, ihn saubermachen, wieder aufhängen und saubere Schläuche in die Laster verstauen müssen – grobe Hausfrauenarbeit – das bringt mir die ersten Monate meiner jungen Mutterschaft ins Gedächtnis, als ich lernte, in der sanften Benommenheit halbbewußter Erschöpfung meine Arbeit zu tun.

Ich bin überrascht, zu hören, daß es neun Uhr dreißig ist. Wir haben seit etwa drei Uhr gearbeitet. Weitere Feuerwehrwagen kommen an, und wir machen einen Zeitplan, um uns bei der Fabrik abzulösen. Ben und ich zusammen; ohne darüber nachzudenken, heben wir die Hand für die Schicht von drei bis sieben. Ich hoffe, niemand hat es bemerkt. Wir stehen uns an zwei verschiedenen

Wänden des Zimmers gegenüber. Ich gehe zu ihm hinüber. «Mach Schluß hier, ich fahr dich nach Hause und hol dich um Viertel vor drei wieder ab.» Er zieht ein Gesicht. Zum schieren Selbstschutz sage ich: «Du siehst aus wie der Junge auf dem Plakat von einem Bergwerkseinsturz.» – «Nichts für ungut, aber hast *du* mal in den Spiegel geguckt?»

«Ich sollte dir eins mit dem Handschuh dafür auswischen, aber ich fürchte, er bleibt kleben. Los, komm.»

Ich fahre ihn nach Hause. Wir sind zu müde, um viel zu reden, und wir stinken zu sehr, um uns zu küssen. «Also Viertel vor, sauber und gut riechend.»

«Und im Tiefschlaf.»

Ich muß lächeln. Wir werden uns in der Dunkelheit treffen und zur Brandstelle gehen und den leichten Laster von Claude und Orley übernehmen. Wir werden uns nicht berühren und wahrscheinlich nicht viel reden, weil wir immer noch müde sind. Die siebenjährige Gracie ist entsetzt; die siebzehnjährige Grace ungläubig. Mrs. Grace traurig. Auch eine Art von Liebenden.

Um sieben Uhr früh haben wir unseren Dienst hinter uns. Betäubt von Müdigkeit und Hunger bitte ich Ben zum Frühstück nach Hause. Er nickt, unfähig, sich jetzt der Schule auszusetzen.

Saul ist guter Laune bei den Frühstückseiern, die ich gemacht habe.

«Ich hab euch gestern abend im Fernsehen gesehen. Ganz gut erfaßt. Sogar dich hatten sie dabei, wie du hinten im Laster schläfst.»

«Ich frage mich nur, warum sie mich nicht gezeigt haben, wie ich den Schlauch ziehe oder vier Stunden lang in vorderster Linie stehe?»

«Gibt 'ne interessantere Story so. Mehr ‹human interest›. Übrigens weißt du, wem die Fabrik gehört?»

«Nein – wem?»

«Will Burris – sie haben früher in dem Haus Tulip Road gewohnt. Ich bin mit ihm zur Schule gegangen. Jetzt wohnen sie in Midlothian, und vor etwa einem Jahr hat er die Fabrik von Catlin gekauft. Du mußt ihn da draußen gesehen haben, ohne zu wissen, wer er ist. Gegen sieben Uhr kam er im Laden vorbei. Ich glaube, er wollte wissen, wie weit man sich auf den Bereitschaftsdienst verlassen kann – er wußte nicht, daß ich da eingeheiratet habe. Jedenfalls hab ich ihm erzählt, was ich wußte, und offensichtlich haben die Versicherungsleute gesagt, ihr hättet gute Arbeit geleistet. Wir sind nach Ladenschluß noch etwas trinken gegangen und haben uns eine ganze Weile unterhalten. Das Ergebnis war, daß wir zu einer Party eingeladen sind, die er und seine Frau am fünfzehnten in Midlothian geben.»

«Am fünfzehnten – das ist der Abend dieser Gemeinderats-chose. Fein. Wir brauchen uns also nicht einen Abend lang im Dunkeln unter der Couch zu verkriechen. Wir können statt dessen nach Midlothian fahren.»

16

Es ist ein großes Haus in einem Teil der Stadt, den ich nicht kenne. Alle Häuser hier sind gut gehalten und gediegen. Plötzlich, während wir die Straße hinunterfahren, werden wir uns bewußt, daß wir vielleicht nicht das Richtige anhaben. Meine Hände sind sauber, aber ganz offensichtlich verarbeitet, wie bei der Dame in der Werbung für Geschirrspülmittel. Noch ehe wir das Haus gefunden haben, fühle ich mich eingeschüchtert. Da ist es, riesig, ein Steinhaus – wirklich schön. Saul erinnert mich daran, daß wir hier sind, um einen Abend zu genießen und sonst nichts. Er ist mit Will zur Schule gegangen und mochte ihn. Will war im Korea-Krieg und zwei Jahre in koreanischer Gefangenschaft. Als er zurückkam – «krank, aber reich» –, kaufte er eine stillgelegte Hemdenfabrik in Midlothian, die er auf die damals neuen Synthetics umstellte. Vor vier Jahren ging er zu Spezialmaterialien über und kaufte die Fabrik in Gilboa, um chemische Bindemittel irgendwelcher Art zu produzieren. Wegen des Feuers bin ich neugierig, was das für Chemikalien sind. Vielleicht hab ich die Chance, mit ihm darüber zu reden.

Wir gehen hinein, und ein Mädchen nimmt uns unsere Mäntel ab. Im allgemeinen würde ich einen solchen Raum wohlwollend, aber mit praktischem Blick betrachten. Es ist ein großer Raum in einem großen Haus, eine Menge Arbeit; sicherlich zwei oder auch drei Hilfskräfte. Aber da ich mich erinnere, was Saul über Versagensängste gesagt hat und daß er das Zweitbeste in Gilboa akzeptiert habe, sehe ich, was er sieht, nämlich den Vergleich, unter dem er – auch wenn er gegenüber seinen wahren Wünschen ungünstig ausfällt – im Augenblick jedenfalls leiden muß. Also sage ich nichts. Jedes Wort wäre eine Verteidigung, und jede Verteidigung würde bestätigen, daß ein Vergleich gezogen wird. Also stehn wir da, bis Elaine Burris kommt, sich mit uns bekannt macht und uns hineinführt.

Und da fangen *meine* Vergleiche an. Sie hat eine schlanke Figur, und ihr Haar ist modisch frisiert. Ihr Kleid ist hübsch und schmeichelt ihr – Ergebnis einer vollkommenen Schneiderin oder wochenlangen Einkaufens. Sie hat einen schönen Gang. In unserem Alter werden einem solche Dinge wie Stil und Form nicht geschenkt, sondern sind harterrungene Tugenden. Tennis, Schwimmen, Gymnastik. Keine Eigenmaniküre, keine fetten Krapfen im Feuerwehrhaus. Ich werde alles tun, um mich nicht zur Karikatur zu machen, denn auch ich fühle mich einem harten Vergleich ausgesetzt, den es in einer so vielfältigen pluralistischen Gesellschaft wie der unseren nicht geben sollte – aber es gibt ihn.

Wir mischen uns unter die anderen, bewegen uns langsam, nehmen Kostproben des Abends in uns auf. Die Unterhaltung ist Partygerede, aber auf einem Niveau, das außerhalb meiner Erfahrung liegt. Yachten, Reisen, Skiwochenenden. Guayamas und seine Hotels. Vegas. Acapulco. Man diskutiert nicht über die Besonderheiten dieser Orte, spricht nur über die Umstände. Manchmal stelle ich eine Frage, machmal schweife ich in Gedanken ab. Ein Mann ist mit seiner Frau gerade aus der Türkei zurück. Sie erzählen mir, wo sie waren. Zwei Männer unterhalten sich über das, was sie zu ihrer Entspannung tun. Es geht immer um Körperkraft, und als ich gefragt werde, was mein Mann tut, sage ich, daß er eigentlich nur von seinem Laden zu Fuß nach Hause geht. «Der Wettbewerb auf meinem Gebiet ist so hart», sagt der Mann zu meiner Linken, «daß ich meine Spannungen irgendwie loswerden muß.» Das läßt die Frage zu, was denn sein Gebiet sei. «Chirurgische Spezialausstattung», sagt er, «Will und ich arbeiten an einer Idee.» Ich frage ihn nach dem Namen der Firma. Sie sei zwar hier im Staat, aber, so sagt er ein wenig herablassend, so spezialisiert, daß ich sie kaum kennen dürfte. «Sagen Sie's trotzdem.» Daraufhin erkläre ich ihm, daß ich seine Firma gut kenne, daß wir aber, seit sie ihre Erzeugnisse verändert hätte, diese nicht mehr verwendeten. Jetzt sieht er mich wirklich interessiert an. Und auch ich bin es. Wir sind Kunde und Kaufmann. Partygeschwätz wird von solidem, gründlichem, angeregtem Fachgespräch abgelöst. Wir genießen das Zusammensein sehr. Er spricht über den Preis per Tausend. Ich sage ihm, daß der Plastiküberzug auf seiner medizinischen Kleidung in einem angenehm geheizten Operationssaal in Ordnung sein mag, aber in der Kälte brüchig wird, und daß die Bindemittel ihre Haftfähigkeit bei Temperaturen unter sechzig Grad Fahrenheit einbüßen. «Unsere neue Unfallausrüstung soll atmen und nicht haften.»

«Ja, aber sie ist auch nicht saugfähig. Übrigens bewährt sich dieses Zeug gut bei Kälte...»

«Aber es saugt nicht auf.»

«Nein.»

«Was haben Sie inzwischen verwendet?»

«Das wird Ihnen nicht gefallen...»

«Bitte – sagen Sie es...»

«Als Sie zu Ihrer neuen Faser übergingen, haben wir alle alten Sachen aufgekauft, wo immer wir sie kriegen konnten. Wir benutzen sie immer noch. Weiß der Himmel, was wir tun werden, wenn das alles verbraucht ist.»

Er fragt noch anderes. Ich frage ihn. Er hält viel von seinen neuen Produkten. Ich bitte ihn, einen Schlauch für den Straßengebrauch zu entwickeln. Wir bedauern es beide, scheint mir, als das Abendessen angekündigt wird. Das heißt, daß wir uns unter die andern mischen müssen.

Ab und zu sehe ich zu Saul hinüber, sehe ihn mit irgend jemand im Gespräch. Daß er so unbefangen mit Frauen umgehen kann, kommt ihm heute abend gut zustatten. Er steht mit einer der attraktivsten Frauen hier zusammen. Ich bin glücklich, denn für mich war der Abend bis auf diesen Mann mit der Spezialausrüstung ziemlich langweilig. Er sieht mich und winkt. Eine Botschaft unter Eheleuten: Sie ist charmant, aber keine Sorge! Ich winke zurück und gehe zum Buffet. Das Abendessen ist sehr gut, aber auch sehr üppig. Alle diese Frauen müssen doch diät leben – dennoch sehe ich sie essen.

Vielleicht hungern sie eine Woche vorher und danach, sie sind alle so schlank. Nach dem Abendessen ein üppiges Dessert, Kaffee und Likör. Elaine Burris kündigt ein Spiel an. Es ist ein Gesellschaftsspiel, das sie irgendwo anders gespielt haben und das ihnen solchen Spaß gemacht hat. Wir müssen uns trennen – Männer auf die eine Seite, Frauen auf die andere. Alles, was wir tun sollen, steht auf den mit Nummern versehenen Zetteln in einem Hut in der Mitte. Die Nummern kommen zweimal vor, so daß jeder Mann eine Frau findet, und das «Paar» muß tun, was auf dem Zettel mit der entsprechenden Nummer steht. Quer durch den Raum treffen sich Sauls und meine Blicke. Er zuckt die Achseln. Ich habe seit Jahren keine Gesellschaftsspiele mehr gespielt, aber dies ist nicht unser Kreis – vielleicht macht man das hier in Midlothian nach dem Abendessen. Ich denke an die bisherigen Unterhaltungen und fange an zu verstehen, was es soll. Wir sind nicht die einzigen Fremden hier. Die Leute kennen sich nicht. Die Männer sind Geschäftsbekanntschaften von Will, die armen Ehefrauen kennen vermutlich überhaupt keinen Menschen. Es ist eine geschäftliche Verpflichtung, dieser Abend. Für Elaine muß das Durcheinander ihrer Gäste ziemlich unbehaglich gewesen sein, und so hat sie gedacht, uns mit diesem Spiel etwas zu lockern und vielleicht den Mann mit der grünen Weste von der Frau in Orange zu lösen und den Mann in Braun von der Bar fernzuhalten. Die Leute holen sich ihre Nummern. Vielleicht wird es ganz lustig. Elaine steht neben dem Hut und ermutigt uns. «Seien Sie nicht so faul», sagt sie, «Sie brauchen dazu keinerlei besondere Fertigkeiten.» Ich hole mir eine Nummer. Sechzehn. Ich höre einen Mann diese Nummer rufen und gehe zu ihm hinüber. Ich habe ihn noch nicht kennengelernt, ein angenehm aussehender Mann mit einem graumelierten Schopf. «Haben Sie das schon mal gespielt?» frage ich.

«Ich habe Scharaden aufgeführt, aber ich glaube nicht, daß man hier Scharaden aufführt. Dies hier habe ich noch nie gespielt.» Wir lächeln uns zu. Auf unserer Nummer steht «Frei assoziieren». Elaine teilt uns mit, daß uns die Bedeutung erklärt wird, sobald wir an der Reihe sind. Sie geht in die Mitte des Zimmers und bittet uns, einen Kreis zu bilden. «Setzen Sie sich doch auf den Boden.» Die Männer protestieren, die Frauen nicht. So kommt es schließlich dazu, daß einige auf Sesseln sitzen, einige auf dem Boden und andere an der Wand lehnen.

Das Spiel beginnt. Paar Nummer eins beantwortet die ihm gestellten Fragen: Was war Ihr erster Job, und wieviel haben Sie verdient? Die Antworten amüsieren mich. Die Dame, frisiert wie ein Filmstar, hat in einer Bowlingbahn in Caffeeville, Kansas, Kegel aufgestellt. Sie hat 75 Pence die Stunde bekommen und später dann 85. Er ist Wills Buchhalter, höre ich jemand sagen. Der erste Job, bei dem er etwas verdient hat, war als Sodamixer in einer Eisbar in New Britain, Connecticut, 1,25 die Stunde. Laute Empörung bei den älteren Männern: 1,25 sei ein fürstlicher Lohn! Paar Nummer zwei wird gefragt, was für jeden die Lieblingsstunde am Tag ist. Für ihn ist es das Abendessen, für sie die Zeit, wenn die Kinder in der Schule sind. Es macht mir Spaß. Die Fragen sind persönlich, aber nicht indiskret. Und es ist interessant zu hören, wie Leute über ihre Lebensgeschichte und ihre Gefühle reden, die sie normalerweise nicht einem Raum voller Fremder mitteilen würden, und so obenhin über die Ungereimtheiten des Lebens nachzusinnen. Nummer vier wird gefragt, welches das schwierigste Jahr ihres Lebens war. Sie sagt, das vierte Jahr, als die Kinder noch klein waren. Es ist der Mann mit der medizinischen Berufskleidung. Er sagt, das erste Jahr, als er nach Arbeit suchte, und dann etwa sechs Jahre zurück, als er seine eigene Firma gründete. Ich sehe mich um und denke, wir müßten alle Ehepaare mit Kindern sein. Die Frage für Nummer fünf ist nach der ersten Wohnung. Für Nummer neun geht es um die Schwiegereltern, und als sie antworten, sehen Saul und ich uns an. Meine Weisheit, was Riva und mich angeht, war unoriginell, und er erinnert sich daran. Saul ist die Hälfte der Nummer dreizehn. Sie werden gefragt, was bis jetzt ihr glücklichster Tag war. Sie sagt, es war der Tag, als ihr erstes Kind geboren wurde. Saul zuckt die Achseln und sagt, er erinnere sich, sehr glücklich gewesen zu sein, als er lebend und heil aus Korea zurück war, an seinem Hochzeitstag, bei seinem Abschlußexamen. Aber der Tag, an den er denke, sei keiner von diesen und auch gar kein ganzer Tag, sondern ein Nachmittag und früher Abend im Herbst, als er mit mir über die Felder hinter der Stadt spazierenging. Wir hätten uns an die Zeit, als ich eine junge Frau war, erinnert, um einen Freund getrauert und dann über die Geschichte des Hügels gesprochen, über den wir gingen, und später auch über einige schmerzliche Dinge in unserem Leben, aber auch in dem Schmerzlichen war ein

Bewußtsein von – er unterbricht sich und dann sagt er – von «Beschenktsein; Gesundheit, Glück, Dankbarkeit. Ich glaube, das ist es.» Es ist ein bewegender Augenblick und überraschend für mich, denn ich erinnere mich gut an den Tag. Es war der Abend von Yom Kippur, der Tag mit meinem Moony, und nicht eigentlich ein Tag, um sich beschenkt zu fühlen. Ich kann nichts von alledem sagen. Aber ich glaube, ich möchte mir das für die Rückfahrt aufheben.

Ehe ich es merke, wird Nummer 16 aufgerufen. Mein Partner liest den Zettel. «Ach, ja», sagt Elaine, «hier hab ich die Wörter. Sagen Sie schnell, was Ihnen in den Sinn kommt, wenn Sie ein Wort hören. Okay?»

Wir nicken und überlegen vielleicht nur, ob wir gleichzeitig oder hintereinander sprechen sollen.

«Whisky», sagt Elaine. Mein Partner sagt sofort: «Entspannung.» Ich sage: «Betrunken.» Wir lachen.

Okay, dann: «Armut.» – «Kälte», sage ich. «Kisten packen», sagt mein Partner und ist über sich selbst erstaunt.

«Was bedeutet das?» fragt jemand. Ich will uns gerade verteidigen. Schließlich sollten wir assoziieren, nicht erklären, aber mein Partner zuckt die Achseln und sagt: «Wir waren sehr arm, ehe mein Vater starb. Wir zogen immerzu um, packten und verschwanden, ehe die Miete fällig wurde. Als ich das Wort hörte, hatte ich das Bild von rissigem Linoleum vor mir und eben von Kisten, die gepackt wurden.»

Von der hinteren Reihe kommt ein Schrei. Die Frau meines Partners zeigt mit verwundertem Ausdruck auf ihn. «Großer Gott», sagt sie, «kommen Sie in unser neues Haus, und schauen Sie, ob's stimmt. Da gibt es keinen nackten Fußboden. Ich wollte einen Korkbelag in der Küche, aber er hat es nicht zugelassen – überall Teppichböden, sogar in der hinteren Veranda.»

Wir lachen alle, ein freundliches Lachen, aber ich werde nachdenklich, was das Spiel angeht. Das Leben der Menschen hat verborgene Räume, zu denen die Türen leichter aufgehen, als sie sich klarmachen. Ich sehe Geri vor mir, geschockt, ja, verstört durch die plötzlich sich öffnende Tür in dem allzu ordentlichen Haus der geprügelten Frau. Sie hatte nach all den Jahren die Macht dieses Alptraumes hinter der Tür vergessen, die Macht eines immer noch gefährlichen Gespenstes. Kann irgend jemand – können selbst diese selbstgewissen und erfolgreichen Leute – so ganz sicher sein? Ich sehe mich um. Niemand scheint es zu stören. Auch meinen Partner nicht. Natürlich – arm *gewesen* sein, ist etwas anderes als arm *sein*. Es liegt sogar ein gewisses Etwas darin, arm gewesen zu sein; und jedenfalls hat seine Frau heute abend etwas über ihren Mann erfahren, was sie noch nicht wußte. Wir müssen noch zwei Wörter hinter uns bringen, und nach uns ist noch ein Paar übrig. «Sie haben *Armut* assoziiert», sagt Elaine, «wie steht's mit dem Wort *reich*?»

«Lucky Leonore.» Die Antwort meines Partners kommt sofort, und ebensoschnell wechselt seine Stimmung. «Keine Geliebte, liebe Leute, ich muß Sie enttäuschen, es ist unser Boot, unsere neue Ketsch.»

Elaine wendet sich zu mir. Auch ich muß lächeln. «Ich könnte Nerzmantel sagen, aber es würde nicht wahr sein. Das wahre Bild, das ich habe, ist das von einem Sonntag nachmittag vor vielen Jahren, als ich so reich war, wie überhaupt möglich: ich hatte vier Lakritzrollen, das Stück für einen Penny, eine Wachsnase, einen neuen Batman-Comic und einen langen Sommernachmittag vor mir, um das alles zu genießen.» Ich sehe mich um. Alle erinnern sich. Das ist nett.

«Noch eins», sagt Elaine, «ich habe das Beste für den Schluß aufgehoben: *Liebe*.»

Mein Partner sagt: «Familie.»

Ich sehe einen ausgestreckten Arm, der jemand vor dem Fallen schützen will. Nur – der Arm gehört mir. Ich sage – ohne die einzelnen Worte zu überlegen – eins nach dem andern: «Retten... bewahren... schützen... verteidigen...»

Schweigen. Man hat mich bei irgend etwas ertappt. Wobei? Irgend jemand kichert, jemand anderes flüstert halblaut: «Das ist so... so *militärisch*.»

O nein, liebe Dame – nicht militärisch –, mütterlich, atavistisch, primitiv – und für mich stimmt es. Ich hätte hier in diesem Kreis ‹Sex› sagen können und Applaus bekommen. Mein Gott – ich hätte *‹Ben›* sagen können! Der Gedanke läßt mich zittern. Aber ich habe weder das eine noch das andere gesagt. Was ich ohne nachzudenken gesagt habe und nun abwäge, ist wahr für mich, auch wenn es unschick, auch wenn es mütterlich wirkt in einem Kreis, wo man versucht, das Alter zu vergessen. Elaine geht zu dem nächsten Paar über.

Auf dem Heimweg lacht Saul mich aus: «Schützen, verteidigen – mein Gott, sie werden niemals wieder einen Feuerwehrmann einladen.»

17

Es ist zwei Uhr morgens, und wir sind von der Party zurück. Ich sitze auf dem Bett in einem Nebel von Gefühlen, deren Namen ich nicht weiß. Ich bin also ein wesentlicher Bestandteil eines der glücklichsten Augenblicke in Sauls Leben und frage mich, was wohl Bens glücklichster Augenblick war, und weiß, ich habe und werde nie teil daran haben, mag unsere Liebe auch noch so wild und herrlich sein; und da ist schließlich meine Definition von Liebe, die ich gerade vor einem Zimmer voller Fremder abgegeben habe. Saul ist besorgt. Er denkt, ich bin aufgebracht, weil ich mich, ohne es zu wissen, gesellschaftlich falsch verhalten habe. «Gracie, wenn einen die Leute bitten, ihnen etwas von sich mitzuteilen, können sie einem keinen Vorwurf machen, wenn das Mitgeteilte nicht das ist, was sie hören wollten.»

«Und du – warst du überrascht?»

«Das könnte ich nicht behaupten. Du bist ein sehr standfestes Frauenzimmer, eine, die durchkommt. Weißt du, was mir einfiel, als du das sagtest?»

«Nein, was?»

«Als ein etwas älteres Kind Josh einmal eine runterhaute – er war damals etwa drei, der andere kann vielleicht fünf gewesen sein –, sahst du es und stürztest aus dem Haus, mit einem Gesichtsausdruck, als wolltest du das Kind in Stücke reißen.»

«Die da haben es nicht verstanden, nicht wahr?»

«Ich schon.»

«Verzeih mir, daß ich nicht ‹Saul› gesagt habe auf die Frage.»

«Na, zumindest hast du nicht gesagt ‹betrunkene Punks auf der Autobahn›.»

«Großer Gott, du bist ja *eifersüchtig*!»

«Ja, vielleicht schon – in gewissem Sinne. Ja, doch, ich bin es. Was ich – abgesehen von der Gefahr – am meisten daran hasse, ist dieser Pawlowsche Effekt dabei. Die Alarmanlage schrillt, und wo immer du bist, was immer du tust – du kriegst diesen Blick und – peng, bist du weg wie ein Zombie. Beim schlimmsten Wetter, Tag und Nacht – und da steh ich dann irgendwie auf komische oder auch nicht so komische Weise zurückgelassen, um das Geschirr abzuräumen oder die Party fortzusetzen oder mich bei meiner Mutter zu entschuldigen. Und dabei ist es jetzt Zeit, unser Leben zu genießen, zu reisen, mit Anstand alt zu werden.»

«Das werde ich alles in zwanzig Jahren tun. Ich will kein Hobby, um mich zu ‹beschäftigen›. Du denkst an Violet, nicht wahr – irgend etwas Hübsches wie den Gartenclub. Aber Violets ‹Hobby› gehörte zu ihrem Leben und dem Leben dieser Stadt.»

«Ich sag ja nicht, daß du mit dieser verdammten Arbeit aufhören sollst. Ich sag dir nur, daß sie mir manchmal zuwider ist und daß ich...» Alarm. Dieser auffordernde Ton, dieser durchdringende, herausfordernde Ton! Wer sagt, daß Gott keinen Humor hat? Ich sehe Saul an und sage: «Soll ich hierbleiben, um dir zu beweisen, daß ich dich liebe?»

«Nein», sagt er. «Nein, nein, nein – mach, daß du fortkommst zu dieser gottverdammten Sache.»

Die Meldung besagt «medizinischer Notfall», was alles sein kann. Ich frage mich, während ich zum Wagen hinausstapfe, ob die Leute von der Funkzentrale das absichtlich machen, um unser Interesse zu reizen. Eine so beschriebene Situation läßt sich überhaupt nicht vorstellen. Alles, was ich weiß, ist, daß es keine private Adresse ist, sondern irgend etwas eine Meile außerhalb von Cleve Road. Das ist weit hinter dem Ende der asphaltierten Fahrbahn. Die Straße ist da uneben wie ein Waschbrett, und nur ein paar Farmen liegen schläfrig im Mondlicht. Hat irgendeiner sich, total betrunken, in Gefahr begeben? Liegt vielleicht ein vergewaltigtes Mädchen am Straßenrand? Oder soll womöglich ein Baby geboren werden – wäre das nicht hübsch? Während ich immerzu im Fahren Ausschau halte, sehe ich schließlich, was es sein könnte, und fahre hinter einen Laster, neben dem ein Mann steht und winkt. Die Tür des Lasters steht offen, er hält ziemlich weit an der Seite. Als der Mann mein Rotlicht sieht, kommt er zu mir herüber. «Ich bin gerade aus meiner Straße da gekommen und hab den Laster gesehen – ich dachte, der Bursche schläft, so wie der da steht – aber als ich dann näher dran war, hab ich den Motor laufen gehört...» Ich steige aus und geh zum Laster hinüber. Der Mann folgt mir. «Bin da zu ihm hin und gucke, und dann seh ich's, mach den Motor aus und laß die Tür auf und hab den Sheriff angerufen.»

Die Ambulanz hält hinter meinem Wagen. Ich rufe Larry zu, er soll die tragbaren Lampen bringen. Ich stehe neben dem Laster und betaste die Person, die seitlich auf dem Sitz liegt. Sie fühlt sich kalt an – sogar durch die Kleidung. Die Lampen gehen an, und plötzlich ist die Fahrerkabine so hell erleuchtet wie eine Filmszene. Ich sage Larry, er solle die anderen zurückschicken.

Eine Filmszene in einem Stummfilm. Die Leiche ist gelb, aber das kirschrote, mit Kohlenmonoxyd vollgeladene Blut staut sich in seiner linken Gesichtshälfte und dem linken Arm. Ich gehe zur Rückseite des Lasters – ein Lieferwagen, hinten offen, ein alter Karren, verbeult und rostig. Ich weiß nicht, warum ich das tue – ich tue es eben; mildernde Umstände. Da ist der Schlauch – sieht aus wie der Schlauch eines Staubsaugers –, er ist mit dem Auspuff verbunden. Einer war nicht lang genug, er hat zwei zusammengeschlossen. Wie akkurat das alles ist, wie ruhig; wie sorgfältig der Durchmesser des Auspuffrohrs ausgemessen ist. Ich kann ihn sehen, wie er eine Reihe von Ersatzschläuchen durchsieht. Und hier – die Kartons, in denen er die Schläuche transportiert hat; und da liegt auch der kleine Glasschneider mit dem Zirkel daran, den er benutzt hat, und mein Blick geht nach oben zum Rückfenster der Fahrerkabine, und da ist ein kreisrundes Loch, so akkurat und rund, daß der Schlauch genau hineinpaßt. Wie zufrieden er gewesen sein muß mit seiner sauberen Arbeit! Wut steigt in mir auf, eine kalte, grenzenlose Wut, eine undurchschaubare und verzehrende Wut, so daß ich die Nacht nicht mehr spüre, mein Team um mich herum nicht mehr wahrnehme. Diese Wut ist wortlos; mit nichts zu erklären. Die andern kommen näher, aber ich erkenne niemand. Mich interessiert einzig und allein diese zufriedene Seele da. Ich gehe wieder zurück und nehme ihn – jetzt, da die Szene voll ausgeleuchtet ist – ganz in mich auf.

Nichts ist dem Zufall überlassen geblieben. Er hat sich sorgsam hingelegt, die Beine angezogen, die behandschuhten Hände zwischen den Schenkeln. Auf dem Kopf hat er eine gestrickte Mütze, eine hübsche Mütze mit einem Pompon. Seine Jacke ist gut gefüttert. Es wäre nicht das Richtige gewesen, hier draußen zu frösteln.

Er liegt auf einem kleinen Kissen, das er von zu Hause mitgenommen hat. Es hätte nicht gutgetan, hier heraus zu fahren und es bei der letzten Ruhe unbehaglich zu haben. Er ist nicht einen Tag älter als zweiundzwanzig und so still, so weit weg von meiner Hand; und ich weiß gar nichts mehr, nehme nichts und niemand mehr wahr außer meiner Wut über ihn, da ich ihm nicht mehr helfen kann. Ich steige in den Laster hinein und sehe auf ihn hinunter, und dann laß ich die Hand auf ihn niedersausen, so heftig ich kann, und noch einmal und schreie ihm in sein totes, glattes, ungezeichnetes, unbekümmertes Gesicht: «Du Irrer, du egoistischer Irrer! Wie kannst du's wegwerfen – einfach wegwerfen!»

In der Welt da hinter mir ruft jemand mir etwas zu. Ich will nicht hinhören, ich will diesen Leichnam herunterzerren wie einen Gegenstand und ihn zertrampeln, aber dann lausche ich auf etwas und fühle, wie jemand hinter mir mich vom Trittbrett herunterhebt. Einen Augenblick lang denke ich, es ist Ben, aber er ist es nicht – es ist Claude. «Komm runter da», sagt er und trägt mich buchstäblich weg. Es dauert ewig, Gott weiß wie lange, bis mir bewußt wird, was ich getan habe. Bis dahin sehe und höre ich nichts, und die Wut tobt sich in mir voll aus. Als ich wieder zu mir komme, gehe ich mit Claude hin und her – außerhalb des Lichtkegels, in dem der Laster und die übrigen Wagen stehen, weitab vom Unfall, der kein Unfall war.

«Ich hätte ihn nicht schlagen dürfen.»

«Nein.»

«Wer Rettungsdienst macht, sollte sich einem Opfer gegenüber beherrschen.»

«Ja.»

«Ein Mitglied des Rettungsdienstes muß ein totes Opfer mit der gleichen Sorgfalt und Bedachtsamkeit behandeln wie ein Familienmitglied.»

«So ist es.»

«Es steht im Buch.»

«Im gelben Buch, dem alten. Die neue Ausgabe in Orange erwähnt das nicht.»

Claude hält mich immer noch am Arm fest. «Willst du damit sagen, daß das orange Buch nichts dagegen hat, daß wütende Erste-Hilfe-Leute Leichen, die ihnen mißfallen, schlagen?»

«Ich glaube nicht, daß es im Text steht. Es könnte im Anhang stehen. Der Abschnitt über Verletzungen sagt, daß es in Ordnung ist, solange es keine Spuren hinterläßt.»

«Man könnte mich aus dem Bereitschaftsdienst hinauswerfen.»

«Möglich. Warum schlägst du nicht ein bißchen auf mich ein – kostenlos. Ich denke, das könnte dich erleichtern. Ziel auf meine Arme. Die Bücher halten alle viel davon.»

«Das hab ich doch nicht getan – oder?»

«Nein – es ist nur ein Angebot.»

«Mir ist übel.»

«Willst du dich übergeben?»

«Am liebsten.»

«Hör mal, was das Aufgeben des Bereitschaftsdienstes angeht – ich hab nichts dagegen, aber das hieße, daß jeder, der einen Schwächeanfall hat – jeder, der plötzlich das Gefühl hat, durch Schwingtüren zu gehen und sich auf der anderen Seite selbst zu begegnen – daß also jeder, der das tut, auch den Dienst aufgeben muß, und da bleiben nur Ellie und ich übrig, und wir arbeiten am Tag.»

«Warum stehen sie alle da hinten herum? Warum fangen sie nicht an aufzuräumen?»

«Sie warten auf den Leichenbeschauer und auf dich. Sie haben sich über das Opfer lustig gemacht, weil Bischoff festgestellt hat, daß er eine Mütze und Handschuhe trägt. Sie passen zusammen. Handgestrickt. Seine Mom, vermutlich.»

Und dann muß ich mich übergeben. Und hinterher lache ich, während ich mich noch vorbeuge, um nicht meine eigenen Stiefel zu treffen. «Gut, daß es nicht ein paar Stunden früher kam. Sonst hätten wir hier ein ganzes Gourmetabendessen gehabt – Weißwein zusammen mit dem Fisch.» Claude lacht.

«Du bist und bleibst ein Mordskerl – hier ist ein Kleenex.»

«Wie viele haben mich beobachtet?»

«Ich weiß es nicht. Alle haben gesehen, wie ich dich da weggezogen habe. Die meisten haben dein Gesicht gesehen und daß du ganz schön wütend warst.»

«Claude – verlier ich den Verstand? Das ist so schrecklich.»

Er wartet lange, ehe er etwas sagt. Claude ist Lehrer, durch und durch; er wägt seine Worte ab. «Ich weiß, was in der Gemeindesatzung steht und auch in den Büchern, aber was im Kaffeeraum geredet wird, hat mehr Gewicht – mehr als Satzungen und Bücher. Jeder schrickt vor irgend etwas zurück. Nicht jeder verprügelt Opfer, aber jeder hat eine Schwäche, vor der er zittert. Dein Problem war, daß du nicht wußtest, was deine Schwäche war. Jetzt weißt du's: Selbstmord, vollendeter.»

Aber das stimmt nicht, ich weiß es. Dieser Tod hier ist eine Metapher, so wie für Geri die verprügelte Frau eine Metapher war und Faye Mellingers «Versuch zu sterben» eine für Ben. Meine Metapher steht nicht für Tod oder Freiheit, sondern für Söhne. Ich zittere vor Kälte. Zweimal innerhalb von acht Stunden habe ich mich selbst ertappt. Wer konnte ahnen, daß eine so gesetzte und zur Ruhe gekommene Oma solcher Überraschungen fähig ist.

Der Leichenbeschauer kommt. Die meisten sind nach Hause gefahren. Morgen – heute – ist Sonntag. Wir werden alle lange schlafen. Claude hat nachgesehen, ob es mir wieder gutgeht, und ist bei der Ambulanz, um sie zurückzufahren. Er hat recht, was unsere Scherze angeht – es sind rauhe Wahrheiten, aber dennoch wahr. Wenn es einen Todesfall gibt und wir nichts tun und niemand schützen können, Verwandte oder Freunde, wendet sich unsere Hilflosigkeit gegeneinander. Monatelang hat ein Poster des schwarzen Humors in der Feuerwache gehangen:

«Letzte Hilfe», zugleich ein Todesfetisch und, wie die getrocknete Klaue eines Schamanen, das Amulett dagegen. Ich erzähle mir einen Witz. Gut, daß dieser Bursche da kein Jude war. Ich würde ihn aus dem Laster gezogen und ihn noch einmal getötet haben. Jüdische Mamas der ganzen Welt vereinigt euch: Ihr habt nichts zu verlieren außer euren Söhnen.

Da drüben wird es Morgen. Zeit, nach Hause zu fahren. Fröstelnd steige ich im kalten Morgengrauen in meinen kalten Wagen. Man vergißt immer wieder, wie schlecht Erbrochenes schmeckt. Es ist immer aufs neue eine Überraschung. Ich drehe den Kopf, um ihn auf die Straße hinauszustecken, und irgendwas fährt mir leicht am Gesicht entlang. Ich taste danach und stelle fest, daß ich von der Party her noch immer die Ohrringe aus Perlen und Brillanten anhabe. Ein hübscher Tupfer zu dem roten Erste-Hilfe-Mantel und dem vor Übelkeit bleichen Gesicht! Mir ist auch klar, daß vier Wörter, gestern abend bei der Party vor Fremden gesprochen, und zwei Schläge in das Gesicht eines Fremden heute morgen, meine Zukunft mit Ben entschieden haben. Ich kann es nicht mit Worten begründen, aber so ist es, und das Wort heißt: «Nein», ein ganz trockenes und gewöhnliches «Nein» – ein Nein wie jedes andere.

Bei Sonnenaufgang bin ich zurück. Ich nehme ein heißes Bad und krieche benommen ins Bett. Wie alt ich mich in diesem Augenblick fühle, wie ganz und gar eins mit den alten Leuten in Gilboa, für die der Winter ein einziger langer Kampf gegen Kälte und Zug, Wind und Schnee und scheußliches Wetter ist. Ich entgleite.

Geri ruft an. Ich habe fast bis zwei Uhr geschlafen. Erst, nachdem ich schon eine oder zwei Minuten mit ihr geredet habe, fällt mir der beschämende Vorgang der vergangenen Nacht ein und daß er Nachwirkungen haben wird und sicherlich bald. Ruft sie deswegen an? Es scheint nicht so. Sie spricht über die Party des Gemeinderats. «Etwa so, wie du es erwartet hast. C. A. und Rufus Ates haben einen kleinen Mixer für den Punsch mitgebracht. Ich war da mit einem Mann, den ich bei Linda kennengelernt hatte. Es war ein echtes Erntedankfest aus den Fünfzigern; die Schulcombo hat zum Tanz gespielt. Das, was sie sich unter einem geriatrischen Tanzprogramm vorstellten! Aber stell dir ihre Überraschung vor, als jemand aufstand und diese alten Tänze tatsächlich so, wie es sich gehörte, tanzte! Und, was glaubst du, wer? Orley Fleet! Er tanzte mit Janice Ates und Jeannie Bordereau. Orley ist ein toller Tänzer – Foxtrott, Rumba, Tango, Walzer. Du hättest ihn sehen sollen! Das Essen war natürlich sehr gut – die besten Rezepte von jedem. Acht Sorten Kuchen. Jeannie Bordereau hat ihre Pfirsichtorte mit Schlagsahne gebacken und konnte sie dann nicht aufschneiden. Diese Frau hat noch nicht mal so viel Verstand wie ein Stück Holz!»

«Ich war auch bei einer Party», sage ich. «Ich werde dir davon erzählen, wenn wir uns sehen. Einer der Gäste war der Direktor von A. T. D., weißt du, diese Firma mit der Ausstattung für Chirurgen...» Wir reden noch weiter über dies und das. Ich möchte Geri von der Fahrt erzählen, bin aber noch nicht imstande dazu, und über das Telefon fällt es mir ohnehin nicht leicht. Später, wenn ich sie treffe. Nach einer Stunde ruft sie wieder an.

«Hör mal, Grace. Warum ich anrief – war Ritas wegen. Du warst doch bei dieser Fahrt heute morgen?»

«Ja.»

«Ich hab hier den Fahrtbericht, aber Rita ist gegangen. Es war ein Selbstmord – nicht wahr?»

«Ja.»

«Ihr habt keine Behandlung versucht?»

«Nein.»

«Was ist denn zum Teufel da passiert?»

«Du meinst mit mir?»

«Nein, ich meine mit Rita. Sie hat heute morgen ganz ruhig angerufen und ihren Dienst gekündigt.»

Ich war während dieser frühen Morgenstunden wütend, traurig, beschämt und resigniert. Mir war übel, ich habe mich betrogen gefühlt und war blind und taub vor Wut. Wo kommt plötzlich diese schreckliche Angst jetzt her? Wer zieht mir in meinem Haus den Boden unter den Füßen weg? «Geri – bist du sicher? Was hat sie für einen Grund angegeben?»

«Überhaupt keinen. ‹Hallo, wie geht's? Ich gebe den Dienst auf. Meine Ausrüstung, die Alarmanlage und den Mantel bringe ich morgen. Es sind persönliche Gründe. Auf Wiedersehn!›»

«Ich möchte heute hierbleiben, ich muß einfach mal zu Hause sein», sage ich. «Könntest du herüberkommen?»

«Nein, jeden Augenblick kommen Leute. Sag's mir.»

Ich sage es ihr, rede nicht über Rita. Ich habe Rita überhaupt nicht gesehen. Ich erzähle ihr, was ich gesagt und getan habe und wie Claude mit mir abseits von den Lichtern und Wagen hin und her gegangen ist.

«Könnte es sein, daß sie den Mann – den Selbstmörder – gekannt hat?»

«Ich weiß es nicht.»

«Ich kann diese Leute nicht allein lassen – würdest du sie anrufen?»

«Ja.»

Wir legen auf. Eine Viertelstunde lang gehe ich im Zimmer herum und starre das Telefon an, ehe ich wieder darauf zugehe und mich zwinge, den Hörer aufzunehmen und anzurufen. Den Dienst aufgegeben – wie kann sie das nur? Ich kenne doch ihre Arbeit. Ich arbeite leicht und mühelos mit ihr. Ich kenne doch ihr Verhalten, ihre Lebensweise. Hat sie nicht einen Platz in unserer merkwürdig gemischten Runde, der uns erst vollständig macht und uns Profil gibt?

Ich bin fast erstaunt, als sie sich mit ihrer normalen Stimme meldet. Zunächst wissen wir nicht recht, was wir sagen sollen. «Geri hat mir mitgeteilt, daß du den Dienst quittiert hast.»

«So ist's.»

«Ohne Grund...»

«Ach doch, ich habe einen Grund...»

«Ich glaube, ich kenne ihn.»

«Ich glaube nicht.»

«Kannst du herüberkommen und ihn mir sagen – ich muß heute hierbleiben – Sauls wegen und wegen der Sache, die heute früh passiert ist. Aber ich muß es wissen – wir alle müssen es wissen.»

«Ich glaube nicht, daß ich darüber reden kann...»

«Rita, wir verdienen es, wir haben doch all die Zeit soviel gemacht...»

«Wahrscheinlich.»

«Also – kommst du?»

«Du wirst nicht versuchen, es mir auszureden – oder?»

«Vielleicht schon – ich habe keine Moral, beziehungsweise mein sittlicher Charakter liegt anderthalb Kilometer von Cleve Road entfernt in Scherben.»

Rita lacht. «Lucretia McEvil.»

«Im roten Rettungsmantel.»

Wir sitzen beim Kaffee. Saul arbeitet draußen im Garten. Wir haben früher Blumen gepflanzt, was uns ein riesiges Vergnügen machte. Jetzt seit der Energiekrise, der Geldkrise und der Umweltkrise ziehen wir Gemüse, das von Ungeziefer befallen, faserig und zäh ist, mehr als die Blumen kostet und uns keinerlei Vergnügen macht. Ich habe ihm noch nichts von der Fahrt erzählt. Er hält mein graues Gesicht für bloße Verschlafenheit. «Rita – was ist geschehen?»

Sie sieht mich aus neuen – weiseren, traurigeren – Augen an. «Es hat nichts mit dir zu tun, nicht wie du denkst, jedenfalls. Ich sagte dir ja, daß es schwer sein wird, es zu beschreiben. Es gibt da nicht viele Tatsachen, Beweise oder Zeugen. Es ist einfach so.»

«Weiter.»

«Mein Vetter Angelo war als Fotograf im Vietnam-Krieg. Er

hat Aufnahmen von Männern gemacht, die im Begriff waren, erschossen zu werden, oder in Minenfelder hinein rannten. Durch seine Arbeiten wurde mir klar, daß, um zu zeigen, wie die Soldaten das alles taten, es auch einen Fotografen geben mußte, der auch da hinein marschierte, mittendrin stand, die Aufnahmen machte. Ich fragte ihn, wie er den Mut dazu gehabt hatte, und er sagte: ‹Wenn ich da draußen bin, interessiert mich das Licht, der Blickwinkel, die Zeit, die Bildkomposition. Ich bin mir der Gefahr nicht bewußt, weil ich nicht Teil des Krieges bin; ich bin in meine Arbeit vertieft.› So ist es auch beim Bereitschaftsdienst, und so muß man selber sein. So war ich auch. Jetzt kommt der Teil, der schwer zu erklären ist. Letzten Monat – erinnerst du dich an die Fahrt mit dem Paar, dem netten Paar, das von einem Bierlaster beim Überholen seitlich abgedrängt worden war?»

«Ja, vage.»

«Kannst du dich erinnern, daß, als wir im Begriff waren, die beiden einzuladen, ein anderer Laster vorbeikam, über den der Fahrer die Kontrolle verloren hatte?»

«Ich war im Wagen bei der Frau. Ich hab ihn nicht mal vorbeifahren sehen.»

«Ich ging draußen im Dunkeln über Glasscherben und roch den typischen Unfallgeruch. Ich kam gerade mit der Trage zu dir zurück – es war schwierig, sie auf der scharfen Kurve bergab nicht loszulassen. Ich ging an der Seite entlang und hörte den Laster, und ehe ich irgend etwas tun konnte und – das ist wichtig – ehe ich etwas denken konnte, kam er auf mich zu und riß mich hinein, und über die vordere Kante ragten lauter Henkel und Griffe und Bolzen heraus, und dann fegte die Rückseite an mir vorbei, und ich versuchte, mich zurückzureißen, denn was, wenn ich mich da in einem verfangen hätte? Und dann war er weg, und der Windstoß hob mich hoch und drehte mich in der Luft und klatschte mich wie einen nassen Lappen zu Boden. Diese Kraft – diese Gewalt – und keine Möglichkeit zu entscheiden, ob ich zurücktreten oder mich umdrehen oder weglaufen sollte. Als es vorbei war, stand ich einen Augenblick da und zitterte, und dann machte ich mir mit dem Einladen zu schaffen. Die Polizisten fuhren dem Laster nach, und ich hörte später, daß sie ihn gekriegt haben. Ich machte meine Arbeit zu Ende, und wir fuhren die Leute ins Krankenhaus und füllten den

Fahrtbericht aus. Ich dachte, alles wäre damit vorbei. Ich war glücklich und auch überrascht, daß ich es so gut überstanden hatte. Ich fuhr weiter ohne jede Panik mit – und dachte, es gäbe keinerlei Probleme. Und dann heute nacht...»

«War ich's?»

«Ja – nein – ich bin nicht sicher. Es war dunkel, und dann brachten wir die Lampen, und ich sah, wie du in den Laster stiegst und hörte dich schreien – es war jedenfalls wie ein Schrei, und plötzlich fing ich an zu zittern, und ich war wieder mittendrin in diesem gräßlichen, um sich schlagenden Ding und hatte die gleichen Gedanken und Gefühle und diese schreckliche Panik. Die Ambulanz stand da, die Polizei war da, aber für mich war es dunkel draußen bis auf die kleine Lichtinsel, und alles war wie damals. Ich konnte euch alle hören – ganz weit weg, wie Moskitos summend, ich sah euch an, und ihr wart alle zusammengeschrumpft zu winzigen Figuren, die umeinanderrannten in der winzigen Welt, die ihr bewohntet. Es war ein merkwürdiges Gefühl, körperlich um so viel größer zu sein als ihr, daß wir nicht mehr miteinander reden konnten.»

«Was hältst du von einem Urlaub, ein bißchen wegfahren, dann könntest du zurückkommen...»

«Nein, das Vertrauen ist dahin. Der Schrecken anderer ist nicht der eigene. Ich habe keinerlei... ich bin nicht mehr unverwundbar wie mein Vetter Angelo, wie ihr alle.»

Wir sprechen über anderes. Stadtklatsch, die Party des Gemeinderats. Rita fragt mich nach Ben. Und die Traurigkeit, die ich eingedämmt hatte, fließt nun von allen Seiten in mich hinein, bis ich anfange zu weinen. Als ich aufsehe, um ihr zu sagen, daß ich wisse, dies sei nicht die richtige Art, eine Freundin zu trösten, merke ich, daß auch sie weint.

Und so sitzen wir eine Weile da und heulen.

Am nächsten Tag gebe ich eine ausführliche Schilderung dessen, was vorgegangen ist, und schicke sie an Geri. Die Worte sind genau und trocken. Keine Erklärungen, nur Fakten. Claude ruft mich an und sagt mir, daß er seine Version des Vorgangs aufschreibt. Die übliche Strafe für ein solches Verhalten ist Entlassung, aber sie alle wissen, daß ich weiß, was ich getan habe, und daß ich so etwas nie wieder tun würde. Also begnügen sie sich mit dem nächsten Strafmaß: Suspendierung vom Dienst für sechs Wochen. Saul ist wütend. Wie sie es wagen könnten, mich so abzuurteilen, nach allem, was ich für den Dienst getan habe, die Arbeit Tag und Nacht, die vielen Opfer, die Übungen! «Darling – wenn das nun dein toter Sohn gewesen wäre, der hilflos dagelegen hätte und einer vom Rettungsdienst hätte ihn zweimal geschlagen?» – «Den Toten ist nicht mehr zu helfen, nichts kann sie mehr verletzen.» Er lügt, um mich zu verteidigen. Ein Teil seines Ärgers gilt mir – und wir wissen es beide. Würde ich diese Arbeit nicht machen, brauchte er solche Fragen nicht zu beantworten. Am Donnerstag ruft Geri mich an, um mir mitzuteilen, daß sie mich für die längstmögliche Zeit zurückgestellt haben, aber, da eine sechswöchige Zurückstellung bis tief in den Frühling dauern würde, wo wir am meisten zu tun haben, und die Ochsners in den Ferien sind und Ellies Mutter krank ist, wird der Dienst für eine Sechzig-Tage-Suspendierung zu knapp an Personal, und ich muß mich also statt dessen mit zehn Tagen begnügen. Ich akzeptiere und weiß, daß es länger sein wird als zehn, länger als sechzig Tage. Man wird mich bei Selbstmorden vielleicht jahrelang beobachten. Sie werden vergessen, wieviel ich vorher schon mitangesehen und daß ich mich ganz «angemessen» verhalten habe. Am ersten Tag meiner Dienstenthebung liefere ich Dienstabzeichen, Mantel, Schlüssel, Alarmanlage und Rotlicht in der Feuerwache ab. Dann fahre ich nach Longhill und lasse dort eine Notiz für Ben zurück, mit der Bitte, mich während der dienstfreien zehn Tage allein zu lassen. Ich brauche für eine Weile Ruhe und Zurückgezogenheit.

Zehn Tage später, an einem Sonntag, finde ich den Schlüssel auf der Matte. Irgend jemand hat geklingelt und ist weggelaufen. Ich nehme den Schlüssel und mach mich zur Feuerwache auf. Niemand ist da. Auf dem Tisch des Captains liegen Mantel, Alarmanlage und Rotlicht feierlich ausgebreitet. Das Abzeichen steckt am Mantel. Auf der Alarmanlage steht ein Kuchen, und darin steckt ein Messer. Ellie – das sieht ganz nach ihr aus! Auf dem Kuchen steht «Willkommen zu Hause!» Den ganzen Morgen über kommt immer wieder jemand vorbei.

18

Gilboa tut sich dem Frühling auf. Der Gartenclub macht eine Show, und die Absolventen der High School wollen ihre Feier draußen veranstalten. Türen stehen offen, Gardinen blähen sich in den geöffneten Fenstern. Oben in den Hügeln bekämpfen wir die Lagerfeuer törichter Wanderer. In Gräben und auf Straßen blicken wir in die plierigen Augen von Jungen auf ihrer Frühlingssauftour. Ich knie neben Ben auf zerbrochenem Glas und hoffe auf Heilung.

Früher war die Liebe, von der man nicht reden durfte, die der Homosexuellen, jetzt ist es die der Mütter. Wir sollen unsere Kinder «laufenlassen». Ich hab's getan. Ich soll zufrieden sein, wenn ich niemals mehr etwas von ihnen höre und sehe. Ich soll mich damit abfinden, daß sie meine Wertvorstellungen verachten und auf meinen «Lebensstil» verzichten. Ich muß es ohne ein Wort der Klage hinnehmen, wenn sie für immer aus meinem Leben verschwinden. Die Volksweisheit behauptet heute, daß dies zum Besten aller sei. Wenn das so sein sollte, dann beglückwünsche ich Sie, Mrs. Robinson, die Sie zäh wie eine Kobra und beweglich wie ein Wiesel sind. Begeben Sie sich an Ihr Vergnügen, an welches und mit wem auch immer... Wieviel von Ihrem Verlangen entspringt der Einsamkeit? Sie haben eine moderne Familie zur Welt gebracht und großgezogen, die Sie mehr als Ihr eigenes Leben lieben sollen und von der Sie nichts erwarten dürfen. Es gibt keinen ungleicheren Handel in der Natur. Diese Ungleichheit schreit danach, ausgeglichen zu werden, und schon kommt ihr kleiner Maulwurf herein und mein strahlender, junger Mann, bärtig und gutaussehend, lächelnd und voller Wärme und ahnungslos, wie sehr sein Gewicht das Zünglein an der Waage zurückschnellen läßt. Teilt uns vielleicht eine moderne Weisheit bei Talk-Shows ganz leise mit, daß elterliche Leidenschaften nicht mehr am Platz sind? Erst jetzt fange ich an zu lachen, wenn ich an die Gesichter der Leute denke, zu denen ich gesagt habe: «Retten, bewahren, beschützen, verteidigen.» Sie waren schockiert. Besser, man liebt und genießt paarweise. Besser, man nennt wie aus der Pistole geschossen sechs beliebte Positionen. Besser, man bringt eine Affäre hinter sich, ehe diese Worte uns vor Augen stehen, diese Frau-und-Mutter-Worte, diese Schläge gegen die Brust, diese Tugenden aus der Not.

Der Bereitschaftsdienst und die Feuerwehr veranstalten ein Picknick auf dem Hügel hinter unserem Haus. Es ist ein Abschiedspicknick für Rita, die zuerst nicht kommen wollte. Wir wollen ihr auf unsere rauhe Art sagen, daß wir ihre Angst verstehen und «vergeben» und uns von ihr verabschieden wollen wie von jemandem, der wegzieht. Es ist ein schönes Picknick; es zeigt uns, wie wir sind. Die meisten Feuerwehrleute beschäftigen sich mit Hufeisenwerfen. Irgend jemand hat ein Volleyballnetz mitgebracht, und ein Spiel kommt in Gang. Einige sonnen sich oder lesen. Wir sind jeder für uns und beisammen. Ich habe eine Näherei mit, und nach einer halben Stunde Volleyball bin ich froh, mich ins Außenfeld zu begeben. Ben setzt sich neben mich. Ich erzähle ihm, daß Gilboa am 4. Juli ein riesiges Stadtpicknick veranstaltet. «Es sind noch zwei Monate bis dahin, also viel Zeit, um Pläne zu machen. Wollt ihr nicht eure Kinder daran beteiligen?»

«Okay. Ich will sehen, was sich machen läßt.»

«Wir helfen. Rita sagt auch, sie würde es tun. Ich will nicht, daß wir sie vergessen, nur weil sie nicht mehr mit uns arbeitet.»

«Aber du hast beschlossen, mich zu vergessen», sagt er.

Ich sehe ihn an und lächle. «Niemals. Ich werde dich nie vergessen. Aber ich hatte etwas Zeit, nachzudenken...»

«Denken ist ein Fehler», sagt er. «Nur Fühlen ist richtig.»

«Ich fühle durchaus, und was ich fühle, ist Liebe. Das ist mir nicht verboten, nur ihr sexueller Ausdruck.»

«Du redest wie eine viktorianische Romanheldin.»

«Ich bin niemandes viktorianische Romanheldin, aber ich bin vollgeschrieben mit den Begriffen anderer Generationen – hundert Jahre unausgelöschter Graffiti. Die Worte sind verblaßt, aber noch deutlich genug zu lesen.»

«Was ist Schlimmes an dem, was wir tun wollten? Miteinander schlafen ist ein Ausdruck der Liebe.»

«Ebenso dieses Lächeln, ebenso das Abendbrot am Sabbat, das ich für dich herrichte. Der allerkürzeste Tag, mein Lieber, mein Liebster, ist angefüllt mit Liebe zu dir.»

«Aber schließlich und endlich...»

«Sind wir schon am Ende – ist das der letzte Augenblick der Welt? Schließlich und endlich sterben wir alle allein – aber heißt das auch, daß wir allein leben?»

«Bist du sicher, daß du nicht nur Angst hast vor der Konvention, der Entdeckung, deinen eigenen Gefühlen?»

«Ja, und mehr noch vor meinem eigenen Körper. Es ist nicht der Körper eines jungen Mädchens, den du nackt sehen würdest. Feigheit ist der rechte Arm der Zivilisation, der Befehlshaber über die Moral. Bedauerst du das?»

Er denkt einen Augenblick lang nach, dann sagt er: «Nein, wohl kaum. Obgleich es mich nicht zurückhalten könnte, wenn ich etwas will.» Dann:

«Wie bist du zu dieser Entscheidung gekommen?»

«Du meinst, warum ich es mir anders überlegt habe?»

«War es Star?»

«Vielleicht, ein wenig.»

«Meine Beziehung zu ihr ist von meiner zu dir völlig verschieden.»

«Ich weiß, aber zwischen uns liegt eine Generation, und Star hat dazu beigetragen, daß ich das erkannt habe. Ich habe auch festgestellt, daß ich ebenso aufgebracht war darüber, daß sie keine Jüdin war, wie über eure Beziehung.»

«Was?»

«Wenn ich an euch beide zusammen dachte, sah ich das gewissermaßen als Metapher.»

«Was für eine Metapher?»

«Versprich mir, daß du nicht lachen wirst!»

«Ich verspreche es.»

«Die physiologische Dekompensation bei traumatisch verringertem Blutvolumen.»

«Was?» Er sieht mich an und lacht. «Wovon redest du?»

«Ich dachte mir's, daß du lachen wirst. Erzähl mir etwas über Blutungen – physiologisch gesehen. Zitier das orangefarbene Buch.»

Er zuckt die Achseln. «Also – wenn eine Arterie oder ein Gefäß durchtrennt, zerrissen ist, verliert der Patient Blut – verliert er andauernd Blut.»

«Weiter.»

«Der Körper versucht, das zu kompensieren, indem er den äußeren Blutkreislauf abkapselt, so daß das Blut gewissermaßen zum Gehirn und den lebenswichtigen Organen abgedrängt wird. Das

Herz pumpt rascher, um dem Kreislauf das Blut schneller zuzuführen. Meinst du es ernst damit?»

«Ja, weiter.»

«Der Blutdruck sinkt, weil weniger Blut im Kreislauf ist. Der Patient atmet schneller, um mehr Sauerstoff in die Lungen und das Gehirn zu bekommen. Diese Kompensationen werden durch biochemische Prozesse in Gang gesetzt... aber du weißt das doch alles, was soll das?»

«Dein Patient blutet immer noch, Ben. Du hast ihn nicht behandelt, sondern nur danebengestanden und ihn beobachtet. Sprich weiter.»

«Na ja, wenn man nichts tut, hat er früher oder später Dekompensationsstörungen. Er braucht Flüssigkeit, aber da er schwitzt, verliert er noch mehr. Er braucht dringend Sauerstoff, aber seine Atmung wird immer flacher.»

«Du machst es sehr gut. Mach so weiter.»

«Die Gefäßöffnung weitet sich und erstarrt in einem neurogenen Krampf, was die Blutung verstärkt. Die Verbindung von Säuren und Basen geht in reine Säuren über, und das macht das Gewebe und die Blutgefäße durchlässig, und die lebenswichtige Flüssigkeit versickert im gesamten System. Dein Patient stirbt. Bei über fünfzig Prozent Flüssigkeitsverlust hilft kein Medikament und keine Transfusion mehr. Worum geht es überhaupt?»

«Wie viele von unseren Leuten sind im Holocaust umgekommen?»

«Sechs Millionen. Ich hab das mal gehört – es stimmt doch?»

«Plus den jüdischen Männern aus England und Amerika, die im Krieg gegen die Nazis und im Pazifik starben.»

«Ja.»

«Wieviel Prozent des gesamten Volkes?»

«Ich weiß es nicht.»

«Ein Drittel. Über ein Drittel. Und was für ein Schock folgt dem Verlust von mehr als einem Drittel Flüssigkeit?»

«Mittlerer bis schwerer Schock.»

«Dekompensationsstörungen?»

«O ja, sicherlich, wenn man es nicht aufhält.»

«Die Dekompensationsstörungen haben eingesetzt. Der Verlust geht weiter über Assimilation oder Heiraten, bei denen der jüdische

Partner seinen Glauben aufgibt oder zu Überzeugungen wie ‹Humanismus› oder ‹ethische Kultur› oder anderem übergeht – Flüssigkeitsverlust durch die nun durchlässige Membrane. Wir haben uns Israel als eine Art Transfusion gedacht, aber es wird uns nicht retten. Das israelische Volk ist allzusehr in Kämpfen verstrickt, und von dorther kommt keine zugleich starke und maßvolle religiöse Stimme. Es gibt die Orthodoxie, die für die meisten von uns unmöglich ist, und es gibt einen sozialen Säkularismus. Also, Ben, wie ist deine Diagnose?»

Er betrachtet mich aufmerksam. «Erste-Hilfe-Leute dürfen keine Diagnosen stellen.»

«Okay, kluger Junge, wie beurteilst du die Sache?»

«Tiefer Schock – womöglich irreversibel.»

«Es würde nichts ausmachen, nehme ich an, wenn die Welt auf etwas Besseres hinstrebte als die heutigen Religionen, aber dafür gibt es keine Anzeichen. Die ‹Humanisten› haben die Juden immer und immer wieder zu ihrem ‹Versöhnungsfrühstück› eingeladen. Erinnerst du dich an das Frühstück der Tiere? Das Huhn sagte zum Schwein: ‹Ich werde ein Ei beisteuern, wenn du den Schinken lieferst!›»

«Was soll das alles?»

«Es geht um die Art Liebe, die ich für dich empfinde und die so intensiv und so tief ist, wie ich je eine Liebe gekannt habe oder kennen werde.»

«Aber du willst nicht, daß wir miteinander ins Bett gehen.»

«Nein.»

«Warum nicht?»

Ich sage ihm nicht, daß es eine Art Inzest wäre. Ich kann es nicht. Ich kann ihm auch nicht sagen, daß Gott sich vielleicht damit abgefunden haben mag, etwas zu verschwenden, aber ich nicht, und jedenfalls nicht, was den Samen einer gefährdeten Spezies angeht – wörtlich und im übertragenen Sinn. Ich sage nur: «Stereotypen haben viel für sich. Für mich gilt die von der netten mittelalterlichen Dame, die Mutter von irgend jemand, die kranken Nachbarn ein Süppchen bringt. Nicht, daß ich grundsätzlich etwas gegen Ehebruch hätte, nur – ich bin einfach nicht der Typ dafür.» Ich lache, der Ballspieler und Hufeisenwerfer wegen, die so nah sind, daß sie uns sehen können.

«Willst du, daß wir uns nicht mehr sehen?»

Es wird dunkel, und ich höre auf zu lachen. «Schau», sage ich, «jemand hat etwas vor die Sonne gehängt.»

«Ich würde gern ein Sabbat-Gast bleiben, ein Freund...»

Ich lächle ihn an. «Ich habe arcus senilis in einem Auge», sage ich. «Es muß radikale Veränderungen im Sehen bewirken, weil ich dich so schön finde.»

«Du versteckst dich hinter deinem arcus senilis und deiner Süppchen-für-den-Nachbarn-alte-Dame-Stereotype!»

«Aber da kannst du Gift drauf nehmen, daß ich das tu!»

Am nächsten Tag sind wir drei bei Riva, um ihr zuzuschauen. Wir sollen Bescheid wissen und uns wohl fühlen mit ihren neuen Fertigkeiten. Es ist eine richtige Vorführung, etwas, das die zähe Arbeit von Wochen mit all den blaugeschlagenen Schienbeinen, wundgestoßenen Zehen und verbrannten Fingerspitzen krönen soll. Sie wird eingeleitet durch einen Telefonanruf, wobei sie selbst die Nummer gewählt hat, und schließt ein Mittagessen ein, das sie sich ausgedacht, für das sie eingekauft und das sie selbst gekocht hat. Ihre Lehrerin und sie spielen mit offenen Karten. Sie zeigen uns ein ganzes Lebenssystem: wie man Einkäufe macht und Schränke mit Nahrungsmitteln und Kleidern füllt – die Botschaft ist immer, daß man auch ohne zu sehen ein Leben voll eigener Entscheidungen und Unabhängigkeiten führen kann. Nichts ist vergessen, und Riva legt jetzt so viel Wert auf ihre Erscheinung wie nie zuvor, als sie sich noch sehen konnte. Die Lehrerin läßt sie die Mahlzeit auftragen und wäscht dann das Geschirr und macht die Küche sauber.

«Blinde fürchten den Spott der Außenwelt oft mehr als die Unfähigkeit, allein mit dem Leben in ihren Wohnungen fertig zu werden», sagt die Lehrerin. «Aber sobald wir ihnen zeigen können, daß sie ihre Kleidung nach Farben unterscheiden und die richtigen Schuhe tastend finden können und daß sie nicht mit schmutzigem Gesicht und verschmiertem Lippenstift aus dem Haus gehen müssen, fürchten sie sich auch nicht mehr so sehr, auszugehen. Riva hat noch viel vor sich, aber sie hat ihre häuslichen Fertigkeiten gut ausgebildet.»

Wir sind verblüfft. Ben ist voller Pläne mit ihr und den Kindern in der Schule. Saul ist glücklich, Riva selbst triumphiert. Ich bin das alles auch und gleichzeitig nahezu unerträglich traurig. Habe ich etwa gewollt, daß Riva abhängig bleibt und vor sich hin kümmert? Niemals. Was ist es also dann, daß ich am liebsten in Tränen auf dem Fußboden zusammenbrechen möchte, heulen möchte wie ein verwundetes Tier, meine Kleider zerreißen und das Herdfeuer löschen wie eine Trauernde?

Es ist Frühling. Schau hinaus. Die Bäume sind voller Grün. Sieh dich um. Das Licht hier drinnen ist ein Frühlingslicht. Warum habe ich das Gefühl, daß Trauergewänder mich umflattern? Ich sitze mit Ben und Saul auf Rivas Sofa. Sie und die Lehrerin haben sich Sessel neben uns gerückt. Es ist Zeit, daß sie unsere Fragen beantworten. Saul und Ben stellen einige Fragen. Mögen sie auch warm und behaglich in dem luftigen Zimmer sitzen – ich befinde mich verrückterweise im trügerischen November einer düsteren Innenlandschaft, und plötzlich weiß ich warum: Es hat nichts zu tun mit Rivas Einladung und alledem. Ich möchte es jemand sagen, aber ich weiß nicht, wer es verstehen würde.

«Riva, ich möchte dich etwas fragen, das nichts mit deiner Ausbildung zu tun hat. Hast du – als Miriam und Joshua fortgingen – um sie geweint und dir Kummer gemacht?»

Alle blicken erstaunt auf. Ich weiß, es ist nicht der richtige Augenblick für eine solche Frage, aber warum eigentlich nicht? Wie immer sie antwortet, es braucht ihr nicht peinlich zu sein.

«Ja, doch, ich glaube schon», sagt sie.

«Warum hast du es mir nie gesagt?»

«Du würdest gedacht haben, daß ich dich kritisiere, dich für eine schlechte Mutter halte!»

«Das stimmt vermutlich.»

«Und du?» fragt Riva.

«Ich dachte, ich hätte es getan, aber wohl nicht genug. Sie haben ja nicht nur mich – uns – verlassen, sie haben auch unsere Wertvorstellungen verworfen, wegen anderer, die, wie sie fanden, besser und wahrer seien und in die wir nicht hineinpaßten.»

«Das war unvermeidlich», sagt Saul. «Wir haben unsere Wahl getroffen, und sie mußten es auch tun. Die Welt, in der sie leben, hat weitere Möglichkeiten als unsere.»

«Vielleicht ist es nicht für immer», sagt Riva, und ich muß den

Impuls unterdrücken, ihr einen Kuß zu geben, meinem Hoffnungs-Junkie aus Schedletz.

«Jeder muß seinen eigenen Weg finden», meint Rivas Lehrerin milde. Ich sehe Ben an. Er sieht mich an. Er errät etwas von dem, was sich in mir abspielt, nur etwas. Er sieht mich wieder als Mutter, als Mutter von jemand seines Alters. Er begreift jetzt, wen ich geschlagen habe, wem ich ins Gesicht geschrien habe: «Wie kannst du's wegwerfen – einfach wegwerfen!» Er begreift, warum ich – trotz aller Liebe – mich nicht umstimmen lasse. In dieser Liebe war eine Intensität, die ihm befremdlich erschien. Für den Bruchteil eines Augenblicks sehe ich Ungläubigkeit in seinem Gesicht, dann ändert sich der Ausdruck. Er lächelt leise und freundlich und nickt kaum merklich mit dem Kopf.

«Sei nicht traurig ihretwegen», sagt Riva.

«Dann sei du auch nicht traurig, daß du blind bist», sage ich, und wir lachen alle, auch ihre Lehrerin, obgleich Saul mich minutenlang anstarrt. Er ist ein sensitiver Mann, aber er kann nicht erkennen, daß seine Mutter eine mutige Frau ist. Weil er ihr Sohn ist, sieht er weniger in ihr, als sie ist.

Und ich sehe jetzt, was vor mir liegt: die lange, langsame Heilung, der Weg mit Ben zurück in die Freundschaft, ein Rückweg, der mühsamer ist als der Weg, den ich gegangen bin. Mühsal der Liebe. Auch wenn er es mir freundlich verzeiht – es wird ihm weh tun, daß er – wenn auch noch so unbewußt – mit jemand anderem vermischt worden ist, zur Metapher wurde. Aber es ist nicht nur dies, nicht einmal vor allem, und ich werde ihm das mitteilen müssen, ohne ihn anzurühren, ohne ihn zu küssen, ohne mich an zärtlichen Nachmittagen von irgendwelchen Stromschnellen davontragen zu lassen. Wir kehren zu Rivas Unterricht zurück. Ist das Licht im Juni wirklich so flach, die Sonne so kalt?

Der vierte Juli. Wir sind beim Stadtpicknick, benommen vor Müdigkeit. Das ganze Wochenende über haben wir die unüberlegten Feuer von kleinen Jungens in den Gärten und von Schülern der High School in den Hügeln löschen müssen. Der Juni war trocken, und die Wälder sind voll von Moossporen und Blütenstaub. Ich bin zum Picknick gekommen, weil das Picknick Tradition hat in Gilboa und weil Riva zu meiner ungeheuren Überraschung ihre Lehrerin

Irene Savitt dazu eingeladen hat. Zuerst habe ich protestiert – die Menschenmassen, das Durcheinander.

«Aber der Ablauf hat sich seit 1950 nicht geändert», sagt Riva, «weder das Essen noch die Buden, noch die Spiele oder die Leute. Ich sehe noch genug, um nicht in jeden hineinzurennen oder mit meinem Stock in der Menge herumzufuchteln.» Sie und Irene haben alles mitgemacht – haben Kartoffelsalat und gerösteten Mais gegessen, sind auf dem Feuerwehrwagen gefahren, haben unzählige Spiele gespielt, die Anzahl der Bohnen im Topf geraten, sich an der Quilt-Tombola beteiligt, alles ausprobiert und mit allen geredet. Ich bin verblüfft, verwirrt. Als sie noch sah, war sie niemals so frei, so selbstvergessen. Woher diese Wiedergeburt eines gebrochenen Baumes, der sich mit seinen Wurzeln in dem haarfeinen Spalt eines Felsens festhält – woher diese Freude?

Gelobt sei Gott – und du Gott, lobe deinen Menschen! Im weiteren Verlauf des Tages beobachte ich die Feuerwehrleute, die sich wie müde Kinder hinfallen lassen. Sie liegen zusammengerollt unter den Bäumen des Stadtplatzes oder in den Lastern in der kühlen Feuerwache, deren Türen zu den Ruheräumen weit offenstehen, oder auf dem warmen Rasen vor dem Gerichtsgebäude, wo die Leute Quilts und Decken ausgebreitet haben und ihren Mittagsschlaf halten. Später haben alle vor, zum Feuerwerk nach Midlothian zu fahren, das weltberühmt ist in Gilboa. Saul nimmt Riva und Irene mit, in der Hoffnung, daß Riva etwas davon mitkriegen wird. Ich bin «für den Distrikt verantwortlich» wegen der nächtlichen Feuer. Ganz benommen vor Erschöpfung suche ich meine alte Ruhestätte auf den Schläuchen im Pumpenwagen auf und schlafe rasch ein.

Ein weiterer Ben-Traum. Wir schwimmen im unterirdischen See von Jamaica, aber nach dem ersten Kälteschock ist das Wasser warm. Wir werden ganz schnell blind wie die Fische in diesem See, und nackter als alle Fische spüren wir, wie unsere langen, geschmeidigen Körper dicht aneinandergeschmiegt sich durch den blauen Dämmer winden. Das Gefühl ist so sonderbar wie sinnlich. Rasch geht das in eine Wasserschlacht über, bei der wir uns bespritzen. Ich wache auf. Irgend jemand hat einen Feuerwehrmantel über mich gelegt. Es ist Rita. Sie sitzt neben mir und raucht.

«Wie spät ist es?»

«Um drei herum», sagt sie. «Du hast gezittert, und ich habe den Mantel über dich gelegt, wollte dich aber nicht wecken.»

«Läuft das Picknick gut? Ich weiß es einfach nicht, ich bin zu müde.»

«Das kann ich mir nun leisten, seit ich nicht mehr beim Dienst bin – ununterbrochenen Schlaf, und dies siebenmal in der Woche! Ich kann meinen Tag im voraus planen, und ich muß meine Partner, wenn ich mich verabrede, nicht darauf vorbereiten, daß ich vielleicht nicht aufkreuze.»

«Wir fehlen dir ganz schrecklich, was?» lache ich.

«Ich dachte, es würde so sein – aber es ist nicht so. Ich habe die Arbeit nie so geliebt wie C. A. oder Geri oder du, und als mich dieser Laster da fast überfahren hätte, da war es mir nicht mehr wichtig genug, die Angst zu unterdrücken, die ich immer gehabt habe.»

«Ich habe auch festgestellt, daß ich meinen Lasterunfall nicht wiederholen möchte.»

«Du meinst Ben?»

«Genau.»

«Ich bin enttäuscht – ich dachte, du bist emanzipiert.»

«Was, wenn dieses Bedürfnis gar kein sexuelles ‹Verlangen› ist, sondern eine Sehnsucht, die ich nicht definieren kann? Was, wenn – eben weil ich keinen Namen dafür habe – ich mich nach gängigen Namen umgucke und ihm einfach einen davon gebe?»

«Grace, wir alle brauchen Liebe...»

«Ja, aber eine so eng ausgelegte?»

«Aber wir sind doch alle freier geworden...»

«Wirklich? Weißt du, daß in den Filmen der dreißiger Jahre Männer sich umarmen konnten, ohne daß man an Homosexualität dachte? Und in der Jugend meiner Mutter konnten Freundinnen untergehakt spazierengehen, ohne daß jemand sich aufgerufen gefühlt hätte, genau zu definieren, was diese freundliche Geste bedeutet.»

«Du leugnest...»

«Ja, ja und nein. Es ist nur ein weiteres Paradox in einem Leben, das voll davon ist. Bei all unserem Wissen über Sex...» Ich stehe da mit erhobenen Händen, mir fehlt nur noch ein Podium – da kommen Ben und Star und zwei der Jungen herein. Er möchte ihnen die

Ambulanz zeigen. Wir springen vom Laster herunter und begrüßen sie. Wieder versuche ich, ihn objektiv zu sehen, aber es gelingt mir nicht. Liebe ist nicht blind – sie ist astigmatisch, sie läßt die Kanten verschwimmen, sie macht die Konturen weicher. Während wir uns necken und hänseln, merke ich, wie sehr meine Konturen für ihn durch seine Zuneigung zu mir verschwimmen. Dann sehe ich Star an, die Ben und mich ansieht. Weil sie so jung ist, erscheine ich ihr noch älter, als ich bin. Unsere Neckerei hat einen Hauch von Erotik, und das verwirrt sie. Ben findet, daß ich zehn Pfund zuviel habe, für sie sind es dreißig. Ben findet, daß ich ein charaktervolles Gesicht habe, für Star ist es runzelig. Für Ben habe ich etwas Königliches, für Star bin ich alt. Ich mag ihr kaltes Urteil nicht, und wenn ich könnte, würde ich jetzt gehen, aber das hieße, auf die Wärme verzichten, die von ihm ausgeht, und das in einem Sommer, der, kaum begonnen, schnell vergeht. So schnell wie die zwanzig Sommer zuvor. Star trägt enganliegende Shorts. Ihr Körper ist geschmeidig und braungebrannt und fest, und sie ist, wie die Mode es will, busenlos und auf all das sehr stolz. Ich tadle sie nicht dafür, aber mir fällt ein, daß Jugend nichts Besonderes ist, worauf man stolz sein kann. Jeder, der nicht stirbt, bevor er neunzehn ist, wird eben neunzehn, und diese Feststellung hilft mir, ihren Blick zu erwidern, ohne daß er ihr vernichtendes Mitleid spiegelt.

Rita sieht alles. Ihr Verstand, der gewöhnt ist, zu organisieren und zu bewerten, sammelt diese Reaktionen kühl ein, etikettiert sie und ordnet sie weg. Einmal blicke ich zu ihr hinüber, sehe ihr leises, achselzuckendes Lächeln und weiß, daß ich jetzt gehen sollte, aber Star hat, weil sie ebensowenig gehen kann, noch eine Rache bereit. Sie berührt Ben, fährt mit der Hand über seinen Arm, legt ihn um seine Schulter. Ich bin überrascht, daß mir das weh tut. Liebe (bewahren, schützen, verteidigen) sollte aus dauerhafterem Stoff gemacht sein; aber offensichtlich weiß sie nicht, daß Ben und ich zur Freundschaft zurückgekehrt oder auf dem Weg dahin sind. Er hat es ihr nicht gesagt. Ritterlich. Ich könnte ihn küssen dafür.

Ich gehe hinüber zum Kleiderständer und hänge den Feuerwehrmantel auf. Neunzehn ist ein schwieriges Alter, sie kann einen Schmerz nicht in Ruhe lassen. «Hat Ben Ihnen erzählt», sagt sie, «daß er wieder aufs College geht – nach Chicago?»

Jetzt bin ich wirklich wütend auf sie. Was hat es mit all dem

Schwesterngeschwätz der Frauenbewegung auf sich? Ich habe das Gefühl, in einem Film mit Jean Harlow aus den dreißiger Jahren zu sein. Alles was mir zu tun bleibt, ist direkt darauf einzugehen. «Ach – wirklich, Ben?»

«Es gibt da ein neues paramedizinisches Programm – eine Ausbildung für eine berufliche Laufbahn. Arbeit in der City und gut bezahlt noch dazu.»

«Wann fährst du?»

«Ich bin für den Herbst angenommen. Ich fahr im September.»

«Ich werde dich vermissen», sage ich ruhig. «Ich hab schon angefangen, dich zu vermissen.» Er lächelt mir zu, und ich habe außerdem die Freude, Star zu überraschen. Aufrichtigkeit – hach, ein weiterer Alte-Damen-Trumpf! Sie findet, ich müßte mehr Stolz haben. Es gibt vieles, was ich mir dringender wünschen würde.

So, jetzt kann ich gehen. Was Ben mit einem Skalpell hätte tun sollen, hat Star mit dem Beil erledigt, und ich bin frei. Die Ablösung ist noch nicht bewältigt, aber sie hat begonnen.

Als ich es Saul und Riva erzähle, sind sie ganz begeistert darüber, und wir verbringen eine ganze Weile damit, uns gegenseitig zu beweisen, warum es so gut ist. Longhill ist keine Karriere – die Bezahlung kann nicht hoch sein –, und mit seiner Begabung für Kinder und seiner medizinischen Ausbildung ist es nur vernünftig, daß er versucht, so weit wie möglich zu kommen. Ihr alten Heuchler, ihr lügt euch in die eigene Tasche! Auch eurem Leben wird er seine lachende Gegenwart, seine hoffnungsvolle Jugend, seinen ermutigenden Optimismus entziehen, aber dennoch leistet ihr den neuen Konventionen Lippendienst, ihr betet die neuen Überzeugungen nach. Wenn er geht, werden wir nie wieder etwas von ihm sehen oder hören. Wenn er heiratet, wird das Echo nicht bis nach Gilboa dringen. Heute hier – morgen da, wie man so sagt.

Miriams Geburtstag. Ich rufe sie an und wünsche ihr alles Gute. «Was wünschst du dir dieses Jahr? Ich hab euch Sweater geschickt, aber vielleicht braucht ihr die gar nicht in Kalifornien. Du hast nie was gesagt – aber vielleicht möchtest du etwas anderes haben. Einen Film kann ich dir nicht schenken – aber vielleicht gibt es etwas anderes?»

«Laß mich nachdenken. Ich trage keine aufwendigen Kleider,

weil das nicht geht, wenn ich so aufgemacht daherkomme, wo die übrigen, mit denen ich arbeite, alle so wenig haben. Die Filmsache ist vorbei. Wir hatten etwas vorbereitet, und es ist geplatzt. Unsere Gruppe hat sich sowieso verändert – die Interessen verlagern sich. Der Zusammenhalt der Gruppe, die Bedürfnisse – alles. Manchmal sehne ich mich nach dem lieben, alten, unveränderlichen Gilboa und nach ein bißchen von seinem Frieden. Wie geht es dir und Dad dort?»

«Dad geht es gut. Er verabscheut meine Arbeit nach wie vor. Deine Großmutter hat alle beim Picknick am vierten Juli bezaubert.» Dann kann ich es nicht lassen und reagiere auf das, was mir als unglaubliche Selbstgefälligkeit uns und unserem Leben gegenüber erscheint. «Im Juni sollte ich für sechzig Tage vom Dienst suspendiert werden, aber ich hab's in zehn Tagen geschafft, denn sogar bei uns geht jetzt alles schneller.» Langes Schweigen am anderen Ende, dann: «Du? Suspendiert? Wie das? Ich dachte, du wärest das Rückgrat der Gruppe, die zweite in der Leitung und so weiter.»

«Die dritte.»

«Gut, die dritte.»

«Die Dinge bleiben nicht, wie sie sind, sie ändern sich, selbst in Gilboa.»

«Hab ich ein bißchen von oben herab geklungen?»

«Ja, das hast du.»

«Tut mir leid. Man hat es mir schon gesagt, und zwar eine ganze Menge Leute – es wird also wohl stimmen. Bitte, erzähl mir, was los war.»

«Ich hab eine Leiche verprügelt.»

«Du hast *was*?»

«Ich habe einen Toten geschlagen. Zweimal. Claude mußte mich wegzerren.»

Wieder ein langes Schweigen. Als sie dann spricht, ist ihre Stimme ruhig.

«Jemand, den du kanntest?»

«Nein, eine völlig fremde Person.»

«Ein Mann?»

«Ja.»

Wieder eine Pause. «Wußtest du irgend etwas über ihn?»

«Nur, daß er jung und erfinderisch und überlegt und ein guter

Planer war und daß er eine handgestrickte Mütze und ebensolche Handschuhe anhatte.»

«Autounfall?»

«Selbstmord.»

Wieder Schweigen. «Es war ein Ausreißer, nicht wahr, der aussah wie Josh.»

Diesmal schweige ich, sie spricht aus, was keiner von allen gesagt hat, nicht einmal Saul, der das, was ich gemacht habe, auf meine Übermüdung und ein paar Fremde bei einer Party geschoben hat.

«Mutter...»

«Verzeih – ich bin einfach verblüfft und auch etwas erleichtert. Ich hatte – so weit weg von Kalifornien – vergessen, wie gescheit du bist.»

«Wir haben nie über Josh gesprochen – sein Weglaufen, die Religion, all das, und das tut mir leid. Ich hatte einfach nicht den Nerv dazu. Hab ich dir gesagt, daß ich ihn in Illinois besucht habe?»

«Nein – wann?»

«Vor acht oder neun Monaten, nein, es ist noch länger her, vor einem Jahr, denke ich. Ich war bei einem Workshop in Ohio, und da hab ich rasch bei ihm reingeschaut.»

«Wie war es?»

«Es war irre, jedenfalls zum Teil, alle verkleidet, eine andere Kunst, eine andere Sprache, anderes Essen – so wie in den alten Klöstern, wo jede Verbindung, jede Erfahrung mit draußen mit voller Absicht abgeschnitten wurde. Dennoch – ich glaube, er vermißt diese Verbindung ein wenig – vielleicht mehr als nur ein wenig. Es wird ihnen gesagt, daß sie niemals über ihre Vergangenheit sprechen dürfen, aber als wir allein waren, hat er es getan. Die Gruppe betreibt ein Geschäft, weiß du...»

«Nein – was machen sie?»

«Sie machen eine Art Apfelbonbons. Sie verkaufen sie an Ort und Stelle, aber sie verdienen ganz gut dabei.»

«Ist er daran beteiligt – an diesem Geschäft, meine ich?»

«Ja, und wir haben auch darüber geredet.»

Ich muß lachen. Geschäft – das heißt: Welt, englische Sprache, Buchhaltung, die IRS, Realität. «Ich bin froh, daß du ihn besucht hast. Es ist so schmerzlich für uns, daß wir es kaum mehr als einmal im Jahr machen können. Seit meinem letzten Besuch sind vierzehn Monate vergangen.»

«Fahr wieder hin! Ihr könnt euch da treffen, wo die Bonbons gemacht werden. Da hängen nicht ganz so viele Götter herum. Wenn du das tun könntest, brauchtest du vielleicht nicht...»

«Brauchte ich nicht tote, fremde junge Männer zu schlagen...»

«Es muß furchtbar für dich gewesen sein – du verlierst doch so ungern die Fassung.»

Wieder bin ich verblüfft, aber nicht, weil ich mich in diesem Bild wiedererkenne. Sieht sie mich so? Sieht mich die Welt so? Bin ich so steif, so etepetete? Ich möchte sie zu meiner Verteidigung daran erinnern, daß ich mich durch Yom Kippur hindurchheule, daß ich Geister beschwöre, mit rebellischen vergangenen Ichs lebe – liebe.

«Ich hatte keine Ahnung – ich wußte nicht, daß du mich so siehst – so starr und beherrscht.»

«Die andern hier sagen, ich sei genauso. Offen gesagt, ich weiß nicht, wie man sonst sein soll, wenn alles sich um einen herum mit Lichtgeschwindigkeit verändert.»

Ich bin beschämt, verblüfft, erleichtert. Miriam hat nie so etwas zu mir gesagt. Ich möchte ihr gern sagen, daß ich es verstehe und es zu schätzen weiß, was sie gesagt hat, daß ich ihre Zweifel respektieren will, daß ich auch welche habe, daß ich möchte, wir könnten jede auf ihrem dünnen Eis einander die Hände entgegenstrecken und uns berühren, wo paradoxerweise eine festere Basis uns nicht getragen hat. Ich kann das alles nicht sagen, noch nicht.

Sie fährt fort. «Ich bin froh, daß du angerufen hast, Mutter. Ich möchte dich um einen Gefallen bitten.»

«Tu's nur.»

«Ich habe die Chance, mich in einem Gespräch um einen Job in Chicago zu bewerben – eine sehr gute Sache in der City; ich muß mir das Ganze erst einmal ansehen, ehe ich mir einen Umzug überlege. Ich habe Kim immer bei Freunden in der Kommune gelassen, wenn ich ein paar Tage wegmußte, aber die ist auseinandergegangen, und jetzt weiß ich nicht wohin. Kann ich sie dir nach Gilboa schicken?»

«Darling – wie lange schon haben wir dich gebeten, sie uns hier zu lassen!»

«Es würde nicht vor dem Herbst sein.»

«Warum kommst du nicht vorher und bleibst ein paar Tage, bis sie sich eingewöhnt hat, und fährst dann zu deinem Bewerbungsgespräch?»

«Laß mich darüber nachdenken.»

«Warum hast du ihr etwas von deiner Suspendierung und von dieser schrecklichen Angelegenheit erzählt? Das liegt doch schon Monate zurück.» Wir sind in der Küche. Ich räume nach dem Abendessen ab.

«Ich konnte das Bild, das sie von uns hat, nicht ertragen – das liebe, dumme Gilboa mit seinen Bourgeoistrotteln.»

«Hast du gar keinen Stolz?»

«Du hast doch von der Energiekrise gehört – ich bin in einer Stolzkrise. Ich dachte, ich hätte das alles hinter mir gelassen, als ich Mutter wurde. Jetzt bin ich gar nicht mehr so sicher. Miriam hat weit weg in Kalifornien alle meine Gründe erkannt. Ich weiß nicht, warum, aber ihre Einsicht hat mich tief getröstet. Wir hatten danach ein gutes Gespräch. Sie meint, ich hätte damals in dieser Nacht Joshua geschlagen, hätte nicht mehr versucht, ihn zu verstehen und ihn einfach in absentia verprügelt. Sie hat ihn besucht.»

«Joshua? Wann?»

«Kurz nach uns. Sie meint, er sei nicht der perfekte Automat, der er versucht zu sein. Sie meint, er vermisse etwas von dem, was er hier gehabt hat. Sie sieht mich sehr viel anders, als ich mich selbst sehe. Das erstaunt mich.»

«Und Kim – du sagtest, sie würde Kim vielleicht für einen Besuch bei uns lassen...»

«Wir sind zweite Wahl, wer weiß, vielleicht auch erst zehnte Wahl, aber immerhin. Miriam hat immer diesen verwurzelten, ehelichen, geordneten Teil von uns verachtet, aber das ist's, was übrigbleibt, wenn die Kommunen aufgeben und die Frauenhäuser schließen. Komisch, daraufhin habe ich ihr erzählt, daß auch hier in Gilboa Leute Leidenschaften haben, wütend werden, ihre Fassung verlieren, Verzweiflung kennen.»

«Was ich nicht verstehe ist», sagt er und hebt die Hände in einer Geste, die ich an Elia kannte, «daß du, nachdem du so in Wut geraten bist, um dich geschlagen hast, unter dem schrecklichen Druck dieser schrecklichen Arbeit, die du machst, suspendiert und öffentlich gedemütigt worden bist – daß du immer noch weitermachst, obgleich du weißt, daß die Leute sich fragen werden, wann du das nächste Mal wieder ausrastest. Also warum, Grace?»

«Der Schmerz hat nichts mit meiner Arbeit zu tun. Ich mag sie. Es ist Hausfrauenarbeit, Ordnung in ein Chaos zu bringen.

Ich bin eine gute Hausfrau. Ich habe das hier in dieser Stadt, bei deiner Familie, in deinem Haus gelernt. Und wie steht's mit dir? Auch wenn du Lou Epstein in die Kleider, die sie haben will – immer zwei Nummern zu klein –, hineinzwängen mußt, verkaufst du doch immer noch Kleider.»

«Grace, warum haßt uns Mirele so?»

«Ich glaube nicht, daß sie uns haßt. Ich glaube nicht, daß sie es je getan hat.»

«Also gut, warum ist sie dann so gleichgültig?»

«Aus Indifferenz würde sie sich niemals so weit von uns entfernen oder einen so aggressiven Standpunkt einnehmen. Ich weiß nicht, was sie denkt und empfindet. Ich weiß nur, daß sie uns anders sieht, als wir uns sehen.»

«Ich hätte niemals zu ihr über – na ja, wenn mir so etwas passiert wäre, ich hätte niemals auf diese Weise um ihr Verständnis und ihre Zustimmung bitten können.»

Ich erzähle ihm über Mrs. Teller und ihre beiden Töchter und wie traurig ich war, als ich ihrem Geplauder über die allergewöhnlichsten Einzelheiten ihres Lebens zuhörte, während sie darauf warteten zu hören, ob ihre Mutter den Daumen an der rechten Hand behalten würde oder nicht. Er läßt mich ausreden – ein kleines Lächeln auf dem Gesicht. Ich wasche das Geschirr ab, während wir reden. Er sitzt am Küchentisch hinter mir, aber ich spüre, daß er mir aufmerksam zuhört. Er ist sehr still. «Hast du sie inzwischen gesehen?» fragt er, als ich fertig bin.

«Nein, ich hab am nächsten Tag im Krankenhaus angerufen, aber bin ihr nirgends begegnet.»

«Ich schon. Sie kommt ab und zu. Sie hat den Daumen verloren.»

«Ach, das tut mir leid. Was für ein Jammer!»

«Man hat ihren Zeigefinger irgendwie umgesetzt und ein Stück abgenommen und daraus einen Daumen gemacht. Sie sagt, es ist so, als hätte sie den kleinen Finger eingebüßt, aber sie kann die Hand benutzen. Sie hat's mir gezeigt.»

«‹Nimm die Schläge hin und mach das Beste daraus› – wenn ich's recht verstehe.»

«Ich weiß nicht, ob ich aus Miriams Nachrichten das Beste machen kann.»

«Du mußt nur auch deine Fassung verlieren, Mann. In der modernen, emanzipierten Welt bleibt jeder für sich. Besondere Merkmale gelten nicht mehr – Eltern, Kinder, Brüder, Schwestern, Alter, Sex, Genus. Scheiße ist so gut wie ein Chateaubriand, nur daß die meisten Leute keine Scheiße mögen...»

«Hör auf, so zu reden, es jagt mir Angst ein.»

Mir jagt es auch Angst ein. Es ist Wut auf Miriam, auf Joshua, auf Ben. Es ist Leichenfledderei. Warum sollte ich wütend auf Ben sein, frage ich mich. Er hat mir alles gegeben, was er hat. Ich bin einem Sohn hinterhergerannt, und in den Nebeln, gegen die wir ankämpften, in den Schneestürmen, die wir überstanden, glaubte ich einen Liebhaber vor mir zu haben. Was – wenn dieser Leichnam zurückgeschlagen hätte? Er hat – er hat! «Tut mir leid», sage ich, «ich bin aufgefordert worden, einen Teil der ungelebten Freuden eines Volkes zu leben, und statt dessen bin ich voller Schrecken über das, was alles möglich ist. Miriam hat von Chicago gesprochen. *Chicago* – wo meine Leute, wo meine Vettern und Kusinen sind, wo Kim eine Familie haben könnte. Ich glaube, ich habe das alles gesagt, weil ich Angst habe, daß es nicht zustande kommt.»

«Kann ich irgend etwas für dich tun?»

«Nein, aber dennoch vielen Dank. Ich müßte einmal lange und gründlich heulen, bei völlig unpassender Gelegenheit, an der Kasse eines Supermarkts, zum Beispiel. Überwältigt von dem Bild auf einer Büchse Erbsen.»

In den nächsten Tagen verhält sich Saul ganz behutsam, kommt mir nicht zu nahe, rührt mich nicht an, stellt keine Forderungen. Krüppel behandelt man so und Leute, die gefährlich sind. Was bin ich? Ich fühle mich verkrüppelt, und wer kennt die Wahrheit, die ich mitteilen könnte, wenn ich mich darauf konzentrieren würde?

Langsam, unerbittlich löst Ben die wenigen Verbindungen, die er hier geknüpft hat. Er kommt nur noch selten zu den Nachtfahrten und nur, wenn ich auch da bin, ins Krankenhaus. Auf dem Heimweg reden wir über jüdische Geschichte, Chelm-Geschichten, Legenden. Ich erzähle ihm die Geschichten, die ich von meinem Großvater gehört habe, über den Dubbuk und den Golem, über Bontsche Schweigk und Lilith. Ich erzähle ihm über Massada und Baal Schem. Aber auch ich ziehe nur Fäden aus unserem Gewebe und rühre nicht an das Grundmuster, das Ringen mit Gott, die Widersprüche, die mich veranlassen, diesen Glauben zu bekräftigen, wenn auch in noch so unvollkommener Weise. Gilboa ist keine Stadt der Juden. Vielleicht ist, was ich sage, nur das Echo einer lebendigen Stimme und nicht die Stimme selbst. So gehen wir schonungsvoll miteinander um, und schonungsvoll und leise lösen wir uns voneinander.

Ein Notruf. Es ist ein schwerer Augustnachmittag. Ich liege in der Hängematte auf der schattigen Seite des Hauses. Ich wollte einen langen Artikel über Frakturen lesen, aber der Tag überwältigt mich. Die Wolken türmen sich über den Bäumen, die Bäume über meinem schwingenden Bett. So gewiegt, verlieren die Worte auf der Seite vor mir jede Bedeutung. Ich bin halb eingeschlafen, als der Ton kommt. «Gilboa Feuer und Unfall, Erste Hilfe vier Kilometer westlich Van Riper, Bluyot-Farm.» Die Meldung wird wiederholt.

Bluyot gehört zu unserem festen Bestand im engeren Umkreis von Unfällen und Notfällen. Er ist Alkoholiker, er hat eine Zirrhose und ein schwaches Herz, einen Diabetes und die Weisheit eines, der zu überleben versucht. Auch wenn wir freiwillig arbeiten, müssen wir eine Gebühr zur Unterhaltung der Ambulanz fordern. Bluyot hat noch keine einzige Rechnung bezahlt, weil er weiß, daß wir die Mittellosen unterstützen müssen. Jede Organisation muß Mittellose unterstützen. In Gilboa ist er so frei wie ein Herrscher, der niemals bares Geld braucht. Er klaut im Einkaufszentrum, weil er es ihnen übelnimmt, daß sie ihm kein Essen geben. In der Stadt geht er von Laden zu Laden und bekommt Kuchen vom vorigen Tag und altes Brot, zerbrochene Kekse und überreifen Käse. Er ist auf ländlich-natürliche Weise arm. Wenn er nüchtern ist, betätigt er sich als Baumchirurg, immer unzuverlässig – ob nüchtern oder betrunken. Aber wenn er will, arbeitet er so gut, daß er sich und seine völlig erstarrte Frau mit dem wenigen versorgen kann, was er nicht erbettelt oder stiehlt. Ihre Kinder – vier Jungen und zwei Mädchen –

sind erwachsen und haben die Runde durch alle Gefängnisse und Irrenhäuser des Landes gemacht. Sie entziehen sich allen Lösungen. Vielleicht ist das die Botschaft, die sie zu verkünden haben.

Manchmal überlege ich, ob einer von uns womöglich nicht ganz so schnell fährt, wenn ein Bluyot-Ruf kommt. Ich tue es nicht. Es ist eine Sache meines Stolzes, meiner Eitelkeit vielleicht, ihn mit der gleichen Höflichkeit und Sorgfalt zu behandeln wie jeden anderen. Er hat allerdings der Welt verkündet, daß er nicht ist wie jeder andere. Er steht über dem, was üblich ist, oder darunter, aber man kann ihn nicht an normalen Gesetzen messen. Vielleicht beleidige ich ihn auf eine dunkle, undurchdringliche Weise, wenn ich «professionell» bin.

Nach Vere Road wird das Land öde. Selbst die Bäume sind dünn und haben dürftiges Laub, und tiefe Einschnitte gehen durch die Bodendecke und legen die Geologie bloß; die Gesteinsschichten sind zusammengedrückt und verbogen und klaffen wie eine Wunde. Hier und da liegt das Skelett einer Farm, die Rippen der Scheune offen zur Sonne oder unter ihrem Rückgrat zusammengebrochen. Die Farmen stammen aus der Zeit vor dem Auto. Sie liegen dicht an der Straße, manchmal von ihr in zwei Hälften geteilt – das Haus auf der einen, die Scheune auf der anderen Seite. An der engsten Stelle der Straße sehe ich Bluyots Haus auftauchen, auch nicht mit einem einzigen versöhnlichen Baum gesegnet. Meistens drückt sich Armut in der Welt als Dürre aus – das Leben bis zur Kahlheit ausgeblichen. Als wir auf unserer schönen Tour durch Jamaica an den Slums vorbeikamen, flatterte auch nicht der kümmerlichste Fetzen von den Wäscheleinen: alles, was vorhanden war, war in Gebrauch. Bluyots Armut ist die Amerikas: es ist die Armut der Übersättigung. Seine Hütte zeigt gemalte Türen und Partien aus Klinkern und Ziegelsteinen, alles bei Abbrucharbeiten gestohlen. Ein Teil ist mit Teerpappe gedeckt, und hier und da liegen alte Autodächer gestapelt; vor der Vorderfront breitet sich wie Getreide ein Feld mit kaputten, verrosteten und rissigen Maschinen aus. Ich fahre vor. Larry ist schon da, aber ich sehe ihn um das Haus herum kommen. «Ich kann niemanden auftreiben – wo sind sie?»

Ich gehe zum Wagen zurück, setze mich hinein und drücke auf die Hupe. Einmal, zweimal. Hinter mir hält die Ambulanz. Aus einem der Nebengebäude kommt Molly Bluyot. Sie bahnt sich ihren Weg mit Fußtritten durch ein paar sich sonnende Katzen.

«Sie haben sich Zeit gelassen mit dem Herkommen.»

«Was ist passiert?» fragt Larry.

«Er ist hingefallen», sagt sie nur mit einer vagen Bewegung in unsere Richtung, und wir folgen ihr ins Haus. Mich befällt ein Brechreiz. Der ölige Geruch nach Ratten, verdorbenen Nahrungsmitteln, Schweiß, Schimmel, Füßen und dazu ein sauerstoffverzehrender, fauler Geruch, den ich nicht identifizieren kann. Er liegt, halb unter dem Küchentisch, auf dem Gesicht. Wir drehen ihn um und untersuchen ihn, tasten ihn hier und dort leicht ab. Kein Puls am Handgelenk, keine Augenreflexe, kein Blutdruck. Nach einer Weile öffnet er von allein die Augen: «Was...»

«Sie sind gestürzt, Mr. Bluyot», sagt Larry. «Sagen Sie uns, was passiert ist.» Bluyots wäßrige Säuferaugen wandern von einem zum andern – langsam, erstaunt, leer. Wenn ich mit einem Opthalmoskop in die Schwärze seiner Pupillen blicken würde, könnte ich die furchtbaren Verheerungen jahrelangen Alkoholgenusses sehen, seinen Diabetes, sein ruiniertes Herz.

«Ich kann mich nicht bewegen», sagt er, und dann: «Es hat viel Zeit gekostet.»

«Was?»

«Zu sterben», sagt er. Und tut es.

Für den Bruchteil einer Sekunde überlegen wir, was wir tun könnten, künstliche Beatmung und intravenöse Injektionen, Sauerstoff, Luftzufuhr. Thoraxkompressionen. Aber da ist nicht mehr genug übrig, um ihn ins Leben zurückzurufen. Seit Jahren schon nicht mehr. Er ist in den Sechzigern, sieht aber aus wie achtzig. Wenn wir einmal anfangen, müssen wir alles machen – ich hebe die Hände hoch, als wollte ich mich ergeben, und stelle fest: «Es gibt keine Möglichkeit...» Larry stimmt mir zu. Wir überprüfen noch einmal die Vitalfunktionen. Negativ. Im Augenblick unserer Entscheidung sehe ich Mrs. Bluyot an. Will sie überhaupt, daß wir es versuchen? «Mrs. Bluyot...» Sie zuckt die Achseln und geht weg. Nichts, was wir – so oder so – tun, macht einen Unterschied. Wir rufen bei der Polizei an, wegen des Leichenbeschauers.

Wir decken Bluyot zu, und kaum verhüllt, ist die Eile zu spüren, aus diesem verpesteten Haus herauszukommen. Ich will die Witwe trösten, wie man es da draußen in der zivilisierten Welt macht, aber sie ist im Labyrinth der Nebengebäude verschwunden. Ben und Ellie sind inzwischen gekommen. Wir schicken die Ambulanz zurück und teilen allen mit, sie sollen abfahren. Ich habe Zeit.

Nachdem die Ambulanz fort ist, sehe ich, daß Ben dageblieben ist. Ich setze mich neben ihn auf die ausgebleichten und krummen Stufen, so als seien wir die Besitzer dieser Bruchbude, die sich im Schatten des vorspringenden Daches ausruhen. Wir sprechen lange nicht, verlieren uns lieber in dem Sommerrhythmus mit seinen Heimchen im trockenen Gras, seinem Vogelzirpen, den Insektenarmeen, die in den Fundamenten des Hauses ihre Kriege austragen.

«Ich bin fast ein Jahr hier», sagt er, «ein langer Aufenthalt für mich, der längste seit dem College.»

«Hoffentlich ein gutes Jahr.» Wir lächeln. Ich kann mich nicht erinnern, wann ich zuletzt eine so starke Dankbarkeit empfunden habe. Er ist wie der Sonnenschein, wie eine unverdiente Wärme, wie ein ganzes Feld voller Blaubeeren für den heißen und müden Wanderer. Ich zähle unsere Augenblicke, wie glückliche Leute ihre Ferientage zählen – ohne Gier.

«Irgend etwas hat sich in mir verändert», sagt er. «Zum Schlechteren, glaube ich. Als ich im College war, hätte dies alles etwas ganz anderes für mich bedeutet. Ein Mann, der in Armut und Verzweiflung stirbt – ein wirklich soziales Unglück. Ich sollte wütend werden. Im College hätte ich Veränderungen gefordert, die die Armut verhindern.»

«Was ist der Preis dafür, daß man so etwas und die betrunkenen Jugendlichen auf der Autobahn verhindert?»

«Ich weiß es nicht. Gilboa ist eine nette, eine gute Stadt, und ihr hättet Bluyot nicht davon abhalten können, so zu sein, wie er war.»

«In der vollkommen geplanten Gesellschaft würden Bluyots Kinder vom Staat übernommen werden, und man hätte dir nicht erlaubt, in dieser Stadt und in den Longhill-Kindern und in mir ein Licht anzuzünden und dann wieder wegzufliegen.» Was für eine Freude es ist, ihm das alles ohne zu zögern und ohne Angst zu sagen.

«Nur ein Teil von mir will wegfliegen. Star fängt an, Ansprüche zu stellen, und ich sehe ein, wie wenig ich wirklich für diese Jungens da tun kann.»

«Ich meine, du hast viel für sie und für die Stadt getan. Sag den anderen Lehrern, sie sollen die Jungens weiter zu unseren Weihnachts- und Vierter-Juli-Feiern bringen.»

«Okay, und du brauchst dich nicht so weit von mir wegzusetzen», sagt Ben, «du hast dich entschieden, und ich respektiere das, aber trotzdem können wir uns berühren.»

«Ich versuche gerade, mich zur Objektivität emporzuschwingen.»

«Macht es dir immer noch Mühe?»

«Möchtest du, daß es anders wäre?» Wir schmunzeln beide, und dann rücke ich nahe an ihn heran, und wir sitzen zufrieden in der Sonne und wünschen uns nirgendwo sonst zu sein. Ab und zu murmeln wir uns etwas zu. «Die Kinder liefen hinter ihm her und hänselten ihn. Sie nannten ihn ‹Blue Jo-Jo›.»

«Warum hast du diese Arbeit übernommen?»

«Was macht man mit Mutterliebe und Mutterwitz, wenn die Kinder groß sind und aus dem Haus gehen?»

«Die meisten im Feuerwehrdienst sind Männer.»

«Alle Chefs sind Männer. Sie mischen sich alle in die Arbeit von Frauen ein.»

«Ich gehe nicht gern von hier weg. Der Sommer ist fast vorüber. Die Gräser da sind schon rot.»

«Ja, sie sind immer die ersten. Violet hat sie die Quartiermacher genannt.»

«Wie geht es Riva?»

«Ihre eigentliche Ausbildung ist bald beendet. In gewisser Weise ist sie noch nie so frei gewesen, aber die feineren Töne ihrer Beziehungen müssen alle neu gestimmt werden.»

«Vermutlich.»

«Vergiß unser Volk nicht.»

Wie alte Freunde, alte Nachbarn sitzen wir auf Bluyots wetterkrummen Stufen und warten auf den Leichenbeschauer.

19

Ich bin im Pinecrest-Einkaufszentrum und belade meinen kleinen Wagen mit Lebensmitteln für den Feiertag. Ben fährt in der Woche nach Rosch Haschanah, das er, wie er sagte, mit uns verbringen will. In der vergangenen Nacht habe ich ihm auf der Rückfahrt von einem Notfall von meinen Geistern erzählt – nicht, wie ich sie beschwöre oder was sie mir auftragen, sondern daß ich jetzt viel mehr an sie denken muß als während jenes Maitags, der ihrem Gedenken gewidmet ist. Jetzt, wenn die erste Ernte eingebracht wird und der endende Sommer sich gewichtig in den Kisten und Körben des Supermarktes niederläßt, führt der sanfte Wind einen Hauch von Asche mit sich und bläst sie durch die Einkaufshalle. Die Zeit der Erinnerung und des Gedenkens. Die Tage der Ehrfurcht. Er hat mich gefragt, warum ich so oft an sie denke – der Holocaust kommt immer wieder auf in unserer Unterhaltung, und für ihn ist er so altertümlich wie die Zeit der Pharaonen. Er fürchtet, was er als Passivität, als Ergebenheit der Opfer in ihren eigenen Tod auslegt oder was ihm andere so geschildert haben. In der Dunkelheit der Ambulanz erschien ich ihm nicht alt genug, um mich der ersten Bilder und Namen der befreiten Schlachthäuser zu erinnern oder, noch davor, der tätowierten Entkommenen, die überall in der Welt an die Türen klopften, herausschrien, daß es solche Stätten wirklich gab, und keinen Glauben fanden. Dieser Alptraum hat mein Denken von da an für alle Zeit bestimmt. Es ist die Metapher des Bösen, die meine Generation von anderen mit anderen Metaphern unterscheidet. Ich habe andere Kriege durch das Prisma jenes Krieges gesehen und sie, wie sich zeigte, falsch verstanden. Und dann der Verlust, der unaussprechliche Verlust – «das Verbluten – ja, du hast mir davon erzählt».

Im Dunkeln spürte ich, wie seine Stimme kühler wurde. Er fühlt sich durch die Direktheit meiner biochemischen Bilder angegriffen. Die Biochemie ist beleidigend. Ich vermute, weil sie so neutral ist. Seine Gefühle wehren sich gegen diese Neutralität – Säuregleichgewicht und Synapsen, Pumpen und Röhren, die sich immer wieder aufs neue füllen. Er preist das Wunder des Willens, der Persönlichkeit, der Entscheidung, der Freiheit, des Ich und geht an dem schlichteren Wunder seines eigenen Körpers vorüber. Was «natürlich» ist, ist gedankenlos. Er erwartet, daß die braven Maschinen, verborgen und leise, immer weiter in Gang bleiben. Was für eine Generationslücke ist da entstanden!

Ich frage mich, wie die Menschen in den Lagern ihren Körper empfanden. Haben sie ihn verwünscht, weil er weiter lebte, wenn sein Insasse sterben wollte? Betrachteten sie ihn – trotz Schlägen, Kälte und Hunger – mit einer Art Ehrfurcht oder wüteten sie gegen Gott, weil er ihn – komme was da mag – so gut für das Überleben eingerichtet hatte? Ich habe Berichte über die Lager gelesen und erfahren, daß viele der Menschen dort sich von dem kleinen Rad des Tages und dem großen des Jahres mit allen nur möglichen Segnungen und Tätigkeiten unseres so aktiven Glaubens hinauf- und hinabtragen ließen. Sie sprachen das Gebet, das den Tag begrüßt, mit den Fransen, die sie sich heimlich gemacht hatten und bei sich verborgen hielten; sie sagten den traditionellen Dank für das erste Blatt im Frühling, einem Frühling, den auch der Tyrann ihnen nicht ganz vorenthalten konnte. Ich möchte Ben sagen, daß, obgleich ich so bevorzugt und frei bin, wie sie verhungert und gefangen waren, mein Bedürfnis dem ihren immer ähnlicher geworden ist – ein Bedürfnis, das alle Theologie hinter sich läßt. Es ist ein Bedürfnis nach Form, nach einem Rhythmus von Feiertagen und Regeln, der das Gute auf eine ganz sorgsame, ganz praktische Art und Weise feiert, ein Bedürfnis nach einer Gliederung des Jahres durch besondere Nahrung und bestimmte Regeln, nach dem Rhythmus von Saubermachen und Backen, ein Gefüge, in dem ich, so zerbrochen und bloßgestellt es auch sein mag, lebe und für das ich, Gott helfe mir, keine Worte habe.

«Warum hast du vorhin gelacht?» hat Ben gefragt.

«Ich dachte daran, wie wenig du mein Bild vom Verbluten mochtest und wie schwer es für dich sein muß, meine Angst um unser Volk zu verstehen.»

«Du hast mir viel beigebracht – habe ich dir nicht wenigstens beibringen können, weniger Angst zu haben?»

«Schön wäre es!» Wir lachten beide.

«Ich würde gern mit diesem Gefühl von dir fortgehen», sagt er.

«Ich möchte gern, daß du alles bekommst, woran ich mich erinnere – ich würde dich mit Reichtümern überhäufen – ich würde dir

Violet Cleve geben, wenn ich könnte, und meines Vaters Vater und meinen Vetter Terry, der im Krieg umgekommen ist – ich wollte – ich habe so viel...»

«Du hast mir schon so viel gegeben...»

«Ich sage dir, daß ich dich vermissen werde – außer Heimweh und dem Verlust durch den Tod der schärfste Schmerz, den es gibt. Du fragst nach dem Sinn – da ist er.»

«Du wolltest einen besseren Juden aus mir machen...»

«Gott hat alles erschaffen – auch den Verstand, der an Seiner Existenz zweifelt. Bin ich weiser als Gott?»

«Du bist glaubhafter.»

«Aber ER ist größer.»

Nach Rosch Haschanah, am Tag der Ehrfurcht, schreibe ich einen Brief an Joshua:

Mein Anteil an Gott ist ein Gott des Gesetzes und einer Welt der Ordnung. Dein Anteil an Gott ist ein Gott des Gesetzes und einer Welt der Ordnung. Ich hatte das vergessen. Das jüdische Gesetz erlegt es mir während der Woche des Gerichts auf, Verzeihung von jedem zu erbitten, dem ich in Gedanken oder Tat Unrecht getan habe. Ich glaube, ich habe Dir in einer Weise Unrecht getan, die ich noch nicht einmal ganz erkenne. Vielleicht im vergangenen Jahr oder im Jahr davor, aber ganz gewiß in diesem Jahr, als Du dem Diktat Deines Gewissens gefolgt bist. Ich bitte Dich um Verzeihung und biete Dir ohne jede Bedingung oder Bewertung meine an. Wenn Du eines Tages imstande sein wirst, uns zu besuchen, werden wir sehr glücklich sein, Dich zu sehen. Wenn wir Dich eines Tages besuchen dürfen, werden wir sehr glücklich sein, es zu tun.

Ich rufe Miriam an, um mit ihr Kimberleys Besuch zu besprechen. Der Workshop kommt näher, und es gibt allerlei Aufregung.

Feministinnen der Oberschicht werden diesmal nicht die Leitung übernehmen. Das Parkett wird den Armen gehören, sie werden das Treffen organisieren, und es werden Repräsentanten der Dritten Welt da sein. Gleich danach wird die Besprechung wegen ihres Jobs stattfinden – in Chicago. Mitten in der Unterhaltung unterbricht sie sich. «Mutter, Kimberley ist noch zu klein, um allein quer durchs Land zu fliegen und in ein anderes Flugzeug umzusteigen.»

«Du hast recht. Komm nach Philadelphia, wir warten dort auf dich», sage ich. Ich habe nie eine mütterliche Besorgnis von Miriam gehört, und es wärmt mir das Herz.

«Ich bringe einiges von ihren Schularbeiten mit. Bitte, schau, daß sie es macht. Sie sind sehr genau in dieser Schule.»

Ich bin sprachlos. Ich hatte mir eingebildet, daß Kimberley – Kim – in eine Art Gettoschule geht, zusammen mit den gestörten Kindern aus Miriams Frauengruppe. Ich frage nach der Schule.

«Ich wollte eine Gesamtschule. Und die einzige wirkliche Gesamtschule ist die Experimentalschule der Universität. Die Anforderungen da sind sehr hoch.»

«Sag mir noch eins, was ich wissen muß. Kimberley wird um die Zeit von Succos hier sein. Ich würde sie gern zu einer Feier mitnehmen, aber ich möchte das nicht als anthropologische Expedition veranstalten. Weiß sie, daß sie jüdisch ist?»

«Na ja, erst seit kurzem, aber die jüdischen Kinder in ihrer Klasse haben sie zu verschiedenen Gelegenheiten eingeladen...»

«Ach ja», sage ich, «also hast du nichts dagegen?»

«Nein, ich glaube kaum. Was du mir da über den Bereitschaftsdienst gesagt hast – ist da alles okay?»

«Das braucht Zeit. Sie müssen sich erst mal vergewissern, daß mit mir alles in Ordnung ist...»

«Das kann Jahre dauern!»

«Nicht eigentlich. Bei der Arbeit, die wir machen, beschleunigt sich alles. Ein Jahr, denke ich.»

Ich sage ihr auf Wiedersehn und lege den Hörer auf und schreie es laut heraus zu den Yom Kippur-Geistern: «Ist da noch eine Generation in uns? Können Saul und Riva und ich vor uns im Nebel den Umriß einer Generation erkennen, die sich an uns erinnern wird?»

Ben ist fort – ein Loch in der Nacht, wenn die Notrufe kommen, ein leerer Platz, wo er hätte stehen sollen, ein gähnender Mangel in der Gruppe, die nun so ist, wie sie war, ehe er kam. Wenn das Telefon klingelt, kann es nur einer von ihnen sein oder jemand aus der Stadt – jemand, der nicht Ben ist. Er geistert durch die Straßen, durch die er gejoggt ist, und durch die Feuerwache und auf der Strecke zwischen mir und Longhill. Wird Liebe weniger, wenn man sie begreift? Ist der Verlust geringer, weil die Welt voll von anderen ist? Manchmal sitze ich in Miriams Zimmer, das schon Wochen vorher für Kimberley bereitsteht, und gebe meinem Kummer nach, weil der Schmerz über Bens Weggehen keinen anderen Auslaß hat. Rita, die Bescheid wußte und es verstanden hätte, hat einen Job in Tarrant gefunden. Sie denkt an die Gruppe und die drei Jahre, die sie dabei war, wie an eine Krankheit zurück, von der sie geheilt worden ist, eine Krankheit voll von fieberhafter Geschäftigkeit und Halluzinationen, in denen Scheinwerfer aufblitzten und Sirenen schrillten. Ich weiß, daß ein Teil meines schmerzhaften Verlusts von Ben «Licht vom Feuer» ist, ein Drama, das die Bewohner von Totenhäusern zu Empfängern von Liebesbriefen macht. Überlebensgroß kämpften wir gegen die Zerstörung – ich erinnere mich, denke an den kleinen Sportwagen, der unter dem Traktor eingeklemmt war, und an den jungen Mann, der von der Egge aufgespießt war – sein erster Toter. Die Erkenntnisse meiner Zeit lehren, daß es kein mütterliches Bedürfnis gibt, keine Familie über das Kleinkindalter hinaus. Ich brauchte dringend etwas von der Seite der Jungen, das nicht Schmerz war. Und ich erhielt eine so intensive Freude, daß sie fast ein Schmerz ist. Jetzt haben sich Freude und Schmerz davongemacht, und geblieben sind nur Autounfälle und im wörtlichen Sinne gebrochene Herzen.

Am dritten Tag nach Rosch Haschanah sehe ich meine Geister wieder. Sie stehen zusammen, so wie sie standen, als ich sie zum erstenmal beschworen habe, steif gegen die nackte Nordwand meines Hauses gelehnt. Ich gehe lächelnd auf sie zu. Dies sind die Tage der Ehrfurcht, und die Geister gehören hierher. «Frieden, ihr Geister, die ihr keinen Frieden gekannt habt! Ich versuche das zu tun, was ihr von mir verlangt habt. Bis jetzt ist das Ergebnis vieldeutig.» Sie schimmern im späten Licht und verblassen an ihrer Kontur. «Geht noch nicht! Die Geister meiner vielen vergangenen Ichs verurteilen mich hart. Ich habe keine so freundlichen Geister, wie ihr es seid.»

«Was hast du uns anzubieten?» fragt der ältere Mann.

«Einen Sohn für ein Jahr und als äußerstes die Chance, eine Enkelin zu haben. Vielleicht klingt das nicht wie die Freude, die ich erleben sollte, aber es ist mehr an Freude, als ich erwartet habe.»

«Dieser ‹Sohn› von dir ist eine Frühlingserscheinung, einer, der alle Modelle und Stile ausprobiert. Sein Glaube hat nur wenige Wurzeln.»

«Ein typischer Jude des Exils also, dessen Wurzeln immer wieder abgeschnitten wurden.»

«Er weiß so gut wie gar nichts.»

«Dann ist sein Kopf auch frei von Aberglauben.»

«Er glaubt nicht an Gott.»

«So hat Gott es verfügt.»

«Er glaubt an die Juden als ‹Kulturelement›. Er glaubt, daß Gott gestorben ist.»

«Ich auch», schreit das Kind. «Im ersten Lager, in das ich kam, im Schnee.»

«Und ich auch!» schreit der junge Mann. «An einem Sommertag, als sie mich auf der Flucht erschossen!»

«Tot?» frage ich noch einmal. Die Frau zuckt die Achseln, der alte Mann wendet sich ab, die anderen beiden verhärten sich. Ich lasse mich gegen die Mauer fallen und fange an zu lachen. Je mehr ich lache, desto komischer erscheint mir das. Ich möchte hüpfen und tanzen. «Ist das *alles*? Gut, dann habe ich überraschende Neuigkeiten für euch. Viel ist geschehen seit Auschwitz. Das Gute und das Böse haben einen neuen Bezug bekommen und der Tod gleichfalls.» Ich schlinge die Arme fest um meinen Brustkorb, weil er vor Lachen weh tut. «Der Tod ist heute eine Frage des Grades im strengsten Sinne. Gott kann nicht biologisch tot sein, weil ER außerhalb der Biologie ist. Er muß also klinisch tot sein. Klinischer Tod ist reversibel. Ich habe es selbst gemacht. Man atmet für das Opfer und dann, indem man die Hände so auflegt...» Ich bin vor Lachen zu Boden gegangen. «Man kann es überall lernen. Beim Roten Kreuz, in der Schule, bei der Gymnastik und in der Loge. Wenn dem Meister des Universums sonst nichts fehlt, dann ist seine Zukunft gesichert. Saul und ich sind bereit, der Bereitschaftsdienst, Fremde, die vorübergehen, Zuschauer, Polizisten und Enkel... alle sind wir bereit mit unseren Händen und unserem Atem.»

«Überheblichkeit!» schreit der alte Mann.

«Die sich über dreitausend Jahre bewährt hat», antworte ich. «Und noch für weitere tausend Jahre reicht.»

Saul ist zurück. Ich höre das Quietschen des Briefkastens, wenn er ihn auf- und zumacht. Er, der meine vorhergesagte düstere und häßliche Zukunft teilen wird, kommt den Weg zum Haus herauf. Ich klopfe den Staub von mir ab und gehe ihm entgegen, um ihn zu begrüßen. Ich werde ihm irgend etwas Besonderes kochen heute abend. Von drinnen höre ich die ersten Töne der Alarmanlage.

Hannah Green

Ich habe dir nie einen Rosengarten versprochen
Bericht einer Heilung
rororo 4155

Mit diesem Zeichen
Roman
rororo 4869

Wenn es Sommer wird
Erzählungen
rororo 4992

Der Gründer
Roman
rororo 5168

Ohne sich zu berühren
Erzählungen
rororo 5661

C 2062/4

neue frau

Eine Auswahl

Robyn Davidson
Spuren
Eine Reise durch Australien (5001)

Harriet Doerr
Erinnerung an Ibarra
Roman (5571)

Margaret Drabble
Gold unterm Sand
Roman (4262)
Porträt einer Tüchtigen
Roman (4928)

Afsaneh Eghbal
Als der Mond sein Gesicht verbarg
Roman (5623)

Sarah Lloyd
Eine indische Liebe (5586)

Margaret Mead
Brombeerblüten im Winter
Ein befreites Leben (4226)

Kate Millett
Im Iran (5062)
Fliegen (5156)

Toni Morrison
Sehr blaue Augen (4392)
Sula
Mit einer Auswahl von Essays zu diesem Roman (5470)
Solomons Lied
Roman
Teerbaby
Roman2 bändige Ausgabe (5740)

Noras Töchter
Neun Autorinnen erzählen
(5609)

ro
ro
ro

C 912/10 a

Das Buch

Trolle, Bergriesen, Nöcken und Kobolde bevölkern die Märchen- und Sagenwelt des hohen Nordens, in die uns Selma Lagerlöfs Geschichten entführen. Sie erzählen von Glück und Leid der einfachen Menschen, aber auch von Schicksalen schwedischer und norwegischer Königshäuser. »Schlicht, ohne Pathos, spult sich die Handlung ab ... Das alles beherrschende Element in Selma Lagerlöfs Prosa ist die Landschaft, die mitbestimmt über das Los des Menschen und ihn formt. Der Hauch düsterer Melancholie, der viele ihrer kurzen Prosastücke durchzieht, macht ihr Erzählgut nordischer – und damit authentischer: es gewinnt an Leben. Nirgends ergibt sich der Eindruck des Gewollten, des Konstruierten. Ein Vergleich von Lagerlöfs Zauberreich der Trolle und edlen Recken mit der Welt unserer Märchen und Sagen erweist sich als ergiebig; da gibt es Gemeinsames, doch Wesentliches ist verschieden. So gibt es etwa bei der Lagerlöf auch ›Das Heinzelmännchen von Töreby‹, doch hat es bei weitem nicht den doch recht harmlosen Charakter der uns bekannten kleinen dienstbaren Geister aus Köln, die nichts weiter verlangen, als unbeobachtet ihrer Arbeit nachgehen zu können. Auf dem Gutshof in Töreby sorgt das Heinzelmännchen auf recht drastische Art und Weise für Ruhe und Ordnung. – Selma Lagerlöfs Prosa erweist sich in diesem Band als ehrliches Erzählen, das in der Schlichtheit der Mittel wie der Eindringlichkeit der Aussage voll und ganz Teil der Weltliteratur ist.« (Die Welt)

Die Autorin

Selma Lagerlöf wurde am 20. November 1858 auf dem Familiensitz Mårbacka (Värmland), Schweden, geboren. Nach ihrer Ausbildung war sie zehn Jahre lang als Lehrerin tätig. In dieser Zeit erschien 1891 ihr erster Roman ›Gösta Berling‹, mit dem sie Weltruhm errang, 1909 erhielt Selma Lagerlöf den Nobelpreis, 1914 wurde sie als erste Frau Mitglied der Schwedischen Akademie. Selma Lagerlöf starb am 16. März 1940. Weitere Werke: ›Die Wunder des Antichrist‹ (1899), ›Jerusalem‹ (1901), ›Christuslegenden‹ (1904), ›Wunderbare Reise des kleinen Nils Holgersson mit den Wildgänsen‹ (1907). Autobiographische Schriften.